3 인물Ⅱ 심리 · 성격

한국 소설 묘사 사전

》

조병무 편

푸른사상
PRUNSASANG

• 편저자 조병무

문학평론가·시인. 동국대학교 국어국문학과 졸업, ≪현대문학≫지 문학평론으로 데뷔, 〈신년대〉 동인, 제24회 현대문학상, 제10회 시문학상, 제13회 윤동주 문학상 본상, 제10회 동국문학상 수상. 저서 『꿈사설』『떠나가는 시간』『머문 자리 그대로 』(시집), 『가설의 옹호』『새로운 명제』『시짜기와 시쓰기』『시를 어떻게 쓸 것인가 』(문학평론집), 『니그로오다 황금사슴 이야기』『꽃바람 불던 날』『기호가 말을 한 다』(수필집), 『한국소설묘사사전』(전6권), 국제펜클럽 한국본부 이사, 96문학의 해 기획팀장 및 기획분과 회장, 한국문인협회 이사, 한국문학평론가협회 부회장, 서울 문인클럽 감사, 한국현대시인협회 회장, 동덕여자대학교 문예창작과 교수.

한국소설묘사사전 3

인물II 심리·성격

2002년 5월 20일 1판 1쇄 발행
2014년 2월 25일 1판 2쇄 발행

편저자• 조 병 무
펴낸이• 한 봉 숙
펴낸곳• 푸른사상사

등록 제2-2876호
서울시 중구 충무로 29 이시아미디어타워 502호
대표전화 02) 2268-8706(7) 팩시밀리 02) 2268-8708
메일 prun21c@hanmail.net
홈페이지 //www.prun21c.com
편집/ 지순이, 김재호, 김소영
기획·영업/ 이상만, 강하나

▌책머리에

작품에서 그리고 있는 묘사는 바로 그 작품의 문학성과 예술성에 접근하려는 주제와 더불어 작가정신의 핵심이기도 하다. 이 사전 묘사(描寫 : description)란 언어에 의한 사물의 전달, 물체의 독특한 행위를 기술적이고 의도적으로 나타내는 데 있다. 그러므로 작가가 표현하고자 한 가장 구체적이면서 중심적 항목을 분류, 설정한 것이다. 소설은 주인공의 행동이 벌어지는 마당이다. 그러므로 표현의 구체성을 주축으로 이를 분류하여 그 해당 항목의 묘사 부분을 찾아보도록 하였다.

'인물 II'편은 인물의 '성격 묘사'에 중점을 둠으로써 그 인물의 내적 속성과 내면 표현에 중심을 두었다. '심리 묘사'에서는 심정의 흐름, 감정의 변화, 의식의 잠재성에 두었다.

이 사전에서 '묘사의 분류'를 시도한 의의는 바로 작가 지망생에게 여러 분야의 소설 속의 표현이 어떠한 방법으로 그려지고 있는가에 대한 문학수업을 목적으로 하고 있다. 작품은 사전식 분류의 특수성으로 일부분만 발췌하게 됨은 편제상으로 어쩔 수 없음을 밝혀둔다.

이 사전을 엮는 십여 년 동안 독회, 카드 작성, 분류, 검토, 워드작업과 검색을 동덕여대 국문과와 문예창작과, 한국소설묘사연구회 여러분과 나의 외손녀 유정원, 정진의 아름다운 손길, 푸른사상사의 한봉숙 대표와 김현정 편집실장에게 감사한다.

2002년 산본 思無邪室에서

편저자 조 병 무

3

차례

책머리에   3

해제 : 인물의 성격과 실존적 방법의 제시   7

심리 묘사편   15

성격 묘사편   211

찾아보기   391

인물의 성격과 실존적 방법의 제시

  소설의 세 가지 요소는 구성과 인물과 주제라는 사실은 누구나 알고 있는 바다. 특히 소설에서 인물의 설정과 묘사는 작품에서 보여지는 모든 행동의 주체가 된다. 그래서 유능한 작가란 그 작가가 어떤 인물을 창조하였나에 따라 능력이 달라지는 경우가 허다하다. 허드슨(W.H.Hudson)은 '기교적 측면에서 본다면 작품의 성공 여부는 오로지 성격 묘사에 달려 있다. 희곡을 상연하는 경우에는 무대장치라든가 배우의 연기로써 성격을 뚜렷이 나타낼 수 있지만 소설에 있어서는 그렇게 쉽게 되지 않으며 다만 상상력에 호소할 수밖에 없다. 그러므로 소설가는 묘사로써 인물의 풍채와 행동을 생생하게 나타내어야 한다.'라는 말과 같이 소설에서는 인물의 중요성을 강조하는 말이다.

  작품에서 캐릭터(character)란 인물이나 성격을 지칭하는 말이기도 하고 기호 (mark, symbol) 또는 문자(letter)라는 뜻으로도 쓰인다. 소설에서 인물로 지칭되는 말은 작품 속에 나타나는 개개인을 말하기도 하고 그 개개인은 각자의 성격을 가지고 그들은 많은 관심과 욕망과 감정, 그리고 꿈과 의지와 윤리를 가진다. 그래서 소설 속의 인물은 실제 살아 있는 인물처럼 느끼게 하고 그 작품을 통해 실제로 사람의 삶과 살아가는 방법을 익히려 한다. 소설 속의 인물은 허구적 가상의 인물이고 작가가 언어로 만들어내는 인물에 불과하지만 소설 속의 인물은 소설이 지니고 있는 여러 요소인 언어, 행동, 대화, 배경과 많은 다른 인물과의 관계에서 형성되고 있다. 다만 어디까지나 소설 속의 인물은 소설가라는 작가에 의해 인위적으로 구성된 인물임은 틀림없다.

  이와 같이 작가란 인물을 인위적으로 만들어 내는 방법이 인물의 성격과 심리와 외양과 용모에 의해 구성하고 이를 묘사라는 방법으로 그려내어야 한다. 물론 이러한 일은 한편의 소설이라는 덩어리에서 볼 때 복합적 조직이라는 큰 틀 속에서 이루어진다. 다만 본 묘사 사전에서는 이를 세분화하여 분류함으로 그 하나의 부분에 따른 작가의 묘사 기술을 보려는 의도가 있을 뿐이다. 그래서 전체적인 맥락에서는 그 인물의 전반을 파악하기 어렵지만 한 부분의 묘사 기능과 방법은 이해의 폭이 넓어진다.

영국의 소설가 포스터(E.M.Forster)가 분류한 소설의 인물을 보면 몇 가지로 그 유형을 나누고 있다. 평면적 인물로 정적인물이라고 할 수 있는데 작품에서 환경의 변화에도 영향을 받지 않으며 성격이 고정되어 있어 오래 기억되는 인물로 변화나 발전이 없다. 반대로 입체적 인물을 들 수 있는데 사건의 진행과 함께 성격이 계속해서 변화와 발전을 나타내는 인물로 발전적 인물이라고도 한다. 계층의 공통적 특징을 대표하는 성격을 지닌 전형적 인물과 살아 있는 개체로서의 인성과 도덕성을 갖춘 개성적 인물로 보편적이면서 독창적 개성의 소유자를 말하기도 한다.

그리고 인물을 작가가 설정하는 방법도 화자(narrator)가 직접 인물의 특성이나 성격을 요약 설명 형식으로 제시하는 방법을 말하고 극적 방법은 인물의 행동이나 대화를 통해서 그 인물의 성격을 간접적으로 드러내는 표현방법 등으로 독자의 능동적, 상상적인 참여를 하게 하여 인물을 이해하도록 하는 방법이다.

이러한 여러 가지 방법은 인물의 표현 방법이나 그 분류의 유형을 갖추는 것에 불과하나 작가는 그러한 인물의 묘사 형식은 작품의 흐름에 의해 그려지게 된다. 인물의 심리적 묘사와 성격의 묘사는 작품이 지닌 특유의 주제와 사건의 흐름에 따라 그 묘사의 형식이나 기법이 다르게 나타날 수 있겠으나 많은 작가들의 특징이 들어 나는 경우도 있다.

인물의 심리 묘사의 경우를 살펴보면 대체로 인물의 내면분석의 방법으로 인물의 형상을 만들어 내는 방법과 인물의 내적 독백의 형식을 빌려 인물의 의식 흐름 방식으로 인물의 윤곽을 구조하는 경우도 있다. 내면분석 방법은 인물의 움직임을 정서적, 구체적으로 그리기 위해 심리 구조를 분석하거나 추상적으로 체계화하여 시간적 순서에 의해 정리해 나가는 방법을 작가들은 활용한다.

가슴을 쪼개는 듯한 서늘한 탄식…… 어느 사이 샛강의 낚시터를 떠나 도도하게 흐르는 한강의 강심이 바라다 보이는 뚝에 앉아 있었다. 반포대교를 건너 출근하던 날의 모습이, 회사 앞마당에 차를 대고 아침에 만난 사우들과 반갑게 인사를 나누던 정경들이 강심의 물안개 속에 신기루처럼 떠 있다. 그리고 함께 일하며 정들었던 사우들과 더러는 미움과 증오의 대사이었던 기자시절 데스크들의 면도 물안개 속에서 나를 보고 있다. 그들은 모두 도도하게 흐르는 본류의 물줄기에 떠서 강안에 쭈그리고 앉은 나를 보고 있다.

- 김용우 「마르크스를 위하여」에서

　어찌하면 갑자기 세상이 암흑이 되어 버린 것일까 마치 환하게 광명으로 찬 천당에서 영원한 지옥의 암흑 속에 떨어진 것 같다. 또 어찌하면 이렇게 갑자기 내 몸이 적어지고 더러워지고 천해진 것 같을까, 마치 백설 같은 흰 날개를 펄럭거리며 한없이 넓은 허공을 자유로 날아다니던 천사의 몸으로서 갑자기 날개를 부러뜨리고 구린내 나는 더러운 누더기에 감겨 바벨론에게 잡혀 갇혔던 토굴 속의 이빨에 피 묻는 사자들과 같이 갇힌 듯하였다. 순영은 갑자기 이 모양으로 무서운 변화를 겪은 것을 놀라는 동시에 어저께까지의 자기가 몹시 그립고 부러웠다. 그러나 어저께까지의 자기는 지금의 자기 얼굴에 침을 탁 뱉었고 비웃는 눈으로 나를 힐끗힐끗 보면서 높이 높이 구름 위로 올라갔다.

- 이광수 「재생」에서

　인물의 심리 변화에서 의식의 흐름이 어떻게 진행을 하고, 인물 자체의 의식 상황이 하나의 인식에서 다른 인식으로 전환하면서 내면의 이동과 공간과 시간의 흐름 속에서 새로운 변화를 모색하고 있는 인물의 연속성을 엿 볼 수 있다.

　김용우의 작품에서 인물의 심리적 흐름은 〈문득 한 소리를 들었다〉에서 소리에 의한 의식의 이동과 또 다른 심정적 변화를 모색하는 가운데 점진적으로 떠다니는 인물의 현상태와 다음으로 오는 사건과의 교차가 이루어지게 된다. 그의 의식에 교차하는 소리는 "공명같은 소리" "거문고의 굵은 현" 같은 소리, 그리고 "강" "가슴" "탄식"으로 이어지는 의식의 방황을 그린다. 심리적 파장에서 인물이 어떠한 위치와 상황 속에 깊거나 얇게 묻혀 있느냐를 가늠하게 된다. 말하자면 인물의 사건 속에 위치한 내면 상황의 현장이 된다.

이광수의 작품에서 순영의 심리적 갈등과 함께 인물의 내면적인 변화를 분석하고 있다. 순영의 고뇌가 진하게 느껴지는 심리적 현상을 볼 수 있다. 그의 고뇌는 그의 의식의 소용돌이 속에서 가장 참혹하고 암흑의 세계로 끌려가는 상황으로 치 닫고 있다. 작가는 인물 순영의 내면적인 고뇌에 동참하면서 이의 변화를 여러 각도에서 찾아 나선다.

순영의 심리적 갈등과 변화의 흐름은 "암흑"에서 "천당"에서 "지옥"으로 이동한다. 몸이 "적어지고 더러워지고 천해진다" 그리고 "날개를 부러뜨리고" "더러운 누더기" "이빨에 피 묻은 사자"로 전락한 자신의 현실적인 모습에서 이와 같은 심리적 갈등으로 침몰하고 있다.

심리적 내면세계의 분석이 작가에 의해 철저하게 그려지는 이러한 작품은 인물의 내면의 문제를 가장 완곡하게 나타낼 수 있는 기법이다. 심리 소설에서 많이 다루는 방법이나 최근 인물의 갈등과 심적인 변화를 추구하거나 사건의 미묘한 과정을 다루는 상황에서 작가는 철저하게 인물의 내면분석을 부각시킨다.

이러한 기법과 함께 작가는 인물의 내면적인 독백을 통하여 하나의 사건의 실마리를 풀어보는 방법도 택한다. 물론 이러한 방법은 의식의 흐름이라는 심리주의 소설의 리얼리티 기법의 하나다. 인간 심리의 흐름을 멜로디의 운동과 같아서 이를 이러한 운동의 방법으로 이해하고 이것을 표현하는데 언어의 형식을 지닌 음악적인 흐름으로 해석되기도 한다.

나는 또 희락의 거리를 내려다보았다. 거기에는 피곤한 생활이 똑 금붕어 지느러미처럼 흐늑흐늑 허비적거렸다. 눈에 보이지 않는 끈적끈적한 줄에 엉켜서 헤어나지 들을 못한다. 나는 피로와 공복 때문에 무너져 들어가는 몸뚱이를 끌고 그 희락의 거리 속으로 섞여 들어가지 않는 수도 없다 생각하였다.

                       — 이 상 「날개」에서

갑자기 어른이 되고 싶어졌네. 그녀처럼 어른이 되고 싶었네. 어른이 되면 맨 먼저 사랑을 하고 싶었네. 어른이 아니어서 나는 슬펐네. 이따금 울고 싶어지기도 했네. 종을 치고 나면, 종을 치고 나면, 내 마음을 아무도 몰랐네. 나는 모르는 일이었네. 무엇인가 내 안에서 부풀어오르고 있는데 그게 무엇인지 궁금해서 미칠 것 같았네. 근지럽고 이상하고, 어, 어, 어지럼증이 들고, 멍, 머엉, 멍해지고, 죄를 짓는 것 같았네. 하느님한테도 용서를 빌 수 없는 죄를.

— 성석제 「황금의 나날」에서

이러한 심리적 현상은 의식의 흐름의 심리적 기법의 하나다. 인물의 의식 곳곳에 잠재한 생각이 계속 유동하면서 이동을 하고 그 이동이 어떤 상황의 변화와 함께 또 다른 현상으로 이동을 감행하는 것이다. 그의 뇌리에는 하나의 현상적인 사건에 얽혀 들어 주체하기 어려운 갈등 요인이 되고 그 요인이 다른 현상의 모양으로 전이되면서 심리적 변화와 갈등의 소용돌이에 파묻힌다.

이상의 작품에서도 외롭고 소외되고 고독의 현상에 사로잡힌 '나'의 현실적 현상이 심리적 변화요인으로 이동하고 있다. 그의 피곤이 "금붕어의 지느러미처럼 흐늑흐늑 허비적거렸다." "눈에 보이지 않는 끈적끈적한 줄에 엉켜서 헤어나지 못한다." "무너져 들어가는 몸뚱이"로 인물의 심리 현상은 그의 내면에 흐르고 있다. 작가는 이를 내적 독백 현상으로 인물의 심정적인 상태를 그려 준다. 여기에 인물의 의혹이 가중된다. "아스피린과 아달린"에 대한 오해의 내면적인 갈등이 인물의 이상기류를 "설마 아내가 아스피린 대신에 아달린의 정량을 나에게 먹여 왔을까?"라는 강한 의식의 침몰로 빠져드는 독백적인 긴장감으로 처리된다.

이상의 대부분의 작품은 심리소설로 인물의 의식의 흐름을 바탕으로 사건이 진행되는 경우가 많다. 대체적으로 인물의 나레이터로 작중 사건과 함께 깊은 잠재된 의식의 껍질을 벗기듯 작품이 구성된다.

성석제의 작품의 부분에는 이러한 심정적 독백이나 고백류의 형식을 나타내는 경우가 많다. 어떤 상황에 처했을 때 인물이 대처하는 판단이나 문제의식을 해결하는 분위기와 심리적 갈등의 요인을 그려낸다. 분명히 인물 자신의 내면에 잠재한 일말의 고뇌라든가. 상황의 흐름을 마음 속에 도사린 심리의 움직임을 그려준다.

이러한 행위는 작품의 흐름을 적절하게 조화시켜 주고 사건과의 관계설정을 원만하게 함으로 독자의 판단과 이해를 끌어올리는 심리면서 성격적인 문제를 구체화시킨다고 하겠다. 작품의 성격은 인물의 심리와 외양이나 용모와도 불가분의 관계를 갖고 있다. 어느 하나의 영역을 따로 떼어서 작품을 생각할 수 없다. 다만 묘사의 기술 방법상의 문제에서 그 기능적 표현 의도와 작가적 특성이 무엇인가를 파악하고자 하는 구조에 있다.

'훌륭한 소설의 근본은 성격을 창조하는 일 이외에 아무것도 없다'라는 보네트 (A.Bonett)의 말과 같이 좋은 소설에서 사건의 재미는 인물들이 만들어 내는 일반적 속성을 가장 논리적 체계를 유지하면서 만들어 내는 결과에 불과하다. 이러한 것에서 인간성을 발견하고 만들어지는 것이다. 인물은 작가가 창조해 내는 특수한 재능으로서 완벽한 상상력으로 창조된 인물이다. 만들어진 인물은 궁극적으로 성격을 형성하고 새로운 인간형을 완성하는 것이다.

> 필서는 아주 깔끔한 성격이었다. 아침엔 반드시 세수 겸 샤워를 했다. 그리고는 면도로 수염을 다듬고 또 손톱과 발톱을 다듬었다. 얼굴에 로션을 바르고 크림으로 문질렀다. 외출할 때는 잊지 않고 향수를 뿌렸다. 필서는 여자인 경숙이보다 자신의 몸을 가꾸는 데 더 공을 들이는 것 같았다. 옷차림 또한 그랬다. 바지엔 주름이 곧게 잡혀 있고 와이셔츠의 칼라는 항상 빳빳했다. 경숙이 직장 일로 바쁘다 보니 옷을 다리는 일은 필서가 직접 하는 경우가 많았다. 그는 경숙의 도움 없이도 그런 일에 익숙했다.
>
> — 홍성암 「가족」에서

> 성남댁은 허리띠를 질끈 동여맨 몽당치마를 입어야만 몸이 편했고, 엄동설한 아니면 버선이고 양말이고 갑갑해서 못 신었고, 우거지찌개하고 신 김치만 있으면 밥이 마냥 꿀맛 같은 대식가였고, 목에 왕방울을 단 것처럼 목소리가 컸고, 머리에 무거운 짐을 이고 다니던 버릇으로 걸을 땐

엉덩이를 몹시 흔들었고, 골목을 드나드는 리어카나 광주리장수가 외치는 소리가 나면 겅정겅정 뛰어나가 사지도 않을 물건을 살 듯이 만수받이하고 싶어했고, 말끝마다 걸쩍한 욕짓거리를 덧붙이지 않으면 맨밥 먹은 것처럼 속이 메슥메슥해하는 고약한 버릇들을 가지고 있었다.

- 박완서 「꽃을 찾아서」에서

홍성암의 작품에서 필서의 성격의 일면을 "깔끔한 성격"으로 규정하고 그 깔끔한 면모에 초점을 맞추어 필서라는 성격적인 인물을 창조한다. 필서는 "아침의 세수 겸 샤워"를 하고, "수염과 손톱 발톱"을 다듬고, "로션과 크림"을 바르고 문지른다. "향수"를 뿌리고, 옷차림은 "바지의 주름"과 "와이셔츠의 칼라"도 챙긴다. 이러한 일을 익숙하게 하는 필서의 깔끔한 성격을 나타낸다.

박완서의 작품에서 성남댁의 행색과 행동에 의해 주체적으로 그 성격을 형성한다. "몽당치마"와 "버선과 양말"을 신지 않고 "밥"의 대식가, "목소리" "엉덩이" "욕지거리"를 하는 인물로 성남댁의 성격을 만들어낸다. 필서의 깔끔한 성격에 비해 성남댁의 덤벙대는 버릇을 가진 인물로 성격을 구성하고 있다. 이와 같이 작가는 성격을 묘사하는데 있어서 그 성격의 특수한 행동과 독특한 성질, 사건의 대표적인 상황을 강조하고 이를 묘사한다.

작가들이 그려내는 인물의 창조는 작품의 구조와 사건의 전이에 따라 무한히 변화하고 새로워지지만 설정된 인물의 전형은 같은 맥락에서 조화된다. 따라서 인물의 전형은 인간의 공통된 체험의 결과에서 만들어진 보편적 전형이 형성되기도 하고, 시대나 사회의 특수한 상황에 의해 만들어지는 개성적 인물이 탄생하기도 한다. 사실 작가에 의해 창조되는 인물의 보편적인 전형이나 개성적인 전형 등이 조화되기도 하고, 배타적인 상태로 만들어지기도 한다. 그래서 때로는 시대에 따른 인물은 사회와 집단과 계층을 대표할 수 있는 시대적 특성을 지닌 인물이 되기도 한다. 이러할 때 한 인물의 전형은 시대에 따라 변하는 사상을 반영하기도 한다. 개성적 전형은 일정한 시간과 공간 속에서 체계화되고 구체화되어 나타나는 수도 있다. 다만 하나의 인물의 묘사는 작가에 의해 특성과 구체성에 의해 구축되는 인간의 형성이라고 할 때 새로운 인간형성이 이루어진다고 본다.

여기에 인물의 심리와 성격의 형성에 의해 작가가 작품에서 그려내는 새로운 인물이 과연 현실적인 인물이 아니면서 현실적인 인물로 갖출 수 있는 위대한 힘을 표현하고 있는가 라는 질문을 던져 보아야 한다. 그러한 작품의 성격에서 작가가 완벽한 인물을 묘사하는데 필요한 요소가 독자의 내면에 잠재할 수 있는가 라는 의문은 작가의 철저한 장인정신과 관계가 있다. 그러면서 작가의 수많은 언어의 군락을 이용하여 이름과 성별을 나누고 동작을 배당하며 그들로 하여금 말을 하게 하여 사고와 맥락을 맞추는 행동을 하고 새로운 인간형을 창조해 내는 그것이 소설의 인물 묘사의 기능이라고 본다.

그것은 어디까지나 작가의 개인적인 산고가 따라야 하는 작업이라 하겠다. 바로 그러한 작가적인 고통이 인물의 성격과 심리적 요인을 만들어 내는 작가의 묘사 기술이다.

심리 묘사 편

□계용묵 「금순이와 닭」

이것을 보니 금순이의 마음은 까닭 없이 닭의 모습이 불쌍해 보였다. 사랑은 받으면서도 목숨을 빼앗겨야 한다. 그것은 닭의 목숨이었다. 어머니의 명령하에 아니 받을 수 없는 닭의 운명이다. 열 마리나 넘는 닭 가운데서 하필 저놈이 왜 붙들렸을까. 아버지 생신 때문에 저놈은 죽누나!

(학원출판공사, 1994)

□계용묵 「장벽」

짚을 축여왔다. 그러나 손이 대어지지 않는다. 어서 새끼를 꼬아야 가마니를 칠텐데, 그래야 내일 장을 볼텐데, 생각하면 밤이 새기 전에 어서 쳐야, 아니 그래도 오히려 쫓길 염려까지 있는데도 음전이는 손을 대기 싫었다.

맴을 돈 것같이 갑자기 방안이 팽팽 돌며 사지가 후줄근하여지고 맥이 포근히 난다. 왜 이럴까. 미루어볼 여지도 없이 그것은 한 달에 한번씩 있는 생리적인 징후가 또 사람을 짓다루는 것임을 알았다.

가마니를 쳐서 빨간 댕기를 지르고 설을 쇠리라. 그리고 고무신도⋯⋯ 하고 벼르고 별러오던 설날, 그 설날은 이제 앞으로 이틀밖에 남지 않았다. 내일은 섣달그믐의 대목 장날이다.

음전이의 마음은 괴로웠다. 조용히 감은 눈앞에는 빨간 댕기가 팔랑거린다. 콧등에 파아란 버들 이파리가 좌우로 쪽 갈라 붙은 분홍 고무신이 보인다. 그리고는 그 댕기를 지르고, 그 신을 신고 뛰어 다니며 남부럽지 않게 놀 즐거운 그 날이—

그러나 몸은 점점 더 짓다룬다. 좀 누웠으면 그래도 멋겠지? 마음을 늦먹고 자위를 하여 보나 소용이 없다. 머리는 갈라져 오고 아랫배는 결결이 쑤신다. 이번 설에도 댕기를 못 지르나? 새 신을 못 신나? 생각을 하니 이를 데 없다.

□ 고은주 「아름다운 여름」

장마가 시작되면서 찾아든 습한 기운 속에서 나는 더욱 날카로워졌다. 마치 소리의 덫에 걸려든 사람처럼 작은 소리에 민감해지고 큰 소리에는 오히려 둔감해진 데다가 알 수 없는 고립감마저 느끼고 있었다.

* * *

스무 살에 연희를 알게 되었습니다. 그녀는 나와 같은 학교, 같은 학과에 입학한 동기생이었지요. 강의실에서 처음 연희를 보았을 때…… 그랬습니다. 첫눈에 빠져들고 말았습니다. 내게 절대적으로 부족한 평화와 밝음이 연희에게는 넘쳐나고 있었지요. 하지만 끝내 그것은 짝사랑일 뿐이었습니다. 토니오에게 잉에보르크가 그러했듯이.

* * *

연희를 향해 키워왔던 환상이 깨어지던 순간의 고통, 강의실에서 그녀의 얼굴을 볼 때마다 괴로움을 견디지 못해 서둘러 자원했던 군 입대, 그리고 복학해서도 캠퍼스 곳곳에 남아 있는 그녀의 얼굴을 지우지 못하던 일…… 그런 모든 기억들이 이제야 겨우 희미해져 가고 있었는데…… 당신까지 이럴 줄은 몰랐습니다.

나는 지금 들끓는 이 감정을 어떻게 처리해야 할지 모르겠습니다. 아파트 단지 안에서 돌고 있는 소문을 누나가 조심스럽게 내게 전해 주었

18   한국 소설 묘사 사전

을 때, 나는 마치 내 자신의 치부를 보인 것처럼 부끄러웠습니다.

* * *

그랬다. 나는 지쳐 있었다. 이 도시에 내려와 보낸 시간의 무게가 누적되어 갑자기 나를 덮쳐오는 것만 같았다. 가위눌린 사람처럼 과거로 이끌려 들어가 옴짝달싹 못하는가 하면 소리에 대한 예민함과 둔감함의 극점을 오가면서 때때로 중심을 잃기도 했다. 이상하게 늘어져 길어진 듯한 여름은 나를 더욱 힘들게 하고 있었다.

(민음사, 1999)

□고은주 「유리」

나는 지금 어디에 서 있는 것일까. 문득 이 집이 낯설다. 곧 떠나게 될 집이라 그런 것일까. 떠나면 과연 우리는 어디로 가게 되는 것일까. 그런데 갑자기 이 도시 전체가 낯설게 여겨지는 것은 웬일일까. 세상 전체가 별안간 서먹하게 느껴지는 것은 또 무슨 일일까. 내게 무슨 운명의 회오리가 닥쳐오려는 것일까.

어딘가로부터 아주 멀리 떠나온 것 같다. 다시는 돌아올 수 없을 것 같은 예감이 든다. 그러나 그곳이 어디인지, 여기가 어디인지 나는 전혀 모르겠다.

(민음사, 1999)

□공석하 「프로메테우스의 간」

그러면서 또한 지금 그러한 나를 고백하지 않고는 더이상 앞으로 나갈 수 없을 것 같은, 무엇도 할 수 없을 것 같은, 마치 절벽 앞에 서 있는 것 같은, 아무리 소리치고 손을 저어도 아무것도 잡히지 않는 사막에 버려진 것 같은 느낌으로 나를 몰아세운다.

* * *

선생님의 하이얀 손이 내 손에 닿을 때의 황홀감, 선생님의 머리칼이 내 얼굴에 닿을 때의 향긋함이 나의 가슴을 떨리게 했다. 선생님의 무릎이 내 무릎에 닿을 때에는 얼굴이 홍당무처럼 달아올랐다.

* * *

그날 하루를 어떻게 보냈는지 모른다. 학교에서 나오는 길에서 바라본 산과 들이 더욱 아름다워 보였다. 멍울진 꽃잎파리가 입술을 내밀고 웃는 듯 했다. 구름마저 웃음 띤 빛으로 손짓하는 듯했다. 보리밭골에서 피어오르는 아지랑이가 햇볕에 속살거리는 듯했다. 발걸음이 가벼웠다.

* * *

이혜경 선생님의 얼굴에 보이던 보일 듯 말 듯한 보조개도 이제는 사라진 것 같았다. 나를 들뜨게 했고, 나에게 용기를 주었던 사람들은 떠나갔다. 이제 나는 혼자이다. 천지간의 이슬 한 방울이다. 여리고도 작은 이슬 한 방울이다. 바들바들 떨고 있는 이슬 한 방울이다. 이 무변의 하늘과 땅 사이에, 이슬 한 방울처럼 놓여져 있다. 나무처럼 뿌리도 내리지 못했고, 돌처럼 단단하지도 못한, 금방 사라질 이슬 한 방울이다.

* * *

참 어색한 분위기였다. 눈발이 날렸다. 세상이 캄캄해지고 있었다. 심장이 멈추는 것 같았다. 선생님도 그동안 많이 야위어 있었다. 문득 오늘 선생님을 마지막 보는 것인지도 모른다는 생각이 들었다. 선생님의 고향

은 광주라고 말하지 않았는가? 아니, 설령 광주가 아닌 서울이라 할지라
도, 선생님을 다시 볼 수는 없지 않을까? 하늘이 무너져, 흰 눈발로 퍼붓
는 것 같았다.

(뿌리, 1999)

□공지영 「착한 여자」

남호영이 정인에게 등을 돌린 채로 머리를 부비며 먼 창을 바라보았
다. 창문에는 하얗게 성에가 오르고 있었다. 바람이 창을 덜컹이며 지나
가고 있었다. 정인은 그가 입을 열어 말을 하고 있는 것이 아니라 그의
손가락이 자판을 사각사각 두드리는 것만 같은 환청을 느낀다.

* * *

눈앞의 벽이 정인에게 캄캄히 쏟아져 내린다. 누렇게 바랜 장방형의
벽지가 장방형의 균형을 무너뜨리고 흘러내리는 자리, 또다시 벽이 으깨
진 두부처럼 무너져 흐물흐물 쏟아져 내린다.

(한겨레신문사, 1997)

□구효서 「검은 물 갇힌 강」

그렇다면 내가 사용하던 LPG 가스레인지며 밥그릇이며 플라스틱
빗자루가 낯설었던 것은 왜였을까. 내가 잠에서 깨어나, 내가 왜 이곳
에 던져지게 된 것이었을까를 문득 사고하기 전에도 나는 여전히 그곳
에서 그렇게 살고 있었던 건지도 모른다. 그날도 그 전날의 일상과 하
나도 다를 것이 없었는데 다만 머리를 무엇에 얻어맞고 정신을 차린
것처럼 그날 갑자기 내 삶이 낯설어졌던 것은 아니었을까.

어찌 되었든 나는 어느 날 문득 맞닥뜨린 낯선 일상을 살아내는데 그다지 어려움을 겪지 않았다. 가스레인지며 밥그릇 따위가 눈에는 낯설었어도 손에는 그럭저럭 익어 있었기 때문이었다. 쌀을 앉히고 불을 켜고 밥을 먹고 그릇을 닦는 행위가 한없이 서먹하기는 했지만 결코 서투르지는 않았다. 내 눈은 내 의지와 상관없이 움직이는 것 같은 몸뚱어리를 보며 매일매일 놀랐다.

* * *

나는 그 삽이며 괭이며 장갑처럼 내버려졌었다는 걸 알게 되었다. 빈 껍질로 내버려졌던 장갑이 비로소 주인의 손을 만나 제 부피로 되살아나는 걸 보면서 내 껍질 속에 나라는 존재가 마침내 들어와 앉았다는 걸 알았다. 내 의식이 저 먼 망각의 어두운 하늘가를 맴돌다가, 다시 돌아와 벗어놓았던 육신의 껍질을 비집고 들어온 것이라는 걸.

* * *

그녀는 자신의 내면 깊은 곳 어디에선가 일고 있던 상념이라든지 구역을 더듬고 있었을 것이다. 그녀의 망막 저 깊은 곳에 맺히던 상은 개천 위를 날아다니던 잠자리거나 산그늘이거나 시도 때도 없이 윙윙 우는 고압전선 따위가 아니었을 것이다. 그녀의 어둔 망막에 맺히던 것은 그녀의 늑막 아래쪽에서 일렁이던 담즙처럼 쓴 회한이라든지 바늘 끝으로 폐부를 찌르는 듯한 분노의 통증이라든지 꺾이고 구부러진 뼈마디처럼 좌절된 꿈의 처참한 흔적이었을지도 모른다.

* * *

언제나 자귀나무 아래거나 낡고 낮은 슬레이트 지붕 아래 그녀가 웅크리고 앉아 있을 거라는 생각을 했으면서도 그녀의 모습과 맞닥뜨릴 때면 나는 항상 처음인 양 깜짝깜짝 놀랐다. 일그러진 작은 코 위에 붙어 있는 퀭한 눈이 나를 응시하는 게 아니라는 걸 나는 누구보다도 잘 알고 있었다. 그러나 나는 애당초 갖고 있지도 않았던 나의 저의와 의문 따위를 그녀에게 들킨 것 같아 부리나케 그녀의 시야에서 벗어나곤 했다.

* * *

사마귀 투성이의 얼굴을 떠올릴 때마다, 굽은 어깨를 떠올릴 때마다, 그리고 검은 빨래와 그녀의 지독한 경계심을 떠올릴 때마다 k는 페스트 균을 가진 벼룩이 그녀의 몸 속에서 우글거리고 있을 거란 생각을 했다. 몹쓸 벼룩들을 털어내기 위해 미친 듯이 빨래를 해대는 것이라고 생각했다. 어느 정도 물기가 말라 천천히 빨래들이 흔들리기 시작하면 옷에서 떨어져 나온 벼룩들이 바람을 타고 온 마을에 가득가득 퍼지는 상상을 했다.

* * *

그러나 오돌토돌 돋은 비닐의 표면을 손바닥으로 한번 스윽 더듬자 아무것도 아닐 것 같았던 콩알만한 비닐방울들이 분명한 질감으로 반응하는 것을 느낄 수 있었다. 질감이었다기보다 그것은 존재감 같은 것이었다. 작고 동그란 감각의 방안에 갇혀 있던 무색의 공기들이 손끝의 감촉을 만나자 마치 살아 있는 유기체처럼 은밀하고도 조금은 완강한 작용을 일으켰던 것이다. 부드러우면서도 돌올한 느낌이 손가락을 통해 내 몸 전체로 퍼져나갔다.

욕구는 도무지 한번 쥔 방울을 놓치기 싫다는 유혹으로 변했고 나는 그 유혹에 이끌려 손가락에 힘을 주었다. 방울은 톡 소리를 내며 터졌다.
가볍고 여린 존재가 해체되면서 이 세상에 마지막으로 남긴 소리. 그 소리는 또다른 공기방울을 더듬어 터뜨리게 했다. 귓가에 간신히 와 닿을 정도의 크지도 작지도 않은 소리였다. 그 소리를 들었던 것은 어쩌면 내 귀가 아니라 손끝이었는지도 몰랐다. 조금 전까지만 해도 분명한 질감으로 존재하던 공기방울이 흔적도 없이 사라지면서 떨던 찰나의 감촉. 과연 그것이 소리였는지 감촉이었는지 잘 구분이 되지 않아 나는 다른 공기방울 하나를 엄지와 검지 끝으로 눌러 터뜨릴 수밖에 없었다.

그것은 촉감이었으며 소리였다. 터지기 직전 미세하게 느껴지던 공기방울의 마지막 저항이 없었더라면 소리도 없을 것 같았다. 사뭇 완강해 보이면서도 끝내는 무력하고 허망하게 터지던 그 소리가 아니었다면 촉감도 없었을 것이다.

소리와 함께 촉감은 사라지지만 그 소리가 있어야만 촉감의 흔적이 되짚어지는 묘한 감각들을 거듭 느끼고 싶었던 걸까. 나는 팝콘을 먹듯 공기방울을 터뜨렸다. 한 개를 먹을 때마다 이것만 먹고 말아야지 하면서도 결국 그릇을 다 비우게 되는 팝콘.

톡 하는 소리와 함께 사라진 감촉이, 톡 하는 소리를 듣는 순간 벌써 그리워졌다. 손끝에 다른 공기방울의 감촉이 잡히면 이번엔 또 그 소리가 듣고 싶어 견딜 수 없었다. 소리와 감촉이 번갈아 놓여진 징검다리를 건너듯 나는 비닐의 공기방울을 터뜨렸다.

비닐을 방 한 켠으로 밀어놓으면서 나는 매번 확신했다. 한두 시간 뒤면 또 그 비닐을 만지작거리게 될 것이라는 것을.

내 손끝이 의식을 앞질러 비닐의 감촉과 소리를 그리워했다. 손끝에 맴돌던 소리와 감촉이 사라졌다는 사실을 알아채는 건 머리가 아니라 손끝이었다. 손이 슬며시 비닐을 집어든 뒤라야 의식은 화들짝 놀라며 그래, 진작부터 손끝이 허전했었어, 라고 중얼거렸다.

* * *

　공기방울의 질감과 그것이 터지는 소리에 대해 그녀가 느끼는 감각에 비하면 내가 며칠간 경험했던 건 아무것도 아닐 것 같았다. 한숨을 토해 냈다면 그녀의 것이 내거보다 훨씬 길고 깊었을 것이란 생각이 들었다. 아직도 남아 있을, 그녀가 꺼야 할 내면의 맹독성 거품도 긴 강의 수면 을 뒤덮을 만큼일지도 모른다는 생각이 들었다.

(세계사, 1999)

□구효서 「나무 남자의 아내」

　비록 잘 손질되지 않아 거친 감은 있지만, 하여튼 그녀의 긴 머리카락 은 묘한 긴장감과 흥분을 불러일으켰다. 서른일곱이나 여덟, 많게는 마 흔까지도 바라볼 수 있는 나이에 그토록 긴 머리를 기르고 있다니, 거기 엔 그녀의 알 수 없는 고집 같은 게 올올이 서려있는 것 같았다. 그녀를 처음 보았을 때 뭔가 범상치 않다는 느낌마저 들었던 것도 아마 그 긴 머리 때문이었을 것이다. 저어, 방 있습니까, 라고 물으면서 나는 인디언 에게 가족을 몽땅 희생당한 채 혼자 총을 들고 목장을 지키는 저 서부의 비운의 여인을 문득 떠올려댔으니까.

* * *

　그녀는 다시 고개를 끄덕였다. 왼쪽 어깨를 넘어온 말총머리가 그녀의 둥그런 가슴 앞에서 흔들렸다. 오늘밤 난 저 매력적인 여인과 단둘이 맥주 를 마시게 된다. 게다가 맥주는 그녀가 사는 것이다. 오늘밤 이 숙소엔 나 말고 객실 손님이라곤 아무도 없다. 갑자기 가슴 쪽이 쿵쾅거리는 소리를 그녀에게 들킬 것만 같아서 나는 쿵쿵, 마른기침을 하며 입을 열었다.

* * *

지빠귀 소리에 잠을 깬다. 오후 6시가 훨씬 넘어있었다. 누군가가 내 피부를 뚫고 잔뜩 바람을 불어넣은 걸까. 몸이 풍선처럼 부풀어 있는 것 같았다. 몸의 이곳저곳을 만져보았다. 감각이 제대로 느껴지지 않았다. 오랫동안 천장만 바라보고 있었다. 창을 통해 들어온 바깥의 희미한 빛이 한가운데서 야울거렸다.

* * *

그녀는 어째서 황량한 사막 주변부에 아무렇게나 나뒹구는 작은 사석의 이미지로만 내게 떠오르는 걸까. 햇빛에 달구어진, 하얗게 바랜 돌, 채면 힘없이 부서져 먼지가 되어버린 허망한 돌, 사람의 왕래가 끊긴 지이미 수세기가 지난 들판 위의 돌. 일정한 형태도 냄새도 생명도 없는 돌. 아무것도 아닌 돌.

전화를 해서 만나자고 할 때마다 그녀는 "알았어"라고 시큰둥하게 대답했고, 1초도 어기지 않고 약속장소에 나타났다. 웃음도 애교도 그녀에겐 없었다. 그녀에겐 어째서 이유 같은 것도 없는 걸까. 그날 그곳에 나를 만날 수 없게 될지도 모르겠다는 이유. 남녀가 만나는 덴 종종 그런 사정이 생기기도 하는 게 아니던가. 그래서 가능한 날짜와 시간을 다시 맞추고 여의치 않으면 안달을 하고 그러는 것 아니던가.

우린 왜 이럴까. 어쩌면 나라는 인간도 그녀에겐 한 개의 사석의 이미지로 자리잡고 있기 때문인지도 모르지. 나도 그녀를 만날 때 특별한 사정 같은 게 생기지 않으니까. "좀 만나"라고 그녀가 말하면 "알았어"라고 대답하고 나가지 않았던가. 1초라도 어기지 않고.

* * *

내 왼쪽 겨드랑이를 끌어안던 그녀의 힘있고도 부드러웠던 손. 그러나 그 따뜻했던 감촉과 그로 인한 전율은 내가 그녀에게서 종종 느꼈던 관능미로부터 비롯된 것들은 아니었다. 관능 따위와는 정말이지 아무런 상관도 없는 것이었다. 누군가에겐가 전폭적으로 보호받고 있다는 안도감, 한 여인이 순전히 나만을 위해 뭔가를 백 퍼센트 기댔다고 사실 온전히 나를 던져 기대도 좋을 만큼 그녀는 아주 크고도 강했다는 것. 늠름하고 멋졌다는 것 그런 거였다. 그런 것이 확인이었다.

(세계사, 1999)

□구효서 「물 속 페르시아 고양이」

그동안 내 눈이 보아내지 못했던 어떤 어둡고 차가운 세계가 그 커다란 붕어의 징그러운 등 비늘 모양을 하고 내 의식의 세계를 마구 침범해 들어오는 것 같아 서둘러 담배를 비벼 끄고 거실로 뛰어들어왔다.

* * *

집으로 돌아와서도 나는 등을 대고 누운 방바닥 밑에 그 큰 붕어가 징그럽고도 어두운 등을 드러낸 채 무언가를 한껏 비웃으며 여유있게 노닐고 있는 것 같아 금방 잠을 들 수 없었다.

* * *

하지만 그녀의 집으로 나서면서, 고작 그것이었던가 싶은 생각이 들었다. 소설이란 말을 듣고 그녀의 내부에서 부풀어오르던 설렘과 욕망의 정체가 고작 그것이었던가 싶었다. 역시 그녀의 통통한 몸을 채우고 있었던 것은 수성에 지나지 않는 것이었던가. 물처럼 밍밍한 것에 지나지 않는 것이었던가. 자신의 과장된 느낌과 기호를 일반화하는 버릇에서 여전히 놓여나지 못하는 여자였던가.

□구효서 「아우라지」

그녀의 포도주빛 힐이 보도 블록을 톡톡톡 찍으며 멀어져 갔다. 저만큼 멀어지는 그녀의 등뒤로 철철철 아우라지가 흐르기 시작했다. 비를 머금어 부스스 피어난 돌이끼빛 강물이 흐르기 시작했다. 강은 점점 깊고 넓어져 내 발끝까지 와 닿았다. 나는 그 물에 오래도록 발을 담그고 있었다.

* * *

앞뒤로 꼭꼭 가로막힌 검은 산 사이에 누워 하룻밤 내내 마을과 집들 사이를 흐르는 물소리를 듣는다는 게 문득 두려워졌다. 건너도 도무지 건너지지 않는, 물살에 발목이 잡혀 온 밤 내 허우적거리며 가위에 눌리다 깬 것만 같았다.

* * *

우리의 나이가, 사고가, 혹은 삶의 양식 등등이, 이미 바람과 나무와 물과 하늘 따위로써 심리적인 어떤 것들이 해소되기엔 어울리지 않았던 것은 아니었을까. 차라리 술을 먹고 교정의 잔디 위에 토하는 것이, 담배 냄새 가득한 자취방에 골아떨어지는 것이, 도심의 분수대에 뛰어들어 고함을 지르거나 음악다방에 들러 맥없이 「한국문학신강」을 읽는 것이 무언가를 털어내고 흐트러뜨리는 데 훨씬 효과적인 방법이 아니었을까.

* * *

속이 더부룩하고 닝닝했다. 쓴 커피라도 한잔 마시고 싶었다. 동면의 지붕 낮은 집에서 민박하고 싶지 않았던 건 답답할 것 같아서였다. 시가지의 소음과 분망함에 길들어져 있던 우리들에겐 읍내의 밤풍경이 외려 숨쉴 만하다고 여겼던 것이리라.

* * *

낮보다도 그녀는 더 멀게 느껴졌다. 기분 나쁜 복부의 팽만감, 침묵, 그리고 낮에는 보이지 않던 어둠이라는 또하나의 흐름이 그녀와 나 사이를 가로막고 있었던 것이다.

* * *

그때 문득 그녀와 어떤 말이든 나누고 싶다는 강렬한 욕구에 시달렸다. 우리는 서로에게 이렇다할 불만을 갖고 있지 않았다. 말을 아낄 이유도 없었다. 차라리 불만이 있었다거나 말을 아낄 이유가 있었다면 오히려 우리는 어떻게든 대화를 나누고 있었을 터였다.

* * *

소리가 소멸된 세계에선 오가는 이유와 목적지 따위도 함께 소멸했다. 건물과 건물, 차량과 차량, 사람과 사람 사이의 거리가 갑자기 멀고 아득하게 느껴졌다. 존재와 사물들 사이의 유대와 인연이 갑자기 증발한 공간. 그녀도 어느새 소리 없는 바깥 풍경을 말없이 바라보고 있었다.

* * *

무엇을 기도(企圖)하기 위해 우리는 어둠을 기다렸던 것일까. 산도 강도 들판도 어둠에 묻혀 세상이 온통 분별할 수 없는 하나로 검게 뒤섞이는 시각을 기다리고 있었던 건 아닐까. 눈에 보이는 사물과 존재들이 어둠에 묻혀 내남없이 소멸하기를 기다렸던 것일까.

* * *

그녀와 나는 말없이 서서 오랫동안 텅 빈 보도블록 위에 새겨진 둥그런 불그림자를 바라보았다. 한 인간이, 한 존재가 가뭇없이 사라진 자리를 바라보고 있었다. 깨끗한 담장과, 자로 재서 그은 듯한 반듯반듯한 철책과, 그 철책 사이로 기어오르는 개장미는 아침에 보았던 그대로였다. 철책 너머 오렌지빛 우체국 건물이 어둠 속에 웅크리고 있었다. 그것들은 하나같이 시치미를 뚝 떼고 아침나절에 있었던 한 생명의 처절한 소멸을 모르는 척 했다.

* * *

그녀는 여전히 창쪽을 향해 누워 있었다. 아득하기는 하지만 나는 지금까지도 커튼이 드리워진 창을 향해 누워 있던 그녀의 허여멀건 등을 기억하고 있다. 그날 동해엘 갔었는데 어쨌는지 기억나지 않지만 몇 개의 작은 점들이 박혀 있던 그녀의 펀펀한 등만큼은 지금도 눈을 감으면 흐린 구름 뒤로 내비치는 달처럼 뿌옇게 떠오른다.

* * *

지난해 봄, 그녀와 인사동에서 우연히 마주쳤을 때도 우리가 18년 동안이나 잊고 살았다는 사실을 얼른 실감할 수 없었다. 그저 하루하루에 코를 박고 애면글면 살아왔을 뿐이지 흐르는 세월을 몇 년 단위로 인식하여 살 만큼 여유롭지 못했으니까.

그동안 그녀를 잊고 살았다곤 하지만 그녀의 굵어진 목과 팔뚝이 아니었다면 기껏해야 사나흘쯤 헤어졌다 다시 만난 느낌이었을지도 모른다. 18년의 세월이 흐르긴 했으나 그동안 나와 그녀 사이엔 아무리 헤저어 봐도 아무것도 잡히지 않을 텅 빈 어두운 망각의 그늘이 자리하고 있었으니깐 잠든 사이 흐른 시간을 인식하지 못하는 것과 같은 이치였으리라.

* * *

사람은 어째서 남의 말을 하길 좋아하는 걸까. 나는 담배를 한 대 꺼내 천천히 불을 붙였다.

타인의 삶을 지나칠 만큼 궁금해 하고 그걸 또 전혀 다른 누구에겐가 전하고 싶어 안달하는 심리는 어디서 싹트는 것일까. 인간은 누구나 본질적으로 외롭고 고독한 나머지 그 두려움에서 벗어나기 위해 애써 오관을 뻗어 타존재와 연결되고 싶어하는 게 아닐까.

* * *

사실 나는 그녀에 대해 더이상 알고 싶지 않았다. 알아서 뭘 어쩐단 말인가. 안다 한들 내겐 어설픈 상념만 몇 개 더 늘어날 뿐이었다. 꽃보라 스커트 아래로 고달프게 내비치던 그녀의 굵어진 무릎뼈, 불투명한 안개가 걷히면서 드러나는 두 딸아이의 어두운 눈그늘, 창백한 얼굴로 이승의 마지막 숨을 몰아쉬는 그녀의 남편…… 도대체 왜 이런 상상을 하게 하는 것일까. 학번이 같고 학과가 같은들 그게 뭐 그다지 중요하다는 것일까.

(세계사, 1999)

□구효서 「오후, 마구 뒤섞인」

그는 순간 당황했고, 얼굴이 굳어졌다. 창백해진 그의 낯을 보고 그 아이는 천천히 입술을 늘여 소리 없이, 서늘하게 웃었다. 어른을 상대로 한 버릇없는 장난이 비로소 성공했다는 듯한 웃음이었지만 그는 아이에게서 시선을 떼는 수밖에 그 낭패스런 상황을 벗어날 도리가 없을 것 같았다.

* * *

이 훌륭하고도 신비하기까지 한 오후 공원의 안정은 언제 시작된 걸까. 나른함 속에 숨겨진 일사불란함. 누가 이루어놓은 질서일까. 그는 인공연못가에 쭈그리고 앉아 물 속에 가라앉아 있는 100원짜리 동전을 물끄러미 바라본다. 동전은 물 속에 가라앉아, 묵묵히, 이 세상이 내는 소리들을 듣고 있는 것 같다.

* * *

그의 몸에서 이탈된 영혼인가가 슬그머니 일어나 창문을 투과해 나간다. 베란다에서 서서, 저 몇 길 아래 가물거리는 불빛과 오가는 자동차들을 내려다보며 중얼거린다.

오늘은 이승이 너무도 잘 보여.

내 삶이란 게 신문지 한 장처럼 가벼워서

뛰어내려도 꽃잎처럼 펄럭이겠지.

(세계사, 1999)

□구효서 「잠든 밤에도 비는 내리기 때문이겠지요」

창 밖으로부터 시선을 거두어들인 그녀가 저를 바라보았습니다. 분명 웃는 표정이었지만 제겐 웃음으로 보이지 않았습니다. 반짝거리는 그녀의 맑은 눈이, 왠지는 모르겠지만, 고마워요, 라고 저한테 말하는 것 같았습니다.

(세계사, 1999)

□ 김녕희 「결박당한 남자」

혜인은 갑자기 온몸에 힘이 다 빠져나가는 현기증을 느꼈다. 예기치 않은 안도감 때문이었다.

수진을 돌려주지 않겠다는 억지를 부릴까봐 고심하며 그의 눈치만을 살폈는데 뜻밖에도 그가 먼저 수진을 양보한 것이었다. 그럼으로써 이혼하자는 제의도 그가 먼저 해온 셈이 되었다.

혜인은 크게 숨을 내쉬고 정신을 가다듬었다. 내심 그녀는 딸과 함께 살게 되었다는 기쁨으로 벅차올랐으나 쉽사리 그 기쁨을 그에게 들켜서는 안 된다고 스스로를 자제했다.

교활한 그가 혜인이 모성애로 얼이 나간 것을 이용해 위자료 따위는 말도 안 되는 얘기라고 일축해 버릴지도 모른다는 생각이 그녀를 긴장시켰다.

* * *

혜인은 20년 가까운 세월 동안 조금도 퇴색되지 않은 하민형에 대한 자신의 증오심을 헤아려 보았다. 그것은 결국 20여 년을 끊이지 않고 하민형을 생각해 왔다는 반증이 아닌가. 하민형을 대하는 순간, 잃었던 사람을 다시 찾은 것 같은 가슴 떨림을 부인할 수 없었다.

(신원문화사, 1976)

□ 김녕희 「흐르는 길」

초강의 눈에 가득 눈물이 고여 왔다. 뭉클뭉클 가슴속에 치미는 복받침 때문에 그녀는 미동도 할 수 없었다. 단지 못 박힌 듯 그녀는 시신처럼 마른 신정수의 등 뒤, 흰 벽 중앙의 장식처럼 달린 나무 십자가를 눈물 고인 눈으로 응시하고 있을 뿐이었다.

(신원문화사, 1976)

□김동리 「사반의 십자가」

야일은 야일대로 그네들 부녀가 매를 가족으로 맞아들이고 날마다 큰 위안으로 삼는다는 사실이 여간 흐뭇하지 않았다. 그녀를 기쁘게 해주기 위해서라면 그보다 더한 무슨 일이라도 하고 싶었다. 그는 지금도 호수 위에 배를 띄운 채 물 속에 비쳐진 별 무더기를 들여다보며, 저 별 무더기라고 한 됫박 건져다줄 수 있으면 오죽 좋으랴 싶었다.

* * *

사람이여, 그대의 기다림이 하늘 나라의 것이라면 나를 따를지니라.

예수의 이 말이 무슨 뜻인지를 그 순간 그들은 똑똑히 이해할 수 없었다. 그러나 무언지 형언할 수 없는 예리한 칼날과도 같은 것이 가슴에 쿡 찔리는 것을 깨달았다. 그와 동시에 사반은 가슴속이 사뭇 와들거리기 시작함을 깨달았다. 예수의 그 호수같이 맑고 푸른 두 눈이 하늘의 끝없음을 머금은 채 사반의 핏발 선 굵은 두 눈을 지그시 바라보고 있었다.

(민음사, 1995)

□김만옥 「시각 유희」

길모퉁이에 있는 구둣방을 끼고 돌았다. 골목을 들어서자마자 점찍어두 었던 치과가 보인다. 이번에 살해할 치과의사가 거기 있을 것이었다.

그녀가 전의를 가다듬으며 치과 간판을 다시 확인할 때였다. 눈에 보이지 않는 어떤 예리한 흉기가 그녀의 눈을 쿡 찌른 것은.

아주 섬세하고 날카로운 꼬챙이 같은 것이었다. 본능적으로 손이 먼저 눈으로 갔고 핸드백을 열고 손수건을 찾아낸 것은 그보다 나중이었다.

통증이 상당했다. 그리고 눈물이 쏟아졌다.

이제 눈까지 못쓰게 됐나.

순간적으로 앞이 캄캄한 절망감이 그녀를 휩쌌다. 역시 순간적으로 그녀는 그 절망감에서 빠져나가려고 안간힘을 썼다.

* * *

자동차가 완전히 시야에서 사라졌다.

자동차는 하나의 자동차로 시야에서 사라졌으나 천천히 돌아서서 자희의 머리 속에서 순식간에 한 마리 딱정벌레로 변했다. 고속도로 위의 수많은 벌레의 경주에 끼여든 한 마리 딱정벌레. 그 딱정벌레 속에서 그녀의 남편이 아이들더러 너희들도 나처럼 빨리 딱정벌레의 내장으로 변하라고 윽박지르는 소리가 들리는 것 같았다. 눈이 온 날 보름달을 보고 달빛에 눈이 녹아버리면 어떡하나 걱정하던 막내까지도 이젠 벌레의 내장으로 순순히 변해줄 나이가 되었다고 그녀는 생각했다.

(창작과비평사, 1987)

□ 김만옥 「아버지의 작고 검은 손금고」

그 역시 '지금이 어느 때라고' 하며 외치는 주체이던 때가 있었다. 하루도 더 견디기 어려울 정도로 숨이 막히게 답답하고 절망적이어서 태평하게 길을 걷는 사람 아무나 붙들고 지금이 어느 때라고 하며 소리치고 싶던 적도 있었던 것이다. 적어도 그의 민주화에 대한 열망이나 정의감이라는 명색과 그의 아내의 아세가 정면으로 마주치기 전까지는 그는 변함없는 그쪽이었던 것이다. 지금도 그는 '유신철폐'와 '학원 민주화'를 외치는 쪽의 군중들 앞에 섰던 그와 '유신만이 살 길이다. 학생들은 자중하라'는 쪽의 앞에 섰던 그의 아내가 맞부딪치던 순간을 생각하면 허파에서 바람이 빠지는 소리를 내며 웃는 것이다. 선두 학생들과 같이 의거탑 앞으로 진출하고 있는데 반대편에서 맞불을 놓으며 다가오는 무리들 중에 일찍이 지방 여성계의 유지이며 비록 실패를 했지만 통대에 출마했던 경험이 있는 그의 아내가 보이던 것이다.

겁도 없이. 여기가 어디라고.

그런데 이상한 것은 그의 마음이었다. 그의 아내의 낯익은 얼굴을 보자 그의 마음이 턱 놓이고 이젠 됐다, 살았다 싶던 것이다. 마치 그의 아내가 집안 살림의 어려운 고비를 때맞춰 해결해주었듯이 그가 그만치서 꽁무니를 빼고 싶을 때 그의 아내가 그에게 좋은 빌미를 제공해 주려고 때맞춰 나타나준 것 같았다.

* * *

그의 아버지가 마산의 일인 상점에서 트럭 운전을 했다는 사실이 퍼뜩 생각났던 것이다. 큰 키에 당꼬바지를 입고 도리우치란 모자를 눌러쓰고 트럭을 끌고 가끔 집으로 오던 그의 아버지가 생각났다.

해방이 되었다고 떠들썩할 때 아버지가 트럭에 가득 싣고 왔던 갖가지 물건들도 생각났다. 그 중에 그가 아직도 생생히 기억할 수 있는 것은 미깡이라 하던 일본산 귤 맛과 일본 옷감 특유의 무늬가 있던 이불보따리였다.

그럼 아버지는 그때 그 물건들을 뺏어 왔던 것일까? 훔쳐 왔던 것일까? 그 장물들 중에 금고도 들어 있었던 것일까?

그는 마치 악몽을 꾸고 있는 것 같았다. 조금 전까지 그의 몸 속에 충만해 있던 행운에 대한 기대가 부끄러움의 덩어리로 변하여 부풀어 터져

나오는 것 같았다.

이제 그는 아버지의 금고 속에 들어 있던 서류 속의 토지 소유자 이름이 제발 마쓰모토가 아니기를 바라기 시작했다. 빨리 서울로 가서 확인해보고 싶었다.

윤 계장이 이 도둑놈의 자식아 하고 소리치며 뒤쫓아 오는 것 같아 훈목은 얼른 출발하려고 움찔거리는 버스 속으로 뛰어들었던 것이다.

(조선일보사, 1991)

□김문수 「가지 않은 길」

문득 그의 머리 속에 폴리티션(politician)이라는 단어와 스테이츠맨(statesman)이란 단어가 들어와 박혔다. 둘 다 정치가라는 뜻으로 통하지만 폴리티션이 자신의 이해 관계에 급급한 소인배 정치가라면 스테이츠맨은 국가와 미래를 생각하는 지도자를 뜻한다고 배웠던 기억이 난 것이다.

'우리 나라에 스테이츠맨이 있는가? 만약에 그런 지도자가 있는데도 많은 젊은이들이 일자리를 구하지 못한다면 그것은 그들에게 자격이 없는 거야.'

강정길은 도리머리를 했다. 머리 속에 똬리를 틀고 있던 폴리티션과 스테이츠맨이 스르르 풀리며 마치 꼬리를 감추고 사라지는 뱀처럼 빠져나갔다.

* * *

일행 중 누군가 이상한 답례를 했었다.

"어이 김 일병! 내가 너라면 콱 자살해 버릴 거다!"

모두들 그 말끝에 비슷비슷한 야유를 보내며 경비병의 야코를 죽였다. 그러면서 날아오는 새떼처럼 서둘러 병영을 빠져나왔다. 물론 그의 마음도 가볍기 그지없었다. 마치 더러운 누더기를 훌훌 벗어 던지고 깨끗한 새 옷으로 갈아입은 느낌이었다.

* * *

강정길은 고개를 끄덕여 수긍해 보이며 소리 없이 웃었다. 군대 생활 3년 동안에 듣고, 보고, 겪지 못했던 여러 가지가 깜짝깜짝 놀라게 했는데 이번의 경우도 마찬가지였다. 어떤 때는 '그래 그런 말이 있었지' 하고 놀라게도 되고 '햐! 그동안에 이런 말이 새로 생겼구나' 싶어 입을 벌릴 경우도 많았다. 또 어떤 때는 '3년 동안 슨 머리의 녹을 어떻게 벗기나' 싶어 은근히 두려워질 때도 있었다. 그럴 때마다 그는 로빈슨 크루소를 생각했다. 남태평양의 한 무인도에서 28년 2개월 19일을 살다 온 뒤, 그 사회생활의 공백을 어떻게 극복했을까 궁금하기 짝이 없었다.

* * *

그는 그녀로부터 청첩장을 받던 날, 그 자리에서 그녀의 사진을 불살랐다. 왼손 엄지와 검지의 끝에 한쪽 모서리가 잡힌 명함판 사진 속에서 그녀는 화사하게 웃고 있었다. 라이터의 불꽃이 그녀의 왼쪽 가슴부터 불태우기 시작했다. 그 불길은 계속해서 턱과 코와 눈과 이마를 순식간에 삼켜버렸다. 배반자의 화형은 그토록 간단했다. 화형으로 인한 어떤 주술적인 힘이 작용해 그녀의 앞날에 불행이 닥쳤으면 하는 복수심으로 행한 것이었으나 결과는 후회뿐이었다. 불행해지면 어쩌나 싶은 괴로움 때문이었다. 그 괴로움을 잊기 위해 그는 아폴리네르의 시구를 암송했다.

* * *

좁고도 어둑신한 계단에서 벗어나 초여름의 강렬한 태양 아래 서게 되자 현기증이 일었다.

그는 건물 벽에 기대어 눈을 감았다. 넓은 공간에서 밝은 광선을 받고 있음에도 비좁은 암흑 속에 갇힌 느낌이었다.

얼마 뒤 현기증이 가시어 다시 발길을 옮기기 시작했으나 그는 여전히 암흑을 걷고 있는 듯한 기분을 떨쳐버릴 수가 없었다.

그는 마치 어린이가 암흑 속을 걸을 때와 같은 두려움으로 한 발 한 발 옮겨 놓았다. 그의 뇌리는 좌절감으로 충만해 있었다.

"풀잎은 강하다!"

그는 좌절감을 떨치려 외쳤으나 외침이 되지 못했다. 겨우 혼잣말 같은 중얼거림이 되어 나왔을 뿐이다. 그의 그러한 중얼거림 끝에 마법에 의한 것처럼 한 얼굴이 떠올랐다. 비수처럼 날카로운 눈빛을 지닌 얼굴이었다. 그는 말했었다. 약하디 약하게 보이는 것이 풀잎이지만 폭풍우가 지난 뒤에 풀잎이 그 무엇보다도 강하다는 것을 알 수 있다고. 아무리 거센 폭풍우 뒤에도 풀잎은 꺾이지 않고 다시 일어선다고. 시 동인의 명칭 '풀잎'은 그렇게 정해졌다.

* * *

그는 방으로 들어가 벌러덩 누으며 궁시렁거렸다. 천장에 미스윤의 여러 환영들이 나타났다가 사라지곤 했다. 모래바람을 막으려는 투아레그 족처럼 외투 깃으로 얼굴을 가려 눈만 빠꼼히 내놓은 모습이기도 했고, 눈물이 그렁그렁한 얼굴이기도 했고. 눈 덮인 보도 위를 스키 타듯 길게 신발을 끌며 슈프르 같은 평행선의 발자국을 남기는 모습이기도 했다. 그녀의 목소리와 웃음소리도 귀에 생생했다.

* * *

'그럴지도 모르지.'

속으로 뇌까리는 그의 눈앞에 미스 윤의 환영이 떠올랐다. 그는 그녀가 자신을 성적 대상으로 삼기 위해 만나자는 것이 아닌가 생각했던 것이다. 미스 윤의 환영은 그녀가 알몸이 되어 강을 건너는 모습으로 바뀌었다. 그는 도리질로 그 환영을 지웠다.

'도대체 왜 날 만나자는 거지?'

만남을 요구하는 행위는 그것이 무엇이든 어떤 필요에 의한 것이라고 그는 생각했다. 그의 생각은 계속해 가지를 뻗어 나갔다.

'미스 윤에게 내가 왜 필요한가?'

그는 자리에서 벌떡 일어섰다. 자신의 부질없는 생각들을 떨쳐버리기 위해서였다.

* * *

그의 눈앞에 문득 탄알과 그 꽁무니의 뇌관을 치기 위한 공이, 그리고 그 공이를 퉁겨 나가게 하는 방아쇠가 크게 나타났다. 마치 투명한 총포의 내면을 들여다보고 있는 듯했다. 그것은 다시 커다란 한 폭의 만화로 둔갑했다. 편집부장의 몸뚱이가 방아쇠로, 최명남의 몸뚱이는 탄환으로 그리고 그 자신의 몸뚱이는 공이의 모습으로 그려진 그런 만화였다.

"…… 장갈 좀 일찍 들긴 했지만 나도 제까짓 놈처럼 애가 셋이다 이겁니다.……"

최명남의 목소리가 고막을 울려댔다. 그의 눈앞에 펼쳐진 그 괴상한 만화 속에서는 이제 공이로 변신해 있는 자신의 모습을 볼 수가 없었다.

* * *

그날도 그곳에서 강정길의 귀를 즐겁게 한 것은 스메타나의 교향시 〈몰다우〉였다. 하프와 바이올린의 피치카토로, 물이 숲으로 떨어져 흐르는 것을 묘사하고 그 물이 모여 강을 이루면 바이올린의 피치카토로, 물이 숲으로 떨어져 흐르는 것을 묘사하고 그 물이 모여 강을 이루면 바이올린과 오보에가 아름답게 물결치는 몰다우 강의 테마를 노래했다. 이윽고 달빛 아래 펼쳐지는 아름다운 풍경이 호른에 의해 묘사되기도 했다.

〈몰다우〉가 끝나고 홀 안을 누비기 시작한 것은 슈만의 가곡집 〈시인의 사랑〉이었다. 전 16곡 중 변심한 애인을 체념치 못하는 안타까움을 노래한 제7곡 〈나는 슬퍼하지 않으리〉와 실연의 쓰라림을 꽃이 안다면 어떻게 위안해 줄까 하는 것을 노래한 제8곡 〈꽃이 안다면〉 그리고 실연의 쓰라림이 고조에 이르는 제10곡 〈애인의 노래를 들을 때〉가 흘러나오자 그는 하마터면 눈물을 떨굴 뻔했다. 마지막 곡 〈저주스런 추억의 노래〉가 끝나고 피아노의 조용한 후주음이 사라질 때까지 그는 깊은 잠에라도 빠진 것처럼 눈을 감은 채 미동도 않았다. 사실 〈시인의 사랑〉 전곡은 그의 첫사랑 전말(顚末) 그 자체라 해도 지나침이 없을 정도의 노래였다.

그는 그 노래들이 계속되는 동안 줄곧 떠올리고 있던 변심한 연인의 환영을 쫓기 위해 번쩍 눈을 뜨고 척추를 세워 자세까지 바로잡았다. 그리고는 다탁 위에 놓은 대형 봉투 속에서 미스 윤의 원고를 꺼냈다. 그녀가 '난생 처음 써 본 소설'이라며 읽어 달랬던 바로 그 원고였다.

* * *

긴 얘기를 마친 그녀는 눈물을 잦히기 위해 고개를 젖히고 있었다.

그는 그녀의 마음이 진정되기를 기다리기로 했다.

그의 입에서 뿜겨져 나오는 담배 연기는 유난히 짙었다. 그는 계속해 자신이 뿜어댄 담배 연기를 지켜보고 있다가 도우넛형으로 떠 있는 연기를 발견하게 되었다. 작정을 하고 그렇게 만들려해도 번번이 실패했던 도우넛이 생각지도 않게 만들어졌던 것이다. 문득, 담배 연기로 하트를 만든 뒤, 다시 연기로 화살을 만들어 쏘아 관통시키는 한 컷짜리 외국 만화가 생각났다. 그의 생각은 나래를 폈다. '누군가 말했지. 투 리브 이지 투 러브 To live is to love라고.

＊ ＊ ＊

그의 눈앞에 잎을 다물고 있는 꽃 한 송이가 떠올랐다. 그 꽃 주위의 어둠이 서서히 걷히며 꽃은 꽃잎을 열기 시작했고 이내 활짝 피었다.

'밤에 다물렸던 꽃잎이 따뜻한 아침 햇살을 받으며 활짝 피어나듯, 처제의 삶도 이제 어둠에서 벗어나 활짝 피기 시작한 거야.'

"형부."

그가 생각의 나래를 접고 고개를 돌렸다. 도저히 잦힐 수 없는 눈물을 손수건으로 찍어내며 그녀가 입을 열기 시작했다.

＊ ＊ ＊

그의 눈에 다시 눈물이 돌았다. 그 눈물을 잦히기 위해 고개를 젖히자 가로수의 짙푸른 잎새들이 눈에 가득 들어왔다. 그것은 굳건한 초록의 성문처럼 높은 곳에 버티고 있었다.

＊ ＊ ＊

강정길은 마음속에서 싹튼 그 장신에 대한 부러움은 어느 새 깊게 뿌리를 내리고 가지를 뻗어 무성한 잎을 달았다. 표준 신장이라는 자랑은 설 자리를 잃고 스르르 녹아버렸다. 이제 그는 자신의 키가 나날이 줄어들고 있다는 생각까지 하게 되었다.

＊ ＊ ＊

그가 '종소리'의 마지막 행을 읽고 있을 때 전동차는 다시 움직이기 시작했다. 그리고는 이내 속력이 붙었다. 그는 전속력으로 달리는 전동차를 향해 돌진하는 자신의 모습을 떠올리고 있었다. '가루 갈 가루의

음향이 된다. 내가 가루가 되어……아니, 아침부터 내가 왜 이러지?'

그는 고개를 흔들어 흡반처럼 뇌리에 붙어 있는 생각들을 떨쳐버렸다. 그러자 그 자리에 마치 군함의 함교부를 연상시키는 ㄱ대학의 본관 건물이 들어앉고 말았다.

* * *

사실, 그는 박진양이 말을 걸기 전에 장뢰의 '산로추청송백향'이라는 시구를 새김질하며 맑게 갠 가을날, 소나무랑 잣나무가 우거진 산길을 걷고 있는 자신의 모습을 상상하고 있었던 것이다. 추청이라는 단어에 걸맞게끔 맑은 가을날이 빌미가 된 상상이긴 했으나 그는 그런 상상의 근본이 현실에서 도피하려는 잠재의식이라고 생각했었다.

(좋은날, 1999)

□ 김병총 「사라지는 것은 아름답다」

이 섬뜩한 장소에서 새는 누가 키우고 있었을까. 이 새장 속에서 살았던 새는 어떤 종류였을까. 대체 새를 키우겠다는 발상 자체를 떠올린 사람은 누구인가. 남자였을까. 여자였을까. 자신도 모르게 피의 사실로 끌려와 철커덕 새장 속에 갇히듯 골방 속으로 밀려들어간 인간일리는 없을 테고, 그렇다면 보민국의 직원이었을까. 아니라면 배선공이었거나 목수였거나 식당 아줌마였거나 청소원이었거나……

한데, 새의 양육은 왜 중단되었을까. 기르던 새가 죽었기 때문일까. 아니면 국(局) 내의 고위층의 비위에 맞지 않았기 때문에 양육을 포기 당한 것일까. 그리고 새장은 깨끗이 청소되지 않고 어째서 이런 곳에다 썩도록 내팽개쳐져 있을까. 이것이 그대로 방치된 이유는 단지 누구의 눈에도 띄지 않았다는 사실, 그것 하나 때문이었을까. 처음부터 이곳에 던져진 것일까. 새는 인간의 비평과 신음에 견디지 못하고 스스로 숨이 막혀 자살해 버린 지도 알 수 없고…….

(한경, 1995)

□김성아 「그 바다는 어디로 갔을까」

나는 내가 정직하다는데 전혀 감동하지 않았다. 어쩌면 겁쟁이가 되고 말지도 모른다고 생각하자 화가 나기 시작했다. 불안과 실망으로 가득한 적대감, 분노, 슬픔과 고독 속에 나는 무참하게 던져져 있었고 보이지 않는 길을 마구 휘젓고 다니면서 스스로를 향하며 문제를 던지고 답을 했다. 나는 어머니의 재혼을 인정할 수 없었으며, 그녀를 향한 내 마음이 왜 그리도 더럽고 추잡했는지 모르겠다. 그녀가 갈보처럼 느껴졌다. 그녀의 타락을 막기 위해서라도 나는 특별한 행동을 취해야만 한다고 생각했다. 그러나 그 어떤 쇼킹한 행동을 저지르기에는 나는 너무 어렸으며, 그래서 마음은 원했지만 행동할 수 없는 두려움으로 잔뜩 분을 품은 채 마음속으로만 온갖 악행을 저지르고 있다가 수화를 생각하게 됐으며, 그 순간 막연하긴 했지만 나를 향해서 돌아갈 수 있는 길이 보였다.

* * *

처음 그녀를 보았을 때 느낄 수 있었다. 이 여자는 울타리를 가지고 있어. 내가 가지고 싶었던 그런 울타리. 내 울타리는 금방 허물어져 버렸지. 여우와 사나운 들짐승들이 마음대로 드나드는 황무지로 변하고 말았어. 그런데 이 여인의 울타리는, 성처럼 든든하기 이를 데 없고, 들어가는 문도 안으로 굳게 잠겨 있어서, 허락된 자 외에 아무나 들어갈 수가 없어. 울타리를 지키는 방법을 알고 있는 거지. 그래서 나는 도무지 지킬 수 없는 내 울타리를 맡기고 싶은데…

* * *

그렇게 밀려드는 감정을 어떻게 처리해야 할지 몰라서 그녀는 창 밖을 보았다. 파란… 아아. 무심하도록 파란 하늘이 거기에 있었다. 서늘한 미소가 그녀의 입가로 번졌다. 폭풍이 지나간 다음의 하늘은 언제나 저렇게 파랬지. 내 몫의 바닷물처럼. 몰염치하도록 파란 저 하늘… 난 정말로, 때때로, 저 색이 너무 싫어. 책상 위에 엎질러진 잉크처럼 냉정하게 파란 저 색이. 누군가 뱉어 놓은 각혈처럼 느껴질 때가 있어.

(문학사상사, 1999)

□김연경 「미성년」

화요일, 밤늦게 집에 돌아온 현선은 침대 위에 누워 어린애처럼 펑펑 울면서, 다시는 그를 만나러 가지 않겠다고 다짐, 다짐했다. 그러나 사흘 동안 집요하게 그녀를 괴롭혀온 불면증이, 결국엔, 다시 그를 부르게 만들었다. 어제, 오늘, 지훈에 대한 온갖 유치한 상상이 그녀를 갈기갈기 찢어놓았다. 불안하고 초조하다 못해 무섭기까지 했다. 하지만, 거실, 그녀의 불면증이란 잠 못 이루는 밤이 최소한 2주 이상 지속되는 진짜 불면증은 아니라, 그저 의사 불면증쯤으로 불릴 수 있을 법한, 불면증에 가까운 병적 상태에 불과한 것이었지만, 그렇다고 해서, 그녀가 느끼는 고통이 하찮은 것이라곤 말할 순 없으리라. 어쨌거나, 그녀는 이 불면증으로 힘겨워하면서, 한편으론, 드디어, 찢긴 의식, 좀더 학술적인 말로, 이른바 '분열된' 의식을 갖게 되었다는 황홀감에 들떠 은근히 기뻐했고, 그래서, 그녀 스스로 이런 상태를 조장하고 있었다.

(문학과지성사, 2000)

□김영래 「숲의 왕」

잠들기 전의 심한 공복감과 두려움 등이 겹쳐 신경을 곤두서게 했으나 잠의 밑바닥으로 혼몽하게 가라앉는 의식을 붙들 수는 없었다. 그는 많은 꿈을 꾸었고, 상처입은 짐승처럼 움츠린 채 끙끙거리기도 했다.

* * *

아무튼 성우는 아궁이 앞에 앉으면 스스로 소진될 듯 격양되면서도 서서히 화해를 이뤄 고요해지는 자신을 동시에 느끼게 되는 것이었다. 주체할 수 없는 외로움에 몸서리를 치다가도 물끄러미 자신을 들여다보게 되고, 가슴 깊은 곳으로부터 신음이 새어나오다가도 어둠의 처소를 밝히는 한줄기 빛이 인도되어 불의 환희와 죽음을, 존재의 불과 재와 연기를 응시하게 되는 시간.

그러한 밤이면 부뚜막 위에 그을음을 잔뜩 뒤집어쓴 채 붙어있는 흡사 주문과 같은 기도문을 소리 내어 읽어보는 것이었는데, 그 완전히 파악할 수 없는 문구들의 떨림이 어떤 열기를 가진 힘으로 자신의 몸 속으로 스며드는 것을 느낄 수가 있었다.

* * *

결코 길지 않은 시간이었지만 그를 엄습한 두려움과 긴장으로 성은 아랫도리가 후들후들 떨리는 것을 느꼈다. 하지만 그러고 있을 겨를이 없었다. 그는 재빨리 정신을 가다듬고 그들이 사라진 방향을 향해 소리 죽여 걷기 시작했다.

* * *

돌은 완만하지만 거스를 수 없는 속도로 거대한 덩어리를 이루기 시작한다. 그 위압적인 크기로 인해 아이는 몇 걸음 물러서지 않을 수가 없다. 아이가 소리를 지른다. 돌은 계속해서 커진다. 이제 그것은 구름의 크기로 산을 넘어온 검은 마왕 같다. 아이는 계속해서 소리를 지른다. 돌은 커지기를 멈추지 않는다. 아버지가 아이를 흔들어 깨우지만 소용이 없다. 아이는 이미 꿈과 현실을 분간할 수 없다. 돌이 꿈과 현실의 공간 모두를 장악했기 때문이다.

* * *

준하는 그날을 생각하노라면 마치 한껏 취했던 다음날, 꿈과 기억과 환각이 시공을 뛰어넘어 뒤섞이며 고장 난 비상등처럼 제멋대로 점멸하는 듯한 인상을 받는다. 모든 것을 보았지만 모든 것이 신기루 같고, 어느 하나에서도 현실감을 느낄 수가 없으며, 그러면서도 모두가 실제 이상으로 생생하게 뇌리에 박혀 있는 듯한 그것은, 이것은 악몽이야, 다짐하는 순간 현실임이 밝혀지는, 참으로 악몽과 같은 기억의 행렬이었다.

* * *

그렇다. 그것은 살육의 냄새. 의심할 수 없는 도발의 냄새였다. 준하는 불현듯 가슴속에서 나무가 둘이 쓰러지는 거대한 진동음을 들을 수가 있었다. 지축을 뒤흔들며 대지의 북을 치는 소리. 붕괴의 소리, 괴멸의 소리…… 그는 갑자기 고함을 지르고 싶은 강한 충동에 휩싸였다.

* * *

문득 숲 속 빈터에 조심스럽게 바람이 일었다. 별들이 몸을 떨었다. 준하는 자신 또한 떨고 있음을 알았다. 얼마나 시간이 지났을까. 그는 다시 한번 하늘의 별자리들을 눈으로 더듬었다 스피카가 사라진 숲의 수관(樹冠) 위에는 아크투루스의 힘차고 끈기있는 눈빛이 그를 응시하고 있었

다. 왠지 모르지만 그때 그는 닥터그림을 생각했다. 동시에 자기 마음의
천체도에서 별 하나가 영원히 사라졌음을 깨달았다.

* * *

그랬다. 그 점은 분명했다. 그는 두려웠다. 그는 멈추고 싶었다. 그
는 그를 빨아 당기는 마술적인 흡인력 앞에서 떨고 있었다. 그는 두려
움과 동시에 희열을 느끼고 있었다. 두려움은 희열의 단짝처럼 어깨동
무를 하고 있었고, 두려움 앞에서 기쁨으로 전율하는 자기자신을 바라
보면서 그는 너무 친숙하게 느껴지는 그 낯섦에 얼굴이 일그러지는 기
분이었다. 사물은 굴절되었고, 파란(波瀾)은 아름다웠다. 성우는 무방비
상태로 날 것 그대로의 자기자신 앞에 이르러 있었다.

* * *

이 검은 숲은 어디까지 이어질 것인가. 숯 기둥으로 솟은 나무와 나무
사이로 펼쳐진 이 황폐한 전망. 기윤은 절망적인 심정으로 달 표면처럼
스산하고 낯선 풍경을 돌아보았다. 걸음을 내디딜 때마다 풀썩거리며 일
어나는 재가 그의 구두 위에서 더께를 이루고 있었다. 재는 아직도 자신
의 사지를 뱀처럼 휘감고 지나갔던 불의 열기를 머금고 있었다. 숨이 가
빠왔다. 바람은 공중에 걸린 가지들을 펴서 그을음을 꽃가루처럼 흩뿌렸
다. 기윤은 그 묵시적인 재가 낙진이 되어 폐부 깊숙이 스며드는 것을
느꼈다.

* * *

지난날 이곳에 서면, 구릉지를 따라 울창하게 들어선 숲 속에 홀연히
나타난 넓은 빈터로 인해 씻김을 받는 듯한 묘한 느낌에 휩싸이곤 했다.
가벼워지고, 수액의 소나기에 의해 정화되고, 갑자기 기대치도 않았던

은혜에 의해 축복을 받는 느낌. 하지만 지금, 나무 아닌 나무의 곡두만이 패잔병들처럼 졸렬하게 대열을 이룬 사이로 엉성하고 성근 원경이 쭈뼛쭈뼛 시야를 가로막는 이곳은 다만 재앙의 진원지, 환난의 불이 당겨진 발화점이란 인상을 줄 뿐이었다.

* * *

그를 만나야 해, 성치는 생각했다. 그가 다루를 죽였어, 그를 만나야 해. 아 당나귀 플라테로는 어디로 갔을까? 새들은 모두 어디로 가버린 것일까? 검게 그을린 나무들. 개들이 목을 매달고 있어. 혀를 빼문 태양. 폭염이야. 9월이야. 그들은 떠났어. 그들이 떠나자 문이 닫혔지. 모든 문들이 잠겨버렸어. 얼마나 시간이 지난 것일까? 잠을 깨자 밤이었지 절벽 끝이었지 그날의 번개. 갑자기 모든 것이, 엉망진창이야. 눈 속에 박힌 칼. 갈라진 구름의 혓바닥. 그 다음부턴 무엇 하나 제대로 생각나는 게 없어 비가 쏟아졌고, 우린 춤을 추었지. 소리를 질렀지, 노래를 불렀어……. 생각을 가다듬어야 해. 끓는 냄비 속 같은 머리통. 금방이라도 터져버릴 것만 같아. 팽팽하게 당겨진 줄을 쥐고 갉아대고 있어.

* * *

기윤은 그 글이 정확하게 무엇을 의미하는지는 알 수가 없었다. 하지만 살별처럼 눈부신 꼬리를 끌고 스쳐간 그 섬광 같은 순간이 암전된 삶의 한복판을 꿰지르고서, 쉽게 포기하고 오래 버려 둔 망각의 밤들을 흔들어 깨우고 갔음을 어렴풋이나마 느낄 수가 있었다. 그것은 눈뜸의 예리한 순간이었다.

(문학동네, 2000)

□김용우 「마르크스를 위하여」

그러나 어둠 속에서 나를 보는 어떤 눈이 있었다. 파랗게 살아 있는 눈, 그것은 주린 야수 같은 눈빛이었다. 원망과 분노, 세상을 향한 저주가 비수처럼 날아선 눈빛이었다. 돌아섰다. 그러나 그곳에도 그들은 있었다.

* * *

문득 샛강가에 누워 있다는 것이 샛길로 빠져버린 내 자신의 현실과 같다는 생각이 들었다. 그래, 나는 어찌하다가 저 도도하게 흐르는 본류를 떠나 한참 일할 나이에 스스로 샛길 인생이 되었을까. 아니다. 어쩌면 이 길이 본류이고 그동안의 삶이 샛강이었는지도 모른다. 청년시절부터 가졌던 확실한 꿈 하나가 이것이 아니었던가.

* * *

문득 한 소리를 들었다. 깊고 둔중한 공명 같은 소리, 마치 거문고의 굵은 현을 퉁기고 난 다음에 가슴속으로 이어지는 그런 소리였다. 그 소리는 침묵으로 흐르는 깊은 강에서 들려왔다. 가슴을 울리며 가슴속으로 들려오는 탄식 같은 소리, 나는 눈을 감은 채 그 소리와 파장에 몸을 맡겼다. 소리는 가슴을 점점 비워가기 시작한다. 마침내 텅 빈 공간, 가슴은 공명으로 넘친다. 어느덧 나는 작은 부유물이 되어 소리의 파장 속을 떠다니고 있다.

가슴을 쪼개는 듯한 서늘한 탄식…… 어느 사이 샛강의 낚시터를 떠나 도도하게 흐르는 한강의 강심이 바라다 보이는 둑에 앉아 있었다. 반포대교를 건너 출근하던 날의 모습이, 회사 앞마당에 차를 대고 아침에 만난 사우들과 반갑게 인사를 나누던 정경들이 강심의 물안개 속에 신기루처럼 떠 있다. 그리고 함께 일하며 정들었던 사우들과 더러는 미움과 증오의 대상이었던 기자시절 데스크들의 면도 물안개 속에서 나를 보고 있다. 그들은 모두 도도하게 흐르는 본류의 물줄기에 떠서 강안에 쭈그리고 앉은 나를 보고 있다.

* * *

이제 나의 하늘, 당신은 욕망을 풀지 못해 그저 한스럽게 바라만 보아야 하는 그 아름답고 비밀스런 푸르름을 향해 환호 치며 솟아오를 꺼요. 이전에 그랬듯이 작고 큰 둔덕과 이랑 사이를, 또는 숲과 숲의 수목들 사이를 팔랑팔랑 가볍게 날아다니며 치욕적인 삶보다 훨씬 가치 있는 의지의 삶, 내게 허락되고 우리들만이 누를 수 있는 천부의 순수한 자유, 그 광대무변한 공간을 날며 유리벽과 가라빈가, 그리고 신비한 음향 등, 내 꿈의 실현을 위해 날아오를 꺼요. 따라서 나의 죽음은 결코 단순한 죽음으로 끝나는 것이 아닌 죽음 이상의 의미와 함께 시작되는 또 하나의 삶이란 점을 당신은 깨달을 수 없을 거요.

* * *

저 푸른 하늘에서 쏟아져 내리는 폭포 같은 햇살을 견딜 수 없이 좋아했었소. 그것은 축복이었고, 나는 누구보다도 그것을 더욱 크고 많게 느낌으로 해서 더 많은 축복을 받고 있었던 셈이었소. 저 말고 눈부신 햇살은 우리들에게 무한대로 펼쳐진 자유의 공간에 쏟아지는 무량한 축복, 바로 그것이라고 믿고 있었고 그 축복 속에서 나는 참으로 행복한 한 마리의 멧새였소.

* * *

그 순간 나는 어떤 신비로운 음률을 들었지. 휘파람 소리 같기도 하고 여럿의 합창소리 같기도 한, 맑은 울음소리를 말이요. 그 소리는 우리들의 머리 위에서 일고 있었는데, 그것은 단순한 바람소리처럼 느껴지진 않았소,

* * *

그때 나는 어떤 자극이 강렬한 충동에 사로잡혀, 나 자신도 모르게 힘차게 날갯짓을 하면서 그 화사한 햇살 속으로 날아올랐었지. 그날부터 나는 참으로 많은 변화를 맞이하게 되었지만……

* * *

그러다가 어느 날 나는 또 다른 생각을 하기 시작했었소. 그것은 저토록 아름다운 햇살을 뿌려대는 하늘의 높은 곳에는 분명 오색영롱한 유리지붕이 있을 것이라는 생각이었소.

* * *

자탄과 비감으로 마감되는 나날들, 나의 한계를 극복하려는 노력과 투지들은 언제나 높다란 나뭇가지 끝에서 터질 듯한 가슴을 할딱이며 다시 다음번의 모험을 다짐하는 서글픈 결과로 끝나곤 했지만, 그래도 나는 저 투명한 유리지붕과 아름다운 음향과 가라빈가에의 꿈을 버리진 못하고 있었소.

* * *

그 소리는 마치 해맑은 즐거움에 가득 차 아무도 의식하지 않는 채 곱게곱게 부르는 가락처럼 무심하고도 매혹적이었으니까.

* * *

그날의 비상이 결코 전망과 비탄으로 나를 고통스럽게 하지만은 않

았었소. 나는 그 절망의 밑바닥에서 일어서는 감동을 천천히 음미하기 시작한 거요. 아득히도 놓았던 그 창공에서 내 몸 안에 충일했던 경이로운 감각을 떠올린 거지. 비록 그것은 두려움 속에서 번갯불처럼 찰나적인 것이었고, 덧없는 것이었소. 그러나 내 마음의 눈은 그 순간 내가 존재하고 있는 이 세계의 구석구석을 향해 막 새롭게 열리고 있었소. 나는 눈을 감은 채 그 감동을 음미하고 있던 중이었지.

그때 당신의 함정, 그 교활하고 간악한 손길이 음험하게 나를 향해 뻗쳐오고 있음을 나는 까맣게 모르고 있었소. 그러나 지금 생각해도 그때 그 노래 소리는 정말 아름다웠소. 아직까지 들어본 적이 없는, 우리들 멧새의 노래 소리로는 기막히게 아름다운 것이었으니까, 당신은 인간이면서 멧새의 소리를 멧새 이상의 것으로 훌륭하게 흉내 냈던 거지.

* * *

따라서 날개의 기능이 상실된 척 있다가 이 지옥 같은 울을 벗어나는 날 냅다 날아서 저 푸른창공으로 되돌아갈 수 있을 터이니 하루라도 빨리 날개의 기능이 퇴하된 것처럼 보여야 할 것이라는, 그 또한 유치한 상상을 하기도 했었소.

* * *

그는 조심스레 왼팔을 들어 가느다란 꺾기의 총신을 어루만져 본다. 섬뜩한 냉기가 손끝을 통해 가슴으로 전해진다. 그런데 이상한 것은 차츰 그 냉기가 따뜻한 느낌으로 전해지기 시작하고 그 느낌은 어제 이 사실을 알고부터 지금까지 가슴을 짓누르던 바윗덩이 같은 것으로부터 조금씩 자유를 느끼게 하고 있다.

(새로운 사람들, 1999)

□김유정 「소낙비」

그는 가볍게 몸서리를 쳤다. 그리고 당황한 시선으로 사방을 경계하여 보았다. 아무도 보이지는 않았다. 다시 시선을 돌리어 그 집을 쏘아보며 속으로 궁리하여 보았다. 안에는 확실히 이주사뿐일 게다. 그때까지 걸렸던 싸리문이라든지 또는 울타리에 넌 빨래를 여태 안 걷어 들이는 것을 보면, 어떤 맹세를 두고라도 분명히 이주사 외의 다른 사람은 하나도 없을 것이다.

(학원출판공사, 1990)

□김이태 「고양이와 빨간 장갑」

쓴다는 것 자체가 어색하게 여겨질 정도로 쓰지 않고 있었고 마치 오래 전에 능숙하게 한 적이 있었던 자전거 타는 법이나 수영하는 법을 뜻밖에 잃어버린 사람처럼 당황해하고 있다. 분명히 알고 있었는데…… 하는 간지럽고 안타까운 느낌. 갑자기 기억할 수 없었던 더스틴 호프만, 이란 이름처럼 얼굴은 빤한데 하도 막막해서 고통스럽기조차 한 느낌. 너무 안일하게 대하고 있었는지도 모른다. 쓰기는 써야 하는데 무엇을 써야 좋을지 모르겠다는 것이 말이 되나. 아니면, 무언가 쓰고는 싶어 죽겠는데 그게 무언지 통 모르겠다는 것이 말이 되나.

* * *

민숙은 지독한 외로움을 느끼며 잠에서 깨었다. 그녀는 계속 어떤 아이를 안고 기차를 타고 내리고 다른 기차를 기다리고 지나쳐버리는 기차의 속도에 현기증을 느끼는 꿈을 꾸었고 어느새 자기가 자리를 깔고 누웠을까 누군가 들어와서 자기를 자리에 눕혔을 리도 없다. 애비 없는 자식을 낳아서 어쩌겠다는 거야, 그녀는 갑자기 자기가 또다른 꿈을 꾸고 있지 않았나, 하는 느낌이 들었다. 이것 역시 꿈이다.

(『문학동네』 여름, 1997)

□김이태 「독신」

나는 문득 지겨워졌다. 거절하는 것도, 애원을 모른척하는 것도, 학원에 나가 강의를 하는 것도, 기술 서적을 번역하는 것도, 개에 대한 생각을 하는 것도, 카페에 가는 것도, 가서 술을 마시는 것도, 누군가의 얘기를 듣는 것도, 모든 것이 수화기를 내려놓는 순간 지겹다는 생각이 들었다. 반복에 반복에 반복을 거듭하는 모든 것들이 지겨웠다. 잠깐 방심하는 사이에 모든 것이 반복으로 보이며 사방으로 밀려온다.

(민음사, 1997)

□김이태 「몽유기」

나는 또 갑자기 내가 쓰고 있는 것에 흥미를 잃어버렸다. 무슨 일이 일어났고 무엇을 했고 어떤 사람들이 있었다는 것이 왜 중요해지려 하는가? 오히려 연초에 디자인부와 합치면 새로 이사하게 된 몇 년도 건축대상을 받은 새 사무실의 화장실을 묘사하는 것이 더 중요하다는 생각이 든다. 천국으로 가는 계단처럼 천장이 휘황하게 높은 그곳에서 양변기에 엉덩이를 까고 앉으면 자신의 모습이 마치 어디서 본 듯한 외국의 카툰을 연상시켰다. 온통 아래위로 희고 큰 타일이 깔려있고 반투명의 두껍고 비싸 보이는 창문, 큰 공간이 가져다주는 싸늘한 청결감. 난방이 잘되어 있고 검은색으로 일관하는 데스크며 카펫을 지나 문고리를 잡는 순간 딴 세계로 들어가는 착각을 주는 곳. 나는 곧잘 그 문고리를 잡으면 잠이 깨는 기분이었다.

(민음사, 1997)

□김인숙 「먼길」

그가 언제부터 그들의 정확함에 숨 막히는 듯한 호흡곤란을 느끼기 시작했는지는 정확히 알 수가 없다. 그건 단지 '시간이 흐르면서'부터라는 표현이 가장 옳을 것이다. 그들의 삶을 쫓아가는 동안에는 미처 깨닫지 못하던 문제들, 그들은 결국 이 나라 사람들이고 자신은 결국 남의 나라에서 온 이민자에 불과하다는 사실, 시간이 흐르면서부터 그것들이 보이기 시작했다는 것이었다. 그러나 그러한 것들조차도 사실은 제대로 설명할 재간이 없었다. 그런 것들이 얼마나 사소하고 또 얼마나 설명 불가한 존재들로 다가오는 것인지…… 만일 똑같은 조건의 사람이 있었다고 할지라도 그는 그 사람과조차도 자신의 내면 속에서 알고 있는 붕괴의 느낌을 말하지 못했을 것이다.

* * *

그렇습니다. 나는 숨고 싶었던 겁니다. 더이상은 세상을 주체할 자신이 없어졌던 게 아니라 더이상은 나 자신을 주체할 자신이 없어져서, 나는 이렇게 숨고 싶었던 겁니다. 나와 함께 감옥에 있던 사람들이 없는 곳에, 내 구호를 쫓아 시위대열로 사람들이 결코 없는 곳에, 내가 물고 뜯고, 재단까지 했던 내 나라의 역사가 없는 곳에, 나보다 먼저 달려 나가 마치 담장 위의 새앙쥐처럼 나를 내려다보는 그 진보라는 것이 없는 곳에…… 나는 숨고 싶었던 겁니다. 결국은 마네킹 대가리 사이의 그 어둠 속으로 말입니다.

(현대문학, 1993)

□ 김지연 「명의」

나는 전신에 멍울져 박혀 있던 몸 속의 결석들이 한꺼번에 봇물 터지듯 와르르 쏟아져나가는 소리를 들었다. 뼈와 뼈, 신경과 신경, 살과 살을 잇고 있던 고리가 툭툭 터져나가는 소리를 들었다. 나는 뿌듯이 차오르는 벅찬 희열로 '대한민국 만세'를 울부짖고 싶은 심정이었다. 나는 형태를 알 수 없는 무형의 속박 속에서 드디어 해방된 기분을 만끽했다. 손끝 발끝 머릿결에서 신선하고 향그러운 단물이 솟는 듯했다.

(청림각, 1978)

□ 김지연 「배꽃」

그녀는 조금 전의 활짝 핀 꽃을 접했을 때 불꽃처럼 일던 희열과는 달리 몸속을 흐르는 사르르한 전율로 후르르 몸을 한번 떨었다. 저며진 외로움과 어쩔 수도 어쩌지도 못하는 자신의 나약함이 한 덩이의 아픔으로 변형되어 가슴을 후벼오는 것이었다.

* * *

안쓰럽고 가엾은 정에 가슴이 뻐개지는 듯하다. 그녀에겐 규희가 곁에 있어도, 혹은 없어도 불행일 수가 있다. 파멸? 포기? 흥! 하지만 그녀는 진작부터 형부 한형진을 진하게 가슴에 담고 있는 것이다. 그것은 일 년 혹은 이삼 년 동안에 담겨진 것이 아닌 혈육과 같은, 그러나 그것은 엄연한 한 교수에의 사모였다. 그러니 어쩌겠다는 것인가? 그녀는 갈퀴처럼 얼크러진 머릿속을 험한 바위에라도 부딪쳐 부셔버리고 싶다. 어떻게 할 것인가?

그녀는 비굴스럽고 모호한 자신에 아니꼬움과 구토를 느꼈다. 골수에 베어드는 스스로에의 지독한 혐오 때문에 온 몸의 피가 바작바작 말라드는 것 같았다. 입술이 타고 갈증이 생겼다. 형부네의 성(城)에 아주 주저앉았을 때의 상황을, 아뜩하여 생각할 수가 없었다. 언뜻 고향집 어머니의 주름진 얼굴과 향기로운 흙냄새 같은 것이 명치끝을 후벼왔다.

* * *

진한 통증이 서서히 가슴으로 치받쳐 오르고 미묘한 공포가 전신을 휩쌌다. 그간 십여 일간의 행위에서 빚어진, 억압되었던 회의와 혐오감까지 슬며시 고개를 추켜들었다. 그녀는 벌떡 일어나 창을 활짝 열었다. 굵은 빗방울이 후두둑 얼굴에 뿌려지고 선뜻한 찬 기운에 그녀는 으시시 놀란다. 억수같이 쏟아져서 머릿속의 얼크러진 아픔들을 말짱히 씻어 버려다오. 말짱히. 텅 비게 하다오.

함박 같은 웃음을 터뜨릴 엄마의 노란 얼굴이 떠올랐다가 순식간에 사라져 버린다.

(범우사, 1977)

□김지연 「봄바람」

각설코, 어떻든 탁미숙은 혼자 흙을 일구면서 좀 야릇한 몸의 증상을 느끼고 있었다. 전신의 세포구멍이 탁탁 소리를 내며 열리고 그 속으로 향기로운 실바람이 살금살금 기어드는 듯한 약간 환희에 가까운 기분이 되어 갔다.

* * *

탁여인은 앉았다 섰다 방안을 서성거렸다. 그녀의 심장은 풍랑진 바닷물만큼 출렁거렸다. 남자를 결코 만나서는 안 된다는 심정과 하늘이 무너져도 그를 만나고 싶다는 격렬한 감정이 범벅되어 혼란이 생겼다.

(청림각, 1978)

□김지연 「빗나간 궁합」

그녀는 뜰 복판에 망부석처럼 골목안가 대문간에 귀를 활짝 열었다. 남자의 귀가를 기다리는 특별한 의식 없이도 그녀의 귀와 심장은 자동화된 기계같이 해바라기 되어 벌여지고, 그 속에 바람소리만 스쳐도 그녀는 미모사같이 움츠려들곤 했다.

(청림각, 1978)

□김지연 「산영(山影)」

콧숨을 들이마셔 음미해본다. 명치끝이 짜릿해지며 괜스레 눈물이 쏟아지려 했다. 그녀는 그가 왜 울어야 하는지 꼬집어 이유를 들어 내지 못한다. 콧등이 알알하며 계속 서럽기만 한 것이다. 고개를 위로 빼고 북받치는 설움을 참아본다. 아무래도 엄마와 껌둥이는 아득히 먼 곳에 있는 것만 같으다.

(범우사, 1977)

□김지연 「산울음」

그녀는 2등칸의 지정 좌석을 재빨리 찾아 몸을 붙이고는, 갑자기 한꺼번에 엄습하는 피로 때문에 몸이 젖은 솜처럼 무거워짐을 느낀다. 천길 벼랑으로 몸뚱이가 속절없이 굴러 떨어지는, 좀은 흔쾌한 기분인 채 그녀는 스르르 눈을 감아버렸다. 드디어 소망하던 서울행 열차에 몸을 실은 것이다.

* * *

알 수 없는 희열이 가슴 넘치도록 부글부글 끓어올랐다. 무서운 부처님의 분노 같던 그 음향이 자비처럼 부딪쳐왔다. 어둠도, 바람도, 비도 없는 맑고 밝은 조용한 한낮에 뭉글뭉글 안개를 피우며 온 누리에 번져드는 소리… 더욱이 천왕봉 산정에서 직선으로 뻗어온 안개가 그녀의 몸을 휘감고 도는 것이 아닌가. 관세음보살… 갑자기 세상이 소란스러워졌다. 팥죽처럼 뒤끓기 시작한 것이다.

* * *

가녀는 갑자기 울고 싶은 심정으로 입술을 지그시 깨문다. 가슴에 부딪쳐 오는 전율할 것 같은 공포… 전생의 업보와 연관된 한을 품고 나타난 사람 같기만 했다.

* * *

그러나 가녀는 전신을 엄습해 오는 섬뜩한 기운에 심장이 죄여듦을 느낀다. 머릿속을 빠갤 듯 압박해 오던 야릇한 빛깔의 불안이 서서히 걷혀져 감을 의식했다. 후두부의 통증이 순식간에 없어졌다. 뿐만 아니었다. 시야가 온통 뿌옇게 흐려오면서 달원사의 골짜기가 나타나는가하자 놀랍게도 짙은 안개가 뭉실뭉실 덩어리져 사라지는 것이 아닌가! 안개 걷혀진 선명한 햇살 속의 깊은 골짜기엔 흡사 여자의 질처럼 곰살궂게 도사린 샘터가 동그랗게 도드라져 나타나기도 했다.

* * *

가녀는 어떤 피하지 못할 운명의 덩어리가 서서히 태동하는 징조를 느낀다. 그녀는 자신이 영원히 잠적하지 않는 한, 그 운명의 덩치는 기어이 그녀를 덮씌우고 말 것 같은 예감이 머릿속에 굳혀 짐을 떨어내지 못한다.

(범우사, 1978)

□김지연 「산정」

피지직피지직 소리만 요란할 뿐인 청솔가지를 부지깽이로 들춰주면 강순은 오만상을 찌푸린다. 무엇인지 알 수 없는 짜증과 분노와 허전함이 범벅되어 가슴속이 부글부글 끓어올랐다.

* * *

강순은 두 눈을 질끈 감아버렸다. 심장이 다시 곤두박질치고 얼굴이 확확 달아올랐다. 난생처음 보는 광경이었다. 손과 다리가 쿵쾅거리는 가슴처럼 부들부들 떨렸다. 무서움과 황홀하고 민망스럽고 얄궂었다. 그리고 화가 났다. 묘한 형태의 분노가 이글이글 끓어올랐다. 네 활개를 활짝 펴고 고함이라도 지르고 싶었다. 그러나 강순은 할딱거리며 땅바닥에서 겨우 일어났을 뿐이다.

(신원문화사, 1996)

□김지연 「숨통 트이는 소리」

마치 여자가 남자의 곁을 떠나는 순간부터 남자와 아이들은 폭발물에 의한 파편처럼 허공에 조각조각 산화되고 말 것 같은 위기감을 여자는 피부로 느끼는 것이었다.

* * *

여자는 서서히 고개를 꺾어 곧추세운 두 무릎 사이에 얼굴을 박는다. 튼튼한 벽 귀퉁이에 끼어 앉음으로써 짧은 순간이나마 가졌던 안도감이 맥없이 허물어짐을 안타까워하며 그녀는 다시 불안의 늪 속으로 잦아든다. 재깍재깍, 일정하게 움직이는 시계추의 간격만큼 그녀 심장의 박동 소리도 쿵쿵 어김없이 뛴다.

* * *

여자는 사내의 몸뚱이에 저주와 경멸의 조소를 듬뿍 바른다. 술에 절은 남자를 기다리는 동안 그녀가 겪은 불안과 공포의 고통스런 순간들에 보복이라도 하듯……

여자는 한의 덩어리처럼 나날이 서서히 경직되어 가는 자신에 놀란다. 남자를 향한 좌절과 혐오의 결정체가 해마다 눈덩이마냥 불어나기 시작하다가 이즈음은 터지기 직전으로 그 팽만감이 극에 달았다.

* * *

여자의 심장은 나날이 오그라져 들었다. 돌덩이도 강철도, 혹은 무감각의 마비된 상태도 아닌 여자의 몸뚱이는 끊임없는 폭우에 점점 깎여드는 돌멩이처럼 위축되어갔다. 살얼음판을 딛는 기분으로 나날을 보냈다.

(신원문화사, 1996)

□김지연 「슬픔 여름」

나는 흥분하여 안절부절못했다. 심장은 여전히 두근대고 무엇인가 큰 보물을 놓친 것 같은 아쉬움마저 들어 나는 차분해질 수가 없었다.

* * *

여기 저기 띄엄띄엄 자리잡은 이웃의 천막에서 캠프파이어를 즐기는 소음이 파도소리와 겹쳐 소란스러웠으나, 나는 심심산골의 적막강산에 내던져서 있는 기분이었다. 파도의 끝주름이 발 밑을 간질이다가 모래까지 쓰러감을 허물어지는 맨발의 촉감으로 느낀다. 물이 밀려왔다 나갈 적마다 발 밑은 점점 허물어지고 나는 선 채로 모래 속에 파묻혀 버렸으면 하는 소녀적인 감상 같은 것에 젖어들었다.

* * *

제주도 캠핑 열흘간이 온통 그 남자의 채취로만 가득 채워지다가, 비행기가 이륙할 때쯤 나는 문득, 한라산 상봉에서 그가 나를 향해 울부짖고 있을 것이라는 생각을 떠올렸다. 번개처럼 뇌리를 스쳐간 그 일념은 점점 확대되어 제주도 전체가 울부짖고 있다는 착각 속에 젖어들었다.

(청림각, 1978)

□김지연 「씨톨 1」

좀더 구체적으로 표현하면 지금까지 뿌리내려진 일상의 질서가 한꺼번에 허물허물 이완되거나 위로 솟구쳐 부유하는 것 같은 몽롱한 상태라고 함이 좋을 것이다. 알 수 없는 흥분과 포만감이 함께 어우러져 그러한 기분은 더욱 농염해졌으며 그것은 곧 황홀한 희열이기도 했다.

그런가 하면 또 한편 가슴이 전에 없이 예민해져서 점심시간 구내식당에서 흘러나오는 대중가요의 노랫말 따위가 심장에 부딪쳐 코끝이 찡해 오기도 했다.

주인은 투명한 무색 유리잔에 호젓이 담긴 선홍색 장미를 시간이 날 때마다 바라보았다. 하룻밤 사이에 자신의 감정을 온통 뒤흔들어 놓은 주범이 바로 그 요염한 꽃 한 송이인 양 지긋한 시선으로 그것을 바라보며 싱글거리기도 했다.

* * *

그녀는 자기의 머리를 두 팔로 싸안고 몸부림을 쳤다.

청명한 가을 하늘같이 금방 생경스럽게 개이는 빈 머리 안으로, 똥파리가 우글대는 온갖 어려운 오물 속에 발가벗은 핏덩이 하나가 처박혀 꾸무럭대는 형상이 선명하게 떠올랐다.

지워 버리려 안간힘을 쓸수록 그것은 바로 눈앞의 현실처럼 생생하게 부각되어 왔다.

일그러진 아기의 표정이며 더러운 오물과 구더기와 똥파리와 범벅된 핏덩이의 얼룩진 몸뚱이가 마치 하등 동물이 아무렇게나 내갈겨 놓은 배설물이나 하찮은 미물처럼 다가들기도 했다.

그 미물은 끊임없이 꿈틀거렸다. 소금가루 뒤집어 쓴 불그스름한 지렁이처럼 발작하듯 사생 결단코 허우적거렸다.

"아……아……"

방일혜는 끊임없이 떠오르는 환영 속에 처참한 미물에 고통스런 신음을 뱉으며 몸부림을 쳤다. 머리를 홑이불 속에 처박고 방바닥에 쿵쿵 이마를 찧었다.

* * *

방일혜는 쫓기듯 진찰실 바닥으로 내려서며 형언하기 어려운 공허감 같은 허허로운 감정 속에 빠져들었다. 뭔가 시종 불안하고 얼떨떨한 상태인데도 몸뚱이 한쪽 구석에서는 마치 바람이 실실 새어나가고 있는 것 같았다.

* * *

그러나 주인의 가슴은 끝없이 허허롭고 삭막했다. 공기도 물도 바람도 없는 깜깜한 들판 속에 혼자 서 있는 듯도 하고 썩은 냄새 진동하는 오물더미 가운데서 거꾸로 처박혀 꽂힌 듯 숨통이 막혀드는 답답함도 느끼는 것 같았다.

* * *

그는 끝없는 나락으로 함몰되는 침울한 기분을 일에다 쏟아보려 안간힘을 다했다. 수시로 꿈틀거리며 솟구쳐 오르는 자기 자신에의 의혹을 밟아 뭉개듯 억제하려 했다. 하지만 그것들은 비온 후의 죽순 솟듯, 상하여 아픈 머릿속을 비집고 올라왔다. 현란한 독버섯처럼 피어올랐다.

(빛샘, 1995)

□김지연 「씨톨 2」

실제 여인의 내면은 만신창이가 되어 있었다. 깜깜한 절망 속에서 허덕이고 있었다.

지금껏 그런대로 인공 수정을 찬성하여 함께 병원에 다니기도 했던 남편이 그것이 성공하자 이토록 돌변할 것이라고는 상상하지도 못했으며, 무엇보다 남편의 증상이 순간적인 현상이 아닌, 상당히 중증인 사실에 여인은 피를 닳이고 있는 것이었다.

＊ ＊ ＊

그 당시의 상황과 지금의 상황이 아무리 판이하다 해도 이렇게 기분
이 이토록 대조적일 수 있을까 싶어 마음이 차분히 가라앉았다.

그녀는 처녀가 잉태를 했다는 엄연한 사실로 눈앞이 암담해지는 절망
과 함께 공포와 수치감 속에서 첫아기를 지우던 극도의 불안감이 있었는
데, 지금은 결혼식을 올렸다는 오로지 그 사리만으로 임신이 이렇듯 절
대의 기쁨이 됨을 감지하며, 새삼 사람이 만든 틀 잡힌 형식이나 윤리가
실제 무거운 힘을 가진 것임을 절감했다.

(빛샘, 1995)

□김지연 「씨톨 3」

바람은 불었어도 저물녘까지 아직도 청명한 하늘은 참으로 흔쾌한 기
분을 불러일으켜 주었다. 싸늘한 아버지의 시선 따위도, 나를 치마폭에
싸듯 전전긍긍 돌아치던 어머니의 불안스런 태도 따위도 쾌청한 하늘은
흔적 없이 흡입해 버리는 것 같았다. 편안했다.

나는 참으로 좋은 녀석으로 보이는 소설쟁이의 어깨에 한 팔을 얹고
콧노래를 흥얼거리면서 비틀거렸다.

＊ ＊ ＊

나는 두 팔을 벌려 심호흡을 크게 하며 그저 실실 웃었다. 가슴에 큰
공동이 뚫려 그 속으로 시린 바람이 들락거렸다. 아버지의 참으로 서늘
하던, 그 섬뜩한 시선의 의미를 비로소 헤아리며 나는 연신 키들키들 웃
었다. 또한 비로소 내 밋밋한 편평족 밑에서 새록새록 어린 실뿌리가 움
트고, 그것이 점점 아래로 아래로 뻗어내려 드디어 뿌리를 내리는 것 같

은, 차분한 기분을 느낄 수가 있었다. 그러다가 나는 머리를 스치는 생각에, 서서히 얼굴을 경직시켰다.

* * *

바람이 차가웠다. 귀가 몹시 시려왔다. 바바리코트의 깃을 세워 보았으나 추위를 느끼기 시작한 몸뚱이는 걷잡을 수 없이 떨리기 시작했다. 나는 몸보다 마음이 더 시리고 춥고 공허함을, 서늘한 바람이 가슴 중심부를 뚫고 횡횡 들락거림을 느끼고 있었다. 코트 주머니에 손을 찌르고 어깨를 움츠린 채 잠시 거리에 망연히 서 있었다. 어디로 가야 할 것인지 갑자기 막막한 기분이 되었던 것이다. 방향을 잃어버린 미아처럼 한동안 서성거렸다. 느닷없이 한여름 폭우에 뿌리가 뽑힌 여린 나무처럼 나는 거리에서 건들거렸다. 둥둥 부유하듯 얼마간 이곳저곳에서 흔들거리다가 눈앞에 불쑥 마주선 전화박스 속으로 빨리듯 들어갔다.

* * *

그가 내 얼굴을 가슴에 안고 그렇게 말했다. 나는 콧속, 머릿속, 가슴속 명치끝이 온통 뻐근해져서 눈을 감았다. 기어이 눈시울이 더워지고 굵은 눈물방울이 흘러내렸다. 그의 가슴이 무한으로 기댈 수 있는 넓고 푸근한 둔덕처럼 느껴졌다. 든든하고 믿음직스러웠다. 아니, 좀더 섬세하게 표현하면 그의 품은 노란 봄 햇살이 금싸라기 은싸라기로 쏟아지는 따스한 언덕 같았다. 마치 내가 수십 년을 부랑아로 떠돌다가 천신만고 끝에 비로소 혈육인 친부를 만난 것 같은 안도감까지 들었다.

* * *

그에게 있어 내가 사랑 없이 뽑겨진 하잘것없는 배설 종자여도 좋고, 나의 치기스런 감상, 착각, 넌센스여도 좋았다.

나는 마냥 솟구치는 뿌듯하고 환희로운 감동을 막을 수가 없었다.

아마도 경험하지 않은 이들은 모를 것이다. 내 근간을, 내 뿌리의 원목을 드디어 찾은 내 심정의 헤아릴 수 없는, 벅차고 미묘한 감정을 끝내 내 성을 찾지 못할지도 모른다는, 문득문득 가슴을 후비던 그 불길한 예감들이 스러지고 이렇듯 쉽사리 흡사 꿈속에서처럼 일이 성사될 줄은 나로서도 미처 예견 못한 일이었다.

* * *

알 수 없는 현상은, 그녀에게 등을 돌리는 순간부터 뭔가 겸연쩍던 느낌이 가게 문을 벗어날 때쯤에는 화끈한 열기로 변해져 전신이 뜨거워져 올랐다.

하체로부터 상체로, 그리고 목덜미로부터 얼굴로 모닥불을 끼얹는 듯한 열기가 솟구쳐 뻗질러지며 화끈거렸다. 가게 문을 벗어나자 그것은 사뭇 폭발할 듯 끓고 나는 숨을 토해내며 고개를 꺾었다. 누군가가 밝은 햇살 아래서 지금의 내 모습을 보았다면 한 덩치의 숯불덩어리같이 적어도 옷 밖으로 드러난 내 얼굴과 목덜미는 핏빛 색깔로 검붉어 있었을 것이었다.

그녀와 점점 멀어지면서 내 몸 열기는 아주 서서히 죽어져 갔지만 나는 지금 이 순간이 어둠이 휘덮인 밤이라는 사실이 그렇게 다행스럽고 고마울 수가 없었다. 천지에 흠뻑 내린 어둠이 나의 모든 수치스러움을, 또한 나의 모든 결함을 덮어주고 감싸주는 듯 온화하고 따뜻하게 느껴졌다.

(빛샘, 1995)

□김지연 「어머니의 고리」

그러나 나는 눈앞의 상황을 온몸으로 느끼면서도 그들을 무참하게 면

박주는 어떤 언질도 뱉을 수가 없었다. 메스꺼움과 역겨움과 분노와 어머니를 향한 연민의 정이 나의 골수와 전신을 바지작바지작 말렸지만, 그것을 적나라하게 '지적'한 이후의 후유증이 두려워서 어떤 말도 할 수가 없었다.

(신원문화사, 1996)

□김지연 「연」

내 불안감은 내가 정작 필리핀에서 타이베이행 비행기에 올라 좌석을 찾아 앉으면서부터 조금씩 고조되기 시작했다.

어떻게든 표현하기 힘든 심장을 죄는 것 같은 황계증(惶悸症)이 가슴 밑바닥에서 서서히 꿈틀거려 나는 답답함에 심호흡을 했다.

나를 둘러싼 공기의 입자 하나하나가 흙먼지를 동반한 뿌연 모래 가루로 내 숨통을 질식시킬 것 같은가 하면 또한 입자마다 형형색색의 요사스런 빛깔로 독을 뿜으며 내 둘레로 천방지축 난무하는 것도 같았다. 그런가 하면 비행기 동체의 은회색 철판들이 사방에서 나를 향해 조여드는 것도 같았다.

마치 소나기 쏟아지기 직전의 서서히 어두워지는 하늘처럼, 그보다도 뇌성병력 전의 세상을 가르는 번갯불 빛살의 스침처럼 뭔가 음산하고 외경(畏敬)스런 어떤 일이 내 주위에 드디어 터지고 말 것 같은 불길한 예감이 가슴을 짓누르는 것이었다.

* * *

이러한 느낌의 형태는 쉽사리 설명이 되지 않을 것 같았다. 왜냐하면 색깔도 형체도 모호한 지극히 요사스럽고 불길한 두려움이 혼신을 옥죄는데도 그 형태가 내 살 속 뼛속에 깊숙이 도사린 본성적 희열(喜悅)과도 상통하는 일면도 있었기 때문이다.

좀더 달리 표현하자면 희열인지 내 본태성의 요기(妖氣)인지 분별하기 힘든 작은 불덩어리 하나가 가슴 어디쯤에선가 불거져 나와 뒤웅박질 치듯 춤을 춘다고 할까. 무언가 뿌듯이 차오르는 격정의 환희를 광란의 몸태 짓으로 표현하는 것도 같고, 또한 신 내리기를 염원하는 무당춤 같기도 했다.

나는 내면의 이러한 증상들이 점점 고조됨을 느끼면서 심호흡과 함께 상체를 흔들었다. 심장을 누르던 양손을 떼어내고 떨리는 손으로 안전벨트를 조이기 시작했다.

* * *

뿐만이 아니었다. 내 바른쪽에 섰던 사내가 창 켠의 왼쪽 좌석에 앉고서부터 거짓말처럼 내 왼쪽 귓불과 어깨와 팔과 허리에 찬바람이 일었다. 마치 검은 얼음 덩어리(사내는 검정 양복 차림이었다.)로 뭉쳐진 찬 동물이 내 왼켠에 놓여진 것처럼 냉기가 닿고 있었다. 그 서늘한 기운은 단순히 차갑다는 감각 이상의 으시시한 전율과 불쾌감 비슷한 기운도 동반하고 있었다.

그런데 희한스런 심사인 것은, 그 냉기가 그지없이 부담스러우면서도 시간이 더함에 따라 기실은 낯설지 않다는 느낌이 드는 것이었다. 사내가 앉은 자리가 흡사 깊은 산 구릉의 얼음골인 듯 서리서리 뿜어내는 찬 공기가 기체 내에 샅샅이 배어들어 모든 것을 얼려버릴지도 모른다는 생각을 하면서도, 나는 내 몸사위로 펼쳐지는 요사한 기운 속으로 차츰 적응하기 시작했다.

* * *

그런데 놀랄 수밖에 없는 현상이 비행기가 타이베이에 착륙하면서 또 일어났다. 기내에서 드디어 출영구를 통해 밖으로 나왔을 때, 좀더 정확히는 사내가 내 곁을 떠남과 동시에 나는 한껏 자유로워짐을 느꼈던 것이다.

나를 덮씌웠던 천 갈래 만 갈래로 얽힌 칡줄 그물 따위가 훌렁 벗겨진 자유로움인가 하면, 한 꺼풀 허물을 벗어내는 파충류의 기분 또한 이런 것이려니 싶었다. 실로 날아갈 것 같은 흔쾌함이 몸 구석구석에 용솟음치는 것 같고 절로 휘파람이 입술 끝에 물려졌다.

뿐만 아니라 얼굴과 목덜미에 혈색이 돌기 시작하면서 나는 비로소 정상의 나를 되찾는 기분으로 공항을 가볍게 벗어났다.

* * *

나는 눈을 감은 채 화덕 같은 방사(房事)로 내 몸의 형체가 멋대로 이완되어 제자리에 붙어 있지 않을 것이라 생각했다. 몸 속 구석구석 응어리져 처박힌 정(精)의 결석(結石)들이 물로 녹아 빠져나가고, 둘둘 얽힌 별의별 내장들도 실꾸리 풀리듯 흘러나가고, 그래서 머리 몸통 팔다리가 제자리를 떠나 침대 여기저기에 흩어져 널려 있을 것 같았다.

* * *

바른편에 쏟아지던 냉기가 순식간에 전신으로 뻗지르고 몸 구석구석에 오소소한 소름이 비명을 내지르며 솟구쳤다. 긴 다리 위의 영물을 보는 순간, 호젓한 풀숲에서 느닷없이 몸통을 위로 솟구친 영물 구렁이를 맞부닥뜨린 섬뜩함이 덮씌워졌기 때문이다.

(신원문화사, 1996)

□ 김지연 「외아들」

사방에서 퀴퀴한 누기찬 냄새가 났다. 하늘도 땅도 집도 나무도 온통 검은 빛깔로 음산한 속은 그녀는 서성거렸다. 살갗에 감겨드는 원피스의 찬 감촉이 차라리 신선했다. 심신을 끈질기게 감고 도는 아귀 같은 절망 속에서 그녀는 마냥 허우적거렸다. 뜨거운 화덕인 양 부글부글 끓어오르다가 다시 싸늘히 냉각되는 가슴의 변화가 반복되기만 할뿐 외곬으로 집중되지 않았다. 그러나 다만 예리한 칼끝으로 뼈를 후비는 짙은 아픔은 시종 가슴속에 저려졌다.

(범우사, 1977)

□김지연 「첫사랑」

나는 집을 나서기 전에 화실에 걸린 대형거울 앞에서 눈가에 잘게 물결진 잔주름을 손가락으로 눌러보다가 쓰게 웃었다. 야들야들 곱던 옛적의 모습은 어느새 마흔 살의 중년부인으로 퍼져 있었으나 깊은 눈매에 반짝이는 안광만은 별로 변한 것 같지 않았다. 나는 물감이 범벅된 가운을 벗고 풀빛 원피스를 바꿔 입으며 미미하게 설레는 가슴의 진동을 감지했다.

* * *

하강하는 엘리베이터 속에서 사방 거울벽에 비친 내 몰골은 상기도 젊고 우아하던 조금 전의 모습은 흔적 없이 사라지고 추하고 병든 늙은 노파의 얼굴로 가득 차 있었다. 나는 그림으로 얼굴을 가렸다.

* * *

나는 호텔 밖을 나서면서 기이한 내적 현상에 젖어 들었다. 회오리치고 출렁거리고 냉각되던 수십 계단의 심층이 하얗게 바래어지면서 휑댕그러니 비어 버리는 그런 마비된 현상이었다.

(청림각, 1978)

□김지연 「후계자(後繼者)」

우사장은 뼛속 깊이서 저며 나오는 한숨을 뱉는다. 죽은 아내의 수심 띤 얼굴이 떠오르고 아픈 외로움이 밀물같이 온몸을 휩쌌다. 아들같이 아껴온, 성애를 죽도록 사랑한다면 그 최상무의 냉랭한 얼굴을 마주보기가 뭣하여 우사장은 혼자 화장실로 들어가 버린다.

* * *

우인제 씨는 휘청거리며 복도로 나갔다. 눈만 감으면 쓰러질 것 같았다. 다시 죽은 아내의 절망적인 얼굴이 클로즈업되다가 북한에 둔 많은 일가친척, 혈육들의 안타까운 표정들도 떠올랐다.

(청림각, 1978)

□김채원 「달의 몰락」

그런데 지금 어디서인가 먼데서부터 무슨 소리가 들려옵니다. 그 소리는 차차 다가듭니다. 그 소리가 마차 바퀴 소리인 것을 겨우 알아듣습니다. 정면훈이 연주하는 〈네레라자데〉가 들려옵니다. 피아니시모로 아주 평화롭게, 그 음률은 제 마음을 녹여주고 있습니다. 저의 마음은 한없이 녹아내립니다. 억장, 절벽, 절규라는 단어를 거슬러 올라가기 위해 우리는 어떻게 하면 좋겠습니까. 억장, 절벽, 절규라는 단어를 거슬러 올라가 닿을 수 있는 그 곳은 어떤 곳일까요.

이제 일어나서 트렁크에 앉아 다리를 흔들면서 마차가 오기까지 기다려야 할까요. 그리고 그 마차를 타고 이제까지 안 가본 새로운 길을 가보아야 할까요.

새 길, 그 길을 찾아보아야겠어요. 이제까지 안 가본 미지의 길, 자신만의 길을요.

(청아, 1995)

□김현영 「냉장고」

아름다운데다 친절하기까지 한 그녀. 밥상을 차려주진 못해도 늘 마음 속으로는 내 끼니를 염려하고 있었다니. 그녀의 친절에 어떻게 보답할까. 당장이라도 그녀를 쓰러뜨리고 나의 우람한 바게트를 먹여줄까. 나는 정 말 그렇게라도 해서 그녀의 뱃속으로 들어가고픈 심정이었다. 그녀의 뱃 속에서 열 달쯤 들어앉아 있다가 다시 나와서 엄마라고 부르고 싶었다. 아버지가 그녀를 엄마로 만들어줄 수 없다면 나라도 그렇게 해야 한다는 엄청난 의무감이 내 내부에서 꿈틀거렸다. 그녀를 계속 이렇게 여자로 놔뒀다간, 어느 날 아버지는 바로 자신의 아들이 내려찍은 도끼에 온몸 을 찢기고야 말 것이다.

* * *

그의 어머니는 매일 밤마다 가위에 눌렸다. 입에 재갈을 문 사람처럼 희미한 신음 소리에 어린 그도 매일 밤잠을 설쳐야 했다. 어머니는 정신 은 말짱한데 몸이 말을 듣지 않는다고 했다. 네 이름을 아무리 목청껏 외쳐도 소리가 되어 나오지 않는다고도 했다. 어느 날은 입이 귀까지 찢 어진 가위귀신이 자신의 목을 타고 앉아서 웃더라며 좁은 어깨를 바들바 들 떨었다.

(문학동네, 2000)

□박경리 「토지 Ⅵ」

　자신의 늙음과 자신의 세월과 자신의 역정과는 동떨어진, 아무런 인연도 없었던 일인 것처럼. 미구에 닥쳐올 자신의 죽음까지 자신과는 아무 상관이 없고 마치 낯선 나그네가 자기 옆을 스쳐갈 것 같은 그런 느낌이 든다.

* * *

　임이네의 죽음 슬픔이나 애통보다 용이에게는 충격이었다. 죽음과의 처절한 싸움, 밑바닥을 헤아릴 수 없는 절망, 죽음은 모두 그럴 것이지만 뼛골까지 스며드는 그 외로운 죽음을 용이는 도저히 잊을 수가 없을 것만 같았다. 그것은 참으로 견디기 어려운 연민이었으나 임이네에 대한 기억은 언제나 절망이었고, 그 절망감은 죄의식을 몰고 오는 것이다.

* * *

　모래밭을 지나서 봉기는 둑을 기어 올라간다. 웃음 때문에 배창자를 움켜쥐고 싶었던 충동이 일시에 가신다. 견딜 수 없는 슬픔이 치민다. 산다는 통곡인 것만 같다. 오뉴월, 커 가는 새끼를 먹이려고 야위어진 까치 생각을 한다. 봉기 늙은이도 그 야위어지는 까치 한 마리였다는 생각을 한다. 강물이 희번덕인다. 밤에도 쉬지 않고 흐르는 강, 세월의 눈금도 없이 흘러가고 있다. 오만하고 냉정한 젊은 여자같이 강물은 혼자 흐르고 있다.

(지식산업사, 1980)

□박경리 「토지 Ⅵ」

그러나 용이는 개운치 않았다. 더욱 기분이 나쁘고 찝찔하다. 자신이 배신자만 같다. 나쁜 놈 같고 야박하기 짝이 없는 놈 같다. 살아남았기 때문에, 처참했던 윤보의 죽음, 어느 때든 반드시 돌아오리, 와서 뼈라도 추려서 양지바른 마을 뒷산에 묻어 주리라, 그 굳은 맹세도 세월을 따라서 까맣게 잊어 버렸으며 윤보를 생각하는 일조차 드물다. 참으로 믿기 어려운 것은 사람이구나. 용이는 쓴웃음을 띤다. 죽음은 여기저기에 널려 있는 것 같았다. 무더기무더기 널려 있는 것만 같았다. 조금 전까지 지난 세월은 자신과 아무런 인연이 없고, 자신에게 다가올 죽음조차 낯선 나그네처럼 지나갈 것이란 생각을 했었는데, 마치 손바닥을 뒤집듯이 세월은 살아서 몸을 일으키고 그 수많은 죽음들이 선명한 모습을 드러내어 용이에게 육박해 오는 것을 느낀다. 부모와 누이의 죽음으로부터 시작하여 강청댁의 얼굴이며, 월선의 얼굴이며, 임이네의 얼굴이며, 최치수 윤씨 부인 별당아씨 얼굴이며, 노비들, 윤보의 한조 서금돌 김훈장, 어찌 다 셀 수 있을 것인가. 삼월이며 김평산 귀녀 칠성이, 핏자국 같은 그들 생애를 어찌 다 헤아릴 수 있을 것인가. 넓은 가을 들판에, 베어서 눕혀 놓은 볏가리들처럼 멀리 가까이, 그것은 모두 죽음들이며, 죽음에 이른 삶의 이력, 삶의 잔해만 같은데 용이에게는, 그것들에 둘러싸여 홀로 서 있는 것 같은 외로움이 엄습해 온다. 저승과 이승의 끝없는 벌판을 무엇들이 그렇게 애타게 살다 갔더란 말인가. 그리고 혼자 살아남았는가.

* * *

눈을 감으면 망막 속에 비치는 꽃무지개 같은 색채를 띤 생각들이 머릿속에 계속하여 출몰한다. 한없는 나락으로 몸이 떨어지는가 하면 솟구처 오른다. 떨어지고 싶은 마음과 솟구쳐 오르고자 하는 마음이 심한 갈등을 일으킨다. 기화의 출현은 먹구름을 몰고 올 것이라는 예감, 파괴 직전과도 같은 위태로운 느낌이 엄습해 온다. 석이는 방안을 걷다 말고 고개를 흔들어댄다. 가슴속에서는 일을 향한 것이든 기화를 향한 것이든 그 어느 것이든 간에 행동하고자 하는 정열이 부글부글 끓어오르는가 하면, 지칠 대로 지쳐 버린 패잔병처럼 자리에 주질러앉고 싶은 피곤이 몰려오곤 한다. 대추씨같이 생긴 서의돈의 모습이 눈앞을 스치고 간다. 형무소에서 붉은 옷을 입고 복역하는 서의돈이 나약한 놈! 하고 침을 뱉는 모습이 떠오른다.

* * *

견딜 수 없는 죄책감, 죽은 어미를 생각한다는 것은 가장 고통스러운 것이다. 어쩌면 일본으로 간 이유 중에는 모친에 대한 기억에서 도망치고 싶은 심사가 있었는지 모른다. 비참한 죽음을 잊고 싶었는지 모른다. 병석에서 병으로 갔지만 임이네의 죽음은 월선의 죽음과는 달랐다. 이 두 죽음에서 비로소 홍이는 월선에 대한 그리움으로부터 놓여났으며, 월선이 점령했던 자리에 생모의 죽은 모습이 낙인과 같이 찍혀 버렸던 것이다. 임이네의 죽음은 죽음과의 무참한 투쟁이었다. 마지막 순간까지 체념 못한 죽음과의 투쟁이었다. 애증을 넘어선 그 모습은, 견딜 수 없는 연민으로 종전까지의 홍이를 파괴하고만 것이었다. 그것은 자기 자신의 죽음과 모든 사람의 운명으로 확대되어간 허무의 깊이를 모를 심연이었다. 월선이 축복받은 죽음이라면 임이네는 저주받은 죽음이며, 근원적으로는 죽음이란 저주받은 것일 거라는 공포는 홍이의 마음을 깊이 지배하였다. 홍이는 노파의 뒷모습을 바라보다가 고개를 흔들었다. 또 한 번 고개를 흔들었다.

(지식산업사, 1980)

□박계주 「순애보 (상)」

명희는 초조한 마음을 진정시키려고 멀리 바다 한 끝－수평선에 시선을 던진다. 그러나 명희의 눈앞에는 해풍을 안은 흰 범선도 보이지 않으며, 하늘은 물고 있는 푸른 수평선도 보이지 않는다. 단지 그 아득한 수평선 위에 뭉게뭉게 떠오르는 백설 같은 구름 위에 여러 모양의 문선의 모습이 아물거림을 볼 뿐이다.

* * *

문선이는 명희가 떠서 주는 물을 받아서 마신다.

마주선 두 사람의 입에는 아무 말도 없다. 서로의 사랑을 고백하지 못하는 그들의 가슴과 가슴. 말을 잃어버리고 하소연을 잃어버린 그들의 절실한 애모의 정염은 그냥 가슴속에서 파도치며 선회할 뿐이다. 또다시 마주치는 두 사람의 시선. 그 순간 두 사람의 얼굴은 더 한 번 화끈거리며 붉어진다.

* * *

그는 두 주먹을 불끈 쥐어 보기도 하고, 이지러지게 감아쥐어 보기도 하고, 침대를 쳐보기도 한다. 붕대에 감겨진 얼굴을 만져 보기도 하고 다리를 꼬집어보기도 한다. 모든 촉감은 현실을 부정해 주지는 않았다.

* * *

흥분된 어조로 반문하며 침상에서 몸을 벌떡 일으킨다. 그렇게 말하며 일어서는 문선의 숨소리마저 거칠었다.

문선이는 급격한 타격으로 인하여 말을 잃고 한숨과 더불어 자리에 주저앉는다. 그리고 얼굴에 떠오르는 노기를 가까스로 참으려는 노력을 읽을 수가 있었다.

* * *

청년은 두근거리는 가슴을 진정시키지 못한다. 동시에 그의 얼굴은 창백해져 갔다. 그러나 창백해진 청년의 얼굴빛은 전등불에 비치어 경관에게 발견되지는 않았다. 힐끗힐끗 경관의 눈치를 보던 청년의 시선은 문선의 입으로 옮겨진다.

청년의 가슴속에서는 격렬한 고동이 시작되었다. 등에는 식은땀이 흘렀고, 콧등에도 구슬이 맺혀진다.

* * *

번개같이 머리 속을 스치는 생각에 가슴이 선득해지고, 머리의 피가 쫙 훑어져 다리 아래로 흘러내리는 듯함을 느끼며 문선이는 간수가 인도하는 대로 널마루 위에 선다.

* * *

뽀드득, 뽀드득. 발에 밟히는 눈 소리. 언제 온 눈인지는 알 수 없건만 그 눈 소리는 자기의 죽음의 전주곡인 것만 같이 들려진다. 바람은 또다시 귀뿌리를 때리고 지나간다.

(삼중당, 1983)

□박계주 「순애보 (하)」

철진이는 입도 눈도 생각도 심장도 모두 얼어붙었다. 그랬기 때문에 말도 못했고 눈도 한 곳만을 응시한 채 움직이지 못했고 무슨 생각도 떠오르지 않았고 숨도 막혀진 것만 같았다. 그저 철퇴에 얻어맞은 사람처럼 의식이 몽롱해질 뿐이다.

* * *

시간이 얼마나 흘렀는지 모른다. 문선이는 움직임을 잊는 동상처럼 몸 한 번, 손 한 번 까딱거리지 않고 그냥 앉아 우두커니 보이지 않는 창을 대하고 있다.

* * *

그리운 사람을 만난다는 일념에 가슴은 설레이었으며, 그렇게 설레이는 가슴으로 걷는 그의 눈앞에는 문선의 자태만 떠올랐다. 눈에 걸리는 풀도 꽃도 돌도 시냇물도 나무도 새도 모두 문선이로만 보여졌다.

* * *

푸른 여름 하늘 밑에 뭉게뭉게 떠오르는 흰 구름송이. 호숫가에 담뿍 우거진 숲을 흔들어놓고 유유히 흘러가는 서늘한 바람. 산새들의 맑은 노래…… 이 모든 것은 혹서에 뒤끓는 서울 장안에서는 도저히 맛볼 수 없는 것일 것입니다. 산과 바다는 더위에 맥 풀린 도시인들을 손짓하여 부르는 것만 같습니다. 어서 대자연의 품속에 푹 안기고 싶은 마음뿐이옵니다.

(삼중당, 1983)

□박상우 「그녀는 성난 하마」

섬뜩하게 온 몸으로 엄습해 오는 그 운명적인 예감 같은 것! 그리하여 두 번째 만남을 약속해 놓고 헤어진 그날 이후. 그녀는 서른이라는 자신의 나이도 잊은 채 참으로 가슴 설레는 나날을 보내지 않을 수 없었다.

풋사랑에 빠진 방년 십팔 세의 가슴이 그럴까.

지리멸렬하고 권태스럽기 짝이 없는 일상에 생기가 되살아나고 그 생기로부터 은은한 삶의 향기가 밀려나오는 것 같았다. 그리고 그 향기 속에서 하나 또 하나. 너무나도 오랫동안 잊고 살아온 혹은 죽은 듯 하던 불씨가 되살아나듯… '사랑' '결혼' 그리고 '행복'이라는 말이 새록새록 자신도 모르게 눈을 뜨기 시작한 것이었다.

(예문, 1996)

□박상우 「그대 발길 머무는 곳에」

그날 아침 출근한 직후부터 강두주 씨는 정신을 못 차리고 헤매기 시작했다. 머릿속에서 위잉 기계 소음이 들리는 것 같기도 했고, 때로는 걷잡을 수 없는 원심력 같은 게 느껴지기도 했고, 그러다가 순간적으로 아찔한 현기가 몰려오는 것 같기도 했다. 뿐만 아니라 체내의 모든 열기가 얼굴로 치솟아 화끈화끈하게 열을 발산하는 것 같기도 했고, 눈두덩에는 천근만근의 쇳덩어리가 매달려 있는 것 같기도 했다. 그 모든 게 다 지난밤의 폭주 때문이었다.

(예문, 1996)

□박상우 「내 마음의 옥탑방」

내가 담당하는 백화점들의 레포츠 용품 매장은 대개 5층이나 6층에 있었다. 여름 내내 수치와의 전쟁을 치른 때문인가, 여름이 끝나갈 무렵부터 백화점 입구에 당도하면 나도 모르게 가슴이 두근거리기 시작했다. 5층이나 6층으로 올라가는 일. 아니 올라가야 한다는 현실적 당위성에서 깊은 두려움이 느껴지기 시작한 것이었다.

뿐만 아니라 백화점 매장을 일일이 둘러보고 회사로 돌아가 엘리베이터 앞에 섰을 때 11층으로 올라가 사장에게 보고를 해야 함에도 불구하고 도무지 올라가기가 싫어진 것이었다. 그리고 하루가 막을 내리고 저녁대신 꼼장어와 닭똥집 같은 것을 안주 삼아 소주를 마시고 형네 집이 있는 아파트 단지에 이르렀을 때에도 마찬가지, 선뜻 17층으로 올라가지 못하고 난감한 눈빛으로 형네 집에서 밀려나오는 아득한 불빛을 올려다보곤 한 것이다.

* * *

높은 곳으로 올라갈 때 나는 극도로 긴장하고. 그곳에서 내려온 뒤에 나는 극도로 무기력해졌다. 그래서 위로 올라가기 전, 나도 모르게 서성거리는 시간이 많아졌다. 백화점 입구에 당도해서도 선뜻 매장으로 올라가지 못하고 사뭇 초조한 표정으로 주변을 서성거리곤 한 것이었다. 날마다 지나쳤을지도 모를 그녀를 내가 눈에 익히기 시작한 것은 바로 그즈음. 올라가고 내려오는 동안에 내가 정신적인 공황 상태를 경험하곤 할 무렵이었다.

* * *

하지만 여름이 끝나갈 무렵, 수치에 대한 나의 공포감은 전혀 다른 양상으로 전이되어 엉뚱한 심리적 징후를 나타내기 시작했다. 판매 결과로 집계된 수치가 아니라 그것과 연관된 장소에 대해 깊은 불안감을 느끼기 시작한 것이다. 굳이 표현을 하자면, 곤욕스런 현실이 만들어낸 일종의 고소공포증 같은 것이었는지도 모를 일이었다.

* * *

무슨 망상인가.

나에게서 나타나는 심리적 이상 징후를 스스로 진단하기 위해 나는 과거의 기억까지 더듬어 보았다. 작은형이 학교 계단에서 굴러 뇌진탕으로 죽었다는 것, 그것이 어린 시절의 나에게 높은 곳에 대한 공포감을 심어 주었을지도 모르겠다는 생각이 들어서였다. 하지만 부질없는 짓. 현실적으로 달라지는 건 아무것도 없었다. 5층과 6층, 그리고 11층과 17층에서 도무지 벗어날 수 없는 처지에 나는 사로잡혀 있었을 뿐이었다. 5층이나 6층을 포기하면 11층과 17층까지 덩달아 무너지는 현실, 그것이 나의 희망이자 또한 절망이었기 때문이었다.

* * *

그것은 보면 볼수록 연민을 자아내게 하는 가련한 고난의 세계가 아닐 수 없었다. 뿐만 아니라 뒤틀린 심사로 굽어보면 한없이 가소로운 미물의 세계처럼 보이기도 했다. 내가 저런 곳에다 발을 딛고 살아왔던가. 줄지어 이동하는 개미 행렬을 향해 오줌줄기를 갈겨대던 어린 시절이 문득 기억에서 되살아날 정도였다. 내가 공포감을 느끼던 5층—6층—11층—17층 같은 곳에서 전혀 느껴 보지 못한 감정. 그리고 비로소 되새겨지는 인간의 미물스러움.

* * *

누구를 위한 멸시인가.

밤 열 시 반경부터 나는 지친 몸을 이끌고 포장마차를 들어가 소주를 마시기 시작했다. 벌레와 기생충을 안주 삼아 쓰디쓴 비관의 술을 들이켜는 멸시의 시간이 되어서야 비로소 나의 정신은 명징해지기 시작했다. 뿐만 아니라 나와 무관하게 느껴지는 세상, 아직 일말의 가능성이 남아 있을지도 모른다는 기대감으로 나는 서서히 가슴이 따뜻해지기 시작했다. 친구도 아니고 애인도 아닌 존재에 대한 기대감— 그것이 설령 멸시

받아 마땅한 그리움이라 해도 나로서는 더이상 물러서고 싶지 않았다. 다른 건 모르겠으되, 시월 한 달 동안 내가 옥탑방에서 느꼈던 내밀한 행복감까지 벌레나 기생충의 몫으로 양보하고 싶지는 않았던 것이다.

* * *

그것은 사마귀가 사마귀에게 나타내는 미물스런 구애의 동작이 아니었다 하지만 사마귀처럼 등을 보인 게 아니라 사람답게 가슴을 열어 나를 부르는 그녀의 동작을 확인하고 나서도 나는 선뜻 몸을 움직일 수 없었다. 그녀가 나에게 자신의 가슴을 처음으로 열어 주었다는 것, 그리고 사람으로서의 포옹을 최초로 허락했다는 것에 감동을 해서가 아니라 그것이 너무나도 위태롭고 아슬아슬하게 느껴진 때문이었다. 옥탑방에 들어차 있던 오래된 어둠과 적막, 그리고 그녀의 희망이 일순에 무너져 끝없는 나락으로 추락할지도 모른다는 불안감을 무슨 수로 감당할 수 있으랴.

* * *

지난 십 년 동안 나는 시지프의 세계에 안주하고 있었다. 몽타주로 재현되는 무수한 시지프들의 세계. 산정을 향해 바위를 밀어올리는 불굴의 의지를 상실해 버린 시지프들의 세계. 희망 없는 노동을 죄악시하고 도로를 무능의 결과로 치부해 버리는 시지프들의 세계. 신을 향한 멸시를 두려워하고 운명을 극복하려는 반향적인 분투를 상실해 버린 시지프들의 세계―그곳에 안주하며 하루하루 종말적인 인간의 시간을 살아온 것이다.

* * *

언젠가, 우연을 가장하고 찾아올지도 모를 필연의 시간에 나는 어떤 시지프의 얼굴을 하고 있을까. 서로를 알아보지 못하고 무심히 지나치게 될지라도, 편견과 모순과 아집에 사로잡힌 불행한 시지프의 얼굴이 아니라 자기 운명에 당당하게 맞설 줄 아는 행복한 시지프의 얼굴을 나는 그녀에게 보여 주고 싶다. 내가 그녀를 알아보거나 그녀가 나를 알아보는 순간, 혹은 내가 당신을 알아보거나 당신이 나를 알아보는 순간을 상상해 보라. 그러면 옥탑방에서 밀려나오는 불빛의 의미, 준비된 자세로 항상 깨어 있으라는 준엄한 경고의 메시지라는 걸 알 수 있으리라.

지금 당신의 옥탑방에 불을 밝혀야 할 때.

* * *

십 년 세월이 지난 지금, 그녀를 생각할 때마다 나는 남겨진 시간에 대해 깊은 두려움을 느끼곤 한다. 지나간 시간보다 남겨진 시간이 두려운 건 변화가 아니라 불변하는 것에 대해 느끼는 끈끈한 체무감 때문이리라. 주어진 형벌의 바위를 부정하고, 지상에 안주하기 위해 인간의 숙명까지 부정하는 시지프들의 지옥—무슨 이유 때문인가. 추억이 망각의 늪으로 잦아들 때가 되었는데도 내 마음의 옥탑방에는 불이 꺼지지 않았다. 그곳에서 살았던 한 여자의 존재감 때문이 아니라 옥탑방이라는 상징. 그것이 하나의 생명체가 되어 스스로 빛을 발하고 있는 것인지도 모르리라. 불완전한 지상의 주민. 숙명의 전모를 간파하지 못하는 인생의 장님들에게 그 빛은 무엇을 일깨우고 싶어하는 것일까.

(문학사상사, 1999)

□박양호 「슬픈 새들의 사회」

남자란 어떤 여자가 진실로 좋으면 소유하려는 본능을 가진 동물이 아닌가. 친구들 얘기를 들어보면 모두가 결국 얘기의 핵심은 거기 있는 것 같았다. 같이 자느냐, 마느냐, 그 다음에는 어떻게 하느냐, 그러나 처음 일 년간은 그런 문제가 깨끗하고 진실해 보였었다.

＊ ＊ ＊

마치 흔들리고 있는 배를 타고 있는 느낌이었다. 저만치서, 그러니까 가시거리에서 내가 올라앉아 있는 조그만 조각배를 삼켜버릴 듯한 큰 파도가 밀려오다가 그것이 제물에 스스로 사라져 버린 것 같은 느낌이라고나 할까.

(동아, 1991)

□박완서 「가는 비, 이슬 비」

나는 잠자리에서 남편에게 겁먹은 소리로 속삭였다. 그건 이간질도 음해도 아닌 마음으로부터 우러나오는 근심이었다. 남편은 대꾸 없이 줄담배를 피웠다. 나는 우리 집 지하에서 절대로 해서는 안 되는 악(惡)이 땅속 깊이 뿌리를 박고 가닥가닥 무성하고 극성스럽게 퍼지는 걸 유리병에서 기르는 둥근파 뿌리를 보듯이 명료하게 보는 것처럼 느꼈다.

＊ ＊ ＊

마침 저만치서 깡충거리며 뛰어오는 대여섯 살이나 됐음직한 소녀를 수자는 마치 자신의 어린 날의 환영을 보듯, 현실감 없는 몽롱한 시선으로 바라보았다. 소녀의 나폴대는 머리카락에 비의 미세한 입자가 송알송알 맺혀 있는 게 소녀를 천사처럼 돋보이게 했다. 보오얀 볼하며, 꽃잎 같은 입술하며, 겁 없이 맑은 눈동자하며, 소녀는 가슴이 저리도록 티 없이 예뻤다. 하도 정결하고 고와서 도무지 현실 같지 않고 아무도 더럽힐 수 없는 천진무구의 상징처럼 보였다.

(문학동네, 1999)

□박정애 「에덴의 서쪽」

시어머니의 눈동자와 입이 어떤 모양새를 하고 벌어졌는지는 구태여 돌아서서 확인하지 않아도 알 수 있었다. 시집온 뒤로 그렇게 통쾌한 기분을 느껴 보기는 처음이었다. 심장이 방아 찧는 소리를 내며 신나게 뛰었다.

* * *

성냥불이 만들어낸 환영이 아닐까 한순간 내 눈을 의심할 정도로 마당에서 바라본 어머니의 방은 비현실적으로 밝고 따뜻했다. 나는 눈을 털지도 않고 히말라야의 설인 같은 몰골을 불쑥 그 방으로 들이밀었다. 나는 무너지고 싶었고 놓여나고 싶었다.

(문학사상사, 2000)

□박종화 「금삼의 피」

동궁은 동산 석가산 바윗돌 위에 무거운 다리를 쉬고 걸터앉았다. 동산에 우거진 느긋한 풀 향기가 다시 불어오는 바람결에 따라 동궁의 온몸을 휩싸안았다. 동궁은 눈을 스르르 감았다. 마치 느긋한 어머니 젖가슴 속에 포근히 안긴 듯한 쾌감을 느꼈다. 어머니 자애에 굶주린 시름이 또다시 동궁의 가슴을 출렁출렁 설레게 한다.

* * *

이 대왕대비의 말씀에 연산은 카악 하고 열이 가슴 위로 북받쳐 올라 곧 무슨 말대답을 올리려다가 꾹 올라오는 불길을 누르시고 침을 한번 삼키셨다. 이 올라오는 불덩어리를 참으려니 수족이 버르르 떨리신다. 당신의 어머님은 어찌하여 대행 대왕의 용안에 손톱자국을 내시어 이렇게 못 당할 폐서인의 소리를 듣게 되시었지만, 당신마저 섣불리 말대답을 하여 불효 소리를 듣기는 싫다.

* * *

난생 처음으로 사람을 치는 것을 보시는 상감 연산은, 한옆으로는 마음이 괴롭고 무서운 듯 하시면서도 저것들이 모두 나의 자유를 막아 효사묘도 못 짓게 하고 회묘에 천제도 못 드리게 하는 예와 법을 잘 찾고 입바른 체하는 저만 잘났다는 무리어니 하고 생각하실 때, 상감 연산의 입 언저리에는 세조 때 일을 헐어 말한 것이 분하신 것보다 예법 잘 찾는 이놈들, 좀 견디어 보아라 하시는 차디찬 쓴웃음이 떠돌았다. 복수의 눈웃음이 살그머니 눈꺼풀 위로 헤엄질친다.

* * *

상감 연산의 마음은 느긋하시다. 몸은 한참 씩씩하게 젊은 삼십 때다. 글과 도덕을 멀리하시니, 남의 것은 삼천가려 어여쁜 후궁에게서 다시 더 어여쁜 후궁 속으로 난만한 젊음을 풍기는 환락뿐이다. 마치 화사한 봄날, 가지가지, 무르녹은 향기를 찾아, 떨기떨기 아련히 붉은 꽃입술로 너울너울 입을 대며 늠실거리는 범나비 같다.

* * *

단종 대왕의 아버님 되는 문종 대왕의 능침이 동편 언덕으로 비스듬히 들여다보았다. 연산은 무슨 크나큰 죄를 저지르신 듯 부끄럽고 황송

쩍다. 얼른 이 능침 앞을 지나실 양으로 걸음을 빨리 걸었다. 그러나 걸음은 마음대로 얼른 옮겨지지 않았다. 익선관 뒷덜미를 보이지 않는 무엇이 부쩍 잡아당기는 것 같았다. 머리끝이 쭈뼛하고 찬 기운이 오싹 등골에서 일어났다. 소름이 좁쌀같이 온 전신에 쫘악 퍼졌다. 두 다리가 짜르르 하고 힘이 풀렸다. 큰노할아버지 문종 대왕 능침에서 크나큰 호령소리가 일어나는 것 같았다. 안산 소릉에 폐위된 문종 대왕의 왕비요, 단종의 어머님이신 권씨의 얼굴이 보인 적 없이 나타나는 것 같았다. 이야기로만 듣던 재종조뻘 되는 단정의 참혹한 어리신 모양이 어른거렸다. 남추강의 상소문이 생각나고 김종직의 조의제문이 머리에 떠올랐다. 숨은 가쁘고 마음은 공연히 괴롭고 부끄럽다. 등에는 찬 땀이 흘러 용포가 철처근하고 얼굴은 공연히 화끈화끈 달았다. 당신이 저지른 일이 아니요, 육칠십 년 전에 그 증조부 세조가 한 노릇이지만 무엇을 도적한 듯 불안하고 괴로우시다.

(동아출판사, 1995)

□박태순 「끈」

아직은 남아 있는 이런 인심을 서로의 끈으로 얽어매어 함께 살아가노라면 결코 희망은 없지 않을 것이다. 그리하여 그 끈으로 동아리 지을 것을 짓고, 울타리로 쌓을 것은 쌓되, 또한 올가미로 만들어 낚아챌 것은 낚아채고, 그리고 필요하다면 옭아 넣어 마땅한 것은 조여 버리기라도 하는 것이다. 그는 그러한 끈을 찾아내고 있다고 믿었다.

(나남, 1989)

□박태순 「단씨의 형제들」

나는 이상하게 흥분되어 눈물을 흘리고 있었고 누군가를 막 껴안으려고 하다가 잠에서 깨어났네. 좀 차갑다는 느낌이 들었고, 벌레가 옆구리를 물고 있는 것 같아서 손으로 긁었으며, 그러다가 나 자신 어느 곳에 와 있는지 의아하게 따져 보게 되었네. 확실히 기온이 좀 차가워서 으스스했지만, 지긋지긋하게 달라붙던 더위가 없다는 것이 얼마나 상쾌했는지 몰랐네. 나는 풀밭으로부터 반쯤 몸을 일으켜서 마지막으로 남아 있는 한 개비의 담배를 피워 물었네.

(삼중당, 1975)

□박태순 「무너진 극장」

사람들은 정권유지에 급급하여 제멋대로 부정을 자행하던 지도자들이 만들어놓은 그러한 질서를 인정할 수가 없었는지 모른다. 사람들은 부정부패의 한 상징인 임화수를 생각할 때 이극장에 대한 질서를 허용하지 않는 것이었다. 그리하여 사람들은 이러한 파괴에서 묘한 쾌감조차 느끼고 있는 것이었으나, 반면에 붕괴되고 있는 저 굉음에 대하여서는 어떤 본능적인 공포를 자극받았다. 그들은 공포를 느낄수록 더욱 집착하고 있는지 모른다. 어떤 절망 같은 것, 이 세계가 이것으로 끝나버릴지도 모른다는 아득한 허탈감 속에 너무나도 깊이 빨려 들어가 있었다.

* * *

하도 고요했으므로, 나는 그 고요하다는 것을 믿지 못했다. 그것은 나를 무섭게 만들었으며, 고독하게 만들었다. 나는 무대의 가운데에 자빠져서 숨을 죽이고, 과연 이것이 현실에서 일어나고 있는 일인지 의심했다. 나는 전혀 꼼짝할 수가 없었고 오늘밤에 일어난 여러 사건들이 감감하게 몽롱해져 와서, 내가 과연 죽은 것이나 아닌가 생각하였다. 나는 비어버린 객석의 그 무거운 집념에 도저히 혼자 견뎌낼 자신을 잃었다. 심하게 몰아닥치던 폭풍우가 지나가 버리고 엉뚱한 기록에 난파하여 과연 그곳이 죽음의 섬인지나 아닌지 의심이 들 때의 그 곤혹한 의문을 나는 이해할 수 있었다.

(나남, 1989)

□박태순 「밤길의 사람들」

서춘환은 다시 기승을 부리기 시작한 모기 떼, 파리 떼의 소리를 듣고 있었다. 그것은 이어서 요란한 사이렌소리, 호각소리에 쫓기고 있는 듯한 그런 답답한 느낌과 겹치어졌다. 그러다가 그는 어슴푸레 정신이 들었다. 깜박 잠이 들었던 것일까. 날이 밝아 있었다. 더위는 가셔져 있었고 그는 눅눅한 곰팡내 풍기는 습기를 맡았다. 방 바깥으로부터 갓난애 울음소리, 이어서 또 다른 어린애 울음소리가 들려왔다.

* * *

왜 안 오는 걸까. 서춘환은 실내의 벽에 걸린 시계와 5천 원 주고 산 자기의 액정 시계를 번갈아 살펴보며 출입구 쪽에 누가 나타날 적마다 긴장하곤 했다. 시간과 사람의 싸움, 기차는 뜨려고 하는데 사람은 나타나지 않고 있는 그런 영화 장면, 그 기차를 과연 타게 될 것인가. 드디어 약속 시간이, 다섯 시. 그런데도 조애실은 나타나지 않았다. 오르막의 막바지에서 시간이, 그리고 물론 시계가 내리막으로 철렁철렁 굴러 떨어지고 있는 것 같은 느낌을 그는 받고 있었다.

(나남, 1989)

□박태순 「정든 땅 언덕 위」

나종애는 정신이 없었다. 이제 죽는가 보다 생각했고 아니, 죽었다고 생각하고 편안한 안도감 같은 것을 느끼기도 했다. 그리고 죽음의 저쪽 세계에서 여러 재미난 이쪽 세계의 일들을 생각하면서 웃기도 하고 울기도 하고 고함도 지르고 짜릿짜릿한 쾌감도 느꼈는데, 눈을 뜨고 보니 한낮이었다.

* * *

자기가 생각해 봐도 신기할 정도로 몸이 거뜬했다. 그래서 그녀는, 죽었다가 살아나서 병이 낫고 건강해지고 이런 너무나도 길다란 과정이 순식간에 자기에게 일어났음을 깨달았다. 이런 너무나도 길다란 과정이 순식간에 이루어졌다는 것은 도리어 믿어지지가 않았으나 사실이었기에, 그녀는 좁은 이마 속의 암흑이 갑자기 뒤틀려지고 있는 듯한 감동을 느꼈다. 마치 새로 소생한 듯한 기분이었고, 거기에서 싱싱한 힘을 얻은 그녀는 자기를 둘러싸고 있는 사람들이 멍청한 몰골을 바라보고 있었다.

* * *

머리카락을 자르고 싶은 생각이 순간적으로 달아나 버렸지만, 그걸 그렇게 말해 버리면 비웃음을 살 것이 창피스러워서, 한숨을 쉬었다. 영곤이 엄마는 가위를 놓고 담배를 물었다. 나종애는 가위가 무슨 흉기인 듯이 생각했는데, 조금 있으면 저 흉기가 아가리를 짝 벌리고 자기의 몸뚱이를 X자 모양으로 싹둑 잘라 버릴 것만 같아 다시 몰래 진저리를 쳤다.

그러자 가위가 다가왔고 그녀는 수술대 위에 올라가 있는 듯한 느낌으로 눈을 감아 버렸다.

그녀가 마음속으로 상상했던 것과는 달리, 가위는 그녀의 머리를 푹 찌르지는 않았다. 그리고 그녀의 머리에서 피가 솟아 나오지는 않았다. 그러나 조금 뒤에 그녀는 굉장히 중요한 것을 뺏겨 버렸음을 깨달았다. 그런데 무엇을 뺏겨 버렸는지는 도저히 알아낼 수가 없었다. 비록 그 누군가가 자기의 옷을 하나씩 벗겨 대고 있고, 그래서 몹시도 허전한 쓸쓸한 느낌이기는 했지만. 그런데 자기의 머리카락이 없음이 분명한, 새까맣게 반들거리고 있는 흑진주가 불쑥 그녀의 코앞으로 내밀리어 왔고, 영곤이 엄마의 웃음소리가 들려 왔다. 그리고 돈이 왔고, 나중애는 너무 부끄러워서 바깥으로 뛰쳐나갔다.

(나남, 1989)

□박태순「하얀 하늘」

그녀는 임섭의 목소리가 둥둥 떠와서 그녀의 귀로 들어오고 있는 듯한 착각을 가졌다. 그녀는 하품을 한 번 했으며 기분 좋게 졸음이 오는 것을 느끼고 있었다. 몸은 피로하였고 정신은 흐려갔으나 슬프지는 않았다. 기쁘지도 않았다. 나는 잠들어 버린 것일까? 그녀는 이상한 감동 상태에 놓여져 있었다. 이제는 아무렇지도 않다. 이 방은 너무 차갑구나.

아까도 차가웠었지. 특히 방바닥과 맞닿았던 어깨가 차가웠었지. 이제는 아무렇지도 않다. 얼마든지 견딜 수 있다. 초조하지도 않고 불안스럽지도 않다. 시간이 흘러간다는 것이 무섭지도 않다. 임섭이라는 사내가 어떻든 무슨 상관인가? 이 사내가 성욕이 왕성하다는 것은 그래도 얼마나 다행인가? 힘껏 껴안기어 있으면 좋겠다. 사람은 어떻게 살아가고 있는 것인가? 대지모신은 사람들로 하여금 어떻게 살아가라고 명하셨나? 그것을 모두 알면 천재게? 그녀는 자기의 생각이 재미나서 웃었다.

(나남, 1989)

□박태순「한 오백년」

그래서 윤지노는 갑자기 할 말을 잃었다. 그는 뽀빠이를 증오스럽게 쳐다보았다. 정말이지 그는 증오를 느꼈다. 뽀빠이가 태연한 체할수록 더 그것을 느꼈다. 그는 아까부터 쑥스럽기만 해서 더욱 그러했다. 분노가 뒤섞인 쑥스러움, 눈물이 나올 것 같은 쑥스러움뿐이었다. 어쩌면 그가 느끼고 있는 '쑥스러움'이야말로 여태까지 모른 체하고 있었던 비밀스런 아픔인지도 모르겠다고 생각했다. 그렇다. 인생을 살아가는 데에는 어떤 비밀과도 같은 아픔이 있을 것이다. 누구도 그 아픔을 함부로 건드려서는 되지 않을 것이다. 그 아픔을 건드리는 자는 결국 이 세상 전체를 건드리지 않을 수 없을 것이다……

(삼성출판사, 1985)

□박태순「환상에 대하여」

점점 커져 가는 것 같기만 한 그의 몸뚱어리를 향해 신랄하게 다가오는 총알의 떼를 그는 어떻게 해야 하는지 알 수 없었다. 모든 총알이 그를 향해 달려오는 것 같았다. 그는 약간의 불균형을 느꼈다. 이 세계의 중심에 약간의 어긋난 느낌이 가세되었다.

(민음사, 1986)

□방현석「당신의 왼편 1」

문학과에 돌아와 학생들 앞에 앉은 현욱은 연방장에 핀 꽃다지 한 줄기를 말없이 바라보고 있었다. 얼핏 눈길을 스치면 존재조차 알지 못할 여린줄기에 매달린 점과 같이 작은 꽃, 꽃다지는 무수한 군화발이 지나간 연병장 한가운데 용케도 살아 하늘거리고 있었다. 그는 시선을 보낼 곳이라는 자신의 교련화 코끝과 꽃다지뿐이었다. 기다리는 시간이 계속 되는 동안에 비로소 자신들이 놓인 공간의 위험성을 파악하기 시작한 학 생들에게 어떤 눈빛을 보내야 할지 그는 알 수 없었다. 그 역시 상황에 몸을 내맡기고 있을 뿐이었다.

(해냄, 2000)

□ 배수아 「랩소디 인 블루」

난 아무것도 알 수가 없고 자신 있는 사람들의 말 때문에 어쩐지 슬 퍼지는 느낌입니다. 이유를 알 수 없다는 기분이 들어요. 비가 오는 밤이 면 유리창에 기대어 서서 담배를 피우고 싶어집니다. 그런 것이 열렬하 다고 하는 감정일까요.

* * *

얼마나 오래된 일일까. 그 눈동자를 들여다본 것이. 어두운 입시 학원 의 희미한 복도의 불빛에서 너를 처음으로 본 후에 난 신이 너에게 빠져 들어갔었다. 만지면 따뜻한 벽처럼 단단한 너의 가슴이 그리울 때가 많 았어. 그러나 뜨거운 여름에 먼지 가득한 포장되지 않은 언덕길을 한 걸 음씩 올라가는 것처럼 시간이 갈수록 색이 몽롱해져 갔다.

(고려원, 1995)

□ 배수아 「부주의한 사랑」

어머니는 내가 기억하고 있는 한은 언제나 가득한 불만 속에서 숨막혀 하고 있었다. 화가로서 그림을 더이상 그리지 못하고 있는 것에 대해서,

아이들을 너무나 많이 낳은 것에 대해서, 그리고 어머니의 언니의 딸에게 연연하게 더 잘해주지 못하는 것에 대해서, 아버지가 변두리의 사립고등학교 물리 선생으로 더 많이 돈을 벌지 못하는 것에 대해서, 내 자매들이 쑥쑥 자라고 있는데 진자 레이스 달린 잠옷이나 새것인 빨간 가죽 구두를 사주지 못하는 것에 대해서, 더운물이 나오지 않는 낡아빠진 목조 이층집에 살고 있는 것에 대해서, 토요일마다 명동의 노선호텔로 더운 빵을 사러 가지 못하는 것에 대해서, 어머니의 하나뿐인 친척인 어머니의 언니가 가난하고 불행하게 살고 있는 것에 대해서, 다니고 있는 절에 많은 돈을 기부하지 못하는 것에 대해서, 둔하게 살이 찌고 있는 것에 대해서, 그리고 무엇보다도 나이가 들어가고 잠을 잘 수 없는 것에 대해서이다.

* * *

마음속에서 소용돌이치는 검은 바람, 창백하고 싸늘한 자포자기와 과격해지는 충동. 미령은 무엇인지 모르게 마음에서 끌려들어가는 힘에 반역하고 싶지 않다. 달이 영원히 지구를 떠나지 않는 것처럼 미령은 일생 동안 충동에서 벗어날 수 없으리라는 것을 느낀다. 한없이 불안하고도 매혹적인 기분이었다. '마치 아이가 셋 딸린 남자와 결혼하는 기분이야' 하고 미령은 강원도에 시집가 있는 언니에게 편지를 썼다.

(문학동네, 1996)

□ 배수아 「심야통신」

남자, 한 남자가 처음으로 여자아이의 가슴에 들어왔는데. 처음으로 봉이 찾아왔는데. 가득하고 넘치는 햇빛. 마당에 샘솟는 수돗물과 푸르게 피어나는 들장미와 진한 녹색으로 반짝이는 메뚜기들.

(해냄, 1998)

□배철수 「철수」

불이 온통 꺼진 빈집은 빗물이 새고 있다. 주방과 현관에서 벽을 타고 빗물이 폭포처럼 흘러내리고 있다. 날 태워봐. 기름을 바르고 내 몸에 불 붙여 봐. 마녀처럼 날 화형시켜 봐. 쓰레기 봉지로 날 포장해서 소각로 속으로 집어던져 봐. 나는 다이옥신이 되어 너의 폐 속으로 들어간다. 내 얼굴을 면도칼로 가볍게 긋고 스며 나오는 피를 빨아봐. 고양이처럼 그 맛을 즐겨봐. 그래서 나는 피투성이가 되고 싶어. 내 안에 있는 나는 무엇인지. 어떤 추악한 것인지 한 번도 만나보지 못한 채로 이 세상을 떠나게 되는 것이 두려워 나는 마지막에 비명을 지르면서 눈물을 흘리리라. 그런데 그때 조용하게 비를 맞으면서 무너져가는 빈집의 창가를 무생물의 풍경처럼 지나가고 있는 또다른 나. 너는 어디에서 한평생 살고 있었나. 너는 어디에서 노래를 부르고 마루에서 고양이를 잠재우며 흡혈 식물 같은 입술을 닫고 지나가는 아침 노을과 여름 오후의 비를 맞으면서 시간의 여울을 떠다니고 있었나. 이제 어디에도 없을 나. 재가 되어 사라지고 어둠이 되어 부패할 나, 그런 내가 내 인생을 온통 방치하고 유기한 채 이 추락의 마지막에서 누추한 손을 내민다. 사실은, 나는 내가 아니었다. 짐승의 몸을 가지고 태어나 가난과 모욕의 노예가 되어 살아갔던 나는 잠시 악령에 유혹되어 나를 떠나온 허공이었을 뿐이다. 멀리 있는 나는 귀하고 아름답다. 그리하여 내 몸은 타락하고 또 타락해도 백년에 한 번 꽃피는 사막의 난초처럼 또다른 나는 생에 대한 불감(不感)으로 너에게 다가간다.

(작가정신, 1998)

□ 서영은 「뿔 그리고 방패」

별 하나 없는 캄캄한 하늘, 어디론지 미친 듯이 질주하는 차량들, 무표정하면서 다소는 침울해 보이는 행인들. 왜 그런지 동호는 마음이 불안하고 심란했다. 건너편에 하늘 높이 치솟아 있는 빌딩만이 방방에 불을 환히 켜놓고 무슨 비밀스런 축제를 즐기고 있는 것 같았다.

* * *

건석은 시들시들하게, 그리고 나중에 가선 입술이 마르도록 초조하여 연극을 보는 둥 마는 둥 할 때와는 달리, 생기가 나서 공연히 시중 드는 사람을 큰 소리로 부르기도 하고, 엉덩이를 자꾸 들썩이기도 하고, 눈길이 거의 매순간마다 입구 쪽으로 가는가 하면, 말이 많아졌다. 동호는 그러한 그를 보면서 어쩐지 위태로운 기분이었다.

* * *

마루 끝에 서서 그는 밤하늘을 올려다보았다. 처마 끝으로 캄캄한 하늘이 좁다랗게 내다보았다. 배 속처럼 하얀 상현달이 그의 손에는 결코 닿을 수 없는 이상의 배처럼 느껴졌다. 그는 맘속의 안티고네를, 그리고 형의 망령을 그 배에 실어 급히 떠나보냈다. 그래야만 어머니의 복통이 빨리 가라앉을 것 같았던 것이다.

* * *

동호는 조금씩 등골에 진땀이 흐르기 시작했다. 눈에 띄는 것마다 그의 빈 허위에 뜨거운 촛농처럼 떨어졌다. 아니 눈에 띄는 모든 것, 두 여인의 얼굴에 슬프게 드리워진 수심과 농성하는 사람들의 입가에 낀 허연 백태와 군용 담요와 박카스까지도 동호에겐 마치 중국의 물방울 고문과도 같이 느껴졌다.

* * *

운동장에는 괴괴한 정적이 어둠과 더불어 커다란 나래를 펴고 있었다. 동호는 운동장으로 내려가는 마지막 계단에 걸터앉았다. 어둠에 묻힌 넓은 운동장은 도시로부터 멀리 떨어진 사막처럼 여겨졌다. 그는 아무도 모르게 그곳에 불시착한 것처럼 여겨졌다. 불현듯 동호는 자기 앞에, 까마득히 높은 하늘에서 인조석처럼 반짝이는 별들과 괴괴한 정적과 어둠과 바람뿐이라고 여겨졌다. 어쩌면 그는 집에서 나올 때부터 이곳을 염두에 두었는지 모른다. 그리고 아무도 없는데서 실컷 목 놓아 울리라 생각했는지 모른다. 그런데 막상 와서 보니 자신이 안고 온 진한 설움이 광활한 자연 앞에서 무색해지는 것을 느꼈다. 그것은 무어라 꼬집어 말할 수 없는 어떤 적을 향해 점점 칼처럼 견고해졌다. 그는 주먹을 꽉 움켜쥐었다. 어찌나 세게 주먹을 거머쥐었는지 손톱이 손바닥에 박혀 피가 맺히고, 그것이 마음 깊숙이까지 박혀 아픔을 자아내는 것을 느꼈다.

(둥지, 1997)

□성석제 「고수」

그때 아무 표정도 없던 그의 얼굴에 아는 사람이 아니면 결코 알 수 없는 희미한 미소가 떠올랐다. 언젠가 내 가슴을 밟고 지나간 악룡(惡龍)의 발자국이 없었다면 나 역시 그게 미소인지 알 수 없었을 것이다. 묘한 감개가 솟았다. 나는 그에게 손을 내밀었다.

(민음사, 1997)

□성석제 「내 인생의 마지막 4.5초」

그는 생애 최초로 등을 보이며 도망쳤다. 그 속에 총이 들어 있을지도 모른다고 생각하면서, 가만, 무서운 것은 총이 아니었다. 팔이 없는 사람이 어떻게 총을 쏘지? 무서워한 게 아니지. 그럼? 그 눈이 바로 등뒤에 붙어 있는 것 같아서 내내 좌석에 등을 비볐다.

* * *

너를 보는 게 마지막이라는 느낌이 든 건 왜였을까. 네 얼굴을 비추는 노란 햇빛은 내가 가게 될 다른 좋은 세상에서 오는 것 같았다. 해를 등지고 있는 내 몸에서 뻗은 그림자는 짧고 짙었다.

(강, 1996)

□성석제 「황금의 나날」

웬일일까. 내 가슴속에서 수많은 시계가 절꺽거리며 돌기 시작하는 것 같았지. 그 여인이 내 쪽으로 얼굴을 돌리는 순간, 크고 작은 종이 마구 울리는 것 같았네. 칠 때가 되지도 않은, 치도록 허락도 받지 않은 종이.

* * *

나는 너무 더러웠네. 나는 너무 못생겼네. 나에게선 땀 냄새가 났네. 물비린내 비슷한, 내가 그때는 몰랐고 나중에 내 또래의 시골 아이들에게서 맡게 된 그 냄새가 났을 것이네. 김이 무럭무럭 났네. 내 숨소리는 너무 거칠었네. 나는 바보 같았네.

* * *

갑자기 어른이 되고 싶어졌네. 그녀처럼 어른이 되고 싶었네. 어른이 되면 맨 먼저 사랑을 하고 싶었네. 어른이 아니어서 나는 슬펐네. 이따금 울고 싶어지기도 했네. 종을 치고 나면, 종을 치고 나면, 내 마음을 아무도 몰랐네. 나도 모르는 일이었네. 무엇인가 내 안에서 부풀어오르고 있는데 그게 무엇인지 궁금해서 미칠 것 같았네. 근지럽고 이상하고, 어, 어, 어지럼증이 들고, 멍, 머엉, 멍해지고, 죄를 짓는 것 같았네. 하느님한테도 용서를 빌 수 없는 죄를.

* * *

나는 들판과 냇가를 미친 듯이 달렸네. 물풀이 되고 싶었네. 구름을 보았네. 염소와 이야기를 했네. 바람을 만나면 날아오를 것 같았네. 우승 같은 건 아무 상관도 없었네. 돈 같은 건 아무래도 좋았네. 꼬마쥐가 느닷없이 정식 선수가 된 것이 이상하기는 해도.

* * *

그날 밤 어머니에게 맞은 자리는 하나도 아프지 않았네. 상처의 딱지를 뗀 자리를 건드리듯이 시원하고 짜릿했네. 그날 밤 성당의 종탑은 느닷없이 작아졌네. 펄쩍 뛰면 꼭대기의 피뢰침에 손이 닿을 것 같았네. 모두 작아졌네. 모두 형편없어졌네. 갑자기 커진 기분이었네. 갑자기 어른이 된 기분이었다네. 참 좋았다네. 그래서 어른들은 한번 어른이 되면 아이를 우습게 아는구나. 다시는 아이가 되지 않겠구나 싶었네.

(강, 1996)

□손소희 「남풍(南風)」

그녀는 사면이 철문으로 된 방안에 갇혀있는 것 같다. 시어머니와 남편이 그 밖의 사람들이 돌아가며 철문을 두들겨대고, 자기는 그 철문이

쾅쾅 울리는 소리 때문에 넋이 나간 채 헤어날 수 없는 곳에 앉아 있는 듯했다. 목숨이 모질어서 자신이 그런 불결한 삶을 살고 있다고 생각했다. 그처럼 마음 든든한 주금이라는 피난처(避難處)는 그야말로 피안(彼岸)의 것으로, 그녀는 그곳까지 가지지 않았다.

* * *

때로 가슴에 둔중한 통증이 일었다. 때때로 허탈감이 왔다. 그것은 극히 짧은 순간이긴 하나 그 허탈감이 질색이었다. 자신 속에서 세상에 있는 온갖 것이 비어져 가는 자기 자신도 비어져 가는 그러한 순간이 그에게 있었다. 그는 그러한 순간을 스스로 허탈감에 빠지는 순간이라고 생각하고 있었던 것이다. 그러한 허탈감을 그는 대여섯 살에 났을 때부터 경험하고 있었던 것이다.

* * *

동준을 만나려고 한 동기, 그것은 두꺼운 외각으로 숨겨져 있는 열매를 얻기 위한 방편이었는지도 모른다. 동준이란 외각을 까버리면 안에는 남희라는 심이 들어있다. 그 심이 아쉬워서 무슨 사무적인 용무나 있듯이 동준을 불렀고 또 역전으로 막연히 그를 맞으러 나간 것인지도 모른다. 살구씨에도 필요한 것은 그 안의 심이다. 그 조그만 심을 얻기 위해 성급한 사람들은 숫제 야생의 살구나무를 온통 가지 채 꺾어서 운반해 오는 것을 보았다.

(을유출판사, 1963)

□손숙희 「사랑의 아픔」

전화벨 소리만 울려도 감전이라도 된 듯 들었다 놓았다가 하며 피를 말리고 있는 내 앞으로 기어들어온 어둠이 방안의 어둠을 모두 삼켜버렸을 때, 기다림은 원망으로 불안으로 또다시 체념으로 변했다.

* * *

그게 잠깐 동안의 기분이기는 했지만 주위에 아무도 없다는 외로움이 목까지 차오를 때면 화장실로 뛰어가 붉은 반점을 확인하며 벽에 기대어 섰고는 했었으니까. 아마도 그때 그가 내 온몸에 수두자국 같은 반점을 만들어 놓는다 해도 나는 그것을 기념품처럼 소중하게 생각하며 살았을 것이다.

* * *

불쑥, 집으로부터 도망치고 싶다는 충동에 사로잡혔다. 두 사람이 발목을 붙잡고 나를 지하의 어느 깊은 곳으로 끌어내리려고 한다는 생각이 들어서였다. 손을 휘휘 내저어봐도 잡히지 않는 깊은 어둠. 그것보다 더 깊은 침묵, 가래처럼 턱턱 매어오는 어둠과 침묵 속에서 악몽을 꾸고 난 듯 하룻밤을 지내고 나니까 만사가 귀찮아졌고 그래서 끝내 가영한테 따뜻한 말 한 마디 하지 못하고 돌아서고 말았던 것이다.

* * *

벌떡 일어나야 한다고 생각했다. 그리고 이럴 땐 일어나 무슨 짓이냐고 소리를 질러야 옳았다. 이럴 수는 없다. 이래서는 안 되는 것이다. 그러나 몸이 천근만근의 돌덩이가 되어 차츰차츰 바닥으로 스며드는 것 같았다. 소리쳐 버리고 싶었으나 그것마저 입술이 고정된 것처럼 도무지 떨어지지가 않았다. 몸을 뒤척이는지 이불이 부스럭거리는 소리가 들렸다. 어떡하나. 어떡하나……

* * *

한번 목 놓아 울었던 게 무슨 힘이 되었던지, 미친년처럼 울고 나자 가슴속을 가로지르고 있던 복숭아씨 하나가 쑥 빠져 달아난 듯 했다. 불 긋불긋 피어있는 진달래 나뭇가지 사이에 숨어 울었던 눈물 속에 내 청춘이랑 꿈이 몽땅 쓸려 갔으리라 생각했는데 이상하게도 깊은 우물 속처럼 가슴엔 새로운 물질 같은 것이 뭉글뭉글 솟아오르는 것이었다.

* * *

느닷없이 담배가 피우고 싶어졌다. 마른 종이 타는 소리를 내며 빨갛게 타들어 가도록 담배를 깊이 빨아들였다가 길게 내뿜고 싶었다. 기관지를 통과해 깊숙이 들어갔던 연기가 길게 뿜어져 나오도록 실컷 빨아들이고 싶은 충동이었다. 나는 핸들에 머리를 박았다. 그리고 호흡을 가다듬었다.

(새로운 사람들, 1999)

□손장순 「불타는 빙벽」

나도 살아야겠다. 살지 않으면 안 된다. 올라가야 할 히말라야가 있는 한. 마나슬루의 예봉이 다시 눈앞에 의연하게 어린다. 웬만해서 자태를 나타내지 않는 오만한 난봉이 나의 투지를 자극하면서. 당장이라도 달려가서 정복된 마나슬루봉을 열렬하게 포옹하고 싶은 정열이 충동처럼 끓어오른다. 마치 나를 어렵게 받아들여 정복된 여체를 끌어안는 것과 같은, 아니 그 이상의 감격을 맛보고 싶다.

* * *

정아는 비로소 창 밖을 내다본다. 주먹 만한 눈송이가 땅바닥에서 솟아오르는지 하늘에서 퍼붓는 것인지 분간할 수 없게 종횡무진으로 내리고 있다. 정아는 가슴 밑바닥에서 이상야릇한 감정이 끓어오른다. 그것은 희열 같기도 하고 달콤한 슬픔 같기도 하다. 어쩌면 애환이 모자이크처럼 직조된 복잡한 감정인지도 모른다. 정아는 순간 아이오와시에 눈으로 유폐되는 통쾌한 스릴을 맛보고 싶은 유혹을 느낀다.

* * *

삶을 즐기면서 살고 싶었다. 원초적인 투명한 빛깔로 장엄한 자연미를 한껏 펼쳐 보이는 뉴질랜드와 호주에 관광을 갔을 때 우리들은 삶의 기쁨을 순간순간 느끼었던 것이다. 외국인들이 어째서 일생동안 일하며 저축한 돈을 여행하면서 즐기는지 비로소 이해할 수 있었다. 그 기쁨의 다음 순간 가슴 밑바닥을 훑고 지나가는 허망한 바람. 살아 있음의 희열이 참담한 절망이나 죽음의 비통함과 항상 대비되는 것은 수액이 바싹 다 마른 고목이 어느 날 툭 쓰러지듯이. 생을 마감한 어머니의 모습이 전광석화처럼 그녀의 머리를 스치고 지나가는 낭패감 때문인가.

(문화공간, 1997)

□ 송기숙 「오월의 미소」

나는 벽을 향해 권총을 그어 내리다가 방아쇠를 당겼다. 딱, 쇳소리의 단절음이 야무졌다. 나는 연방 겨냥하며 방아쇠를 당겼다. 딱, 딱, 딱. 내 생애가 이 권총으로 응축되어 버리는 것 같고, 그렇게 응축된 내 인생의 실체가 둔중한 무게로 실감되는 듯했다. 방아쇠를 당겼을 때 엄청나게 큰 소리를 내며 실탄이 나간다는 것, 그 무시무시한 위력으로 실탄이 목표물을 꿰뚫는다는 것, 그것은 단순히 총알이 나간다는 사실로 끝나지 않는다. 막혔던 내 인생이 뚫리는 것이다. 훈련소에서 총을 못 쏘았을 때 나는 눈앞의 유급보다 내 인생이 영영 막힌다는 절망을 느꼈다. 딱, 딱. 묵직한 권총의 무게와 딱, 딱 하는 격발음이 새삼스레 듬직한 신뢰로 다가왔다. 그렇게 실탄이 나갈 때 나는 지금까지 허우적거리던 세계에서 비로소 다른 세계로 들어설 것이다. 그 총소리가 은은하게 귀에 울리며 총소리의 감동의 전율처럼 몸 속에 퍼지고 있었다. 이제 죽음 따위는 문제가 아니었다.

(창작과비평사, 2000)

□송상옥 「광후문과 햄버거와 파피꽃」

움직이는 건 아무것도 없다 해도 방안에 정연하게, 마구 넘어뜨리고 싶은 충동이 들 정도로 너무나 정연하게 가득 놓여 있는 책상과 의자, 그 위의 타이프라이터, 크고 작은 캐비닛, 서류함들……그리고 복도에 놓아둔 큼직한 화분이나, 무슨 형상인지 알 수 없는 쇠 조각상들, 여기저기 동그마니 서 있는 갖가지 장식품들이 모두 살아 있는 것처럼 여겨서 오싹 소름이 끼칠 때도 있었다.

* * *

이윽고 그 손길이 멎자, 그녀는 그 위에 자기의 손을 가지고 갔다. 손이 따스했다. 거울 속에서 눈이 마주쳤다. 그녀는 그의 가슴에 머리를 기댔다. 그는 거기에 얼굴을 묻었다.

달콤하다면 달콤한 것이었다. 희열이라면 희열일 것이다. 그녀의 마음과 몸에 울긋불긋 고운 무늬로 지어져오는 감정의 잔잔한 물결. 희열이라면 희열, 달콤하다면 달콤한…… 그녀의 마음과 몸이 흥건히 젖어드는 건 더할 나위 없는 흡족감이었다.

* * *

이날따라 나뭇가지를 흔드는 바람 소리, 모든 나뭇잎들을 금방이라도 우수수 떨어뜨릴 듯한 바람에, 내 마음은 깊은 밑바닥에서부터 떨려왔다.

그녀 집에서의 만남은 확실히 별난 것이었다. 자기 집 주소도 전화번호도 알려주지 않았던 그녀가 놀랍게도 나를 자기 집으로 오게 한 것도 그렇지만, 외로움에 절어 있는 듯한 휑뎅그렁한 그때의 집안 분위기가, 어둡고 차기만 했던 그녀의 표정과 함께 내게 기묘한 느낌을 주었다.

* * *

그녀가 묻히고 난 바로 다음날 왔을 땐 땅을 파보고 싶은 충동을 억제하기 힘들었다. 아내가 과연 숨을 멈추고 다시는 눈을 뜨지 않는다 해도 좋았다. 그녀의 모습을 한 번 더 보고, 또 차디찬 손이라도 한 번 더 만져보고 싶었다. 그러나 실제로 그럴 수는 없어서, 그는 그 땅을 수없이 치며 흐느꼈다.

그런데 시간이 약이었다. 이틀이 지나고 사흘이 지남에 따라 체념이라는 묘약이 효험을 내기 시작했다. 실로 시간은 흘러가면서 그의 마음을 쓸어주고, 아주 격렬한 슬픔의 감정을 어디론지 실어가고 있었다.

(창작과비평사, 1996)

□송상옥 「들소 사냥」

그의 눈에 비치는 바다는 오 년 전이나 오 년 뒤나 다름이 없었다. 바다를 보는 눈에 아무 변함이 없다는 뜻이다. 기쁨이기보다는 슬픔이고, 즐거움이기보다는 고통이라는 점에서는 같았다. 십 년이란 긴 시간도 그에겐 약이 되지 않았다. 그래도 바다에 나오는 건 파도의 철썩거림이 자신의 마음을 알아주는 것 같기도 했기 때문이다.

* * *

정말 엄청난 일이 일어난 모양이구나. 용국은 무엇인지 정확히 알 수 없는 감정이, 긴장감 같은 것이 온 몸을 휘감은 듯한 기분을 맛보았다.

* * *

그런 가운데서도 그를 지탱하는 것이 있다면, 때때로 찾아와 마음과 몸을 쥐어짜는 듯한 슬픔과 괴로움과 고통, 그리고 알 수 없는 대상에 대해 치밀어 오르는 분노였다. 그럴 때마다 그는 땅을 치며 발을 동동 구르며 큰소리로 울부짖고 싶었을 따름이었다. 시간이 지나도 그 감정은 사그라지지 않았다.

용국은 자신이 그런 상태에서 벗어날 수 있다면, 벗어나 보는 것도 나쁘진 않으리라 여겼다. 난데없이 나타난 사나이가 제의하는 어처구니없는 그 일은 자신을 그러한 상태에서 충분히 벗어나게 할 수 있을 것이었다. 그는 몸과 마음이 팽팽해 오는 긴장감을 맛보았다.

* * *

그 일만 생각하면 용국은 온몸을 쥐어짜는 고통과 치밀어 오르는 분노를 잠재우기 어려웠다. 그는 땅을 치며 벽을 치며 발을 동동 구르며 울부짖고 싶었다. 재판을 거쳐 유죄선거를 받고 이 년 동안의 옥살이를 하긴 했지만, 그 살인을 그가 지금까지 후회해본 적이 없었다. 그놈이 만약 백 번 살아 일어난다면 그는 백 번 모두 같은 일을 되풀이할 것이었다.

(세계사, 1996)

□송원희 「목마른 땅」

선임은 자신의 뜻을 어떻게 납득시켜야 할지 난감했다. 선임은 뒤늦게나마 물질의 중요성을 인식했지만 그녀는 또 하나 깨달은 것이 있었다.

물질 자체는 타산적이지만 그것을 넘어서는 어떤 선의의 위력도 갖고 있다는 것이다.

* * *

선임은 미움도 살인의 동기라는 말에 가슴이 철렁 내려앉았다. 사람이 사는데 어찌 미운 상대가 없을 수 있단 말인가.

* * *

이들에게 있어서 전쟁은 어떤 붕괴도 상실도 아니었다. 그들 말대로 잠시 동안의 악몽일 뿐이었다. 악몽은 시간이 지나면 잊을 수 있는 것이다. 그러나 모든 것을 잃어버리고 철저하게 파괴된 그 상처는 아무리 오랜 시간이 흘러 과거가 된다 해도 언제나 현실 속에 그대로 생생하게 남아 있는 것이다. 선임은 다시 한 번 그들과 자신과의 이질감을 느꼈다.

(청림출판사, 1987)

□신경숙 「기차는 7시에 떠나네」

처음엔 빗소리라고 생각했다.

블라인드 사이로 비가 섞여 바람이 방안으로 밀려들어오는 기척을 나는 잠결에 감지하고 있었다. 블라인드 뒤의 창은 열려 있다. 창이 바람에 밀려 창턱에 부딪히는 소리가 났어도 나는 돌아눕지도 몸을 뒤척이지도 않았다. 잠을 깨고 싶지 않았다. 이렇게 잠이 깬 후에 내가 하게 될 일들이 마치 되돌려서 보고 또 보고했던 비디오의 어느 장면처럼 떠올랐다.

(문학과지성사, 1999)

□신경숙 「딸기밭」

제부는 생각하고 있을지도 모른다. 네가 빠진 아름다움이 무슨 소용이냐고. 세계는 여기저기 틈이 벌어져 있고 그 벌어진 틈으로 버스가 추락하기도 하고 잉태된 아이가 태어나기도 사산되기도 한다. 그래도 시간은 흘러가고 아름다운 풍경은 여전히 아름답다. 오랜만에 바라보는 하늘이다. 아니 무엇인가를 이렇게 가만히 쳐다보기가 참 오랜만이다.

* * *

마음속에 십일월 같은 비가 축축이 내릴 때면 채 연소되지 않은 감정들이 우우거리며 내게 깃들였다. 끝끝내 소멸되지 못한 감정들은 넋이 되어 배우가 아닌 진짜 내가 되려고 아우성치기도 한다. 배우가 아닌, 나. 일상 속의 내가.

* * *

나는 잠을 깨고도 움직이지 않고 침대에 누워 있었다. 느낀다. 생겨난 것은 사라진다는 것을. 예전에, 아주 예전 어느 봄날 아침에 화장대를 앞에 놓고 눈썹을 그리고 입술연지를 바르고 장롱 안에서 가장 화사한 옷을 차려 입고 결혼식장으로 떠난 어머니. 그리고 그 옆의 단정했던 아버지. 그들이 다시 돌아오지 않았을 때에 나는 오싹한 웃음을 지었던 것 같다. 매우 느긋하고 행복해 보이기까지 하는 동생이 갑자기 아침에 일어나지 않았을 때 또 한 번 오싹했다. 느낀다. 삶이라는 것이 오페라의 무대 의상처럼 그렇게 형식을 갖춰 떠오르는 것만은 아니라는 것을.

* * *

다락방의 맨 밑바닥에 놓여 있는 오래된 책을 눈으로 짚어가며 읽어가

듯이 생의 얼굴들을 따라가라고, 그렇게 할밖에 내게 다른 도리는 없는 것같이 느껴졌다. 예나 지금이나 내가 생에게 바라는 게 있다면 생이 내 앞에서만은 더이상 곡예를 부리지 않았으면, 하는 것뿐이었다. 조용한 생활을 할 수만 있다면 내 생에 아무런 일이 일어나지 않아도 좋다고.

(문학과지성사, 2000)

□ 신달자 「백치애인」

허기와 포만, 그 줄다리기 속에서 젊음은 참으로 괴로웠다. 그러나 젊음의 고통은 그것만의 괴로움으로 싸워야 하는 그렇게 단순한 것은 아니었다. 감정의 비상사태, 그랬었다. 언제 어떤 일이 일어날지 모르는 불안한 감정의 물굽이가 깎아지른 바위에 부딪쳐 부서져 내리듯 잔잔한가 하면 어느 사이 성난 파도가 되어 길길이 솟았다가 쓰러지곤 했다.

* * *

발이 닿는 곳마다 꿈틀거리며 살아 있는 감정이 밟혀오고, 움직이는 곳마다 거미줄처럼 감정이 얼굴을 덮쳐왔다.

감정의 부자, 그렇다. 돈이 없어서 가난했지만 가슴을 부풀게 하는 감정의 소낙비는 젊음을 속속들이 적시게 하였다.

그 감정은 불이면서 물이었다. 활활 타오르는 불길이면서 큰 파도를 치고 흐르는 바다 같기도 했던 것이다.

그것은 강렬한 것이었다. 외로워도 아주 외로웠고 아파도 아주 아팠고 울고 싶어도 아주 울고 싶었다. 일관성 없는 감정의 폭포. 그것은 20대 젊음의 갈등이요, 방황이었다.

그래서 나는 나를 어떻게 할 수 없었다. 가슴 안에서는 거대한 용광로가 끓고, 활화산이 불붙고 있었으므로 나는 늘 숨이 차고 위태로웠다.

분명한 이유는 물론 없었다. 그것을 그리움이나 사랑이라고 단순하게 말할 수는 없지만 그러나 그리움이나 사랑이 아니라고 딱 잘라 말할 수도 없는 일이었다.

(자유문학사, 1988)

□심 훈 「상록수」

오만가지 생각이 머릿속에 들끓어서 영신은 잠시도 눈을 붙이지 못했다. 창밖의 그믐밤보다도 마음속이 더 캄캄한데 입술이 타도록 조바심이 나서 좀 눕는 체하다가는 다시 일어났다 앉았다 하는 동안에 기차는 북관천리를 내쳐 달렸다.

(범우사, 1990)

□오성찬 「종소리 울려 퍼져라」

잠수부가 오리발을 솟구쳐 물 속으로 들어가 버리자 나는 적막해진 수면에서 고개를 쳐들어 이번에는 물줄기가 바람에 날리며 떨어지는 벼랑 위쪽으로 시선을 돌렸다. 검은 절벽을 배경으로 허옇게 날아 떨어지는 큰 물줄기 두 개, 그리고 가는 물줄기 하나, 그것들을 가만히 쳐다보고 있자 마치 누가 위에서 길고 긴 명주 필을 자꾸만 풀어 내리는 것 같은 착각이 들었다.

─저기서 여자가 떨어져내렸다?

어떤 모습이었을까. 여자가 치마라도 입고 있었더라면…… 나는 퍼뜩 떠오르는 환영을 고개를 거세게 저어 지워버렸다. 사람이란 벼랑 끝 같은 절박한 상황 속에서도 어디까지 비도덕적일 수 있는 것일까. 도리도리 고개를 저어 쫓는데도 시체 위에 모여드는 까마귀 떼 같은 의식들은 무성한 머리칼을 비집고 내 머리 속으로 한사코 기어들었다. 그리고 고개를 쳐들자 떠오르는 영상. 그것은 여자가 치마가 걷어 올려진 채 아랫도리를 내놓고 떨어지는 모습이었는데, 그것이 초고속의 속도로 절벽을 날아내리고, 날아내리고 하는 것이었다.

* * *

때때로 자신에게 질려버릴 때가 있다. 그 순간 나는 습관처럼 책상 곁에 놓인 거울을 바라본다. 그리고 발광하기 직전의 개새끼를 관찰하듯 그렇게 나를 바라본다. 거울 속의 나는 정신병자 같은 얼굴이다. 고독에 사로잡힌, 고통에 찌들은 몰골. 불거진 광대뼈 사이로 크고 의문에 찬 두 눈, 거기에 때때로 음악이 흐르곤 한다. 자신이 두려울 때가 있다. 어두운 기억들로 이루어진 영혼이 피로를 느낄 때가 있다. 말이란 얼마나 합리적이고 혼돈으로 가득 차 있는가. 그런데 인간들은 서로를 이해하기 위하여 억지로라도 말로 표현해주어야 한다. 그 엄청난 혼돈을 겨우 몇 마디로 요약하여 입술 밖으로 뱉어낸 후 이제 됐다고 안심한다. 그런데 그건 아니다. 차라리 걸추레한 노파처럼 고개를 숙이고 침묵으로 일관하는 편이 나을지 모른다.

* * *

그 사람에게서 편지가 왔다. 두려움과 기쁨과 회한에 넘쳐 나는 내내 울었다. 밤늦게까지 잠도 못 이르고 새벽 나절 일어나 이 글을 쓴다.

하느님은 나로 하여금 내 길만을 걸어가도록 하시는 것 같다. 악마를 맨 처음으로 내게 보내시고, 악마와 간통하고 있는 나에게 마지막으로 천사를 보내주신 하느님, 나는 천사를 만나고서야 그 천사를 견딜 수 없었다. 악마와 간음하여 악마 새끼를 치고 있는 여인이 천사의 오두막집을 뛰쳐나오는 것은 오히려 당연하지 않은가. 천사가 여인으로 하여 천사 곁에 있게 하지만 여인이 내부에서 샘솟듯 하는 두려움과 회환과 번뇌를 어찌할 것인가.

그러나 분명한 것은 그가 없인 나는 아무것도 하지 못한다는 점이다. 어쨌든 그의 존재가 살아 숨 쉬며 내게 있어야 한다. 그 이유는 그것이 나의 운명이기 때문이다. 아니, 운명이 아니어도 좋다. 설명하지 못하는 그 불가사의한 것 때문에.

* * *

두통이 마귀처럼 엄습한다. 차라리 정신병원의 병실에 갇혀 자유를 꿈꾸는 두 발 달린 짐승이나 될까. 사람들이 나를 바라보는 눈초리에 질려 있고 견디기가 힘들었다. 나는 사람이 아니라 사람과 다른 짐승이다. 끊임없이 사람들 곁에서 살고자 하고, 고독을 느끼면서도 한편 그들로부터 부단히 멀어지려고 하는 이 이율배반적 심리를 어떻게 설명할 수 있을까. 때때로 나는 독약을 먹고 쓰러진 내 모습을 떠올려 보며, 그 주위의 떠들썩함도 상상해 본다. 그리고 자주 죽고 싶은 생각이 든다.

* * *

도서관 자료실에서 나와서 차를 타려고 할 때 나는 다시 그 시인이 치는 종소리를 들었다. 그날은 바다를 건너온 섬의 바람이 약간 거세게 부는 탓인지 그 소리가 회오리를 짓는 것같이 둥글게 드렸다.

−저것은 좋은 종소리인가?

나는 문득 그 소리를 들으며 이런 생각을 했다. 노을이 붉으면 이튿날 바람이 거세게 분다고 했는데, 이날 찢어 흩은 것 같은 구름에 비친 노을빛은 유독 붉었다.

* * *

나는 이상케 목이 말랐다. 아무데서 난 물도 따라서 마시고, 다른 마실 것들도 닥치는 대로 끌어당겨서 마시는데 그러나 문득 의식해보면 갈증이 나있곤 했다. 누구에게나 고향에는 어릴적 기대고 젖을 빨았던 어머니 젖가슴 같은 아련한 그리움이 있고 또 그러기에 영원히 순수하기를 희구하게 되는지도 모를 일이다. 그런데 요즘 나의 갈증은 이런 나의 욕구가 허망하게 무너진 데서 연유한 것일 수 있었다. 마치 바가지가 깨져서 채워도 채워도 물이 새는 것 같은 누수현상, 가문에 갈라진 논바닥 같은 현상, 그래서 언제나 갈증이 이는지도 모를 일이었다.

* * *

그리고 여자를 상징하는 자궁, 그것은 모든 생명을 배태하고 모든 생명을 키우는 땅과 같은 존재라 하지 않는가. 자궁은 한 생명을 배태해서 세상으로 내보내고, 그리고 궁극적으로 그 생이 다하였을 때는 다시 자기 안으로 받아들여 무화(無化)시킨다. 그러니까 자궁은 모든 생명의 근원이면서 마지막으로 돌아갈 곳이기도 한데, 그런데 세상, 사람이 사는 도처에서 수컷들의 무모한 욕망은 이 모성에 대해 학대하고, 수모를 시키고, 마침내 그것을 걸레의 지경까지 만들어놓고 있지 않은가. 그리고 어쩌면 최근에 내 주변에서 죽은 세 여성의 경우만 하더라도 이런 모성의 학대에서 빚어진 사건이라고 할 수 있지 않을까.

그런데 나는 지금 그 가련한 아이를 묻고 와서 무슨 이 따위 생각에 깊숙이 빠져 있단 말인가. 문득 눈뜬 의식은 수렁 같은 생각에 늪 속에서 빠져 나오려고 버둥거려보지만 본래 늪이란 게 어디 그리 빠져 나오기가 쉽던가. 이제 내가 창 밖으로 마주하고 있는 바다는 더 회색빛이 짙어지고, 이쪽 발 아래 시가지에는 가로등 불빛들이 듬성듬성 빛을 내기 시작하고 있었다.

* * *

내게도 소년기의 말기, 그 말기적 현상으로 길을 걷다가건, 운동장에서 운동을 하다가건, 들판에서 소를 먹이다가건 예기치 않게 돌기현상을 겪은 경험이 있었다. 비온 후에 죽순이 솟듯이 불뚝 솟기 시작하면 그것은 아무리 그래서는 안 된다고 스스로 나무라고 다스리며 해도 도무지 어째볼 도리가 없었다. 이것을 이성과 감정의 괴리라고 하는 것인가. 사람 몸 속의 두 줄기 일치할 수 없는 이 흐름. 이 반역. 사람이 시간까지 살 수 있다는 부도덕, 이 불륜을 어떻게 풀어야 한단 말인가.

* * *

내 속에서는 주체하지 못하게 심장이 고동치고 손이 부들부들 떨리기까지 했다. 낚싯줄이 팽팽하게 당겨진 기분이었다. 아침의 위태로웠던 장면이 또 한번 눈앞에 재연되며 어딘가 위험한 상황 쪽으로 다가가고 있다는 위기의식 때문에 불안이 고조되는 걸 확연히 느끼고 있었다. 그러면서도 나는 주차해 있는 곳으로 가서 차에 올라타 시동을 걸었다.

* * *

집채만한 어떤 것이 태풍을 지나가는 것처럼 소리를 내며 내 곁을 스쳐가는 것을 나는 느꼈다. 그리고 까닭 모를 슬픔이 목젖을 치밀고 오름을 깨달았다. 황량한 바닷가에 혼자 내버려진 느낌. 소리쳐 흐르는 시냇물 소리도 나를 놀리는 것 같았다. 이날은 모든 상황이 가을 하늘보다도 더 슬픈 날이었다.

* * *

노아의 홍수가 얼핏 내 뇌리를 스치고 지나갔다. 천둥이 칠 때 종다리
는 범죄자의 삿갓 밑으로 기어들고, 그 순간에 벼락이 그를 때린다는 전
설까지도 떠올랐다. 그러나 어디 하느님이 노상 그 일을 이제까지도 주
도해오고 있더란 말인가. 그가 정말 그런 통치를 하고 있다면 지금 이
세상에 살아남을 사람이 어디 있단 말인가.

(답게, 1999)

□오정희 「불의 강」

닦은 마루와 방과 찬장과 식기 위에 먼지는 줄곧 내리고 고양이는 끊
임없이 흙을 묻혀 돌아다녔고 털을 날렸다. 쥐들은 천장과 하수구에, 죽
은 나무의 뿌리 아래, 벽의 틈서리에 새끼를 낳았다. 집안은 더러웠다.
구역질이 나게 더러웠다. 나는 거의 자학적인 심사로 버려두기 시작했고
이내 그것에 길들여졌으며 끊임없이 쌓여 가는 더러움 속에서 오히려 어
떤 편안함마저도 느끼게 되었다. 이 집안의 공기는 묘하게도 무기력감,
죽어 가는 것으로 충만되어 있었으며 그것이 지니는 온기와 안락함이 있
었다. 나는 더러운 프라이팬에 생선을 튀기고 씻지 않은 주전자에 우유
와 홍차를 끓였다. 그리고 매일매일 더러운 머릿수건을 쓰고 창가에 앉
아 숄을 짜거나 노래를 부른다.

(문학과지성사, 1999)

□오정희 「산조」

내 피부에 덧씌워진 또 하나의 꺼풀처럼 완전히 나를 거두어놓은 거
울면을 깨뜨리기 위해, 그리고 그 안에 점점이 흩뿌려진 낡은 탈들을 지
워버리기 위해 악을 쓰듯 장구를 두드려댄다. 거울면이 흐려진다. 거울

은 깨지지 않는다. 다만 그 위를 덧씌운 뿌연 안개가 농밀해질 뿐이다. 빠져나갈 틈의 조그만 모서리도 뵈지 않는다. 나는 두 손을 내저으며 앞으로 나간다. 잡히는 것은 아무것도 없었다.

(동아, 1995)

□오정희 「옛우물」

한여름 청청히 물오르는 계절에도, 죽음의 자리에 누운 아버지는 자꾸 뚝뚝 나뭇가지 부러지는 소리가 들린다고 말했다. 저승으로 열린 귀는 셀로판지처럼 얇고 투명해져 다른 사람들은 볼 수 없는, 오직 이미지 속에서만 존재하는 또다른 세계의 소리를 듣고 있었다. … (중략) … 우리는 그것이 죽음의 소리라는 것을 몰랐다. 우리는 죽음을 알아보기에는 너무 젊었던 것이다. 참 깨끗이 곱게 가셨다. 입관을 하기 전 어머니가 자부심을 가지고 말했으나 그 말이 끝나기가 무섭게 아버지는 냄새를 풍기기 시작했다. 온몸을 흔들며 웃던 평소의 습관처럼 전신으로 냄새를 풍겼다.

(문학과지성사, 1995)

□유금호 「내사랑 풍장」

바짝 타버린 입술 위로 성난 이상의 숨결이 떨려오는 것이 느껴진다. 가까이 다가오라. 그러면 피가 뚝뚝 흐르는 진흙투성이의 이 썩은 살덩이에서 누구나 가지고 있는 영혼의 동맥들이, 신성한 피를 부풀어 오른 정맥들이 팔딱거리는 소리를 들을 것이다. 이 시궁창은 창공으로 빚어진 것이다. 이 지저분한 변소간에는 뭔가 신적인 것이 있다……

* * *

연기와 모래바람으로 부우옇게 흐려진 사막 한가운데가 일렁여대는
느낌이 온다. 아른거리는 모래 위의 아지랑이 속, 눈앞이 흐려지며 진주
의 모습이 떠올라온다. 부모가 죽으면 땅에 묻지만 자식이 죽으면 가슴
에 묻는다던가…… 눈앞이 흐려져서 윤이 쓰러지듯 풀썩 주저앉는다.

* * *

나는 망연히 발밑으로 기어드는 바닷물에 시선을 준 채 남은 술을 한
모금씩 마시기 시작했다. 눈앞이 흐려져 갔다. 눈물이 흘러나왔다.
아버지의 조각들이 흘러 사라진 바다 멀리로 오후의 햇살이 작은 무
늬들을 만들고 있었다.

* * *

가슴속을 치밀어 오르는 불덩이가 누구를 향한 것인지, 그 불덩이의
정체가 무엇인지 판단이 되지 않았다. 다만 누군가를 실컷 두드려주고
싶은 충동이 금방이라도 폭발될 것 같아 나는 그를 사무실에 남겨놓은
채 문 밖으로 나와 버렸다.

(개미, 1999)

□ 유익서 「키노의 전설 빅토르최」

온몸에 슬픔이 가득 채워져 있기 때문일까? 문득 그 갈빛 초원으로 달
려가 살갗을 벗겨 피를 뚝뚝 흘리는 몸을 살이 다 닳아 없어질 때까지
마구 뒹굴고 싶은 충동을 강하게 느꼈다.

(세훈, 1996)

□ 유재용 「꽃은 피어도」

아내의 얄팍한 가슴에서 기침이 폭발하듯 터져 나왔다. 준은 가슴이 찌릿해옴을 느꼈다. 입술을 꾸욱 깨물었다. 속으로 깊숙이 파고드는 아픔이었다. 눈을 감으며 마른침을 꿀꺽 삼켰다. 납덩이 같은 무게가 용해될 수 없을 것 같은 응어리가 위장 속으로 느릿느릿 밀려들어간다. 가슴속이 멍쿨해진다. 아픔이 가라앉으면서 뜻이 전달되자 외로움이 몸을 휩쌌다. 준은 이불을 끌어올려 아내의 어깨를 덮어 주고는 달력을 떼어 사진과 겹쳐 들고 방을 나왔다.

* * *

준은 불길한 생각이 머릿속에서 맴도는 것을 쫓아낼 수가 없었다. 아내는 겨울을 헤쳐 나가지 못하고 질식해버릴지도 모른다. 새 봄을 영원히 보지 못하게 될지도 모른다. 준은 자신의 생각에 충격을 받았다. 두려웠다. 온통 의미가 사라져 삭막할 그날이 눈앞에 다가온 것 같았다. 준은 허겁지겁 서둘러지는 자신을 느꼈다. 지금까지의 그의 노력이란 무의미하고 무모한 것은 아니었을까 하는 회의가 가슴속을 날카롭게 파고들었다.

그러나 준은 돌연 봄을 찾아 두리번거리는 자신의 마음을 의식했다. 아내의 품에 한 아름 가득 안겨주고 싶다는 소망이 끓어올랐다. 아니 봄의 품에 아내를 안겨주었으면 싶었다.

(작은책, 1990)

□ 유재용 「태양 아래서」

철만은 그 흐름을 내려다보면서 자신의 몸속을 돌고 있는 피의 흐름을 느꼈다. 팽창한 혈관 속을 거리의 흐름처럼 느리게 또 단조롭고 권태롭고 이어지고 있었다. 철만은 문득 짜증을 느꼈다. 저 나른한 거리의 흐름을 멈추게 할 수는 없을까. 아니 저 느슨한 흐름을 긴장된 급류나 소용돌이로 바꿀 수는 없을까.

* * *

철만은 병원에 찾아갔었다. 세밀한 종합진단을 마친 후 의사는 아무 곳에도 이상이 없다는 판정을 내렸다. 하지만 식욕은 되찾아지지가 않았다. 의사도 뒤져낼 수 없는 깊숙한 곳에 병이 숨어 있는 것일까. 그렇지 않고서야 식욕을 잃은 상태가 이토록 오래 계속될 수가 있는가. 생각하면 식욕뿐이 아니었다. 그토록 강렬하던 불길, 여자를 안고 싶은 욕망이 시들은 물오이처럼 위축되어 있었다. 위대해지거나 유명해지고 싶은 욕망 따위는 이미 사라져버린 지 오래였다. 본능을 잃어가고 있는 것인지도 모른다.

* * *

철만은 수백만의 시선이 일제히 자신에게로 쏠리는 것을 의식하며 몸을 움츠렸다. 내가 이렇게 살아 있노라고 외치며 뛰어나간다면 수백만의 시선은 다시 한번 자신에게 쏠릴 것이다. 떠들썩하게 외치지 않더라도 소리 없이 감쪽같이 제자리로 돌아갈 수는 없는 일이었다. 철만을 향해 빛을 밝혀 쏠리는 시선은 무슨 말들을 담을 것인가.

철만은 자신이 시선의 그물에 포위되어 있음을 느꼈다. 자신이 뜬 그물에 얽히어 포로가 되어가고 있음을 느꼈다. 포로는 희생물이고 제물이다. 그는 이 권태로운 시간에 의미를 부여하기 위해 희생물이, 제물이 될 것이다. 철만은 가장 큰 신문사를 찾아가 희생물과 제물로서의 위치를 확실히 하자고 생각했다. 신문사 친구들, 그들은 날마다 대중들의 제단에 올려놓을 색다른 제물을 마련하기에 부심하고 있지 않은가. 찾아가면 국빈을 맞이하듯 극진하게 대접할 것이다.

'양복저고리와 구두와 넥타이를 찾으러 가자.'

철만은 여관을 나섰다. 외로움이 철만의 마음을 휘감았다.

(작은책, 1990)

□윤대녕 「달의 지평선」

나는 넥타이를 고쳐 매고 커피가 나올 때까지 천천히 담배를 피웠다. 난감하고 불안한 느낌이 정수리께로 몰려들고 있었다. 피할 수 있다면 피하고 싶다는 생각이 들었다. 이런 경우 마주앉아 무슨 얘길 한단 말인가. 괜히 피의자가 된 기분에 사로잡혀 나는 중심을 잃지 않으려고 숨을 배꼽께로 끌어 모았다.

(해냄사, 1998)

□윤정모 「딴나라 여인」

이상하다. 내가 왜 차장의 방문에 그렇게 놀랐을까. 내 마음이 10년 전 그날로 돌아가 그와 함께 숨어 있었는데 누군가에게 들켰다는 공포? 아니야, 난 그땐 두려움도 몰랐어. 그저 열병이 내 심장을 늘 그렇게 뛰게 했던 거지. 너무 숨이 가빠서 1분에 5백 번은 더 뛰는 것 같았고……

* * *

잔잔한 감동을 밀어내고 숨어 있던 죄책감이 불쑥 고개를 쳐든다. 그는 나 때문에 체포되었던 거야. 독일행 비행기 속에서도 나는 얼마나 자신을 자책했던가. 내가, 나의 대책 없는 열망이 그대를 잡히게 한 것이라고…… 다시 뜨거운 그리움이 파도처럼 밀려오면서 그 죄책감도 간단히 덮어버린다.

* * *

　나는 어두운 담벽에 붙어 서서 고백처럼 중얼거렸다.

　죽고 싶다고? 정말로 죽고 싶은 사람은 엄살을 사용하지 않는다. 산다
는 것이 전적으로 무의미할 때, 그렇게 사는 것조차 형벌이라는 생각이 들
때 사람은 죽음의 방법을 찾게 되고 그 방법마저도 완전히 차단된 것을
발견했을 때 일상적인 모든 것을 내부로부터 몰아내고 조용히 시간을 떠
난다. 현실적으로 살아가는 것은 껍질, 그것마저도 아닌 척 시침을 뗀다.

　신음소리가 점점 더 높아진다. 이제야 문득 궁금해진다. 어제까지만
해도 그녀 집 앞에 있던 사람이 왜 갑자기 칩거할 생각을 했을까. 자기
서재에 틀어박혀 딱 한 번 화장실에 간 것 외에는 문 밖에도 나오지 않
는 것이 혹시 죽음의 연습, 그 방법이라도 찾고자 저러는 것일까.

* * *

　그때 나는 심하게 얼크러졌다. 그녀의 솔직성은 그녀가 살아가는 무기
였고 그것을 그냥 버릇으로 사용했을 뿐인데 나는 그 무기를 스스로 내
살에 꽂으며 '그러니까 내 남편이 네겐 거추장스럽단 말이지? 아니 너는
맘껏 달리기를 할 수 있단 말이지? 네 앞에는 선택이 널려 있고 넌 싫은
것 좋은 것 골라가며 무엇이나 네 맘대로 다 잡을 수 있단 말이지' 하는
언어들을 피처럼 뚝뚝 흘리고 있었다. 나는 정말이지 아팠고 그것이 좀
벅찰 때 '그녀의 이야기는 이 자리에서 소화할 수 있는 내용들이 아니다.
그러므로 보자기에 싸서 집으로 들고 가야 하고 집에서 혼자 차근차근
풀어봐야 한다'는 생각만 어설프게 생겼다.

* * *

시샘을 하고 탐욕하는 그런 감정, 누구에게나 있는 그런 유치함은 사람을 살아 있게 하는, 피가 붉을 동안 지녀야 할 우리들의 유전인자다. 하지만 이미 붉은 색을 잃은 내 피는 작은 궁금증이나 그 비슷한 욕구조차 머금지 못했다.

* * *

그때 나는 내 앞에 놓인, 매미 껍질처럼 떨어져 있는 나의 미래를 보았고 그것은 소름이 돋을 만큼 징그러웠으며 그래서 어디론가 도망치고 싶었다.

쉽지가 않았다. 날마다 엠파이어 건물 지붕 위에 있는 내가 보였고 나는 처형당하는 마녀의 육신이었으며 수천만의 집게주둥이가 몰려와 내 껍질을 뜯어갔다.

마침내 내 육신이 형체도 남지 않았을 때 나는 사라질 채비를 하며 아, 개운해, 라고 말했지만 내 육신의 껍질은 다시 공기가 차올라 그 자리에서 되살아났고 그때 나는 깨달았다.

자신은 쉽게 죽일 수 있지만 타인 속에 있는 나까지는 죽일 수 없다고. 내가 만약 죽음을 선택한다면 이번엔 타인 속에 있는 내가 또 내 딸아이의 남은 부분까지 공격할 것이라고.

(열림원, 1999)

□윤흥길 「어른들을 위한 동화」

어찌된 영문인지 그는 갑자기 오장육부를 낱낱이 해체당한 기분이었고, 무대 위에 세워진 채 불가항력의 어떤 세력에 의하여 하나씩 하나씩 옷가지를 벗기는 듯한 느낌이었다.

(솔, 1996)

□ 은희경 「그것은 꿈이었을까」

  머리 위에서 수상한 발소리가 들려오기 시작한 것은 새벽 한 시경이었다. 소리가 들리자 나는 습관적으로 시계를 보았던 것이다.

  내 방이 건물의 맨 위층이었으므로 소리는 옥상에서 나는 것이 분명했다. 그것은 도둑이나 살인청부업자를 연상시키는 무겁고 긴장된 발소리는 아니었다. 빠르고 가벼웠으며 어떤 위급함이 느껴지는 불안한 발소리였다. 쥐인가도 싶었지만 분명 충격완화장치가 장착된 쥐 특유의 고무 발바닥이 돌아다니는 소리 같지는 않았다. 소리는 귀를 기울이면 어느 틈엔가 사라지고 긴장을 풀 만하면 다시 들려왔다. 그리고 그 소리가 그치자 기다렸다는 듯이, 홈 사이가 촘촘한 나사 드릴처럼 두통이 머릿속을 파고들었다.

(현대문학, 1999)

□ 이경자 「혼자 눈뜨는 아침」

  그들은 사람들의 줄 속에 끼어서 나란히 섰다. 태경은 바로 뒤에 바싹 붙어 서서 천천히 움직이는 남자와의 아주 하찮은 부대낌에도 신경이 쓰였다. 그의 옷자락이나 숨결이 느껴질 때, 태경은 한 번도 경험한 적이 없는 이상한 느낌을 감득했다. 어색하고 쑥스러우며, 감미롭고 안타까운 감정이 바람이나 안개처럼 태경의 몸을 휘감았다고 해야 할지.

* * *

  가라앉은 태경의 마음이 행동 무렵의 산기슭이나 밭두렁의 흙이 햇살에 몸을 풀듯이 살포시 풀어지기 시작했다. 아주 희미한 움직임이어서 처음에는 태경조차 자신의 감정을 알아채지 못했다. 그러나 차츰, 그의 마음은 어떤 낯선 기운, 왠지 싱그러운 느낌이 드는 기운에 배어드는 걸 감지했다.

* * *

정말 창밖으로 달이 들여다보고 있었다. 둥글고 힘세어 보이는 달이었다. 태경은 한동안 달을 쳐다보았다. 달이 무슨 말인가를 하는 것 같았다. 그리고 달이 어떤 표정을 짓고 있는데, 그것이 무엇인지 헤아릴 수가 없었다. 호준이 그저 지나가는 말로 내뱉은 달의 표정은 '질투'만은 아닌, 아주 복잡한 것이었다.

달이 복잡한 표정을 지으며 태경에게로 점점 더 가까이 다가오기 시작했다. 태경은 저 달이 무서워졌다. 기이한 표정을 더이상 보고 싶지 않았다. 태경은 도망치듯 덧문을 닫고 돌아섰다. 놀란 표정이었다.

* * *

하지만 태경은 대답할 수가 없었다. 숨이 탁 막히는가 하면, 그의 눈은 벌써 햇볕이라도 품은 듯 빛나기 시작했다.

* * *

이런 결론은 피할 수 없는 해결이라 하더라도 태경에겐 끔찍한 슬픔이었다. 그의 몸과 마음엔 물이 가득 담긴 풍선처럼 울음이 찼다. 바람이라도 닿기만 하면 훅 터져버릴 것 같았다.

* * *

느낌은 소낙비처럼 지나갔다. 소낙비는 여전히 땅에 고랑을 파고 잔뿌리는 뽑아내기도 하면서 자신의 흔적을 대지에 남기듯, 분리의 거친 느낌도 태경의 가슴에 여러 가지 생채기를 만들었다. 하지만 태경은 저녁에 물든 거리에서 만난 그리움과 다시 만나고 싶었다. 어서 빨리, 지금 곧! 발에 밟힌 것, 공기처럼 허공에 가득 찼으되 답답하지 않은 것…그리움…

* * *

태경은 속으로 치받쳐 오르는 게 있어 정신만 어뜩했다. 손가락 하나 움직일 수도 없었다. 모든 안타까움이 두 사람을 감싸고 그것으로 화석이 되는 것 같았다. 이젠 시간도 흐르지 않고 모든 감정마다 딱딱하게 굳고 뭉쳐버린 것이었다.

(푸른숲, 1994)

□이광수 「무정」

가운데 책상을 하나 놓고, 거기 마주앉아서 가르칠까. 그러면 입김과 입김이 서로 마주 차렸다. 혹 저편 하사시가미가 내 이마에 스칠 때도 있으렷다. 책상 아래에서 무릎과 무릎이 가만히 마주 닿기도 하렸다. 아니 아니? 그러다가 만일 마음으로라도 죄를 범하게 되면 어찌하게. 옳다? 될 수 있는 대로 책상에서 멀리 떠나 앉겠다. 만일 저편 무릎이 내게 닿거든 깜짝 놀라며 내 무릎을 치우리라.

* * *

영채는 웬일인지 모르게 그 부인의 남편 되는 이에게 대하여 일종 정다운 생각이 난다. 처음에는 친구의 오빠인 까닭이라 하였으나 차차 더 격렬하게 그의 모양이 생각이 나고 그의 모양이 번뜻 보일 때마다 문득 가슴이 울렁울렁하고 얼굴이 벌개진다.

(동아출판사, 1995)

□이광수 「사랑」

'그때 내 피에서 '아무라몬'이 발견될 수가 있었을까? 만일 그랬으면 얼마나 좋을까? 얼마나 안 선생님에게 나 순옥이가 높이 보였을까?'

그러나 순옥에게는 그것은 바랄 수 없는 일도 같았다. 자기가 안 선생에 대한 사랑이 자기가 생각하기에 비록 깨끗한 것 같아도 자기 순옥이란 것이 원체 높지 못한 존재이기 때문에 도저히 그 사랑이 '아무라몬'을 발생할 수 있을 종류의 것이 될 수 없는 것 같았다. 안빈이가 순옥의 피를 담은 실험과 마개를 뽑을 때의 안빈의 코를 찌른 것이 무엇일까. '아모로겐'의 비릿비릿한 '유황'과 '암모니아'의 냄새였을까.

* * *

허영은 분명히 몸을 움직일 힘을 잃어버린 동시에 그 마음도 움직임 없는 혼돈상태를 빠진 것 같았다. 그의 가슴 앞에 힘없이 축 늘어진 머리가 가쁜 숨결을 따라서 들먹거릴 따름이었다.

* * *

두어 치 거리를 새에 두고 순옥의 얼굴과 눈을 들여다보는 허영의 눈에는 순옥의 얼굴이 온 천지에 가득히 차는 것 같았다. 그 검고 맑은 눈알이 바다 모양으로, 또 맑은 밤하늘 모양으로 한 없이 한 없이 멀리 퍼지는 것 같았다. 그러나 허영은 차차 눈이 희미하기 시작하였다. 그것은 다만 솟아오르는 감격의 눈물 때문만이 아니었다. 그의 폭풍과 같이 격동하는 감정이 마침내 그의 신경계통을 혼란하게 하는 것이었다.

(하서출판사, 1994)

□ 이광수 「유정」

무슨 말부터 써야 옳을까. 지금 내 머리 속은 용솟음쳐서 끓어오르고 있소. 중년남자의 자랑인 자존심과 의지력으로 제 마음을 통제하려 하나 도무지 듣지 아니하오. 아마 나는 이 편지를 다 쓰지 못하고 정신과 육체가 함께 다 타버리고 말는지 모르겠소.

* * *

나는 '사랑'이란 말에 이르러서 힘 있게 몸을 흔들고는 붓대를 내어던지고 황송한 망상을 떨어버리려고 문을 열고 루우프로 나갔소. 한참이나 인적 없는 루우프로 거닐다가야 빗방울이 내 뜨거운 뺨을 치는 것 깨달았소. 동풍인지 북풍인지 모르나 바람이 부오. 입김 모양으로 훅 불고는 그치고, 그러할 때마다 빗발이 가로 뿌리오.

긴자의 네온사인이 빛이 파우스트에 나오는 요귀의 불빛 모양으로 푸르무레하게 허공을 비추오. 동경의 불바다는 내 마음을 더욱 음침하게 하였소.

* * *

나는 다만 죽은 사람 모양으로 반쯤 눈을 감고 앉아 있었소. 가슴속에는 정임의 곁에서 지지 않는 열정을 품으면서도 정임의 말대로 정임을 데리고 아무도 모르는 곳으로 가버리고 싶으면서도 나는 이 열정의 불길을 내 입김으로 꺼버리지 아니하면 아니 되는 것이었소.

* * *

그렇지마는 내 가슴에 타오르는 이름 지을 수 없는 열정의 불길은 내 이성과 의지력을 태워 버리려 하오. 나는 눈이 아뜩아뜩함을 깨닫소. 나는 내 생명의 의지력을 태워 버리려 하오. 나는 눈이 아뜩아뜩함을 깨닫소. 나는 내 생명의 등불이 깜박깜박함을 깨닫소.

그렇지마는! 아아 그렇지마는 나는 이 도덕적 책임의 무상명령자인 쓴 잔을 마시지 아니하여서는 아니 되는 것이오.

* * *

그러나 열정의 파도가 치는 곳에 산은 움직이지 아니하오? 바위는 흔들리지 아니하오? 태산과 반석이 그 흰 불길에 타서 재가 되지는 아니하오? 인생의 모든 힘 가운데 열정보다 더 폭력적인 것이 어디 있소? 아마도 우주의 모든 힘 가운데 사람과 열정과 같이 폭력적, 불가항력적인 것은 없으리라. 뇌성, 벽력, 글쎄 그것에나 비길까. 차라리 천체와 천체가 수학적으로 계산할 수 없는 비상한 속력을 가지고 마주 달려들어서 우리의 귀로 들을 수 없는 큰소리와 우리가 굳다고 일컫는 금강석이라도 증기를 만들고야 말 만한 열을 발하는 충동의 순간에나 비길까. 형아. 사람이라는 존재가 우주의 모든 존재 중에 가장 비상한 존재인 것 모양으로 사람의 열정의 힘은 우주의 모든 신비한 힘 가운데 가장 신비한 힘이 아니겠소? 대체 우주의 모든 힘은 그것이 아무리 큰 힘이라고 하더라도 저 자신을 깨뜨리는 것은 없소. 그렇지마는 사람이라는 존재의 열정은 능히 제 생명을 깨뜨려 가루를 만들고 제 생명을 살라서 소지를 올리지 아니하오? 여보, 대체 이에서 더 폭력이요, 신비적인 것이 어디 있단 말이오.

이때 내 상태, 어깨 뒤에서 열정으로 타고 섰는 정임을 느끼는 내 상태는 바야흐로 대폭발, 대충돌을 기다리는 아슬아슬한 때가 아니었소. 만일 조금이라도 내가 내 열정의 고삐에 늦춤을 준다고 하면 무서운 대폭발이 일어났을 것이오.

* * *

그 숨긴다는 것이 무엇이냐 하면 그것은 열정이요, 정의 불길이요, 정의 광풍이요, 정의 물결이오, 만일 내 의식의 세계를 평화로운 풀 있고, 꽃 있고, 나무 있는 벌판이라고 하면 거기 난데없는 미친 짐승들이 불을 뿜고, 소리를 지르고, 싸우고, 영각을 하고 날쳐서, 이 동산의 평화의 화초를 다 짓밟아 버리고 마는 그러한 모양과 같소.

형! 그 이상야릇한 짐승들이 여태껏, 사십 년간을 어느 구석에 숨어 있었소? 그러다가 인제 뛰어나와 각각 제 권리를 주장하오?

지금 내 가슴속은 끓소. 내 몸은 바짝 여위었소. 그것은 생리학적으로나 심리학적으로나 타는 것이요, 연소하는 것이오. 그래서 다만 내 몸의 지방만이 타는 것이 아니라, 골수까지 타고 몸이 탈 뿐이 아니라 생명 그 물건이 타는 것이오. 그러면 어찌할까.

(문학과현실사, 1994)

□이광수 「재생」

바다와 같은 종로 넓은 길에 오고 가는 수없는 사람들이 순영에게는 자기의 자동차 길을 방해하는 하루살이떼 같기도 하고 넓은 바다의 물거품의 물거품을 같기도 하였다.

* * *

그는 비가 만일 우박으로 변하면 기미 값이 오르리라는 생각이 난 것이다. 벌써 밑천이 끊어져서 기미를 못 한 지도 오래건만 그래도 오래 하여 오던 버릇이라 비가 오거나 바람이 불거나 볕이 나거든 그는 곧 베값이 오르고 내리는 데 끌어 붙였다.

* * *

순기는 어서 백에게서 무슨 말이 나오기를 기다린다. 그러나 백의 입에선 웃음이 떠돌 뿐이요, 무슨 말이 나올 듯싶지도 않았다. 윤도 더 백에게 재촉하는 말을 하여서 자기가 이 혼인에 무슨 이해관계나 가진 듯한 속을 보이기가 싫었다. 방안은 조용하고 가을 소낙비가 함석 차양에 부딪치는 소리만 새삼스럽게 요란한데 세 사람의 눈은 서로 남의 눈치를 정탐하는 듯이 떠돌았다.

* * *

순영은 곁에 앉았는 선주가 심히 불쌍하게 보였다. 마치 캄캄한 무정함으로 엎치락뒤치락 둥둥 떠내려가는 사람을 본 듯하고 자기 혼자 그 무정함 가에 가서 소리도 못 지르고 몸도 못 움직이고 두 주먹에 땀을 쥐고 발발 떠는 것만 같이 생각했다. 그래서 무슨 말로 선주를 위로할 바를 모르고 우두커니 앉아 있었다. 그러나 선주의 마음속에는 무엇이라고 형언할 수 없는 생각이 부걱부걱 고여 올라서 마음을 진정할 수가 없었다.

* * *

순영은 울수록 더욱 슬퍼짐을 깨달았다. 마치 끝없이 자라 오를 듯이 하늘로 뻗어 올라가던 나무가 갑자기 순을 잘린 듯한 절망적인 슬픔이 복받쳐 올라왔다. 천하에 저보다 높은 사람도 없고 저보다 큰 사람도 없고 저보다 더 깨끗한 사람도 없어 하나님 앞에서 밖에는 고개를 숙일 데도 없는 듯한 처녀의 자랑이 일시에 여지없이 부서져 버리고 자기는 길에 다니느라면 수없이 보는 기름 묻고 때묻고 사내의 장난감으로 실컷 짓밟힌 보통 여자와 같은 여자가 되어 버리곤 말았다. 하물며 자기의 행실은 분명히 남에게 알리지 못할 더러운 죄악인 것을 생각할 때에 순영은 가슴을 북북 찢고 싶도록 분하고 원통하였다.

* * *

어찌하면 갑자기 세상이 암흑이 되어 버린 것일까 마치 환하게 광명
으로 찬 천당에서 영원한 지옥의 암흑 속에 떨어진 것 같다. 또 어찌하
면 이렇게 갑자기 내 몸이 적어지고 더러워지고 천해진 것 같을까, 마치
백설 같은 흰 날개를 펄럭거리며 한없이 넓은 허공을 자유로 날아다니던
천사의 몸으로서 갑자기 날개를 부러뜨리고 구린내 나는 더러운 누더기
에 감겨 바벨론에게 잡혀 갔혔던 토굴 속의 이빨에 피 묻는 사자들과 같
이 갇힌 듯 하였다. 순영은 갑자기 이 모양으로 무서운 변화를 겪은 것
을 놀라는 동시에 어저께까지의 자기가 몹시 그립고 부러웠다. 그러나
어저께까지의 자기는 지금의 자기 얼굴에 침을 탁 뱉었고 비웃는 눈으로
나를 힐끗힐끗 보면서 높이 높이 구름 위로 올라갔다.

* * *

순영은 몸을 흔들며 운다. 진실로 순영은 이 광명한 세계를 벗어나서
캄캄하고 찬나라로 끌려 들어가는 듯하였다. 아무 빛도 없고 아무 희망
도 없다. 오직 기억되는 것은 모두 부끄러운 것, 괴로운 것뿐이다. 자기
와 같이 부끄러움도 없고 괴로움도 없는 듯한 인순이가 도리어 미운 듯
하였다. 자기가 지금 당하는 이 아픔과 이 부끄러움, 이 괴로움을 값으로
하여 무엇을 얻는가, 얼마만한 행복과 안락을 얻었는가, 아무것도 없다.

* * *

순영은 한번 더 결심하는 듯이 입술을 깨물었다. 그리고 칼 쓰기를 시
험하는 모양으로 칼을 한번 공중에 휘둘러보았다. 그러고는 파랗게 된
입술에 만족한 듯한 비웃는 듯 싸늘한 웃음이 떠돌았다. 피 흐르는 광경
과 불붙는 광경이 눈앞에 떠오를 때 순영의 마음은 비길 수 없이 통쾌하

였다. 일생의 가슴에 쌓여 있던 모든 불평과 원한이 일시에 다 풀리는 듯하였다.

(우리문학사, 1996)

□이광수 「흙」

숭은 마치 큰, 무서운 꿈에서 깨어난 듯한 기쁨과 가벼움을 깨달았다. 이러한 분명한 진리를 어떻게 지금까지 생각지 못하였던가 하고 앞이 환히 열림을 깨달았다.

(그렇지만 농촌 사업은?)

하고 숭은 또 양심의 한편 구석에서 소리침을 깨달았다. 그러나 숭의 머리는, 양심(?)은 마치 지금까지 가리어졌던 모든 운무가 걷힌 것같이 쾌도로 난마를 끊듯이 모든 문제를 해결할 수가 있었다.

(농촌 사업은 정선이하고 하지. 정선이야말로 훌륭한 동지요, 동료가 될 수 있는 짝이 아니가. 아아, 모든 문제를 해결되었다.)

하고 숭은 한 번 한숨을 내어쉬었다. 가슴에 막힌 것이 다 뚫린 듯이 시원하였다. 그리고 자기 전도가 백화가 만발한 꽃동산같이 보였다. 그의 양심, 의리감, 진리감, 이러한 것들은 그 분홍 안개 속에 낯을 감추어 버리고 말았다.

* * *

그 사람을 만나기만 하면 자기는 귀신을 만난 것과 같이, 맹수를 만난 것과 같이 기절해 버릴 것만 같았다. 그렇지 아니하면 자기가 정신을 잃어버리고 미친 사람이 되어서 이건영의 모양낸 양복을 찢고 빨간 넥타이로 목을 메어 죽이든지, 그 말 잘하는, 거짓말, 유혹하는 말 잘하는 혓바닥을 물어 끊어버리든지, 그 여러 여자의 입술을 빨기에 빛이 검푸러진 입술을 아작아작 씹어버리든지, 그 여러 처녀의 살을 마음대로 만지던 손을 톱으로 잘라버리든지 결단을 내고야 말 것 같았다.

(학원출판공사, 1993)

□이규희 「속솔이뜸의 댕이」

햇농사를 새로 시작하는 첫날이라는 걸 생각하자, 댕이는 가슴은 솜구름 모양 부풀었다. 오늘부터가 정말 새해새봄이라 싶었다. 그렇게 생각해서인지 아직 어둑신한 방안의 공기가 어딘지 훈훈한 기운이 감도는 것 같은 것은 그녀는 느꼈다. 새 힘과 용기가 온몸의 핏줄을 퉁기며 뛰었다.

* * *

가슴이 저리어 그녀는 어머니한테 무어라고 대답을 하지 못했다. 피가 흐르는 상처에 소금을 끼얹는 것같이 쓰리다 못해 온 몸뚱이가 오그라붙는 성싶었다. 이러고 있어서는 안 된다고 그녀는 생각했다. 일을 해야 한다. 귀만네가 돌아오지 않더라도 일을 해야 한다고 그녀는 제 마음을 타일렀다.

(법원사, 1985)

□이균영 「나뭇잎들은 그리운 불빛을 만든다」

모든 게 끝이라면 어떻게 된다는 소리인가. 눈앞으로 유격 훈련 중 밧줄에 매달려 공중에 내던져질 때의 빈 공간이 떠올랐다. 절망과 무서움증 이전의 무(無). 박석우는 신음처럼 중얼거렸다.

* * *

주목은 살아 천 년, 죽어 천 년이라는 말은 어느 책에선가 읽고 소름이 끼쳤던 일이 있었다. 죽어도 풀지 못할 일이 천년이라는 말인가? 이유 없이 그런 생각이 들었기 때문이었는데 그런 생각이야말로 근거 없는 것임에 틀림없었다. 박석우 씨에겐 늘 저 목장에 누워 있는 아름드리나무들이 정직하고 허망하였다. 하늘 밑창에까지 솟아올라 하늘을 뚫고자 했던 의기, 구름을 눈 아래 거느리고 무릎 아래 온갖 관목과 풀 떨기, 그것들을 타고 넘는 갖가지 산짐승들을 기르고자 했던 지난날들의 푸른 희망의 밑둥이 잘려 누워 있는 것만 같았다.

* * *

날마다 떠나지만 출발점으로 돌아오기도 하고 25년 전의 여름 어느 날, 20년 전의 추운 겨울, 17년 전의 종착역, 13년 전의 어느 날, 눈 내리는 밤, 풍성함의 가을 혹은 쓸쓸하고 비어 있는 가을 어느 날, 바로 그 자리 그 철로 위가 아닌가. 삶이란 줄곧 앞으로 가는 것이긴 하지만 지나친 곳, 지나온 것들은 곧 그립고 아득하게 마련인데 옥순은 어디로 가자고만 했던 것일까.

* * *

그는 그들을 수락함으로써 더 자유롭게 될 수 있다고 생각했다. 오직 자유롭게 될 수 있다는 희망이 키 큰 풀잎 위를 지나는 바람처럼 그의 신중함과 10년을 재직하던 곳을 되돌아보며 만나게 될지 모르는 망설임을 순식간에 쓰러뜨렸다.

* * *

그는 '그들'을 벗어난다면 건강해질 수 있으리라 확신했다. 자유롭게 될 수 있으리라 확신했다. 그는 자신이 '그들'이라는 집단의 벽을 넘어 자유를 향한 길목에 서 있다고 느꼈다.

(민음사, 1997)

□이기영 「신개지」

처음에는 자기도 다른 사람들과 같이 그런 기분에 들떠 있었다. 그러자 자기도 모르게 어떤 생각에 불현듯 들자 별안간 눈물이 핑 돌았다. 동물원! 그것은 바로 자기자신의 부자유한 생활이 아닌가? 윤곽을 동물원 같단 말은 그전부터 들어왔다. 또한 동물원을 와보기도 그때가 처음은 아니었다. 그런데 웬일인지 그때처럼 그것을 절실히 느껴본 적은 다시없었다. 참으로 자기는 동물원에 갇힌 짐승과 무엇이 다르랴? 동물 중에도 제일 못생기고 빙충맞은 동물이라 할 것이다.

* * *

윤수는 무서운 줄도 모르고 앉아서 우두커니 한곳을 내려다본다. 여전히 명상에 잠겨 있다. 지금 이 밤은 마치 세상의 무지와 같고 그 가운데 반짝이는 전등불은 마치 공명정대한 생활의 광명과 같다 할까? 달 없는 밤하늘은 캄캄하였다. 그러나 달 없는 대신에 무수한 별들이 반짝인다. 만일 별마저 없으면 지금 하늘은 영영 캄캄할 것이 아닌가? 어둠의 포로가 될 것 아닌가! 윤수는 이 평범한 사실에서 어떤 새로운 암시를 찾아낼 수 있었다.

* * *

경준을 생각할수록 자기의 행동이 뉘우쳐진다. 번연히 그럴 줄 알면서 왜 금점판으로 대들었던가? 그는 새삼스레 자기의 어리석은 짓이 지지리 못나 보인다. 인제는 그나마 집간도 부지하게 못되었으니 탕자의 말로는 참으로 가련치 않은가! 그는 식구들의 광경이 눈앞에 보이는 것 같아서 자기도 모르게 진저리를 치고 몸을 떨었다.

* * *

윤수는 깜짝 놀라며 의심쩍게 월숙을 바라본다. 그는 높은 산꼭대기에 섰다가 별안간 천길 절벽 밑으로 떨어진 때와 같이 지금껏 느끼던 이상의 구실을 현실에 부딪혀 깨뜨리고 말았다.

(풀빛출판사, 1989)

□ 이문구 「장한몽」

마길식의 말대로 정말 모가지에서 찬바람이 느껴지는 것도 같고, 그의 무자비한 발길에 정신적인 국부를 차인 것처럼 패배감에 젖어 가는 듯한 고약한 기분이 들기도 했다.

* * *

그는 해가 더딘 게 원수 같고 짜게 먹은 것도 없이 조갈이 들었으며, 어깻죽지가 군시러우면서 머리에 비듬이 실은 것처럼, 꺼림칙한 게 전에 없던 현상임을 스스로도 깨닫고 있었다.

* * *

상배는 그런 불안감의 꾸준한 공격에 은연중 외로움과 허전함 초조감에 휩싸였다. 무언가 아쉬움이 집요하게 물어뜯는 초조감이었다. 아무리 사방을 둘러봐도 그가 찾고 있는 것은 잡히지 않았다.

* * *

상배만 해도 그 지대에 들어오니 으스스하고 조여 오는 한기부터 느껐고, 삭막하고도 처량한 기분이 드는 걸 뿌리칠 수 없었다. 매입지대 전체가 발붙일 수도 없이 황폐해진 것처럼 보였고, 자기는 그런 절해고도의 흉칙한 응달에 유폐돼 버린 것 같은 처연한 분위기에 흡수돼 가는 것 같았다.

* * *

고문기구의 한 가지로 상부 혀를 자를 것도 바로 저 면도날이었구나 여겨지자 춘덕은 천 길 낭떠러지 위에 나선 느낌이었다.

* * *

본 것이 잘못이었다. 그는 진저리를 치며 얼른 돌아서 버렸다. 소름이 쭉 끼쳐지며 목덜미가 서늘해졌다. 금방 몸뚱이 어디에 비수가 닿는 것 같은 느낌이기도 했던 것이다. 걸음을 걸어도 두 다리가 몹시 후들거렸다. 맥이 빠졌나 보았다.

* * *

상필은 누군가가 자기 귀에 대고 그렇게 속삭여 주는 것 같았다. 몸은 여전히 하늘에 떠 있었다. 아주 높이 높이 떠올라 있었다. 산과 들이 까마득하게 내려다보이는 것 같았다. 있는 사람들도 좁쌀 만하게 보였다. 아니 그 모든 게 보일 듯 말 듯 가물가물하고 있었다.

(양우당, 1993)

□이문열 「아가」

멀리서, 그것도 몇 달이나 늦어서야 그 소식을 들었지만 우리도 마음속으로는 울었다. 왠지 그녀가 떠난 것이 아니라 고향과 우리가 그녀를 버린 것 같았고, 그 때문에 끊어진 그녀와의 인연은 이 세상에서는 다시 이어질 것 같지 않은 예감이 들었다.

* * *

그 말에 와자하게 웃음을 터뜨려도 기실 우리 대부분은 그와 생각이 달랐다. 우리는 당편이가 영감이 내미는 것을 받았다는 사실보다 그때 그녀의 얼굴이 유별나게 벌개지더라는 그 관찰에 더 주목했다. 그래서 그녀 역시 그 영감 못지 않은 특별한 끌림을 느껴서가 아니었을까 추측 했는데, 다음의 전개를 보면 그 추측이 전혀 틀린 것 같지는 않다.

(민음사, 2000)

□이병주 「소설 알렉산드리아」

금방이라도 층계를 올라오는 그의 육중한 발소리가 들리는 것만 같다. 문을 노크하는 그의 육중한 발소리가 들리는 것만 같다. 문을 노크하는 소리가 들릴 것만 같고, 문을 열고 그의 팔척 장신이 천장에 이마를 부딪칠까봐 꾸부리며 들어설 것만 같다.

* * *

나는 눈은 사라의 춤에 취하고 나의 귀는 나는 피리소리에 취했다. 내게는 홀도 청중도 없었고, 하늘과 땅도 없었고, 나와 사라가 있을 뿐 이었다. 그처럼 순화되고 앙양되고 충실된 시간이 있었을까. 우리는 완전한 일신이 되었다. 나는 사라가 되고 사라는 나의 피리가 되었다. 나는 피리를 부는 것이 아니라 사라를 불고 있는 것이었다.

(범우사, 1997)

□이 상 「날개」

해가 들창에 훨씬 높았는데 아내는 이미 외출하고 벌써 내 곁에 있지는 않다. 아니! 아내는 엊저녁 내가 의식을 잃은 동안에 외출한 것인지도 모른다. 그러나 나는 그런 것을 조사하고 싶지 않았다. 다만 전신이 찌푸드드한 것이 손가락 하나 꼼짝할 힘조차 없었다. 책보보다 좀 작은 면적의 볕이 눈이 부시다. 그 속에서 수없는 먼지가 흡사 미생물처럼 난무한다. 코가 칵 맥히는 것 같다. 나는 다시 눈을 감고 이불을 푹 뒤집어쓰고 낮잠을 자기에 착수하였다. 그러나 코를 스치는 아내의 체臭는 꽤 도발적이었다. 나는 몸을 여러 번 여러 번 비비꼬면서 아내의 화장대에 늘어선 고 가지각색 화장품 병들과 고 병들이 마개를 뽑았을 때 풍기든 내음새를 더듬느라고 좀처럼 잠은 들지 않은 것을 나는 어찌하는 수도 없었다.

* * *

나는 또 내 자신에게 물어보았다. 너는 인생에 무슨 욕심이 있느냐고. 그러나 있다고도 없다고도, 그런 대답은 하기가 싫었다. 나는 거의 나 자신의 존재를 인식하기조차도 어려웠다.

허리를 굽혀서 나는 그저 금붕어나 들여다보고 있었다. 금붕어는 참 잘들 생겼다. 작은 놈은 작은 놈대로 큰 놈은 큰 놈대로 다―싱싱하니 보기 좋았다. 내려비치는 五月 햇살에 금붕어들은 그릇 바탕에 그림자를 내려뜨렸다. 지느러미는 하늘하늘 손수건을 흔드는 흉내를 내인다. 나는 이 지느러미 수효를 헤어 보기도 하면서 굽힌 허리를 좀처럼 펴지 않았다. 등허리가 따뜻하다.

나는 또 희락의 거리를 내려다보았다. 거기에는 피곤한 생활이 똑 금붕어 지느러미처럼 흐늑흐늑 허비적거렸다. 눈에 보이지 않는 끈적끈적한 줄에 엉켜서 헤어나지들을 못한다. 나는 피로와 공복 때문에 무너져 들어가는 몸뚱이를 끌고 그 희락의 거리 속으로 섞여 들어가지 않는 수도 없다 생각하였다.

나서서 나는 또 문득 생각하여 보았다. 이 발길이 지금 어디로 향하여 가는 것인가를……

그때 내 눈앞에는 아내의 모가지가 벼락처럼 내려 떨어졌다. 아스피린과 아달린.

우리들은 서로 오해하고 있느니라. 설마 아내가 아스피린 대신에 아달린의 정량을 나에게 먹여 왔을까? 나는 그것을 믿을 수는 없다. 아내가 그럴 대체 까닭이 없을 것이니, 그러면 나는 날밤을 새면서 도적질을 계집질을 하였나? 정말이지 아니다.

* * *

이때 뚜우하고 정오 사이렌이 울었다. 사람들은 모두 네 활개를 펴고 닭처럼 푸드덕거리는 것 같고 온갖 유리와 강철과 대리석과 지폐와 잉크가 부글부글 끓고 수선을 떨고 하는 것 같은 찰나, 그야말로 현란을 극한 정오다.

나는 불현듯이 겨드랑이 가렵다. 아하, 그것은 내 인공의 날개가 돋았던 자국이다. 오늘은 없는 이 날개, 머릿속에서는 희망과 야심의 말소된 페이지가 딕셔내리 넘어가듯 번뜩였다.

나는 걷던 걸음을 멈추고 그리고 어디 한번 이렇게 외쳐보고 싶었다.

날개야 다시 돋아라.

날자. 날자. 날자. 한번만 더 날자꾸나.

한번만 더 날아 보잤꾸나.

(범우사, 1994)

□이 상 「12월 12일」

사람은 살아야만 한다—그러다가 어느 날이고는 반드시 죽고야 말 것이다—그러나 사람은 어디까지라도 살아야만 할 것이다.

죽는 것은 사람의 사는 것을 없이하는 것이므로 사람에게는 중대한 일이겠다—죽는 것—죽는 것—과연 죽는 것이란 사람이 사는 가운데에는 가장 두려운 것이다—그러나—

죽는 것은 사는 것의 크낙한 한 부분이겠으나 그러나 죽는 것은 벌써 사는 것과는 아무 관계도 없는 것이다. 사람은 죽는 것에 철저하여야 할 것이다. 그러나 죽는 것에는 벌써 눈이라도 주어 볼 아무 값(價)도 없어지는 것이다.

죽는 것에 대한 미적지근한 미련은 깨끗이 버리자—그리하여 죽는 것에 철저하도록 힘차게 살아볼 것이다—

인생은 결코 실험(實驗)이 아니다. 실행(實行)이다.

사람은 놀랄 만한 긴장 속에서 일각의 여유조차도 가지지 아니하였다.

* * *

인간 낙선자(落選者)의 힘은 오히려 클 때도 있다. 봄을 보았을 때, 지상에 엉기는 생(生)을 보았을 때, 증대되는 자아 이외(自我以外)의 열락을 보았을 때 찾아오는 자살적 절망에 충돌당하였을 때 그래도 그는 의연히 차라리 더한층 생에 대한 살인적 집착과 살신성인적(殺身成仁的) 애(愛)를 지불키 용감하였다. 봄을 아니 볼 수 없이 볼 수밖에 없었을 때 그는 자신을 혜성(慧星)이라 생각하여도 보았다. 그러나 그가 혜성이기에는 너무나 광채가 없었고 너무나 무능하였다. 다시 한번 자신을 일

평범 이하의 인간에 내려뜨려 보았을 때 그가 그렇기에는 너무나 열락과 안정이 없었다. 이 중간적(실로 아무것도 아닌) 불만은 더욱이나 그를 광란에 가깝게 심술 내이도록 하는 것이었다.

* * *

첫여름의 낮은 땅 위의 초목들까지도 피곤의 빛을 보이고 있었다. 창밖으로 내려다보이는 종횡으로 불규칙하게 얽히운 길들을 축축한 생기라고는 조금도 찾아볼 수는 없고 메마른 먼지가 '포플라' 머리의 흔들릴 적마다 일고 일고 하는 것이 마치 극도로 쇠약한 병자가 병상 위에서 가끔 토하는 습기 없는 입김과도 같이 보였다. 고색창연한 늙은 도시(都市)의 부정연한 건축물 사이에 소밀도(疎密度)로 끼기어 있는 공기까지도 졸음 졸고 있는 것같이 병−하니 보였다. C는 건너편 책상에 의지하여 무슨 책인지 열심히 읽고 있었다. 그는 신문조각을 뒤적거리다 급기 졸고 앉아 있었다. 피곤해빠진 인생을 생각할 때 그의 졸음 조는 것도 당연한 일이었다.

* * *

장주(壯周)의 꿈과 같이−눈을 비비어 보았을 때 머리는 무겁고 무엇인가 어둡기가 짝이 없는 것이었다. 그 짧은 동안에 지나간 그의 반생의 축도를 그는 졸음 속에서도 피곤한 날개로 한 번 휘거쳐 날아보았는지도 몰랐다. 꿈을 기억할 수는 없었으나 꿈을 꾸었는지도 혹은 안 꾸었는지도 그것까지도 알 수는 없었다. 그는 어디인가 풍경 없는 세계에 가서 실컷 울다 그 울음이 다하기 전에 깨워진 것만 같은 모−든 그의 사고(思考)의 상태는 무겁고 어두운 것이었다.

* * *

도홍색 그 조고마한 일면 피부에는 두어 송이 눈이 떨어져서는 하잘 것없이 녹아버렸다. 그러나 어린것은 잠을 개이려고도 차갑다고도 아니 하는 채 숱한 눈썹은 아래로 덮이어 추잡한 안계(眼界)를 폐쇄(閉鎖)시켰고 두 조고만 콧구멍으로는 찬 공기가 녹아서 드나들고 있었다.

선로가 나타났다. 점들은 대지의 무장과도 같았다. 희푸르게 번쩍이는 기 쌍줄의 선로는 대지가 소유한 예리(銳利)한 칼이 아니라고는 볼 수 없었다. 그는 선로를 건너서서 단조로이 뻗쳐 있는 그 칼날을 좇아서 한없이 걸었다.

"꽝! 꽝!"

수많은 곡괭이가 언 땅을 내리찍는 소리였다. 신작로 한편에는 모닥불이 피어서 있었다. 푸른 연기는 건조 투명한 하늘로 뭉겨 올랐다. 추위는 별안간 몸을 엄습하는 것 같았다.

"꽝! 꽝!"

청둥한 금속의 음향은 아직도 계속되었다. 그 소리는 이쪽으로 점점 가까이 들려온다. 그리고 그는 그 소리 나는 곳을 향하여 걷고 있었다. 그는 모닥불가에 가 섰다. 확 끼치는 온기가 죽은 사람을 살릴 것같이 훈훈하였다.

(가람기획, 2004)

□이인직 「치악산」

이별의 회포는 오장이 녹는 듯 스는 듯하여 이 밤이 새지 말고 백년 같이 길었으면 좋을 듯이 여기나, 세상만사가 사람의 소원대로 되는 것이 아니라. 그날 밤은 다른 날 밤보다 별로 짧은 것 같다.

(범우사, 1992)

□이인직 「혈의 누」

안방에는 옥련이가 자는 듯하고, 사랑방에는 남편이 있는 듯하나, 옥련이가 부르면 나올 듯하고, 남편을 부르면 대답할 것 같다. 어젯날 지낸 일은 정녕 꿈이라. 지금은 깨었으니 옥련이를 불러보리라 하고 안방으로 고개를 두르고 옥련이. 옥련이. 부르다가 소름이 쭉쭉 끼치고 소리가 점점 움츠러진다. 일어서서 안방문 앞으로 가니 다리가 떨리고 가슴이 두근두근 한다.

(청목사, 1994)

□이인화 「시인의 별」

안현은 다시 침울해졌다. 처가의 불행을 진심으로 위무했지만 그 자신 점점 더 말이 없는 과묵한 사나이로 변해져 갔다.

* * *

순진한 열성에 눈물이 날 것 같았다. 그러면서도 가슴이 먹먹했다. 차라리 아내가 화라도 내어 주었으면 속이 후련할 것 같았다.

* * *

이세화의 말은 회오리처럼 안현을 흔들어 놓았다. 가슴속에 알 수 없는 불안이 뭉게뭉게 피어올랐다.

* * *

차라리 이대로가 좋다. 내내 이렇게 슬프고 가난한 유목민으로 살고 싶다. 이곳에서 누구도 모르게 일생을 마치고 싶다……안현은 어느덧 그러한 생각을 하게 되었다.

* * *

부인이 이를 드러내며 웃는 순간 안현의 머릿속은 백짓장처럼 하얗게 채워졌다. 심장으로부터 쿵쾅거리며 쏟아진 물결이 가슴에 세차게 굽이치며 이 생각 저 생각 싣고 흘렀다. 안현은 자기도 모르게 한 걸음 한 걸음 그녀를 향해 걸어갔다.

* * *

안현은 감격에 겨워 눈물을 흘렸다. 황야는 세상 끝까지 뻗어가지만 그 위에는 억만 년 저런 별이 빛나고 있다…… 그러나 그때 북풍이 말로 표현할 수 없을 만큼 거대한 맹수처럼 웅웅 대면서 질주해 왔다. 안현은 일순 이승과 저승의 경계에 선 듯했다. 지평선의 끝에서 끝까지 세계는 온통 모래들의 우수에 친 외침, 휘어져 신음하는 나무들의 울음, 흩날리는 티끌과 지푸라기들의 슬픔으로 가득 찼다. 안현은 두려움을 떨쳐버리려는 듯 고개를 저었다. 몸서리를 치며 머리를 감싸 쥐었다.

(문학사상사, 2000)

□ 이제하 「풍경의 내부」

여자는 바람벽에 싸안은 머리를 구겨박은 자세 그대로 돌아앉은 채 호흡마저 끊긴 듯이 움직임이 없었다. 아니 약하게 어깨만 떨고 있었다. 격렬한 것도 아니고 그렇다고 어거지의 느낌도 없는 그 가느다란 경련을 내려다보고 있노라니, 어디에도 내뱉어버릴 수가 없는 자신의 맥박소리만이 가래질하듯이 커다랗게 들려왔다. 음미라도 하듯 나는 그 헐떡임에 귀를 기울였다. 소복차림으로 밤마다 목욕재계하고 오로지 한 가지 소원만을 기구하던 낯선 여인의 얼굴 같은 것이 떠오르고, 드디어 어디선가 응답의 기척이라도 듣는 듯한 그런 환영이 이중으로 그 위에 겹쳤다. 뜻을 알 수 없는 소용돌이에 말려들어 원하든 않든 여자가 내미는 밧줄을 부지중 움켜 잡아버렸다는 것을 내가 어렴풋이 깨달았다면 아마 그때였을 것이다.

* * *

조여 매고 있던 혁대가 모르는 새 스르르 풀려버린 듯한, 혹은 여태 딛고 있던 바닥이 모래사장의 그것처럼 발바닥 밑에서 은밀히 조금씩 허물어지고 있는 듯한, 인지하기 어려운 그런 기이한 느낌을 확인하려고 나는 걸음을 멈췄다. 그녀에 대해 내색 못했던 그동안의 모든 궁금증들이 어이없게도 정신병원이라는 간단한 답으로 드러나고만 그 허망한 사실은, 갑자기 속이 탕 비어버렸을 때의 기분과도 흡사했다. 저 돌다리는 이제 더이상 이를 갈아 부치는 것처럼 보이지 않는다. 저 넘어 건조장도 더이상 시체더미처럼 보이지 않았다.

* * *

던져버려……하는 상념이 내 속에서 몽롱히 끓어올라왔다. 구두도 벗어 던지고 양말도 벗어 던져버려…… 아까 둑길에서 너는 이 여자의 벌거벗은 맨발을 봤지? 네가 힘을 되찾은 것은 바로 그때였다. 그것은 그렇게도 무구하고 그렇게도 순진하게 모든 것을 드러내고 있었다…… 절대로 움츠러들어서는 안 돼…… 저따위 돌의 무게가 무어란 말인가…… 네 속에 설사 평생을 지고 다닐 거대한 무덤 같은 돌덩이가 엎드려 있다 하더라도, 느끼지 않을 수만 있다면 그것은 없는 거나 마찬가지다…… 해방되라구…… 껍데기를 벗어버려…… 자신을 내던지…… 지금 그러지 못하면 너는 일생 불구의 신세가 될지도 모른다…… 벗어 던지라니까…… 그녀를 두들겨 부숴 버려……

* * *

아스팔트의 감촉과 그냥 돌멩이 길의 감촉이 그렇게 판이한 것에 나는 새삼 신경이 미쳤다. 그런 감촉의 이질감은, 어린 시절 비온 뒤의 흙마당 밟던 느낌을 단숨에 기억 속에서 환기시켜, 어디선지 탱자 울타리의 냄새를 어렴풋이 전해주고 있었다. 넘치는 열로 내 몸은 뜨거워지고 땀에 젖은 머리에서는 김이 올랐다.

* * *

새벽 세 시, 둑길 밑 그 어둡고 후미진 잡초더미 속에 표류한 난파선처럼 우리는 엎드려 있었다. 방범대원의 호루라기 소리가 멀어지고 새벽으로 채 넘어서지 못한 밤이 우리들 앞에 두껍디두꺼운 투명 셔터를 내렸다. 우리들의 내부에서 세상으로 통하는 문이 완전히 잠겼다. 하염없는 허공과 침묵이 우리를 에워쌌다. 끝이 짐작가지 않는 한 자락의 초원이 감은 눈 속에서 더 넓은 두루마리를 폈다. 육안으로는 보이지 않는 달이 그 위에 둥실하게 떠올랐다. 이제는 도망칠 일만 남아 있었다.

(작가정신, 2000)

□이청준 「날개의 집」

하지만 세민은 그것이 멋있다고 생각하거나 부러워한 적은 없었다. 옳은 일을 하는 사람들인 줄은 알면서도 형사라는 사람들은 왠지 늘 마음이 서먹하고 불편했다. 제물에 은근히 눈치를 살피게 되고 알 수 없는 두려움이 솟아오를 때도 있었다. 언젠가는 자신도 졸지에 어떤 죄인이 되어 위인들의 포승줄에 묶인 채 기가 죽어 끌려가는 일이 생길 것 같아 공연히 가슴속이 떨려올 적도 있었다.

* * *

하지만 세민은 그것을 납득할 수가 없었다. 시골의 들판과 하늘과 새들을 두고 생각하면 유당이 먼저 마음속에 그리고 싶은 것이 있어야 한다는 데에는 그도 어느 정도 수긍이 갔다. 그러나 그에게는 이미 그 들판과 하늘과 새들이 있었다. 거기에 무슨 마음 공부 따위가 더 필요하다는 말인가. 더욱이 그 산밭 들밭의 농사일들이 어떻게 마음 공부가 될 수 있으며, 하물며 그림 공부의 길이 될 수 있단 말인가. 그는 뭐래도 진짜 그림 공부. 실제로 그림을 그리는 손 공부가 필요했고, 그것이 그가 유당을 찾아와 그의 곁에 남아 지내고 있는 목적이었다.

(열림원, 1998)

□이청준 「목수의 집」

지난날의 그의 고질이 되살아날 징조였다. 어느 한때 관심을 기울였다. 이런저런 사정으로 쓰기를 미뤄두거나 단념을 하고 만 이야기가 두고두고 불편스럽게 머릿속에 되살아나 그를 채근해오곤 하던 지겨운 소재앓이. 왜 이 이야기를 못 써? 이 이야기를 안 쓰고는 절대로 마음을 놓을 수 없을 걸! 안 쓰고는 못 배길 걸—미뤄두고 있거나 단념하려 했거나 종당엔 그것을 쓰지 않을 수 없게 하고, 그것을 쓰고 나야 묵은 숙제를 끝낸 듯 마음이 편해지곤 하던 그 이야기 앓이병. 이번에는 소설집에서 아예 손을 털고 나선 마당에 그 달갑잖은 괴벽증이 또 머리를 내밀고 나설 기미였다.

(열림원, 1998)

□이혜경 「길 위의 집」

여자의 긴 속눈썹이 철사로 만든 듯 움직이지 않았다. 그 말, 깜박이지도 않은 채 바라보는 그 눈 속에, 여자는 무언가를 감추고 있었다. 어린 시절, 땅바닥에 못으로 글자를 파놓고 흙을 덮은 뒤, 손가락으로 더듬어 글자 알아맞히기를 기대하며 바라보는 아이의 얼굴 같은 것. 좋아해 따위, 말로 할 수 없는 마음을 파서 덮어놓고, 친구의 손바닥이 마른 흙을 더듬고 몇 번의 시행착오를 거쳐 그 결을 따라가서 마침내 온전한 글자를 찾아내기를 바라는 아이의 두근거림이. 윤기는 파놓은 글자 위에 덮인 흙을 손바닥으로 헤치며 손끝으로 더듬어 글자의 꼴을 따라갔다. 외로워요. 그 글자에 이끌려 윤기는 계단으로 향하는 문을 열었다.

(민음사, 1995)

□이혜경 「그 집 앞」

시어머니가 집을 비운 어느 오후, 캔 한 개의 알코올에 밀려 잠결로 떨어졌던 내가 깨어났을 때, 한낮의 햇살은 거실을 낱낱이 뒤적여내고 있었고, 베란다에선 맑은 새소리가 들렸다. 잠에서 빠져 나와 새소리를 듣는 순간 나는 손끝 하나 움직이지 않은 채 울었다. 그대로 바닥에 늘러 붙은 것처럼, 누군가가 와서 나를 일으켜주기 전에는 움쭉할 수 없을 것 같은 두려움이 나를 굳게 했다. 살점을 벗기고 벽에 압핀으로 고정시켜 말리는 짐승 가죽, 그게 나였다. 한때 숲을 뛰어다니며 묻혀 들인 체취를 바람결에 날리며 꾸덕꾸덕 말라가는, 완전히 말라 딱딱해지지는 않은 가죽.

(민음사, 1998)

□이호철 「소시민」

그날 밤 돌아오자 나도 금방 앓아누웠다. 웬일일까. 그녀의 이름을 아직 모르고 있었다는 사실이 별안간 안타깝게 엄습해 왔다. 그것은 일종의 공포와도 같은 그런 안타까움이었다. 열이 삼십구 도, 사십구 도를 오르내리고 정신을 잃고 하였다.

* * *

그녀는 내편으로 돌아앉아 내 얼굴을 보며 눈물을 글썽였다. 넌 항상 남을 위해서만 울었던 사람이다. 이제 비로소 넌 너 자신을 두고 울고 있는 것이다. 딱히 무슨 뜻인지는 스스로도 알 수 없었지만, 나는 속으로 이렇게 생각하며 그녀의 어깨를 한 손으로 휘어 감고 눈물을 닦아주었다.

* * *

어둠 속에 펑퍼짐하게 뻗어 있는 거리는 커다란 늙은 짐승 같았다. 그 짐승은 하품을 하듯이 아가리를 벌리고 있는 수다한 쓰레기들만 들랑날랑한다. 일선에서 사망통지서가 올 때마다 그 늙은 짐승은 눈을 게슴츠레 약간 놀라듯이 뜰 뿐, 그러나 여전히 깊은 잠 속에 떨어져 있다. 이런 유의 혼자만의 망상은 그런대로 기분을 들뜨게 하였다.

* * *

이 청년은 이미 너무 심하게 그런 맛에 맛들여 있는 것이나 아닐까. 말의 힘 같은 것을 지나치게 과신하고 있는 것이나 아닐까. 그런 위태위태한 생각이 분명히 스쳐갔다. 오냐, 너 옳다, 너 옳다 하고 한 손을 절레절레 내흔들고 싶어졌다.

* * *

나는 이 집에 척 들어서자 수줍은 듯한 느낌과 짙은 향수 같은 것을 범벅으로 느꼈다. 이 부산 바닥을 떠나기 며칠 전에야 비로소 이 집에 처음으로 들른 것을 은근히 후회하였다. 그리고 웬일인지 가슴 한 모서리가 우지끈우지끈 아파왔다.

(동아출판사, 1995)

□이효석 「분녀」

불의의 수입을 앞에 놓고 분녀는 엄청나고 대견하였다. 어떻게 했으면 옳을까. 집안일에 보태자니 빚 없고 혼자 일에 쓰자니 끔찍하고 불안스럽다. 대체 집안사람들에게는 출처를 어떻게 말하면 좋을까. 관사에서 얻어내 왔다고 해서 곧이들을까. 가난에 과만은 도리어 무서운 일이다.

왈칵 겁도 났다. 술집계집이나 하는 짓이 아닌가. 집안사람도 집안사람이거니와 명준에게 상구에게 들 낯이 있는가. 설사 만주에는 가 있다 하더라도 첫 몸을 준 명준이가 아닌가. 그야말로 불시에 금덩이나 짊어지고 오면 어떻게 되노.

(동아출판사, 1995)

□이효석 「성화」

목소리가 사라진 뒤까지도 여음이 마음속에 길게 울려 마치 체조 교사의 호령 같은 목소리가 아니었던가 하는 쓸데없는 착각이 일어나는 것이었다.

유레가 가버린 뒤는 가을벌레 소리가 문득 그쳤을 때와 같은 정서였다. 쓸쓸은 하나 평온하다. 아마도 마지막 작별이었겠건만 마음은 설레지 않았다. 건수에게 안부의 말이라도 한마디 전하였더라면 하는 여유조차 생겼다.

□장용학 「원형의 전설」

그저 기아(棄兒)쯤으로 알았지 사생아는 꿈에도 생각해 본 적이 없었습니다. 사생아라는 말을 들었을 때 그는 충격이라기보다 허리띠가 끌러지며 바지가 아래로 흘러내리는 것 같은 수치심과 구토증이 뒤섞인 괴리감을 느꼈습니다. 체온이 식어지고 피부가 굳어져 간 그 함락 속에 피어나는 독버섯······

* * *

내가 나를 불쌍히 여겨?······ 그러면 내가 설 자리는 어디에 있단 말인가!······ 이런 모욕에서 벗어나야 한다! 그 모욕이 생의 조건이든 내게는 생 자체가 없는 것이 아닌가. 산다는 것은 얼굴을 들고서 산다는 것이다! 그런데 나는 머리를 숙이고 늘 무엇을 감추면서 살아야 한다. 마치 팬츠를 꼭 껴입고 있어야 하는 육체처럼. 이런 생은 청산되어야 한다. 적어도 청산되는 것을 회피하지는 말아야 한다! 그렇게 하는 것이 내가 가질 수 있는 유일한 긍지가 아니었던가······

* * *

이장의 마음에는 천 가지 만 가지의 생각이 넘나들었으나 그것이 무슨 생각들인지 한 가지도 알 수가 없었습니다. 무슨 고장난 시계 속에 끼여든 것 같고, 부조화음 속에 파묻히어 있으면서도 이장은 가슴이 설레는 것을 누를 수가 없었습니다. 벌써부터 윤희에게 마음이 사로잡혀 있었던 이장이었습니다. 언제나 황토빛 치마저고리를 되는대로 걸쳤는데도, 그 육체에

154 한국 소설 묘사 사전

흐르고 있는 관능에는 향수 같은 것까지 느끼고 있었던 것이다. 염주의 절벽이 아니었다면 쏟아져 가는 그리움은 막을 길이 없었을 것입니다.

(동아출판사, 1995)

□전경린 「내 생에 꼭 하루뿐일 특별한 날」

바보가 때 이르게 벌써 반바지를 입고 허옇게 때가 낀 장딴지를 드러낸 채 칙칙한 색깔의 목도리를 두르고 길가에 서서 손안에 가득히 쥔 민들레 꽃씨를 불어 날리는 모습을 보거나 모심기를 위해 가두어둔 무논에서 물장난을 치며 노는 오리 새끼들을 보거나 빨랫줄에 남루한 빨래들을 길게 널어놓고 일하러 나간 텅 빈 집들을 보거나 하루종일 손님이라고는 들지 않을 것 같은 슬레이트 지붕의 단층 가게 앞에 의자를 내놓고 앉아 조는 노파를 볼 때면 나도 모르게 입가에 미소가 떠오르기도 했다. 그런 이유 없는 미소를 얼마 만에 지어보는지, 그런 생각이 들면 또 돌연 서글퍼졌다. 그러나 슬플 때조차 내가 숨 쉬는 공기 속에 함량 초과의 달콤한 아카시아 향기가 가득했다.

* * *

그러나 이제는 다르다. 뭐라고 말하기는 애매하지만 굳이 말하자면 이런 것이다. 효경의 부재. 말하자면 효경이 내게서 없어진 것이다. 그것은 효경의 냄새가 싫어지면서 시작되었다. 그가 다가오면 나의 뇌는 그의 냄새에 무감각해지기 위해 긴장한다. 나의 뇌가 무감각한 상태에 이르면 그가 내 곁에서 뭐라고 말하고 있다 해도 소용이 없었다. 중량감도 부피감도 울림도 없는 부재의 현존일 뿐이었다. 그리고 감상도 많이 휘발되었다. 점점 건조하고 황폐해지고 냉소적이 되는 기분이다. 어떤 의미에서는 그때를 '나의 가장 행복했던 때'라고 말할 수 있을 것이다. 진실과 상관없이 아직 찢어지지 않은 꿈의 고치 속에서 자족하고 있었던 그때. 다 지난 일이 된 기분이었다.

* * *

왜 이 땅에선 개인적인 모랄이 생기지 않는 걸까…… 왜 젊었을 때는 다르게 반항한 사람들이 나이 들면서 똑같은 것을 추구하게 될까…… 왜 좀더 다양한 생이 없을까. 개인적인 창의성의 부족이라는 이유가 아니라면 달리 수긍할 만한 변명거리가 있을까…… 답답해져 에어컨이 켜져 있는데도 차장을 활짝 내렸다. 그리고 두 팔을 바깥으로 내저었다. 안개와 밤이 뒤섞인 습기 차고 텁텁한 공기가 젖은 천처럼 맨팔이 감겼다. 가슴은 여전히 답답했다. 나의 형체는 다 녹아버리고 눅눅한 습기로만 존재하는 것 같다. 누가 나를, 녹는 비누처럼 사라져 가는 나를 이 탁한 나날 속에서 건져내어 주었으면……

* * *

그 작은 일탈도 나로서는 끔찍한 해방감이며 동시에 끔찍한 반란인 것이다. 규의 길고 곧은 팔과 다리와 목과 척추가 떠올랐다. 그는 비어 있었고 나를 원하고 있었다. 마을의 불빛들이 모두 그의 눈빛인 것같이 마음이 아려왔다. 나는 손바닥으로 불빛들을 가렸다. 손으로 가려도 여전히 불빛들이 눈부시었다.

* * *

그것이 무엇이었던가? 나는 유체 이탈된 영혼처럼 나의 내부뿐 아니라 외부에서도 결합되었다. 나는 그 모든 것을 너무나 생생하게 느끼며 동시에 너무나 생생하게 의식했던 것이다. 혈관이 진동을 일으킨 마지막 순간에 경련이 반복되는 동안 밤하늘에 번갯불이 일어나듯 내 존재의 어두운 뿌리에 불꽃이 하얗게 튀어 오르는 것이 눈에 보인 듯 했다. 우리는 두 번의 섹스를 나눈 뒤 똑같이 잠이 들어 버렸다.

* * *

돌아서는 순간 지독한 상실감이 이미 나를 해치고 있을 뿐이었다. 하늘을 올려다보니 샛노란 달이 고래처럼 큰 구름 속에서 이제 막 빠져나오고 있었다. 나는 그의 집에서 나온 그 망향대로 곧장 숲길을 들어갈 수 있을 것 같았다. 원래 짐승이었던 것처럼 어두운 숲 속이 친밀하게 느껴졌다. 멧돼지처럼 깊은 동굴 속에서 홀로 잠들 수도 있을 것 같고 다람쥐처럼 나무를 쏜살같이 타고 오를 수도 있을 것 같았다. 검푸른 숲 속에서 새들이 다른 가지로 옮겨 앉는 작은 기척도 들렸다. 담비 같은 작은 짐승이 조심스럽게 지나가는 소리도 해묵은 나뭇잎들 아래로 뱀이 스쳐 지나가는 소리도. 풍뎅이와 나방이 날갯짓하는 소리도……

* * *

그는 입을 다물어 버렸다. 침묵은 계속되었다. 당혹스러웠다. 바람난 유부녀답게 잔뜩 치장을 하고 멋을 부리고 닥쳐올 수상스러운 모험 때문에 긴장된 골이 우스꽝스러웠다. 무엇보다 검은 정장 차림이 참을 수 없이 수치스러웠다. 갑자기 후끈 열이 오르고 구토라도 올라올 것처럼 역겨웠다.

* * *

규가 숨을 쉴 때마다 나의 몸이 오르락내리락했다. 평화로웠다. 이런 시간에도 바깥엔 시간이 흘러가겠지. 사람들이 이곳에서 저곳으로 움직이고 어떤 아이는 울고 어떤 아이는 웃겠지. 숲에는 찬란한 빛의 낙엽이 떨어지고 마른풀들이 바람에 기울어지며 스산한 소리를 내고 철새들은 산을 넘어 날아가고 개미들은 땅속에 집을 짓고 나비는 바다를 건너가겠지…… 한참 뒤에 규가 말했다.

(문학동네, 1999)

□전상국 「우상의 눈물」

정수가 비로소 고개를 들어 나를 쳐다보았다. 그의 이마에 번지르르 땀이 배어나고 있었다. 그의 눈알이 불안하게 움직였다. 그는 몹시 괴로워하고 있음이 분명했다. 형우가 재수파들한테 학교 뒷산 으슥한 곳으로 끌려갔다는 사실을 내게 전해준 것만으로도 그는 마음이 가벼워질 줄 알았을 것이다. 그러나 그는 지금 그 사실을 나한테 얘기한 것을 몹시 후회하고 있는지도 모른다. 나라면 담임선생한테 그 사실을 쉽게 알릴 수 있으리라고 생각한 자신의 판단이 빗나간 데 대한 당혹감으로 그는 떨고 있는 것이다.

(민음사, 1980)

□전상국 「전야」

고향엘 간다. 춘자에게 그것이 비록 금의환향하는 심정에는 못 미친다 할지라도 짐승이 아닌 다음에야 어찌 고향에 간다는데 이처럼 시룽새룽 마음이 설레지 말란 법이 있느냐. 뭐 별나게 먹은 것 없이 자꾸 오줌이 마렵다. 잴금잴금 신통치도 않은 소변을 보면서 망신스럽게도 히히 소리 내어 웃음이 빠지는 것은 분명 엔간히 가슴 벅차다는 징표다.

(민음사, 1980)

□ 정길연 「사랑의 무게」

회명은 자신을 둘러싸고 있는 세상의 벽들을 향해 울부짖는다. 맨 주먹으로 세상의 벽들을 내리친다. 살이 찢기고 피가 흐른다. 선연한 붉은 빛은 그를 더욱더 자극할 뿐이다. 그리하여 그는 세상의 모든 벽들을 넘어서고자 하는 궁지의 지승이 되었다. 그는 자신의 병이 너무 싫어졌음을, 그 도리 없음을 순순히 인정한다.

* * *

살의라니, 소유할 수 없는 것에 대한 파괴적인 집착이 아니던가. 호주머니 속에 감춘 두 손의 손가락 끝이 먼저 뻣뻣하게 굳어오기 시작했다. 혀끝이 말려들고, 입안이 타들었다. 핏기가 온통 정수리로 몰리는 듯했다. 이성을 마비시키는 분노의 힘 때문에 그는 거의 꼼짝도 할 수 없는 지경이었다.

* * *

자리에서 일어서며 그가 또 한 번 웃는다. 부서진 영혼의 이탈을 두려워하는, 그런 안간힘이리라. 그녀는 제 방으로 돌아가는 그의 뒷모습에서, 해안에 떠밀려온 불가사리 말미잘 게고둥처럼 서로 다른, 파도에 씻긴 돌멩이처럼 크고 작은, 상처를 가진 사람들의 황색 표지인 슬픔의 부호를 읽는다.

* * *

그녀는 작정 없이 걷는다. 어디로 가야겠다거나, 어디로 가고 싶다거나, 그렇다고 자신의 방으로 돌아가 몸을 누이고 싶다거나 하는 생각도 없다. 누구를 만나야겠다거나, 누구를 만나고 싶다는 생각도 나지 않는다. 그러면서도 그녀는 사람이 그립다. 따듯한 손, 따뜻한 품이 그립습니다. 아버지, 어머니, 하루종일 그녀가 물려준 자전거를 타고 좁은 동네 길을 빙빙 도는 것이 일과인 종우, 그런 이름들이 한없이 그립다.

(이룸, 2000)

□정연희 「꽃잎과 나막신」

사별한 남편에 대한 그리움조차 없었다. 해결되지 않던 허무를 덮친 적막에 사로잡힌 순간, 그 막막한 풍경 속에서 여자가 한순간 만난 것은 건너편 절벽 한가운데서 내리꽂히는 폭포였다. 생명이라고는 도무지 보일 것 같지 않던 광야가 비밀하게 껴안고 있던 기적의 물줄기를 만난 것이다. 그 순간, 자신은 지금까지 광야 길을 홀로 걸어온 것이 아니었음을 깨달았다.

(지혜네, 1999)

□정연희 「날이 기울고 그림자가 갈 때에」

한순간 가슴 어디쯤인지 알 수 없는 곳으로 바늘침 같은 것이 찔려오듯 통증이 왔다. 그는 무엇을 잘못 본 사람처럼 서둘러 그 자리를 피했다.

(지혜네, 1999)

□정연희 「냉이」

밥맛이 떨어져 무엇을 입에 넣었는지도 모르고 우물우물 씹으면서 막막한 심정으로 한 사람 한 사람의 표정을 살펴보았다. 인간에게는 어느 만한 깊이의 감정과 어느 만한 폭의 기분을 감출 수 있는 기능이 있는 것일까. 영애가 지니고 있을 아픔이나 슬픔도 그랬고 준호의 그것도 마찬가지였을 것이다.

* * *

집이 있는 쪽을 지나쳐 낙엽이 쏟아져 쌓이는 구석 동네로 들어가 더 작은 술집을 찾아내기도 했다. 집이 있는 쪽을 지나쳐 낙엽이 쏟아져 쌓이는 구석 동네로 들어가 더 작은 술집을 찾아내기도 했다. 그리고 갖가지 신산이 얼굴에 그려져 있는 술집 여주인하고 몇 마디 말을 건네고 술 한잔을 권하기도 했다. 그렇게 하면서 그가 만나는 것은, 그때까지 깊고 어두운 곳에 숨에 있던 쓸쓸한 자기 자신이었다.

그는 숲길 한옆에 수북하게 쌓인 낙엽더미에 오줌을 누면서 하늘을 올려다보았다. 준호네 산골 같은 별들은 아니었지만 시내 한가운데서는 볼 수 없는 별들이 떨고 있었다.

(지혜네, 1999)

□정연희 「바위눈물」

그는 여인의 이야기를 들으면서 버섯을 더끔더끔 먹었다. 한 입씩 석이가 입으로 들어갈 때마다 자신은 바위가 되어 가는 느낌이 들었다. 바위처럼 묵묵하게 엎드려, 보이지 않는 눈물로 키워야 할… 키워야 할… 키워야 할… 바위가 되어. 바위가 되어. 바위가 되어.

* * *

그 순간, 예기치 않았던 질투가 불길이 되어 그의 전신을 휘감았다. 앞에 앉아 있는 여인은 누구인가 모를 그 사나이의 시선에 갇혀 있다고 느껴졌다. 그것은 보이지 않는 그물이었다. 무엇으로도 걷어낼 수 없는 그물이었다. 눈으로 향기를 알아보는 그 자는 누구일까. 영혼의 향기를 눈으로 맡아내는 그 자는 누구일까. 관(觀). 처음 만나는 신비스러운 글자 같다. 향이라는 글자 또한 처음 보는 글자 같았다. 새삼스럽게 엄청난 하나의 세계가 건널 수 없는 강처럼 여인과 자기 사이에 가로놓여 있다고 느껴졌다. 여인의 영혼을 흡입이라도 했을 그 사내. 육체 같은 것쯤 간단하게 뛰어넘었을 그 인간.

* * *

화실에 앉아 있어도 남의 자리였다. 이상한 일. 지리산 자락을 떠나 돌아오면 여인의 향기가 잡힐 듯이 전해진다. 여인과 함께 있던 자리에서는 닿지 않던 향기. 뜻밖의 그것은 肉香이었다. 맑은 이마. 뜨거운 눈. 육감적인 입술. 50도 중반을 넘겼을 여인이다. 어쩌자고… 그는 생각을 털어버리려고 기를 써보았다. 그러나 그는 그 갈등 속에서 문득 자신의 실체, 존재의 무게를 껴안고 있음을 알았다. 실체의 무게는 고통이나 갈등을 통해서 오는 실감일까. 아니면 그 고통 자체가 생기였을까 하룻밤 밤을 밝히며 흰 벽을 정복하려고 덤벼들었던 그날, 어떻게 몸부림쳐도 닿지 않던 실체가 아니었던가. 엉뚱하게도 실체의 무게가 육욕으로 오는가.

* * *

사흘 동안 그는 30년만큼 여인을 그리워하고 있었다. 때로는 욕망의 모양새로 불이 붙는 것처럼 급하기도 했으나, 그 여인을 품어보는 상상은 불가능했다. 그에게서 욕망과 상상은 끝내 결합되지 못했다. 그런데 여인의 목소리는 가슴을 스며들고 있지 않은가. 현실은 욕망이 아니라 슬픔이 되어 밀려들었다.

(지혜네, 1999)

□정연희 「사막을 향하여」

여자와 마주앉아 있는 그 자리는 전혀 새로 창조된 세계였다. 박진우는 미신이었고 설화였고, 낭설이었다. 차분한 여자의 목소리와 맥주 맛과 건너편에서 피워대는 담배연기가 세계의 전부였다. 그 자신에게도 전생(前生)이 없었다. 다시 이 장면 이외의 후생(後生)이 이어질 일도 없었다.

* * *

혼수상태에 빠지는 것이 아닐까 싶을 만치 피곤이 엄습했다. 눈을 감으니 박진우의 웃음 띤 얼굴이 둥둥 떠다녔다. 이번에는 갈매기 부리에 매어 달려 깃발처럼 흩날리던 웃음이 아니라 사금파리 무덤에서 깨어진 조각 하나하나가 들고일어나는 웃음이었다. 누워 있던 그는 자리에서 튕겨져 일어났다.

(지혜네, 1999)

□정연희 「순결」

컴컴한 피부로 벌거벗은 채 풀밭 위에 뒹굴기도 하고 걸어다니기도 하는 그들이 흉하게 느껴지지 않았다는 것은, 초원을 거니는 짐승처럼 보였기 때문은 아니었을까. 차라리… 그 초원에 그렇게 어울리고 그렇게 자연스러운 그들에게는 삶의 가식이나 쓸데없는 갈등이나 불안이 없어서 좋은 것 아닐까. 그들이 누리는 평화가 진정한 평화는 아니었겠는가 생각했어.

* * *

사랑은 운명이어야 한다고 믿어 왔던 것은 유치한 미신이었을까. 그 운명이 불꽃처럼 타올라야 한다고 믿었던 것은 비현실적인 꿈이었을까. 영혼을 목마르게 만들고 목적 없는 방황을 일삼게 만드는 헛된 꿈에서 이제는 깨어나야 할 때에 이른 것일까. 현실이라는 것에는 빛깔도 향기도 없고 예감이나 징후도 없다고 시들해 했던 생각을 바꾸어야 할 때가 온 것일까.

* * *

그렇게 말이 끊겼을 때, 내 가슴에 예기치 않은 통증 같은 것이 빠르게 지나갔다. 명료한 그림으로 나타낼 만한, 두 사람이 공동으로 겪는 아픔에 대한 질투 같은 것이 내 가슴에 보랏빛 그림자를 드리웠다.

* * *

나는 전쟁의 소용돌이 속에서 이따금 운명적인 사랑을 몰래 꿈꾸었어. 사랑의 황홀함만으로도, 어떻게 절박한 현실, 아니 죽음까지도 기쁘게 수용할 수 있는 사랑을. 그것이 어떤 불행한 조건을 요구한다 해도, 불행을 환희로 바꾸어가는 지치지 않는 사랑을 몰래 꿈꾼 일이 있었지. 현실이 암담할수록, 그 어떤 가능성도 보이지 않는 암울한 자리에 처박혀 있을 때, 나는 몽환의 세계를 부유하며, 네가 말했던 그 잠자는 공주가 되어 왕자를 기다렸다. 그러나 그것은 몽환에 불과한 것이라는 결론, 불가능의 결론으로 빗장 지르고, 내 삶의 시간이라는 강물을 스스로 무심하다 여기고 그 무심한 흐름에 떠내려갔어. 시간이라는 세계는 신비해. 그리고 때로는 냉혹해. 그 순서나 배열이 아주 짓궂게 얼크러지는 때가 있거든.

* * *

고개를 들고 건너다보시는 어머니의 얼굴은 의외로 고요했다. 아들을 잃게 되는지도 모를 두려움과 고통으로 묶여 있을 그 찢어지는 마음을 가누고 있는 어머니의 모습은 거룩했다. 나는 속으로 아우성을 쳤다. 눈물을 흘리지 말자. 눈물을 보여서는 안 된다. 어디라고 감히 눈물을 보일 것인가. 누구 앞이라고 함부로 눈물 같은 것을 흘린다는 말인가. 눈물. 눈물. 그 값싼 눈물로 이들을 욕되게 해서는 안 된다. 안 된다! 어머니가 다가오셨다. 그리고 딸이 잡고 있던 내 오른손을 당신이 잡으셨다. 체온과 체온이 이어지는 순간 억눌러왔던 울음이 전신을 떨림으로 왔다. '죄송합니다. 죄송합니다. 모든 것은 저 때문이었어요. 죄송합니다.' 내 영혼은 그렇게 떨면서 외쳐댔다. 말없이 손을 잡고 나를 바라보던 그분의 섬세하고 부드러운 손이 나보다 더 떨고 있었다.

* * *

그의 영혼은 자유로워야 한다. 내 가슴속에 가두어두지 말자. 내 가슴에 머물게 하되. 내 가슴속에서 마음껏 살고 마음껏 자라도록 하자. 세상에 있는 온갖 아름다움과 더할 수 없는 선함으로 북돋우어 주어야 한다. 시간과 공간을 함께 누리지 못하는 안타까움 때문에 그네의 자유를 제한할 권리가 내게는 없다. 그네가 나의 이 심정을 알 수 없다해도… 또 알기를 두려워한다 하여도 나는 내 가슴속에서 그가 마음껏 자유를 누리며 자라게 하겠다.

* * *

레지나 수녀는 앞장을 섰다. 그의 뒤를 따라가며, 나 자신이 어쩌면 이렇게도 무지몽매 어리석고 둔할까 한심한 생각이 들었다. 레지나 수녀의 고요한 얼굴, 단정한 몸가짐, 무엇을 향해서도 담담하게 마주보는 맑은 눈, 넘치지도 않고 모자라지도 않는 마음가짐이 그의 전신을 에워싸고 있지 않은가. 저렇게 살고 있는 삶도 있건만. 아아, 우리는 헛것에 홀렸다. 헛것이 우리를 홀리게 했다. 사랑, 에로스, 그 정체를 제대로 알

아내지도 못했으면서 흘렸으니 향방을 잡을 길 없음이 당연하지.

* * *

그리고 내 내면 깊숙한 곳에는, 신에게조차 들키고 싶지 않은 한 사람이 숨어 있는 것이다. 그것은 용서받지 못할 죄, 화인이 되어 심장에 새겨진 비밀이었다. 그 비밀은 내 자궁을 닫아버린 빗장이었다. 나의 태는 닫혀져 다시는 열리지 않을 것이다. 그러나 그 온갖 번민을 감추기 위해서는 오직 아기가 필요했다.

* * *

윤후라는 이름의 격랑도 가라앉고 그 격랑에 휩쓸려 덩달아 숨차하던 나의 고뇌도 스러지리라 믿었다. 그러나 윤후라는 이름은 내 인생에 덧씌워진 슬픔의 프리즘이었다. 그 렌즈는 내 인생에 덧씌워져 어떠한 사물로 사물 그대로를 볼 수 없게 만들었다. 윤후는 슬픔의 렌즈였다. 기쁨도 투명하지 않았다. 펄쩍 뛰게 반가운 사람도 없었다. 하하 웃을 때조차 그 웃음의 뒷면에는 슬픈 무늬가 따로 그려져 있었다.

* * *

무슨 일이 벌어지려는 것일까. 갑자기 두려움이 엄습했다. 몰래 발코니로 나갔다. 그리고 불빛이 없는 그늘에 숨어서 땀을 드렸다. 워싱턴의 밤하늘에도 별들이 영롱했다. 갑자기 외롭고 쓸쓸하여 목이 메었다. 덧없어라. 이 휘황함. 허망하여라 거품 같은 이사치레. 눈물 속에서 문득 나의 실체가 살아났다. 나는 아직도 윤후 속에서 숨을 쉬고 있었다. 나의 내면 깊은 곳에서 그는 너무도 생생하게 살아있었다. 눈물은 윤후였다. 나는 그 눈물 속에 뚜렷한 존재 이유로 살아있었다.

* * *

그동안 무엇이 우리를 방해했기에? 반문이 떠오른 순간 몸이 굳어졌다. 이 남자는 모든 것을 알고 있었구나… 내 마음 깊은 곳까지를 들여다보고 있었고, 모든 것을 알고 있었음에 틀림없다. 그러면서 오늘만은 해방된 기분으로 아내를 품으려 하는구나. 나 자신을 지켜보는 내면 깊은 곳의 시선에 몸이 떨렸다. 미안해요. 미안해요. 용서하세요. 정말 나는 나쁜 여자예요. 이 세상에 존재하는 모든 것 앞에 나는 죄인이라는 생각에서 벗어날 길이 없었다.

* * *

그것은 참으로 기괴한 느낌이요 설명이 안 될 심리였다. 내가 입었어야 할 혼인예복의 빛깔이요 옷감이라는 느낌. 이미 아무것도 안중에 없던 나는 눈을 감고 그 옷감을 만져보았어. 그 부드러운 촉감은 전신을 신선한 긴장감으로 휩쌌다. 그리고 나는 신부가 되어 그 상아 빛깔의 가운을 입고 있는 환상을 보았어.

* * *

그가 내 마음을 사로잡은 것은 그가 여자였기 때문이 아니었습니다. 그네에게는 소녀의 애련함과 소년의 싱그러움이 공존하고 있었습니다. 그네는 한없이 부드러운 여성이었고, 그 생명 속에는 씩씩한 포옹력과 너그러움이 있었습니다. 우아함 속에 깃들어 있는, 생명을 포용하는 너그러움. 섬세함 속에는 가장 작은 것에 대한 사랑과 슬픔이 함께 들어 있었습니다.

(문화마당, 1999)

□정연희 「오, 카라얀!」

그의 심장이 급격하게 뛰기 시작했다. 나는 무엇을 쥐고 있는가? 내 손안에는 무엇이 들어 있는가? 내게는 돌아가 열어야 할 방문이 과연 있는 것일까? 심한 현기증이 왔다. 그리고 걷잡을 수 없이 땀이 흐르기 시작했다.

* * *

어디로부터 날아온 화살인가. 허무의 화살 하나 그의 가슴에 날아와 꽂히더니, 그것은 그 여자의 삶 속에서 의미를 한 가지 한 가지 잡아먹기 시작했다. 삶은 퇴색하고 사위기 시작했다. 의미의 상실은 죽음이었다. 그는 의미를 놓치지 말았어야 했다. 그것을 놓치지 않기 위해서 허무와 싸웠어야 했다. 그러나 이 가을의 눈부심 속에서 날아온 화살 하나는 결정적인 것이었다. 싸울 기력을 한꺼번에 빼앗아갔다.

* * *

여자는 전화기를 통해 들려오는 친구의 목소리를 아득하게 느끼며 유리창 밖을 굽어보았다. 호텔방 12층 높이에서 굽어보는 거리가 깊은 심연이 되어 그를 손짓하고 있었다. 창문을 열어라. 불빛이 명멸하는 이 어두운 공간을 포근할 것이다. 삶은 너를 속여오지 않았느냐. 무엇을 기대할 것인가? 이제 너는 점점 더 늙고 네가 함께 했던 모든 것이 너처럼 늙고 시들어질 것을……

(지혜네, 1999)

□정영문 「하품」

그 말을 하며 나는 자리에서 벌떡 일어났지만, 그는 가만히 그대로 앉아 있었다. 나는 몇 발자국을 뗐고, 어지러움을 느꼈다. 깊은 허공 속의 보이지 않는 가파른 계단을 내려가고 있는 것처럼 느껴졌다. 그런데 그 계단은 내가 발을 딛는 순간 허물어지고 있었다. 나는 어느 순간에라도 허공 속으로 굴러 떨어질 것만 같았다. 결국 나는 다시 내 자리로 돌아와 앉을 수밖에 없었다.

* * *

나는 점점 더, 나도 모르게 상체가 앞으로 기울어지고 있었고, 내 희미한 시선 속에서 마치 내 발 아래 땅이 융기하기라도 하는 듯 보였다. 융기하는 땅이 나를 그 안으로 끌어들이려 하는 것처럼 여겨졌다. 나는 기운이 점차 빠졌다. 누군가에게 괴로움을 안겨줄 수 있다는 생각만으로도 기운이 나던 때도 있었는데, 하고 나는 중얼거리며 옆에 앉은 자를 쳐다보았지만 그는 나보다도 더 기운이 없는 듯 축 처진 모습을 하고 있었다.

* * *

그때 멀리서 교외선 기차가 지나가는 소리가 들렸고, 나는 기차의 진동을 느끼려 했지만, 진동은 내게까지 이르지는 않았다. 그럼에도 기차는 내 가슴을 터널처럼 비집고 들어와 나를 관통해 지나가고 있는 것 같았고, 기차가 지나간 후에는 나의 내부가 모두 허물어져버린 것처럼 느껴졌다.

(작가정신, 1999)

□정을병 「세례요한의 돌」

그는 아내의 비판에, 몸이 메마른 돌처럼 쭈그러드는 것 같았다.

돌같이 된다는 것ㅡ 그게 무엇일까. 그게 정말 인간이 가야 하는 한 지표가 되기라도 하는 것일까. 그는 고개를 숙이고 의기소침한 기분이 되어 그렇게 생각해보았다. 돌ㅡ 그게 인간에게 주는 참다운 뜻이란 무엇인가. 예술적인 즐거움을 주는 것인가. 아니면 변하지 않는 존재이기 때문인가. 그것도 아니면 단순히 갖고 싶은 욕망을 충족시켜주기 때문인가…

(진화당, 1985)

□정을병 「피임사회」

그는 의사였지만 석고상처럼 흠 잡을 데 없이 깨끗한 그니 앞에 앉아서 결코 마음이 편할 턱이 없었다. 그러나 그니의 초겨울 같은 쌀쌀한 표장은 그런 허튼 잡념을 용서하지도 않을 뿐만 아니라 그니 자신도 누에와 같은 식물적이고도 투명한 생각에만 꽉 차 있을 것 같았다.

(삼성출판사, 1974)

□조경란 「가족의 기원」

나는 아래층 전화가 울릴 때마다 귀를 찢어버리고 싶은 심정이 되었다. 돈을 꾸어다 엄마에게 건네는 것도 한계가 있었다. 이 땅에서 몰락한 집 맏딸로 살기란 얼마나 구차하고 고통스러운가. 잠결에도 입술을 꽉 깨물었다. 고통은 마치 거울을 들여다볼 때처럼 내가 서 있는 위치와 내가 누구인지를 돌아보게 하는 힘을 갖고 있었다.

* * *

우리는 꽃이 아니라 차라리 그늘이 있어야만 잘 자랄 수 있는 녹색 이끼 같은 음지 식물에 지나지 않았다. 나는 내 몸에 돋아 있는 가시들을 너무 늦게 발견했다. 허영이 우리 가족들을 망가뜨렸다. 가족은 하나의 이데올로기에 지나지 않는다. 그러나 이데올로기가 원하는 가족의 모습은 어디에도 없었다. 나는 지금 사랑과 증오의 극섬에 서 있다.

* * *

이십 미터도 넘는 거대한 쇠 지팡이를 쥔 쥐라기 때의 시조새 한 마리가 지구 위에 우뚝 서서 그렇게 툭, 툭 두드리고 있는 것만 같았다. 옥탑방에 있을 적부터 나는 가끔 내 예민한 귀를 잘라버리고 싶다는 생각을 하곤 했었다.

(민음사, 1999)

□조경란 「식빵을 굽는 시간」

나는 슬쩍 그녀를 돌아다보았다. 그녀가 두 눈을 감고 있는 것이 어둠 속에서 뿌옇게 드러났다. 나는 내 안의 모든 것이 긴장하며 웅크리고 있는 것을 느꼈다. 그래, 분명 우리는 지금 어디론가 떠나고 있는 거로구나. 이 여자가 나를 이끌고 있다. 시간을 가로지르면서, 혹은 그 언제쯤 시간의 흐름 속에서 부유하고 있던 그들의 한 세계로. 나는 내 손을 움켜쥐고 있는 그녀의 손을 뿌리치겠다는 생각을 저만치 밀어두었다. 나는 두 눈을 부릅뜨고 그녀가 나를 이끌고 있는 세계를 향해 점점 더 다가가기 시작했다.

* * *

막막한 심정이었다. 이제부터 나는 먼 길을 떠날 여장을 차리지 않으면 안 되었기 때문이었다. 발신인이 밝혀져 있지 않은 그 편지는 나로 하여금 어느 때보다도 더욱 튼튼한 신발을 꿰어차기를 요구하고 있는 성싶었다. 어디 먼 곳에서 또 나를 향한 전언이 들려오기 시작하는구나. 그렇다면 닫아둔 귀를 열어야겠지…… 망설이고 있을 여지가 없었다. 나는 허리를 굽혀 신발을 신고 두 발을 탁탁 굴러보았다. 자 이제 떠나는 거야. 나는 귀신처럼 그렇게 읊조리고 있었다.

* * *

나는 귀를 열었다. 당신이로군, 이제서야 당신이 나를 찾아온 거야. 나는 바다 저 어두운 아가리 속으로 세차게 빨려 들어가고 있는 자신을 발견하였다. 나는 온몸의 긴장을 풀고 물결의 흐름에 나 자신을 송두리째 떠맡기고 있었다. 이렇게, 이번에는 이런 식으로 길을 떠나고 있군 그래. 나는 나를 이끌고 있는 보이지 않는 손을 향해 중얼거렸다. 그런데 대체 당신은 지금 어디에 있는 거지……

* * *

나는 불을 끄고 돌아누워 누군가 이층을 올라오고 있는 발자국 소리를 듣고 있었다. 전혀 실체감이 느껴지지 않는 가벼운 걸음 소리였다. 작은 새 한 마리가 계단을 올라오고 있는 것만 같았다. 누굴까? 나는 벽에 귀를 바싹 붙였다. 시간의 흐름을 잊은 듯 아주 느린 저 걸음 소리. 그렇다면 어머니일까? 나는 숨을 죽이고 새벽 네 시에 나를 향해 다가오고 있는 발자국 소리에 온 신경을 기울이고 있었다.

이윽고 방문 열리는 소리가 들렸다. 누군가 훌쩍 방안으로 들어왔다. 역시 가벼운 걸음이었다. 그러나 나는 알고 있었다. 내 삶을 뒤흔들려고 다가오는 저 불안한 공기의 움직임을. 나는 두 눈을 부릅뜨고 벽을 쏘아

보고 있었다.

* * *

　나는 그에게 애원을 하고 있었다. 그는 안하무인격으로 꼼짝도 않고 그대로 서 있었다. 그의 불타고 있는 이마, 코, 입술, 목울대, 가슴…… 시선을 옮기며 나는 그의 카키색 셔츠 주머니에 달린 녹색의 작은 악어 한 마리를 보았다. 나는 문득 그 악어가 내 가슴속으로 달겨들어와 내 안의 무언가를 조금씩 뜯어먹고 있는 통증을 느끼기 시작하였다. 나는 가슴을 움켜쥐고 그의 가슴에 고개를 묻어버렸다. 무섭도록 쿵쾅거리며 그의 가슴이 뛰어오르고 있었다.

　그의 가슴은 텅 빈 항아리 같았다.

(문학동네, 1996)

□ 조세희 「칼날」

　신애는 인공 조명을 받고 있는 닭장 속의 닭들을 생각했다. 달걀 생산을 늘이기 위해 사육사들이 조명 장치를 해놓은 사진을 어디에선가 보았었다. 닭장 속의 닭들이 겪는 끔찍한 시련을 난쟁이도, 저도, 함께 겪고 있다고 생각했다. 다만 알을 낳는 닭과는 달리 난쟁이와 자기는, 생리적인 리듬을 흐트려 놓고 고통을 줄 때 거기에 얼마나 적응할 수 있을까, 그리고 어느 정도에서 병리 증상을 일으키게 될까 하는 실험용으로 사용되고 있다는 생각뿐이었다.

(문학과지성사, 1978)

□조세희 「풀밭에서」

그 계집아이는 정민이 주워온 비닐과 종이 조각들을 받아 쓰레기 쌓여 가는 땅에 던져버리고는 버너에 불붙이는 남자아이를 불러 자기의 열 살 적 모습이 바로 이랬다고 말하는 것이었다. 영식은 계집아이를 후려치고 싶은 충동을 느꼈다. 남자아이도 때려눕히고 싶었다. 아내에 대한 증오심도 그 순간에 끓어올랐다. 어린 딸이 분홍색 팬티를 입고 있었다. 저희 부모에게 분명히 거짓말하고 나왔을 못된 계집아이가 정민을 들어 안을 때 그는 국민학교 사학년이 된 딸을 위해 아내가 선택한 그 끔찍한 빛깔을 보았다.

(청아출판사, 1994)

□조창인 「가시고기」

여긴 모든 게 마음에 들지 않아요. 내 몸을 휴지처럼 구겨서 계란 껍질 속에 쑤셔놓은 것같이 답답해요. 시간은 얼마나 게으름을 부리며 지나간다구요. 시계 바늘에 못이라도 박아놓았는지 하루가 꼭 한 달만큼 길어요. 면회 시간을 빼놓고는 사람 목소리도 들을 수 없어요. 쉬익 쉬익, 띠 띠 디익, 푸 푸 푸, 재깍재깍…… 기계 소리만 계속해서 들려와요. 그리고 여긴 자꾸만 성호를 생각나게 만들어요.

* * *

가을 하늘과 낮달이 이뤄내는 그 어설픈 부조화를 향해 그는 한숨을 내쉬었다. 아내의 말이 귓전에 줄기차게 맴돌았다. 당신은 아버지로서 자격이 없는 사람예요.

분노조차 일지 않았다. 오히려 절망했을 뿐이었다. 아내가 아니라 그 자신을 향해.

좋은 아버지였으면 했어. 어린 내 손에 쥐약을 쥐어주던 아버지처럼 되고 싶지 않았어. 하지만 결과적으로 자격 없는 아버지가 된 셈이야. 아이가 죽어가고 있는데 속수무책 바라볼 수밖에 없는 무능한 아버지. 비난받아 마땅해.

* * *

인간은 누구나 자신의 생명을 결정할 권리가 있다!

오, 멋진 말이군. 죽음에 초연한 척하는 명상가의 에세이 제목으로 쓰면 딱 적격이었다. 그걸 시한부 삶을 막 선고받은 그 자신에게 어떻게 적용할 수 있을지는 의문이었지만.

* * *

아주 갑갑한 곳이에요. 새장에 갇힌 새처럼요. 뚱뚱한 아줌마가 커다란 궁뎅이로 깔고 앉은 찐빵처럼요. 덥긴 왜 이렇게 더운지 모르겠어요. 다움이를 계란 프라이로 만들 셈인가봐요. 또 하루종일 천장만 쳐다봐야 된답니다. 어느 땐 혼자 중얼거립니다. 천장에 바퀴벌레라도 한 마리 지나가면 덜 심심할 거야.

(밝은세상, 2000)

□조해일 「매일 죽는 사람」

그러나 그는 마음의 눈이 곧 침침해옴을 느꼈다. 아내의 커다란 둥근 배가 앞을 가려 선 것이었다. 그리고 그 둥근 뱃속의 태아, 그 태아가 자기의 성장이 지연되는 것에 반대해서 기를 쓰고 빨아먹고 있을 아내의 재고부족일 유선, 그에 잇따라 쌀, 연탄, 아파트들이 그의 앞을 막아선 것이었다.

그는 마음의 눈을 감았다. 그러자 정작 코 위에 달린 두 개의 눈이 활동을 시작했다. 선명한 낯익음으로 흘러가던 풍경들이 별안간 낯설어 보이기 시작했다.

태연자약하고 시치미떼는 듯한 낯선 그림자기 풍경들 위에 어두운 그늘을 만들고 있었다. 마치 아무런 대항도 받지 않고 몰래 진주해 온 새벽의 점령군처럼 그것은 풍경 위에 떠 있었고 풍경은 이러한 종류의 점령, 조용하고 아무런 떠들썩함도 없는 점령에 익숙한 표정으로 스스로를 맡겨두고 있는 것 같았다.

* * *

그가 보았다고 착각한 그 그림자는 소멸의 조직이라고 할 만한, 어떤 거대하고 비정적인 조직이 보낸 첩자, 이런 일에 잘 훈련되지 않은 종류의 인간에게는 좀처럼 눈에 띄지 않는 죽음의 첩자라는 느낌이었는데 별안간 그 첩자의 수많은 작은 분신들이 아직 정복되지 않은 세계의 모든 사물과 수작들 사이로 재빠르게 스며들고 있는 것 같은 두려운 생각이 들었던 것이다. 그리고 이 음험하고 교활한 죽음의 첩자들은 무관심을 내걸고 있는 승객들의 피로한 얼굴 뒤 어디쯤에, 달리고 있는 버스의 바퀴들 사이에, 기름때 묻은 운전수의 소매 속에, 두 명의 차장이 움켜쥐고 있는 손때 묻은 지폐들 사이에, 그리고 줄이 끊어진 그의 오른쪽 구두, 벌어진 양 날개 사이 어디쯤에 숨어서 그 노회한 눈초리를 번뜩이며 호시탐탐 기회를 엿보고 있는 것 같았다.

그리고는 마침내 온 세계가 이들 첩자로 충만해 있는 것 같은 두려운 느낌이 들었다.

저놈들 잡아라 하고 그는 소리질렀는지도 모른다. 아니면 가위눌린 어떤 소리가 그의 입에서 튀어나갔는지 모른다. 승객들이 모두 그를 바라보았다.

(동아출판사, 1995)

□최명희 「혼불 4」

뼈에 새기게 문 이빨 틈바구니로, 그네의 폐장에 고여 있던 그을음이 피가 배어나듯 배어났다. 그 그을음은 우례의 가슴 한복판에 심지어 박힌 아들 봉출이의 응어리가 그렇게 불꽃에 싸인 채 토해내는 것이었다. 우례는 문득 등잔 불꽃 한가운데 박힌 심지가 무슨 일로 덩어리가 되어 끝도 없이 그을음을 태우고 있는 것이, 꼭 제 속인 것만 같다는 생각을 하였다.

(한길사, 1996)

□최명희 「혼불 6」

무산에 동산 봉우리 날망에서 들이삼킨 보름달 정기(精氣)며, 매안 선산의 제각과 비석과 호석, 그리고 보름달 같던 무덤의 봉분들을 그토록 전심 전력으로 흡인한 정액(淨液)이, 온몸에 혈력(血力)으로 차올라 목까지, 정수리 머리꼭지까지 그득한데, 자칫 한 걸음 잘못 디디면 그만 헛되이 쏟아지고 만 것이 그는 두려웠다.

그는 앞발이 조바심으로 내딛는 걸음을 뒷발로 지긋이 누르며, 빠르되 신중한 걸음으로 물을 건너고 아랫물을 지나고, 중뜸을 지나고, 원뜸에 이르렀던 것이다.

* * *

강실이는 제 이마 위로 떨어지는 눈물을 받으며, 이미 혼백이 되어버린 사람인 양 무게도 부피도 감각도 없이, 다만 모든 것이 멀고멀어 아득할 뿐인 세상으로 떠내려가고 있었다. 마치 액막이연이 가물가물 연실을 달고 저 머나먼 밤하늘의 복판으로 허이옇게 날아올라가듯이.

아아, 나 좀 잡아 주어.

자신의 몸이 지상에서 둥실 떠오르며 저승의 물속으로 빠져들어가는 것을 그네는 역력히 느끼었다. 그것은 아찔한 현기증이면서, 두렵고 무서운 허기였다.

어머니, 나 좀 잡아 주어요.

실을 놓친 지상의 어느 손 하나가 허우적이듯 연실 끄트머리 흰 자락을 잡아보려 하는 것 같다가 그대로 아물아물, 액막이연 강실이는 날아가고 있었다. 그 실을 놓친 손은 어머니인가, 아니면 제 육신인가.

아아, 누가 나 좀 잡아 주어요.

그러나 그것은 말이 되어 나오지를 않았다. 다만 푸른 보리로 죽어가는 입술에 스치다 잦아드는, 형체 없는 의식의 연기 같은 것일 뿐.

* * *

그냥 막막하기만 하였다.

이 세상에 참말로 나는 혼자구나.

하는 하염없는 서글픔이 무서움도 삼키고, 추위도 삼키고, 집에서 어미를 기다리고 있을 옹구도 삼키고, 달빛으로만 허기를 채우며 텅 빈 마을의 텅 빈 집들을 하나하나 둘러 삼키었다.

그리고 아직도 신명나게 불가에서 맴돌 고리배미 사람들의 겨운 몸짓이 아득하고 눈물 나는 세상의 멀고 먼 그림자 시늉인 것만 같아서, 고개를 떨구었다.

* * *

그러는 춘복이에게 끼쳐드는 또다른 감정은 두려움이었다.

어떻든 사단이 났으니, 매안이 뒤집히고 일이 벌어지기는 벌어질 것이 아닌가. 그것도 작은 숙덕거림이 아니라 걷잡을 수 없는 회오리로.

그 회오리의 복판에 춘복이가 눈구녁 뜨고 서 있었다.

그께잇 거 그집혀 가서 디지게 두드려 맞고 뼉다구 뿐질러지는 거이 내가 겁나겄냐. 덕석몰이 개 잡디끼 몽뎅이질 헌대도 나는 안 무섭다. 그대로 대그빡 조개져 죽는대도 나는 겁 안 난다.

그것도 사실이었다.

그러나 그는 두려웠다.

그 두려움은 살이 찢어지고 피가 튀며 뼈가 바스라지는 형장(刑杖)에 있는 것이 아니었다. 아무리 혹독한 태질이라도 못 당할 춘복이가 아니었으니.

그렇다면 무엇인가.

그것은 형체가 없어서 그 모습을 볼 수 없고, 모습이 보이지 않으니 잡을 수도 없는, 운명의 속 깊은 아가리에서 끼쳐 오는 그 어떤 기운일지도 몰랐다.

(한길사, 1996)

□최명희「혼불 7」

이상한 일이었지만 그네는 효원을 보는 순간 주르르 눈물이 쏟아지려고 하여, 어금니를 물었던 것이다.

그네는 지난 하룻밤이 이승과 저승을 거꾸로 엎어 뒤집은 것보다 더 겨운 혼돈이었고, 그 바람에 가슴이 깎이어 나간 이승의 절벽 낭떠러지 아찔하고 까마득한 꼭대기에서, 순식간에 떠밀리어 끝도 없이 떨어져 내리는 공포를 가누기 어려웠다. 손바닥에 칼날 쥔 사람이 칼자루 쥔 사람을 바라보듯이 애원과 두려움에 범벅된 눈으로, 그네는, 보이지 않으면서도 닥쳐오고 있는 어둠 속의 그림자를 바라보고 있었다. 그러면서 누군가, 누군가…… 손을 뻗어 부디 이 참혹한 정황에서 자신들을 끄집어내 주기를 간절히 바라며 빌고 있었던 것이다.

(한길사, 1996)

□최미나 「못다한 말」

사무쳐오는 후회가 칼날이 되어 그녀의 살점을 도려내고 골수를 후벼판다. 가슴속 뼈 마디마디를 바스러뜨리는 바위의 무게로 그녀는 숨이 막히기 시작했다. 그 쌍꺼풀진 동그란 눈, 말려 올라간 속눈썹, 튀어나온 이마를 어지러운 도심의 인도를 걸어가면서 그녀는 감당할 수 없는 무게의 닻을 짊어진 채 헤매 다니는 자신을 깨달았다. 이 넓은 공간에 망각이라는 이름의 이 닻을 내리게 하는 곳은 없는가고 절규하고 있는 자신을 깨달았다. 하루에도 수없이 아이의 모습, 그것도 죽은 광경이 떠올랐고 그럴 때마다 그녀의 가슴은 와르르 무너져 내리기를 거듭했다.

(한국문화예술진흥원, 1991)

□최서해 「기아와 살육」

경수는 몸이 부르르 떨렸다. 최 의사를 단박 때려서 죽여버리고 싶었다. 그러나 일각이 시급한 아내를 살려야 하겠다 생각하면 그의 머리는 숙여지지 않을 수 없었다. 그러나 이를 어찌하랴? 그러라 하면 오십 원을 내놓아야 하겠으니 오십 원은커녕 오전이나 있나? 못 하겠소 하면 아내는 죽는다.

* * *

그는 모들 뜬 눈을 점점 똑바로 떠서 부뚜막을 노려보고 있었다. 그의 눈에는 새로 보이는 괴물이 있다. 그 괴물들은 탐욕의 붉은빛이 어리어 리한 눈을 날카롭게 번쩍거리면서 철관으로 경수 아내의 심장을 꾹 찔러 놓고는 검붉은 피를 쭉쭉 빨아먹는다. 병인은 낯이 새까맣게 질려서 버둥거리며 신음한다. 그렇게 괴로워할 때마다 두 남녀는 피에 물든 새빨간 혀를 내두르면서 '하하하' 웃고 손뼉을 친다. 경수는 주먹을 부르쥐면서 소름을 쳤다. 그는 뼈가 짜릿짜릿하고 염통이 쓱쓱 찔렸다. 그는 자기 옆에도 무엇이 있는 것을 보았다. 눈깔이 벌건 자들이 검붉은 손으로 자기의 팔다리를 꼭 잡고 철관으로 자기의 염통피를 빨면서 홍소를 친다. 수염이 많이 나고 낯이 시뻘건 자는 확실이를 집어서 바작바작 깨물어 먹는다. 경수는 악 소리를 치면서 벌떡 일어섰다. 그것은 한 환상이었다.

* * *

경수는 머리가 띵하였다. 그는 사지가 경련되는 것을 느꼈다. 그의 가슴에서는 연 덩어리가 쑤심질하는 듯도 하고 캐한 연기가 팽팽 도는 듯도 하고 오장을 바늘로 쓱쓱 찌르는 듯도 해서 무어라 형언할 수 없었다. 갑자기 하늘은 시커멓게 흐리고 땅은 쿵쿵 꺼져 들어간다. 어둑한 구석구석으로부터는 몸서리치도록 무서운 악마들이 뛰어나와서 세상을 깡그리 태워버리려는 듯이 뻘건 불길을 활활 내뿜는다. 그 불은 집을 불사르고 어머니를, 아내를, 학실이를, 자기까지 태워버리려고 확확 몰켜 온다. 뻘건 불 속에서는 시퍼런 칼은 든 악마들이 불끈불끈 나타나서 온 식구들을 쿡쿡 찌른다. 피를 흘리면서 혀를 물고 쓰러져 가는 식구들의 괴로운 신음 소리는 차마 들을 수 없이 뼈까지 저민다. 그 괴로워하는

삶을 어서 면케 하고 싶었다. 이러한 환상이 그의 눈앞에 활동사진같이
나타날 때……

(혜원, 1998)

□최서해 「탈출기」

오죽 먹고 싶었으면 오죽 배가 고팠으면, 길바닥에 내던진 귤껍질을
주워 먹을까! 더욱 몸 비찮은 그가! 아아, 나는 사람이 아니다. 그러한
아내를 나는 의심하였구나! 이놈이 어찌하여 그러한 아내에게 불평을 품
었는가? 나 같은 간악한 놈이 어디 있으랴. 내가 양심이 부끄러워서 무
슨 면목으로 아내를 볼까?

(혜원, 1998)

□최수철 「고래뱃속에서」

그는 빨리 정신을 추슬러서 온전한 정신을 회복하려 하였지만 머릿속은
박제된 짐승처럼 짚이나 솜 혹은 털로 가득 채워진 듯이 뻑뻑했다. 그는
당분간 아무것에도 정신을 집중시킬 수가 없었다. 얼마동안의 시간이 지
난 후에도 머릿속에서는 미꾸라지 한 마리가 온통 휘집고 다니면서 흙탕
물을 일으키고 있었다. 그는 그 미꾸라지를 잡기 위하여 머릿속의 손을 재
빨리 놀리고 있었다. 그러나 그 길쭉하고 미끄러운 물고기는 도망칠 곳도
없으면서도 필사적으로 그의 손을 피하고 있었다.

(문학사상사, 1989)

□최인훈 「광장」

이런저런 일로 그런 눈치를 채게 될 때마다 턱없는 몫을, 눈을 지르감으며 받아들이고 있는 듯한 부끄러움을 맛본다. 부끄러워하는 자기가 혀를 차고 나무라고 싶게 못마땅하다. 그 마음을 맛본다. 그 마음을 다 파헤치면 뜻밖에 섬뜩한 무엇이 튀어나올 것 같아 두루뭉실한 손길로 얼버무려온다.

* * *

햇빛이 한결 환해지면서 멍한 느낌이 팔다리를 타고 흘러간다. 먼 옛날 그의 초라한 삶에서는 그래도 무겁다고 해야 할 몇 가지 일들이 다가올 때도 그렇더니…… 애인은? 그 말이 아직 이토록 깊고 힘센 울림을 지니고 있다는 것은.

* * *

삶은, 그저 살기 위하여 있다, 이 말이었다. 그들은 무언가를 숨기고 있는 게 틀림없다. 이런 뜻 없는 아리송한 말을 할 때는, 그 뒤에 차마 입 밖에 내지 못할 진짜 이야기를 숨기고 있는 것이라고 생각하는 것이었으나, 그게 무엇인지 알 수 없는 채 값진 때가 모래시계 속 모래처럼 자꾸만, 아랑곳없이 흘러가는 것이 두렵다.

* * *

아찔한 느낌에 불시에 온몸이 휩싸이면서 그 자리에 우뚝 서버린다. 먼저 머리에 온 것은 그전에, 언젠가 바로 이 자리에 똑같은 때, 이런 몸짓대로, 지금 겪고 있는 느낌에 사로잡혀서, 멍하니 서 있던 적이 있다는 헛느낌이다. 그러나 분명히 그건 헛느낌인 것이 그 자리는 그때가 처음이다. 그러자 온누리가 덜그럭 소리를 내면서 움직임을 멈춘다.

* * *

어깨, 허리, 엉덩이에 가해지는 육체의 모욕 속에서 명준은 오히려 마음이 가라앉는다. 아, 이거구나, 혁명가들도 이런 식으로 당하는 모양이지, 그런 다짐조차 어렴풋이 떠오른다. 몸의 길은, 으뜸 잘 보이는 삶의 길이다. 아버지도? 처음, 아버지를 몸으로 느낀다.

* * *

나의 방문이 무너지는 소리가 들린다. 그렇게 튼튼하리라고 믿었던 나의 문이 노크도 없이 무례하게 젖혀지고, 흙발로 들이닥친 불한당이 그를 함부로 때렸다. 내 방인데. 그자는 어찌 그리 방자할 수 있었을까.

* * *

높은 데서 솔개가 빙빙 돈다. 어디선가 한가한 새 울음. 명준은 격해야 할 자기가 이렇게 마음이 가라앉아만 가는 게 이상하다. 싸늘한 웃음이 안개 끼듯 피어나 마음속 높은 천장에서부터 아래로 아래로 내리 밀면서 으스스 떨게 한다.

* * *

그러면서 줄곧 속에서 부르짖는 한 가지 소리가 있다. 이명준, 자 보람 있는 삶이 끝내 자네 것이 된 거야. 갈빗대가 버그러지도록 벅찬 불안에 살 수 있게 되지 않았나. 하루의 시간이 어두운 무서움으로 짙게 칠해진, 알차게 익은 시간이란 말일세. 자네가 그렇게 조르던 바람이 아닌가. 이제 심심하단 말은 말게. 놀려 주는 소리다.

* * *

부드러운 살결이 벽처럼 둘러싼 이 물결을 차지해 보자는 북받침이, 불쑥 일어난다. 그러자, 언젠가 여름날 벌판에서 겪은 신선놀음의 가락이 전깃발처럼 흘러온다.

* * *

명준은 마음에서 가시가 뽑히고, 너그러운 마음이 되어간다. 어쩌면 이리도 마음이 차분치 못할까. 미움과 사랑이 함부로 뒤바뀌는 짜증스러움이, 자기의 불안한 자리를 말하는 줄은 알긴 한다.

* * *

그러면서 거기서 벗어나려고 애쓴다. 살기마저 띤 이 소용돌이가 걱정스러웠기 때문이다. 오르고 싶은 마음에는 그도 다를 것이 없다. 여러 사람이 한 가지 생각을 똑같이 지니고 있을 때. 그들을 둘러싼. 보이지 않는 소용돌이가 생긴다. 한 사람 한 사람을 따지지 않는 그 광장에서 움직임은 낱이 아니라 더미로 이루어진다. 이명준도 그 광장에 있다.

* * *

명준은 점점 불안해진다. 탓이 자기한테 있다는 우스꽝스러운 마음이 피둥피둥 커지면서, 그것은 그의 관자놀이에서 따끔따끔한 아픔으로 나타났다. 왜 내 탓이냔 말이야. 왜 내 탓이냔 말이야.

* * *

그의 심장은 시들어빠진 배추 잎사귀처럼 금방 바서질 듯 메마르고, 푸름을 잃어버린 잿빛 누더기였다. 심장이 들어앉아야 할 자리에, 그는, 잿빛 누더기를 담아 안고 살아가는 사람이 돼 있었다. 그 누더기는 회색 말고는 어떤 빛도 내지 않았다.

* * *

지친 안도감과 승리의 빛으로 바뀌어 가는 네 사람 선배 당원의 낯빛이 나타내는 움직임을 지켜보면서 명준은, 어떤 그럴 수 없이 값진 '요령'을 깨달은 것을 알았다. 슬픈 깨달음이었다. 알고 싶지 않았던 슬기였다. 그는 가슴에서 울리는 무너지는 소리를 들었다. 그 옛날 그는 S서 뒷동산에서 퉁퉁 부어오른 입 언저리를 혓바닥으로 핥으면서 이 소리를 들었다. 그의 마음의 방문이 부서지는 소리였다. 이번 것은 더 큰 울림이었다. 그러나 먼 소리였다. 무디게 울리는 소리. 광장에서 동상이 넘어지는 소리 같았다.

* * *

무덤을 이기고 온, 못 잊을 고운 각시들이, 손짓해 부른다. 내 딸아. 비로소 마음이 놓인다. 옛날, 어느 벌판에서 겪은 신내림이, 문득 떠오른다. 그러자, 언젠가 전에, 이렇게 이 배를 타고 가다가, 그 벌판을 지금처럼 떠올린 일이, 그리고 딸을 부르던 일이, 이렇게 마음이 놓이던 일이 떠올랐다. 거울 속에 비친 남자는 활짝 웃고 있다.

* * *

책장을 대하면 흐뭇하고 든든한 것 같았다. 알몸뚱이를 감싸는 갑옷이나 혹은 살갗 같기도 하다. 한 권씩 늘어갈 적마다 몸 속에 깨끗한 세포가 한 방씩 늘어가는 듯한, 자기와 책 사이에 걸친 살아 있는 어울림을 몸으로 느낀 무렵이 있다. 두툼한 책 마지막 장을 닫은 다음, 창문을 열고 내다보는 눈에는, 깊은 밤 괴괴한 풍경이, 무언가 느긋한 이김의 빛깔로 색칠이 되곤 했다.

(동아출판사, 1995)

□최일남 「시작은 아름답다」

주리를 틀 듯 죄어오는 철민이의 울화 앞에 고문당하고 있는 기분이었다. 가슴에 버캐가 차가는 것 같은 답답증과, 반드시 철민이를 향해 끌어오르고 있는 것만도 아닌 복합적인 짜증이 일어 상규는 저도 모르게 푸 한숨을 터뜨렸다. 입에서 나온 틉틉한 바람에 이어 머릿속이 혼란스럽게 달아올랐다. 그제서야 철민이도 포로를 구슬리듯 어조를 낮췄다.

* * *

조롱당한 것 같기도 했다. 이 고수도 스스로의 시답잖은 심정을 어지간히 얇은 등에 좍 깔면서 가까스로 다스리는 듯한 느낌을, 준기는 받았다. 됨됨이가 듬쑥하여 행동마저 듬직한 고양인의 가식을 확인했다면 지나친 말이겠으나, 왜 그런지 끝끝내 무엇을 숨기고 있는 것이 아닌가를 탐색하게 만드는 몸짓을 이번에도 겪는 마음은 쓸쓸했다.

(해냄, 1988)

□최일남 「하얀 손」

응석 끝에 뚫고 들어간 그들의 가슴은 번번이 벼랑이라는 걸 느꼈다. 얼핏 말랑말랑해 보이는 살갗만 믿고 파고들었다가 의외로 단단한 내피를 확인한 적이 많았는데, 그런 제한 구역을 역이용하기로 들면 오히려 마음이 편한 문리를 그 나름대로 터득한 셈이었다.

너무 일찍 익힌 생존의 묘수가 그렇다고 오래 가기는 힘들었다. 미구에 지구력의 한계가 드러나고, 빤한 심리전의 바닥이 보이기 시작할 무렵 그의 인내도 마침내 잦아들고 말았다. 아버지는 마침 그런 때 돌아가셨다.

(문학사상사, 1994)

□하근찬 「공예가 심씨의 집」

갖가지 장식들이 현란하게 반짝이는 그 작품들이 어쩌면 한 불행한 처녀의 비애의 결정인 것처럼 느껴졌다. 벽에 걸려 있는 행글라이더의 패널과 곧 날아오를 꼬리까지 달고 있는 연과 더불어 방안을 온통 야릇한 슬픔으로 가득 채우고 있는 듯해서 나는 그녀의 치마 밖으로 흘러나와 힘없이 늘어져 있는 하얗고 조그만 발을 힐끗 보며 가볍게 몸을 떨었다.

(일신서적, 1986)

□하일지 「경마장에서 생긴 일」

K는 카운터로 다가갔다. K가 카운터로 다가가는 동안 그는 눈으로는 빤히 K를 쏘아보면서 들고 있던 볼펜을 튕겨 딱딱 소리를 내고 있었다. K가 카운터 앞에 이르렀을 때에도 그는 K에게는 아무 말 하지 않고 딱딱딱 볼펜소리만 내고 있었다. K는 아무 말 하지 않고 자신의 방 열쇠를 카운터 위에 내려놓았다. 열쇠를 내려놓으면서 얼핏 보니 젊은 운전사는 안면 근육에 부르르 경련을 일으키고 있었다.

오십대의 그 쇠약한 남자는 그때 의자 등받이에 기대고 앉아 고개를 뒤로 젖히고 입을 딱 벌린 채 낮게 코고는 소리를 내며 자고 있었다.

K가 열쇠를 내려놓고 카운터 앞을 돌아설 때 그 젊은 운전사는 앞니빨 사이로 찍 침을 쏘아 뱉었다. 그러나 K는 애써 무관심한 얼굴을 하며 카운터 곁을 떠났다.

(민음사, 1993)

□하일지 「경마장의 오리나무」

나는 꼼짝하지 않고 누운 채 도망에 대하여 좀더 진지하게 생각해 보기 시작했다. 나는 우선 왜 내가 도망가야 하는가 하는 데 대하여 생각했다. 그 다음으로 나는, 도망가지 않으면 안 되는가, 꼭 도망가야 하는가 하는 데 대하여 생각했다. 그런가 하면 또, 만약 내가 도망가면 안 될 일들이 있다면 어떤 것들이 있으며 그것들은 내가 도망가는 것을 단념하지 않으면 안 될 만큼 결정적으로 중요한가 하는 데 대해서도 아주 오랫동안 차분하고 꼼꼼하게 생각해 보았다. 그밖에도 나는 도망에 대하여 실로 여러 각도에서 대단히 진지하게 생각해 보았다.

* * *

그러나 나는, 혹시 오늘 새벽 내가 한 모든 생각은 어쩌면 극히 비정상적인 상태, 말하자면 어떤 특수한 감정상태에서 비롯된 것일지도 모른다고 생각해 보기에 이르렀다. 그것은 누구에게나 있을 수 있는 일이다. 그래서 밤에 쓴 편지는 보내지 말라고 하는 말도 있지 않은가? 사람이면 누구나 어떤 특수한 감정상태를 경험할 수 있고 그런 상태에서 다분히 비이성적인 어떤 결정을 가장 이상적인 것인 양 내려버릴 수도 있다는 사실에 대해서 나는 일단 시인했다. 나는 또 내가 비록 그것을 의식하지는 못하고 있다 할지라도, 최근 얼마동안 계속된 격무로 인하여 육체적으로나 정신적으로 몹시 지쳐 있을지도 모른다는 생각도 했다. 그리고 육체적, 정신적으로 몹시 지쳐 있는 상태에서는 때때로 성급하게 어떤 결정을 내려버릴 수도 있다는 사실도 인정했다. 그래서 나는 오늘 새벽잠에서 깬 뒤 지금까지 한 모든 생각과 결정들은 어쩌면 전혀 객관적이지 못한 것일 수도 있으니 일단 잊어버리기로 마음먹었다. 만약 아침에 일어나서 다시 한

번 생각해 보아도 그것이 옳다고 판단되면 그때는 내 생각과 결정을 의심하지 않아도 될 것이기 때문이었다.

* * *

처음에 나는 내가 회사에서 불과 백 미터도 안 되는 곳에 와 있다는 사실에 깜짝 놀랐다. 혹시 내가 아는 어떤 사람, 가령 나의 회사 직원이라도 우연히 만나게 되면 어떻게 하나 하는 생각 때문이었을 것이다. 그러나, 내가 비록 회사에서 가까운 위치에 와 있기는 하지만 이 시간에 누구를 만난다는 것은 그다지 쉽지 않을 일이라는 생각이 들었다.

(민음사, 1992)

□하일지 「새」

주황색 벼슬에 긴 꼬리를 가진 검은 새, A는 그것이 대체 무슨 새일까 하고 생각해 보았다. 그러나 도무지 알 수 없었다. 지난 십육 년 동안 A가 한 일이라고는 컴퓨터 단말기 앞에 앉아 쉴새없이 자판을 두드려 증권 시세를 살피는 것이었고, 끊임없이 걸려오는 고객들의 전화를 받는 것이었고, 퇴근 후에는 또 사흘이 멀다하고 이어지는 회식 자리에서 그의 레퍼토리인 〈제3한강교〉나 〈아파트〉를 부르는 것뿐이었으니까 말이다. 까마귀과? 앵무새과? 지하철역을 향하여 걸어가면서 A는 방금 자신이 본 그 새가 무슨 과에 속하는 새일까 하는 데 대하여 생각해 보려고 애썼다. 그러나 도무지 생각이 집중되지가 않았다. 자신을 그렇게 놀라게 한 그 새가 자꾸 괘씸하게만 느껴질 뿐이었다.

* * *

사실 A는 지금 누군가로부터 위로받을 필요가 있었다. 십육 년 동안

근무해온 직장에서 쫓겨난 것에 대하여, 김형익의 빚보증을 서주었다가 퇴직금 모두를 차압당해버린 것에 대하여, 이영춘의 갑작스런 죽음으로 A가 겪고 있는 감당할 수 없는 마음의 혼란에 대하여, 난데없는 새가 시도 때도 없이 나타나 자신을 괴롭히는 그 이상한 상황에 대하여. 그리고 이런 자신의 사정을 일일이 들어주고 충분한 위로를 해줄 수 있는 사람이 곧 김지영이라고 A는 생각해냈던 것이다. 따라서 김지영의 집 쪽으로 가고 있는 A는 갑자기 가슴이 두근거리기 시작했다.

* * *

밤도 이미 깊어가고 있는데, 공중전화 부스 지붕 위에 올라앉은 A는 자신의 처량한 신세에 대하여 생각해 보기 시작했다. 대체 어디서부터 어떻게 일이 꼬이기 시작하여 자신이 이렇게 새가 되어 버렸을까, 대체 무엇을 어떻게 잘못했길래 이렇게 흉한 새로 변해 버렸을까 하는 데 대하여 그는 생각해 보기 시작했다. 철로 건널목에서 그 중학교 2학년쯤 되어 보이는 소녀를 만나는 순간부터 그의 운명은 꼬이기 시작했을지 모른다. 혹은, 폭풍우가 몰아치던 날 역 대합실에서 중절모를 쓴 남자를 만나면서부터 그의 운명은 궤도를 벗어나고 있었던 지도 모른다. 또는, 입사한 지 며칠 안 되는 미스 김의 젖꼭지를 빨고 싶어 했던 것부터가 잘못이었을지도 모른다. 그것도 아니라면, 이십여 년 전 그가 영월에서 처음으로 서울로 올라왔을 때, 도쿄호텔 빌딩 엘리베이터를 탔을 때 그의 운명은 이미 결정되고 말았던지도 모른다.

(민음사, 1999)

□하재봉 「영화」

사실 나처럼 공부해서 대학에 들어간다면 뭐하려고 할 필요가 있겠는

가. 교과서나 쳐다보고 있기에는 하늘의 가슴은 너무 넓었고 햇볕의 손
길은 따뜻했으며 바람의 혓바닥은 부드러웠고 내 피는 고삐 풀린 말처럼
날뛰고 있었다.

(이레, 1999)

□ 하재봉 「쿨재즈」

컨버터블 오픈카가 좋은 것은 이런 여름철의 늦은 오후다. 햇빛의 뜨
거움도 식어간 뒤, 빠르게 달리는 가속도에 의해서 시원한 바람이 온몸
의 세포를 부풀려주는 것이다. 구름 위로 오를 만큼 몸은 가벼워지고, 지
상의 어떤 인연으로부터도 자유로워진 해방감을 느낀다.

* * *

새 두 마리가 둥지를 틀고 숨어 있는 성지은의 가슴속에서는, 두려움
과 모험심이 뒤섞인다. 한 마리는 구름 위로 날아가려 하고 또 한 마리
는 그녀의 핏줄 속으로 파고들어 그녀의 몸속을 흐르는 붉은 피의 강,
그 먼 하류까지 흘러가고 싶어한다.

* * *

사랑의 불길이 화염병처럼 지나간 검은 들판 위에는 수많은 풀씨들이
떨어져 있다. 어떤 것들은 검게 타서 그 흔적도 알아볼 수 없지만, 어떤
것들은 화전민이 일구는 밭에서처럼 오히려 더 왕성한 생명력을 얻기도
한다. 무심히 그 들판 위를 걷는 사람들의 구두 밑에서는 작은 풀씨들이
숨죽이며 울고 있다. 한 번이라도 귀 기울여 가느다란 풀씨들의 흐느낌
을 들은 적이 있는 사람은 알 것이다. 거머리처럼 가슴속에 박힌 사랑의
상처는 얼마나 쉽게 사라지지 않는 것인지를.

사랑이 끝나고 난 뒤에도 긴 그림자를 남기는 것이다. 그것이 들판 위에 우뚝 솟아오른 큰 산이었을 경우 그림자의 길이는 더욱 길다. 날이 저물어도 그림자는 어둠 속에서 보이지 않게 존재한다. 사라진 것처럼 보였던 그것은 해만 뜨면 금방 다시 나타나 상처 입은 가슴을 괴롭힌다.

* * *

다다는 혼자 카페 '베이즈 가든'에 앉아 있다. 충무로의 이 카페는 언제나 영화판 사람들로 북적댄다. 소금가마를 지고 가던 당나귀가 물 속으로 들어갔다가 나올 때처럼 갑자기 가슴이 허전했다. 겨울 들판이 가슴을 점령한 것 같다. 차가운 바람 불고, 추수 끝난 들녘의 빈 쭉정이들만 공중으로 날리며, 아무것도 없고, 아무것도 아닌 것들만 살아서 아우성치는 들판을 혼자 걸어가는 기분이었다.

(해냄, 1995)

□한말숙 「아름다운 영가」

귀신이라도 박살내겠다던 기개는 어디로 갔는지 분함이 가시면서 허탈감이 그녀를 엄습했다. 더 있어 주기를 바랬던 진주댁은 가고, 재산을 주었으면 마음이 후련할 것 같았는데 유진은 거절했다. 그녀는 외로웠다. 생각하니 외로운 일생이었다. 도대체 무엇 때문에 남에게 상처를 주며 멸시를 이를 악물고 그렇게 견디며, 돈을 벌려고 그토록 마음과 몸을 더럽혔던가? 최광수의 손자의 협박에 은근히 떨며, 누구도 그녀에게서 돌아서는 이 고독을 얻기 위해 그렇게 기를 쓰며 살았던가?

* * *

거기까지 생각하니까 그녀는 슬픔이 전신의 뼈마디마디에 솔솔이 스며 맺히는 것 같다. 어려서 부모 잘못 만나고, 커서 남편 잘못 만나고, 늙으니 자식 없고, 세월 잘못 만나 기갈센 나도 한평생 활동 한번 못해보고 남자의 더러운 그늘에서 오장육부 썩다가 죽는구나! 진주댁은 팔자가 있다카지만 팔자가 어디 있노? 옳아! 때와 사람을 잘 만나고 잘못 만나는 것이 팔자라 말이제. 아이구, 내 팔자야! 저승 가서 팔자 만들어내는 하늘 보고 되게 악담이나 해야지.

허탈감과 타고난 투쟁적인 성미가 그녀의 가슴에서 격렬히 엇갈린다.

* * *

조금 침착해지자 그녀는 아득한 어두운 바다 위에 홀로 떠 있는 것 같은 공포를 느꼈다. 강한 성격의 그녀에게는 처음으로 느끼는 불안과 공포였다. 최광수를 꿈에서 보아서인지, 아니면 진주댁의 함축성 있는 언행 때문일까? 아니 그게 아니고, 죽음을 무엇인가가 알려주는 것인지?

(인문당, 1981)

□한말숙 「행복」

준은 원이 말하는 것처럼, 나 이외의 것은 안 된다는 것을 새삼스럽게 느끼고 있었다. 새롭게 다가오는 현실 속에서 당황하지 말고 자기 자신을 찾아낼 때까지 기다리셨으면 하는 마음이 간절했다.

* * *

K는 입술에 경련을 느꼈다. 영철이 미웠다. 그가 K를 협박하는 것만 같아서다, 도무지 한 달 동안 거의 매일같이 영철은 한 마디씩 해왔다. 녀석은 나더러 어쩌라는 거냐! 그러나 협박할 리는 없다. 내가 죽인 것도 아닌데 그렇게 느끼는 내가 오히려 이상하다. 대관절 나는 무엇을

꺼려하고 있는가? K는 그날 강의는 뒤죽박죽이 되어 버렸다.

* * *

K는 병삼을 떠밀다시피 내몰고 안으로 문을 잠가버렸다. K는 침대에 들어갔으나 엎질러진 물이 머리에 남아서 그대로 배길 수가 없다. 그는 일어나서 마른걸레로 물을 닦았다. 닦는 것을 누가 지켜보고 있는 것만 같다. 물론 병삼의 죽은 형의 두 눈을 의식하고 있는 것이다. K는 숨결이 벅차지고 등이 오싹오싹한다. 갑자기 그는 벌떡 일어서서 창문을 열어젖히고 꽃병의 남은 물을 쏟았다. 공연히 두려워하는 제 자신이 어리석게 여겨진 것이다. 물은 조금이나, 2층에서 떨어져서인지 시멘트 바닥에 요란스럽게 소리를 낸다. 공연한 짓을 했어. 꽃병이 주체스러워졌다. 그는 반침 문을 열고 꽃병을 굴려 넣었다.

K는 스탠드를 켜고 책상에 앉았으나 한 자도 눈에 들어오지 않는다. 병삼이 왜 탁자 옆에서 있었는지 궁금하다. 범인은 반드시 범죄 장소에 가 본다나? 범죄 심리에서 배웠어, 영철이 은연중에 K에게 의식을 불어넣고 있는지도 모른다. 병삼을 시기해선가?

* * *

혼자서 지껄이고 있다. 노골적으로 비웃는 말투다. K는 속에서 뜨거운 것이 욱 하고 치미는 것을 꾹 참았다. 말하려면 솔직히 해. 빙빙 돌려서 어쩌자는 거야. 경찰이니, 성당이니, 응? 자신이 있으면 똑바로 말하든지, 밀고를 하든지 하란 말야! 밀고를 말야. 병삼이 사람을 죽였다고 해 보아. 해!

* * *

딸이 잡혀가지 않은 것이 벼룩의 덕으로 생각하지는 않았겠으나, 잡혀

가는 화를 벼룩에게 물리는 것 정도로 액땜했다고 생각하니, 미물인 벼룩에게조차 엎드려 절하고 싶은 심정이었으리라.

* * *

젊음이여 사랑이 오고 가더라도, 돈이며 명성이 오고 또 가더라도, 그녀를 겉도는 그 허상들을 그녀는 다정하게 바라볼 수 있는 것 같았다. 어느 사이엔가, 올 것은 오고 갈 것은 가라는 생각이 유수처럼 가슴에 자리잡기 시작한 것이다. 인생이라는 짐이 너무 무거웠던 탓이었을까?

* * *

아무것도 생각하고 싶지 않은데, 그 작품은 팔지 말아야 했을 것을…… 하고 머릿속에 생각이 스며든다. 팔린 그림들이 어디에 어느 모양으로 걸려 있는지, 어느 더러운 광 구석에 포장된 채 팽개쳐져 있는지, 배경이 좋은 데에 걸어 놓구 누가 감상을 하는지, 한번 팔리고 나면 잃어버린 것과 한가지다. 어느 작품이건 다 애착이 간다. 생각하면 아쉽다. 고가로 잘 팔리는 데에만 급급해서 제 육신을 잘라버리는 것 같은 고독을 미처 느끼지 못한 것이 스스로 부끄러워진다. 그러나…… 그녀는 담배에 불을 붙였다. 간 것은 간 것이다.

팔리지 않으면 생활이 안 되니까, 팔려야만 되고, 팔고 나면 아쉬운 것이 화가의 운명이 아닌가. 다만 다른 화가보다 잘 팔리는 것을 한때라도 자랑으로 여겼던 그 어리석은 교만이 부끄럽다. 가슴이 아프도록 부끄럽다.

* * *

푹신한 베드에 엎드려 본다. 기분이 여간 좋지 않다. 그녀는 귀신이라도 농락해 보고 싶을 만치 삶에 대한 자신이 강력히 솟구친다. 무서울

것도 꺼릴 것도 없다. 오로지 그려야 한다는 의욕만이 파아랗게 불탈 뿐이다.

* * *

손녀가 수상쩍은 옷차림을 했다거나, 청년이 당황한 눈치를 보인 적은 한 번도 없었다. 나무랄 데도 트집잡을 것도 없었다. 완전했다. 그러나 그녀에게는 그 완전성이 도리어 답답하고 꺼림칙한 것이었다. 그 완전한 것 뒤에, 헤아릴 수 없는 만치 숱한 고약한 일이 밀폐되어 있는 듯만 싶었다. 그녀는 초조했다. '안 돼, 안 돼' 하고 속으로 뇌까렸다. 그러나 왜 안 될까 하고 생각하지는 않는 것이다. 그녀는 왜라든가 하는 따위의 사고방식은 일찍이 가져 본 일이 없는 것이다.

* * *

영화가 진행함에 따라 관객석의 흥분은 점차 고조되는 것 같았다. 꼼짝도 하지 않고 화면에 빨려들어 가고 있는 정화는 소리치며 갈채하고 싶은 충동을 여러 번 눌렀다.

* * *

무의식중에 말이 나온 것을 기석은 아차! 하고 스스로 놀랐다. 비교하는데 진오를 끄집어내는 것은 속을 드러내는 것이다. 실수를 깨닫자, 정서가 어떻게 나오나 긴장하며, 또 당황하는 것은 그녀가 알아차릴까 해서 그는 담배에 불을 켜대고, 한 모금 천천히 빨았다.

* * *

정서는 차분하게 자른다. 정서는 분명 이상하다. 오늘 만났을 때부터 기석은 그것을 느꼈다. 왜 그럴까 알고 싶기도 하고 한편 두렵기도 하다.

그러나 기왕 정서가 열전의 불길을 터뜨렸으니까 거기에 말려드는 것도 좋을지도 몰랐다. 도대체 열전이 일어나서 무아중으로 속을 털어 내어야지, 그렇지 않으면 현대인은 모두가 기만 속에서 살고 있는 것이니까. 기석은 생각하며, 딴 사람들은, 아니 나 자신도 반드시 그렇지 않을지도 모르지 하고, 또 생각해 본다.

* * *

진오는 알고 있어. 내가 불어서 그렇게 된 것을 알고 있는 거다. 너만 공연히 혼자서 고민할 건 없잖아? 가서 말해. 용서를 빌어. 아니 왜? 나는 죄가 없다. 나는 그의 이름을 대지는 않았다. 옳지 옳아, 때린 것은 빨갱이들이고, 너는 절대로 그의 이름을 대지는 않았어. 그것은 누구도 부정 못할 사실이다. 그러나 너는 같은 값이면 남태준보다는, 양효석보다는, 또 이기민보다는 엄진오, 그 엄진오를 대로 싶었다. 그랬다고 말해, 아주 털어버리라구, 그것이 편할 거야. 설사 그렇지 않았다 하더라도 그렇다고 하는 편이 나을 거다. 네 마음속에 진오에 대한 질투라도 좋다. 증오라도 좋다. 또 그것을 사랑 때문이라고도 해두자. 그 모든 것을 잠재의식이라 해도 좋다. 그런 의식은 없었다고 네가 펄쩍 뛰는 명목으로 필요 이상으로 경제적으로 도와온 것을 네가 그에 대한 속죄행위였다고 하지 말자. 그러나 작년 겨울 네가 대학 2학년 때부터 아프도록 사랑하던 여자를 왜 네 것으로 만들지 못했던가? 그 한 번으로 너의 성이 영영 다시는 타지 못할 만큼 불붙던 것을 왜 무참히도 깨뭉갰을까? 너의 뇌리에 떠올랐기 때문이다! 그러니까 역시 '나는 진오의 다리를 모릅니다!'고 하는 편이 속편할 것이다.

(풀잎, 1999)

□한무숙 「만남」

그 서찰을 어른들이 감격에 떨면서 되읽고 있는 동안 웃목에 꿇어앉아 있던 하상은 형용할 수 없는 외로움과 부끄러움에 사무쳐 참담한 마음에 잠겨 가고 있었다. 그 서찰을 몸에 지니고 가면서 어느 글씨 한 자 읽을 수 없는 자신의 무식이 새삼 한심스러웠다.

* * *

하상은 잠시 길이 자꾸만 지연되는 데 대한 초조함과 곤혹을 잊었다. 젓가락같이 여윈 손이 잔디를 뜯으며 몸부림치는 모습이 너무나 애처로워 눈시울이 뜨거워 오는 것이었다.

* * *

동섬은 약종의 피체 소식을 듣고 오랜 묵상에 잠겼다. 자기의 운명도 바람 앞에 놓인 등잔불이나 진배없지만 모든 것을 각오한 약종이 고향의 육친 친지에서 작별을 고하고, 뒤에 남게 될 가련한 가족을 의탁하고자 귀향했었으리라는 짐작도 가서 그의 마음은 아팠다. 아우들 때문에 시달리고 있기도 하였지만 백씨 약현의 태도는 너무도 무정하고 냉랭하던 것을 그는 알고 있었던 것이다.

* * *

다산은 말을 마치고 제자들을 둘러보았다. 모두 진지한 얼굴로 긴장하고 말없이 스승의 얼굴만 지켜보고 있었다. 감히 조대할 용기가 없는 것이다. 다산은 약간의 환멸을 느낀다. 두 아들에게처럼 절실하고 초조롭기까지는 않았지만 어딘지 서운하다. 선중형 약전의 아들 학초를 자신의 학문을 이어갈 후계로 알았었는데, 아깝게 요절하였으니 심혈을 기울인

저서인들 제대로 챙겨 후세에 전해 줄 인물이 있기나 한지? 허무하고 안타깝다.

□한수산 「모든 것에 이별을」

잠시 나는 송수화기를 든 채 멍하니 창문을 가리며 내려진 커튼을 바라보았다. 밖은 바다다. 어젯밤 그 망망하게 펼쳐진 바다에는 고깃배의 불빛이 오갔었다. 오혜련. 오. 혜. 련. 수없이 많은 바늘이 다가와 나를 찔러대듯이 온몸이 떨려오는 것 같았다. 입술을 깨물며 침대에서 몸을 일으키는 나를 송수화기에서 경미가 불러대고 있었다.

* * *

대문 창살에 꽂힌 편지를 뽑았다. 덜컥 가슴이 내려앉았고, 순간 보이지 않는 손이 자신의 따귀를 치고 지나간 것 같았다.

* * *

문 꼭꼭 걸어 잠그고 한번 피워봐야지. 거울을 보면서도 피워봐야지. 아주 그럴듯하게. 뭔가 그럴듯하게. 지치고, 너무 너무 괴롭고, 안타깝고, 이 세상에서 기다릴 것은 아무것도 없고, 지금 마악 먼 어딘가에서 배를 타고 돌아온 여인 같은 그런 모습으로 피워봐야지. 여인, 그래 맞아. 여인같이. 이럴 때 쓰는 여인이란 말은 참 너무도 그럴듯하다.

(삼진기획, 1997)

□한수산 「모래 위의 집」

경혜는 눈을 떴다. 대합실 같다. 천장이 드높은 대합실 같다. 어디에선가 웅웅거리며 끊임없이 열차시간을 알리는 아나운스먼트가 들린다. 눈을 감는다. 눈꺼풀의 무게 위로 대합실의 천장이 내려와 앉는다. 웅웅거리는 소리는 여전하다.

* * *

의사의 가운에 튀어 있던 몇 방울의 피. 껌을 좀 뱉지 그래. 줄줄거리는 수돗물 소리. 길다란 2개의 형광등이 매달린 천장이 점점 아래로 내려왔다간 올라갔다. 경혜는 그 커다란 형광등이 자신의 배 위로 떨어질 것 같아서 조금 몸을 움직여 보았다.

* * *

자유. 이상한 자유. 절대의 무력감이 가져다주는 해방감. 고치 속의 번데기가 눈을 뜨듯이 희디흰 천장을 바라보았었다. 드높은 천장은 대합실 같았다. 불을 찾아 날아드는 나방이 타죽어 가면서도 나방이는 불로 기어든다. 그것은 죽음이 아닌지도 모른다. 해방감. 또다른 자유. 절대의 구속이 가지는 절대의 자유. 번데기처럼 고치 속에, 침대 속에 누워 있었다.

(동아출판사, 1995)

□한승원 「사랑」

그의 속에서는 자꾸만 아프게 금속성을 내면서 바스락거리는 가랑잎들이 깔려 있었고, 찬바람들이 들솟고 있었다. 해온 일들에 대한 회의와 검은 그을음 같은 허무가 그의 내부를 황막하게 만들고 있었다. 한 장구름처럼 떠돌고 싶었다.

* * *

우리들의 사랑 같은, 너와 야몽이의 영혼 같은 비릿하면서 시금하고 떫떫하면서 달키한 그 꽃즙을 삼켰다. 내 뱃속에 너와 야몽이의 체액이 들어가 휘돌았다. 그러자 더욱 미칠 것같이 너와 야몽이가 그리워졌다. 아, 아아, 대관절 누가 우리를 이렇게 떼어놓고 있는 것이냐? 나는 미친 개처럼, 산꼭대기에 걸려 있는 눈 시리게 짙푸른, 나한테 매번 두들겨 맞아서 퍼렇게 멍이 든 하늘을 향해 울부짖었다. 영춘아, 나는 이 세상에서 오직 너의 남편일 뿐이다. 나의 자식은 야몽이 하나뿐이다. 내 몸뚱이 내 영혼, 모두모두 산산이 부서져서 너의 방안으로 스며들어가고 싶다. 네가 숨쉬는 공기방울 속으로 햇살이 되고, 너의 새벽을 밝히는 옥색의 물빛이 되고, 너의 처마 끝에서 우는 참새소리가 되고, 너의 눈앞에서 날아다니는 배추흰나비 한 마리가 되고, 너의 발부리에 채이는 돌멩이 끝에서 몸을 떨고 싶다. 나는 너의 어머니 아버지의 영원한 사위다. 이 세상의 근원인 우리 야몽이의 오늘 밤 꿈속으로 헤엄쳐가고 싶다. 슬로우 비디오로 재생시킨 흐릿한 허공 속의 유영처럼……

* * *

그 여자의 말이 그의 정수리와 등줄기에 찬물을 끼얹고 있었다. 온몸 구비구비에 얼음같이 차가운 기운이 퍼지고 있었다. 닭살 같은 소름이 돋았다.

(문이당, 2000)

□허근욱 「내가 설 땅은 어디냐」

갑자기 나는 가슴이 두근거렸다. 형용하기 어려운 인생에 대한 어려움이 나를 엄습해 왔다. 순간적으로 결혼이라는 굴레를 벗어던지고 어디론가 달아나 버리고 싶은 충동을 느꼈다. 나는 굳어진 듯이 꼼짝도 않고 의자에 앉아 있었다.

* * *

어둠이 점점 짙어오고 있다. 등잔의 심지는 줄어들 적마다 타닥타닥 소리를 내며 타올랐다. 그럴 때마다 방안을 환하게 밝혀 주다가 바로 불꽃이 죽어 가면서 다시 어둠침침해졌다. 밀물처럼 밀려오는 피로에 그와 나는 거적을 깐 방바닥에 누워 버렸다. 나는 눈을 뜨고 어둠만을 지켜보고 있었다. 불안과 초조를 삼키는 초가을 밤의 어둠이 무겁게 찾아들고 있었다.

(인문당, 1992)

□홍성암 「가족」

작은방씨는 차츰 마음이 초조해지기 시작했다. 어떤 검은 손이 그의 재산을 노려서 점점 다가오는 느낌이기도 했다. 차라리 아버지가 예전처럼 다시 누워 주기를 바라는 심정이 되기도 했다. 순자가 아버지의 정부가 아니라 정식으로 아내가 되어 호적에 이름까지 올려지는 경우만은 어떻게든 막아야겠다고 생각했다. 그러나 그것은 마음뿐이고 뾰족한 방법이 생각나지 않았다.

* * *

그러나 나는 쉽게 잠들지 못했다. 코피가 조금도 멈추지 않아서 제대로 누울 수도 없었지만 몸의 떨림 때문에 도무지 잠을 이룰 수 없었다. 마치 몸의 중력이 소실된 것처럼 몸의 여러 기관이 제멋대로 경련을 일으켰다. 몸 전체가 팽창해서 제각기 분해되어 버릴 것 같기도 했다. 근육은 근육대로 내장은 내장대로 제각기 허공에 매달려서 건들거리는 느낌이었다.

(새로운 사람들, 1999)

□홍성암 「어떤 귀향」

그는 자신도 모르게 자살할 장소와 방법을 물색하고 있었다. 깎아지른 산벼랑이나, 높은 건물의 옥상, 수면제, 단단한 로프…… 이런 것들이 그를 유혹하곤 했다. 불면증과 우울증…… 그런 것으로 하여 그는 늘 불안하고 초조했다. 죽음의 그림자들이 그의 주변에서 서성거렸다. 죽자. 죽어버리자. 산다는 게 별건가. 조금 더 살아보았자 달라질 것은 아무것도 없다. 세상도 우주도 달라지지 않는다. 나의 존재란 것이 별건가. 이 광대한 우주에서는 누구든 무엇이든 하나의 티끌일 뿐이었다.

* * *

세상에서 흔적도 없이 사라지고 싶은 것이다. 싸움도, 술도, 도박도, 시들해진 다음에 슬며시 다가온 것이 자살에 대한 유혹이었다. 그것은 무지개처럼 찬란하고 별처럼 반짝이는 종류였다. 이 세상에서 감쪽같이 사라진다는 것에 대한 강렬한 욕망이 그를 떨게 했다. 백 척 낭떠러지로 뛰어내리는 것이다. 그리하여 몸이 가루가 되고 혼령이 산산이 흩어져 버린다면 그때는 무엇이 남을 것인가? 아무것도 남지 않는다면 그것으로 끝일뿐이었다. 누구에게나 결국 끝이 있게 마련이고 그게 남들과 다른 방법으로 이루어진다고 해서 이상할 것은 없었다.

(새로운사람들, 1997)

□황석영 「열애」

바위들은 이런 꽃들 외에도 귀여운 짐승들을 기르고 있었다. 그것들은 모두 우리의 친구가 되었다. 그들도 우리가 자기네 적이 아니라는 것을 알고 있었다. 우리와의 이러한 관계로 해서 바위는 우리만의 것이 되어 정다운 자세로 내려다보고 있었다.

우리가 산을 등지고 떠날 때면, 그동안 우리와 싸웠던 모든 일들을 우리들은 뭔가 뒤에 두고 오는 것 같은 간지러운 안달을 느꼈다. 우리는 거기 비밀을 두고 돌아오는 것이니까.

그런데 사람들은 산을 그저 올려다보는 것만으로 만족해했다. 그것은 피와 살을 가지고 있지 않은 산이며, 그림엽서나 사진 같은 창조가 없는 산이었다. 모든 사랑은 밖에서 바라보는 것이 아니고, 그 속으로 파고들어가서 직접 그것과 갈등을 불러일으키는 행동에서부터 출발한다는 것을 차츰 알게 되었다. 그러면 사람들은 간혹 자기와 의지로써 싸우던 어떤 대상물에게 깊은 애착을 느끼고 있는 것은 웬일일까. 그것은 사람들이 무의식적으로 자기들의 집념을 몹시 사랑하고 있었던 때문이 아닌가.

지금은 내가 나만의 세계를 만들기 위하여 싸우고 있는 시간이다.

눈에 보이는 세계가 아닌, 가슴 깊숙한 곳 어디선가 들려오는 내 목소리에 귀를 기울이는 시간인 것이다. 그런데 가끔 친구들의 시끄러운 소리가 이런 외로운 시간 위에 던져진 나를 깨우쳐 주고, 내가 자유스러운 것과 나밖에는 믿을 곳이 없다는 불안감을 느끼게 했다.

다음엔, 자꾸 초조해지는 것이었다. 외계에서 들려온 소리들은 자신을 깨닫게 하고, 그러면 움직여야 한다던 마음이 약해질까 두려웠다. 내게는 자신을 잊을 정도의 강렬한 몸짓만이 평온한 마음을 가져다주는 것이었다.

(나남, 1988)

□황순원 「인간접목」

종호는 잠시 그 애의 뒷모습을 바라보며 서 있었다. 알지 못할 따뜻한 감촉이 목줄기를 째릿하게 하는 것이었다. 지금 이 애들은 때가 낀 거울과 마찬가지인 것이다. 닦기만 하면 안쪽은 성한 거울알인 것이다. 정 교수 말이 떠올랐다. 모성애란 별것 아니다. 친히 궂은 것을 주무르고 매만지는 데서 생기는 것이다. 그러나 그 말은 쉬워도 실천에 옮기기란 여간 힘든 일이 아닐 것이었다. 거울에 낀 때에 따라서는 좀처럼 닦아서 지워지지 않는 수도 있는 것이다. 인내가 필요하다. 종호는 무언가 자신에게 다지는 실정이 되면서 사무실 쪽으로 걸음을 옮겼다.

(신원문화사, 1995)

□황순원 「일월」

인철이 사진을 받아들었다. 그리고 무심코 사진에 눈을 주는 순간이었다. 무엇인가 가슴에 확 안겨지는 듯한 감정에 사로잡혔다. 동그마한 얼굴에 조용히 감고 있는 눈. 물론 아는 사람도 아니요, 어디서 본 듯한 얼굴도 아니었다. 그런데, 대체 자기 가슴에 확 안겨지면서 온몸의 피를 더웁게 해주는 것은 무엇일까. 사진을 탁자에 내려놓았다.

* * *

다혜가 이쪽 얼굴을 빤히 건너다보았다. 얼마동안 사이를 두고 만날 때면 이렇게 바라보는 게 그네의 한 버릇처럼 돼 있었다. 그 맑고 가라앉은 시선 속에 감싸일 적마다 인철은 어떤 안도감과 함께 어딘가 불안감을 느끼곤 하는 것이다. 동갑이건만 그네는 언제나 누이가 남동생을 바라보는 눈길인 것이다.

* * *

남준걸은 눈을 다시 감았다. 그 무언가 범할 수 없는 인주의 눈빛을 떠올리며 앞으로 어떻게 변모해갈 것인가를 생각해 보았다. 그리고 그 변모를 그네는 어떻게 받아들이고 처리해 나갈 것인가를. 그러한 그네의 앞길에 남준걸 자기가 관여돼 있을 것만 같은 예감이 들었다. 아껴줘야지. 이것은 지금까지 남준걸이 어떤 여성에게도 품어 보지 못했던 감정이었다.

* * *

인철이 창밖으로 고개를 돌렸다. 그리고는 뜰에 서 있는 나무로 눈을 주었다. 때때로 피로한 머리를 쉬기 위한 요즘의 버릇이었다. 한 나무 꼭대기 부근에 끊어진 나팔꽃줄기가 노랗게 말라 걸려 있었다. 문득문득 그 비바람 치던 날 검은 아스팔트 위에 달라붙은 플라타너스 잎들이 나무에 달려 있었을 때보다도 더 생생한 빛을 띠고 있었던 것이 눈앞에 떠오르곤 했다. 그러나 인철은 앞으로 자기가 그와 같은 장면을 또다시 볼 수 있다 하더라도 그때와 똑같은 감정으로 그것이 보여지지는 않을 것이라는 생각이 뒤따름을 어쩌지 못했다.

* * *

한결같이 억양이 없는 말이요 표정 없는 낯빛이기는 했으나 인철은 그 말과 표정에서 지금까지와는 색다른 것이 감득되어 왔다. 무어라고 했으면 좋을까 겉으로 보기엔 메마른 바위면서도 무심결에 손을 대어 보면 손바닥에 은근히 감촉되는 습기와도 같은, 가슴속 깊이 굳게 쌓이고 쌓여졌다 어느 틈새론가 스며드는 외로움이라고나 할까.

(학원출판공사, 1992)

□황순원 「카인의 후예」

개털오바청년은 몹시 후회되었다. 농민대회를 시작하기 전에 왜 미리 이런 대열을 만들어 놓지 못했을까. 창의성! 자기네의 사업 진행에는 언제나 이 창의성이 필요하지 않은가. 그걸 발휘 못한 자기는 응당 자기비판을 받아야 한다. 그러자 덜컥 겁까지 났다. 이, 도에서 나온 동무의 보고 여하로 자기의 운명이 결정될 수도 있는 것이다. 새로이 얼굴의 핏기가 걷히는 심사였다. 그러나 자기는 여기서 주저앉아서는 안 된다. 이 과오를 씻기 위해서라도 앞으로 좀더 투쟁 실적을 올려야 하겠다. 그럼 오늘 자기는 이 가락골 마을에 남아, 면내에서 가장 큰 반동 지주들인 박용제와 그 조카 박훈을 숙청하는 데 전력을 다하자.

* * *

탄실이 아버지는 오늘 자기네가 땅을 나눠받는 일이 있더라고 공연히 앞장서서 그러지 않으리라 마음먹었다. 그러다가 창피한 꼴을 당하면 어떡하느냐. 그러나 이런 마음 한구석에서 불안한 생각이 머리를 드는 것이었다. 자기가 웃골 가있는 동안에 동네사람들이 저희끼리만 좋은 땅을 나눠 가지면 어쩌나. 이왕 나눠 받는 바엔 남보다 나쁜 땅을 받아선 안 될텐데? 그러나 만일 이렇게 제 앞차지만 하는 놈이 있으면 당장 이걸로 그놈의 대갈통을! 손에 잡은 쇠스랑 자루를 한번 부드득 그러쥐었다.

* * *

칠성이 아버지는 그냥 잠자코 담배만 빨고 있었다. 그러다가 문득 이런 생각을 해보는 것이었다. 저 부서진 비석들은 고무신과는 다르다. 저건 벌써 비석이 아니고 그저 보통 돌맹인 것이다. 흔히 굴러다니는 돌맹이처럼 누가 주워가도 좋은 것이다. 그렇다면 하나 주워와도 상관없지 않은가. 일어서 밖으로 나갔다. 그 중 제일 큰 비석조각을 하나 집어들었다. 글자가 많이 새겨져 있어 다듬잇돌로는 마땅치 않았다. 반반한 놈을 골라잡아 보면, 그건 또 작아서 마음에 안 들었다.

* * *

코피는 흐르지 않았다. 그저 눈에 눈물이 핑 돎을 느꼈다. 두 손으로 눈을 가렸다. 이상스레 가슴이 후련해지는 심사였다. 그러면서 한편 자기자신의 옹졸됨이 그지없이 부끄러워지는 것이었다. 그건 술기운이 가신 지금에 와서 더했다. 고 꼬딱하구 야시꺼운 심보를 못 버렸어? 오작네가 불쌍하다, 오작네가 불쌍해! 사실 자기는 오작녀 남편이 회창광산에선가 경험했다는 그 술집계집보다 더 얄미운 태도를 오작녀와 오작녀 남편에게 취하고 있는 게 아닐까. 싫으면 싫다, 좋으면 좋다고, 왜 분명한 태도를 취하지 못하는 것일까. 훈은 자기자신의 이 옹졸됨을 모르는 바 아니었다. 그러나 자기자신이 그걸 어쩌지 못한다는 것도 잘 알고 있는 것이었다. 절로, 으흠 하고 비명에 가까운 신음소리가 질러졌다.

* * *

언뜻 분디나뭇집할머니는 정말 잘 죽었는지도 모른다는 생각이 들었다. 그러나 다음 순간 그는, 내가 이래서는 안 되겠다, 무슨 일이 있어도 이 고비만은 무사히 넘겨야 한다고, 저도 모르게 주먹을 그러쥐는 것이었다. 그러는 그의 네모진 턱이 가늘게 떨리었다.

(삼중당, 1990)

성격 묘사 편

□강신재 「절벽」

학생 시절의 경아는 사치스럽고 좀 교만하기도 한 소녀였다. 그는 박현태의 말이 적고 신중한 성품이 어쩐지 미지근히 여겨지는 때도 있었고 가다가는 은근히 자존심을 상하는 일도 있었다.

* * *

무엇에게도 얽매이지 않으려고 날뛰어서, 학교에서도 형의 집에서도 멀어지기만 했고, 완력 때문에 종종 사고도 일으켰다. 다만 상냥하고 다정한 계집아이들이 때때로 그의 맘을 달랠 수 있는 듯하였으나 어쩐 일인지 그는 한 소녀를 오래 사랑하지 않았다.

(계몽사, 1995)

□강신재 「황량한 날의 동화」

한수는 자기가 잠을 자지 못하니까 남이 자는 것을 시기하였다. 갖가지 술책을 써서 깨워 일으키고야 말았다. 딱 하고 날카롭게 파리채로 방바닥을 내려치는 일, 어떤 대는 명순의 귓밥을 때려놓고 모른 체하고 있기도 하였다.

(민음사, 1996)

□계용묵 「백치 아다다」

"아다 어어 어마! 아 아고 어 어마!"
아다다는 떨며 손은 몬다.

그러나 소용이 없다. 한 번 손을 댄 어머니는 그저 죽어 싸다는 듯이 자꾸만 흔들어 댄다. 하니, 그렇지 않아도 가꾸지 못한 텁수룩한 머리는 물결처럼 흔들리며 구름같이 피어나선 헝클어진다.

그래도, 아다다는 그저 빌 뿐이요, 조금도 반항하려고는 않는다. 이런 일은 거의 날마다 지내보는 것이기 때문에 한 대야, 그것은 도리어 매까지 사는 것이 됨을 아는 것이다. 집의 일이 아무리 꼬여 돌아가더라도 나 모르는 체 손 싸매고 들어앉았으면 오히려 이런 봉변을 아니 당할 것이 가만히 앉아 있지는 못했다.

선천적으로 타고난 천치에 가까운 그의 성격은 무엇엔지 힘이 부치는 노력이 있어야 만족을 얻는 듯했다. 시키건, 안 시키건, 헐하나 힘차나 가리는 법이 없이 하여야 될 일로 눈에 띄기만 하면 몸을 아끼는 일이 없이 하는 것이 그였다. 그래서 집안의 모든 고된 일은 실로 아다다가 혼자서 치워놓게 된다.

그러나 어머니는 그것이 반갑지 않았다. 둔한 지혜로 차비 없이 뼈가 부러지도록 몸을 돌보지 않고, 일종 모험에 가까운 짓을 하게 되므로 그 반면에 따르는 실수가 되려 일을 저질러 놓게 되어 그릇 같은 것을 깨쳐 먹는 일은 거의 날마다 있다 하여도 옳을 정도로 있었다.

(어문각, 1970)

□ **계용묵 「심원」**

모을래서 모았던 돈이 아니었고, 또 알뜰히 돈에 목을 매고 살지도 않았다. 돈은 돌고 도는 것이다. 한결같이 사랑문을 열어놓고 오고가는 손님 접대를 잊지 않았고, 공공사업에 기부 같은 것도 기회만 있으면 아낀 적이 없었다. 그리고 만원에 가까운 채권을 포기하여 인근 수백여 빈농으로 하여금 북만주 길을 잊게 한 적도 있다.

이로써 사람들은 자기를 가리켜 법이 없어도 살 사람이라는 믿음의 칭호를 주었거니와, 이것은 결코 명예를 위하여 부러 왔던 사실도 아니었고, 그 명예 속에서 장래의 행복을 찾은 것도 아니었다. 다만 그 명예가 양심의 반증이라고 아는 것이 기꺼웠고, 기꺼우니 그 속에서 행복을 느낄 뿐이었다.

(어문각, 1970)

□계용묵 「최서방」

하나는 그가 본래부터 성질이 착하다는 것이니, 모든 사람들은 정의와 인도를 벗어나 남의 눈을 감언이설로 속이어가며 교활한 수단으로 목숨을 연명하여 가지만, 이러한 비인도적이요 비윤리적인 행동에는 조금도 눈떠보지 않은 그에게는 밥이 생기지 않는다.

(동아출판사, 1995)

□공선옥 「내 생의 알리바이」

아퍼? 도란이는 잠에 취한 와중에도 엄마가 물으니 기어코 대답한다. 아니, 괜찮아요. 나는 괜찮으니 엄마도 주무세요. 아이는 한참 자다가도 엄마가 무얼 물으면 짜증 한 번 내지 않고 기어코 대답한다. 어미를 위하여. 어미 맘 편하게 해 주려고 제 몸의 괴로움을 참고 대답해준다. 나는 괜찮으니 엄마 빨리 주무세요, 라고.

(창작과 비평사, 1998)

□공선옥 「목마른 계절」

그렇다. 이만한 아파트에 살게 된 것도 어딘데 이만한 아파트에 살게 해준 것만도 어딘데 셋방살이 신세 면하게 해준 것만도 어딘데 거기다 대고 소음이 어쩌니, 그것이 도대체 가당키나 한 말인가. 자고로 중이 저 살기 싫으면 절을 떠날 수밖에.

(풀빛, 1995)

□공지영 「고등어」

"약은 먹였소?"

"아까 먹였어요."

"그러길래 애한테 음식을 조심해서 먹여야지!"

명우는 늘어진 아이를 침대 속에 눕히며 날카롭게 말했다.

"그런 말을 할 자격이 있는 사람인가요. 당신이!"

연숙도 지지 않고 날카롭게 뱉었다. 아주 큰 소리였고 지나치게 날카로운 반응이었다. 자리에 선 채로 한때는 식구였던 세 사람을 바라보던 은림과 여경의 눈이 머쓱해졌다.

명우는 명지에게 이불을 덮어 주면서, 자신이 실수를 했다는 걸 그제서야 깨달았다. 연숙은 변하지 않았던 것이다. 아직도 집착이 남아 있었다. 명지를 보러갈 때마다 차갑고 냉랭하게 그를 대해왔지만, 될 수 있으면 그와 마주치기를 원하지 않는다고 연숙과 함께 서점을 경영하는 연숙의 친구가 말했었지만. 그때는 깨닫지 못했었다. 그것 역시 집착의 한 형태라는 걸. 연숙의 친구가 어느 날엔가는 다시 그에게, 그녀가 사실은 그와 결합하고 싶어한다고 말했을 때도 그는 그걸 깨닫지는 못했었다. 헤어진 부부에게 건네는 주위의 의례적인 충고겠거니 생각했던 것이다. 지난번 명지를 데려다주러 갔을 때 뜻밖에도 연숙은 서점에 앉아 있었다. 언제나 명지를 데려다줄 때면 대면을 피하기 위해 내실에 앉아 있는 게 보통이었는데 말이다.

내실로 통하는 커튼을 젖히며 연숙은 차나 한 잔 하고 가지 않겠느냐고 물었다. 난데없는 제의였지만 그는 흔쾌히 그에 응했다. 그가 들어서자 연숙은 아이를 재우고는 그에게 말했었다.

—결혼하자는 남자가 있어요.

그는 결혼을 하기를 바란다고 말했다. 아직 너무 젊고, 그리고 그런 후에는 명지를 자신이 맡았으면 하는 말도 비추었다. 그러자 연숙은 세워 앉은 무릎을 도사리며 갑자기 적의에 찬 시선을 보냈다.

—아이는 안 돼요. 아이를 뺏기느니 차라리 독신으로 늙어 죽겠어요. 난 아이가 원한다면 꼽추하고도 결합할 수 있지만.

연숙은 비장한 어조로 말했다. 그때도 그는 깨닫지 못했었다. 그것은 재결합을 원하는 소리였는데도 그는 전혀 몰랐던 것이다. 헤어진 지 삼년이 지났고 무엇보다 그 자신이 그저 거짓의 사슬에서 풀려났다고 생각했을 뿐 연숙의 심정에 대해서는 헤아려 보지 못한 탓이다.

* * *

은림은 말을 마치고 잠시 두 눈을 허공에 멈추더니 곧 두 손으로 얼굴을 감쌌다. 어깨가 격하게 들먹이고 있었다. 수치심으로 그의 얼굴이 벌겋게 달아올랐다.

이러려고 온 것은 아니었다. 슬픔을 나눌 사람을 찾고 싶었던 거였다. 풀잎 같은 초록색으로 불이 켜진 비상구를 찾고 싶었던 거였다. 하지만 언제나 말은 의도와는 빗나가고 마음이 저쪽에 전달된 때는 이미 나와는 거리가 먼 다른 무엇이 되어 있다. 그는 주머니에 두 손을 찌른다. 바바리 코트 안주머니에 든 흰 봉투가 느껴졌다.

그랬다. 은림이 결코 그의 그런 무작정한 호의를 받지 않을 거라는 걸 그는 이제서야 명확하게, 마치 뇌수를 둘로 쪼개고 그 쪼갠 자리에 그, 렇, 다, 고 써넣은 것처럼 명확하게 그는 깨닫는다. 은림은 코피를 흘린다 해도, 설사 쓰러지는 한이 있더라도 그녀의 말대로 '더러운 부르주아'의 글을 대필해 준 돈은 받지 않을 것이다. 아마도 카운터를 지켜서 번 돈으로 자립을 시도할 것이다. 그랬다 그런 게 은림이었다. 지금처럼 저렇게 달려들 듯 맹렬한 눈빛이 되는 게 그녀였다. 삶 앞에서 고통 앞에서 내일 쓰러지더라도 오늘은 저렇게 따지고 드는 사람.

(웅진출판, 1994)

□공지영 「무소의 뿔처럼 혼자서 가라」

긴 복도 끝에서 누군가가 걸어오고 있었다. 박감독 같았다. 같았다, 라고 느낀 것은 순간적이었지만 그의 걸음걸이가 너무 태평해서 도저히 자살을 시도한 여자의 남편이라고 느껴지지 않았기 때문이었다.

혜완을 발견했을 때 그는 고개를 들었다. 그의 얼굴에는 혜완과 지금 이 자리에서 마주치고 싶지 않다는 거부감이 강했다. 아마도 그럴 거라고 그녀는 생각했다. 대학 선배였던 그를 혜완도 조금은 알고 있었다. 그는 참으로 예의바르고 그리고 신중한 사람이었다. 예를 들어 누군가가 자기가 맡은 일을 서투르게 처리한다면 설사 그것이 자신이라 하더라도 몹시 화를 내는 그런 사람이었다.

(문예마, 1994)

□공지영 「착한 여자」

강현국은 결코 차들이 헤드라이트를 켜고 오르내리는 길거리에서 서서 키스하는 남자가 아니라는 사실을, 그는 남의 시선과 세상의 상식대로 치수가 정해진 자기 자신의 도덕률을 갑옷처럼 걸치고 사는 사람이라는 걸……

(한겨레신문사, 1997)

□구인환 「촛불 결혼식」

웃는 얼굴에 침 뱉을 수 없다고 막 웃음이 터져나올 듯한 아내의 얼굴에 화난 꼴을 보일 수는 없지 않은가. 아내는 재미있다는 듯이 기순을 바라보다가 입을 열었다.

(한샘, 1987)

□구혜영 「칸나의 뜰」

나는 웬일인지 목을 옥죄이는 정장이 싫다. 나는 언제나 간편한 T셔츠, 스웨터, 잠바 등을 애용했다. 그것들이 내게는 어울리고 편한 옷차림이었으며, 그 때문에 나는 언제나 홍씨 가문의 지탄을 받아왔다.

* * *

나는 공분을 느끼며 기염을 토하고 싶었으나, 나는 용기가 없는 사나이다. 나는 그럴 수가 없었다.

* * *

자기는 여기 저기에 여자를 숨겨 놓고 그녀들 뒷바라지에 분망하면서도, 본댁인 젊은 나에게는 황후 같은 대접을 하도록 모든 사람에게 요구하는 그런 남자였다. 하물며 내 어머니 뻘이나 되는 퇴기 출신인 그의 작은댁에게마저 나에게 형님 대접으로, 새해마다 큰절을 올리게 할 정도였다. 그가 다른 여자들을 불가피하게 요구하게 되는 것은 내 미숙한 성기교 때문이라는 것이었다. 내가 그의 애인들처럼 완숙한 기술만 터득한다면, 언제나 그녀들을 헌신짝처럼 버리겠다고 호언 장담을 하는 것이었다.

(카나리아, 1988)

□김동리 「무녀도」

그러므로 자기가 만약 이 따님을 정성껏 섬기지 않으면 큰어머님 되는 용신님의 노염을 살까 두렵노라 하였다.

낭이뿐 아니라, 모화는 보는 사람마다, 너는 나무귀신의 화신이다, 너는 돌귀신의 화신이다 하여, 걸핏하면 칠성에 가 빌라는 둥 용왕께 가 빌라는 둥 했다.

모화는 사람을 볼 때마다 늘 수줍은 듯 어깨를 비틀며 절을 했다. 어린애를 보고도 부들부들 떨며 두려워했다. 때로는 개나 돼지에게도 아양을 부렸다.

그녀의 눈에는 때때로 모든 것이 귀신으로만 비친다는 것이었다. 그것은 사람뿐 아니라, 돼지, 고양이, 개구리, 지렁이, 고기, 나비, 감나무, 살구나무, 부지깽이, 항아리, 섬돌, 짚신, 대추나무 가지, 제비, 구름, 바람, 불, 밤, 연, 바가지, 다래끼, 솥, 숟가락, 호롱불…… 이러한 모든 것이 그녀와 서로 보고, 부르고, 말하고, 미워하고, 시기하고, 성내고 할 수 있는 이웃사람같이 생각되곤 했다. 그리하여 그 모든 것을 님이라 불렀다.

(중앙, 1936)

□ 김동리 「사반의 십자가」

그녀는 모든 것을 체념한 사람처럼 별로 불평하는 빛도 보이지 않고 하닷이 시키는 대로 그 음험한 동굴 속에서 하루하루를 참아 가는 것이었다. 햇빛을 제대로 못 보는 것은 말할 나위도 없다. 방이라고는 몸을 담고 있는 곳이 동굴 속에서도 다시 석벽을 뚫어서 만든 석실에 지나지 않는 것이다. 게다가 하루 두 번씩 간단히 치르는 끼니란 것도 대개는 불도 피우지 않은 채 마른 빵 조각과 마른 포도를 몇 개 씹는 것으로 때워지기 일수다. 말하자면 세상을 버리고 나선 수도사나 고행자가 아니고는 감히 견딜 수 없는 괴롭고 힘든 생활이었다. 그것을 먼저 티끌 한 점 없이 환하게 생긴 어여쁜 처녀가 말없이 고분히 겪고 있는 것이다. 과연 그 아버지에 그 딸이라 할 수밖에 없었다.

* * *

맏아들이 치러야 할 의무와 함께 큰아들이 차지해야 할 권리와 신뢰도 그는 충분히 차지하고 있었다. 본디 의협심이 강하고 개방적인 성격이어서 자기 일보다 남의 치다꺼리를 즐겨하는 그는 이렇게 의지할 곳 없는 처가 식구들 돌보는 것을 조금도 부담으로 여기지 않았다.

* * *

세상에서 누구보다 현명하다고 자처하는 그였으나 이렇게 한번 겁에 질리게 되자 반편이와도 같이 사리를 판단하지 못하고 고지식하게만 되는 것이 그의 성격이었다. 어떠한 경우든지 자기의 생명을 잃어서는 안 된다고 생각하는 것이 그의 신념이기도 했던 것이다.

(민음사, 1995)

□ 김동리 「자매」

금순이를 화장에 부치고 돌아온 날부터 영수와 옥순이가 둘이서만 그 방에서 잤다.

나는 혼자 속으로 저것들이 또 어떻게 되나 하고 지켜보았더니, 옥순이도 이번에는 의외로 영수를 미워한다거나 욕질을 한다거나 하지 않고 조용하게 지냈다. 뿐만 아니라 옥순이는 마누라에게 와서, 영수가 돈도 잘 벌고, 마음씨도 여간 얌전하지 않다고 도리어 자랑질을 한다는 것이다.

"그래 뭐랬소?" 하고 물으니까 마누라는 또 히쭉 웃으며

"뭐라긴 뭐라겠소? 살라고 했지"

했다. 마누라의 설명에 의하면 영수와 옥순이는 금순이가 죽은 지 며칠 되지 않았을 때부터 이미 그렇게 되어 있었다는 것이다. 옥순이는 금순이보다 성격이 걱실걱실하고 그렇게 세심하지 않기 때문에 그러한 행동이 이내 자기의 눈에 띄었다는 것이다. 그래, 사실은 옥순이가 이렇게 빨리 영수와의 결혼을 자기에게 상의해 온 것도, 자기가 이미 그런 눈치를 알고 있기 때문에 그러는 것이라고 하며, 그동안 옥순이와 영수가 그렇게 노는 것을 자기가 직접 듣고 본 것만 해도 한두 번이 아니라고 하였다.

(민음사, 1995)

□ 김동인 「감자」

복녀는, 원래 가난은 하나마 정직한 농가에서 규칙 있게 자라난 처녀

였었다. 이전 선지의 엄한 규율은 농민으로 떨어지자부터 없어졌다하나, 그러나 어딘지는 모르지만 딴 농민보다는 좀 똑똑하고 엄한 가율이 그의 집에 그냥 남아 있었다. 그 가운데서 자라난 복녀는 물론 다른 집 처녀들과 같이 여름에는 벌거벗고 개울에 떡 감고, 바짓바람으로 동리를 돌아다니는 것을 예사로 알기는 알았지만, 그러나 그의 마음속에는 막연하나마 도덕이라는 것에 대한 저품을 가지고 있다.

… (중략) …

그의 새서방(영감이라는 편이 적당할까)이라는 사람은 그보다 이십 년이나 위로서, 원래 아버지의 시대에는 상당한 농군으로서 밭도 몇 마지기가 있었으나, 그의 대로 내려오면서는 하나 둘 줄기 시작하여서 마지막에 복녀를 산 팔십 원이 그의 마지막 재산이었다. 그는 극도로 게으른 사람이었었다. 동리 노인들의 주선으로 소작 밭깨나 얻어 주면, 종자만 뿌려둔 뒤에는 후리질도 안 하고 김도 안 매고 그냥 내버려두었다가는, 가을에 가서는 되는 대로 거두어서 '금년은 흉년이네' 하고 전주집에는 가져도 안 가고 자기 혼자 먹어 버리고 하였다. 그러니까 한 밭을 이태를 연하여 부쳐 본 일이 없었다. 이리하여 몇 해를 지내는 동안 그는 그 동리에서는 밭을 못 얻으리 만큼 인심을 잃고 말았다.

*　*　*

복녀의 도덕관 내지 인생관은 그때부터 변하였다.

그는 아직껏 딴 사내와 관계를 한다는 것을 생각하여 본 일도 없었다. 그것은 사람의 일이 아니요, 짐승의 하는 짓쯤으로만 알고 있었다. 혹은 그런 일을 하면 탁 죽어지는지도 모를 일로 알았다.

그러나 이런 이상한 일이 어디 다시 있을까. 사람인 자기도 그런 일을 한 것을 보면, 그것은 결코 사람으로 못할 일이 아니었었다. 게다가 일

안 하고도 돈 더 받고, 긴장된 유쾌가 있고, 빌어먹는 것보다 점잖고……
일본말로 하자면, '삼박자(三拍子)'가 갖춘 좋은 일은 이것뿐이었다. 이것
이야말로 삶의 비결이 아닐까. 뿐만 아니라, 이 일이 있은 뒤부터 그는
처음으로 한 개 사람이 된 것 같은 자신까지 얻었다.

그 뒤로부터는, 그의 얼굴에는 조금씩 분도 발리게 되었다.

일 년이 지났다.

그의 처세의 비결은 더욱더 순탄히 진척되었다. 그의 부처는 이제는
그리 궁하게 지내지는 않게 되었다.

그의 남편은, 이것이 결국은 좋은 일이라는 듯이 아랫목에 누워서 벌
씬벌씬 웃고 있었다.

복녀의 얼굴은 더욱 이뻐졌다.

(어문각, 1970)

□김동인 「배따라기」

그러나 그가 그의 집 방안에 들어선 때에는 뜻도 안 하였던 광경이
그의 눈앞에 벌이었다.

방 가운데는 떡상이 있고, 그의 아우는 수건이 벗어져서 목뒤로 늘어
지고 저고리 고름이 모두 풀어져 가지고 한편 모퉁이에 서 있고, 안해도
머리채가 모두 뒤로 늘어지고 치마가 배꼽 아래 늘어지도록 되어 있으
며, 그의 안해와 아우는 그를 보고 어찌할 줄을 모르는 듯이 움직도 안
하고 서 있었다.

세 사람은 한참 동안 어이가 없어서 서 있었다. 좀 있다가 그의 아우
가 겨우 말했다.

"그놈의 쥐 어디 갔니?"

"흥! 쥐? 훌륭한 쥐 잡댔다."

그는 말을 끝내지 않고 짐을 벗어버리고 뛰어가서 아우의 멱살을 그러쥐었다. … (중략) …

"쌍년 죽얼! 물에래두 빠져 죽얼!"

그는 실컷 때린 뒤에 안해도 아우도 같이 등을 밀어 내어쫓았다. 그 뒤에 그의 등으로

"고기 배때기에 장사해라!"

토하였다.

(『창조』, 1921)

□ 김만옥 「시각 유희」

그녀의 치부를 모두 보아버린 치과의사는 그녀의 의식 속에서 마땅히 죽어야만 했다. "내 이를 치료한 의사는 모조리 죽었으면 좋겠어" 하던 것이 급기야는 "죽어야 해"가 되었다.

치부를 보이기로는 산부인과 의사도 마찬가지이고, 오히려 그쪽이 더하다고 해야 옳을지도 모른다. 그러나 그녀는 산부인과 의사에게는 관대한 편이었다. 그녀의 말로는 치부를 보일 때 산부인과 의사와는 눈을 마주칠 필요가 없기 때문이라지만 기실 결정적인 이유는 딴 데 있었다.

사람마다 부끄러워하는 부위가 따로 있는 것일까? 그녀는 제 말마따나 남들이 부끄러워하거나 주눅드는 일에서는 뻔뻔하다 할 정도로 얼굴색 하나 변하지 않으면서 엉뚱한 데서 부끄러움을 타곤 했다.

그녀가 대학생일 때 치과대학에서 그 학교 학생에게는 무료로 스케일링을 해준 적이 있었다. 여학생 친구들이 치과대학엘 다녀와서는 저마다 이를 드러내 보이며 자랑을 했는데 그녀는 누가 당장 저를 치과대학으로

끌고 가기나 하는 것처럼 더욱 이를 앙다물면서 자리를 피했던 것이다.

(창비사, 1987)

□ 김만옥 「아버지의 작고 검은 손금고」

훈목이 그의 아파트에 도착했을 때는 저녁 여덟 시가 넘어 있었다. 그는 저녁밥 먹는 것도 미루고 집안에 들어서자마자 그의 아내에게 아버지의 손금고를 꺼내라고 했다. 여기저기 까만 칠이 벗겨져 무쇠 바탕이 노출된 작은 손금고를.

"뚱딴지같이 집에 들어오자마자 그 고물을 왜 찾아요? 버린 지가 언젠데."

훈목은 버렸다는 말을 듣자 속으로 안도의 숨을 쉬었다.

드디어 해방된 거야. 볼 필요도 없어졌어. 마쓰모토의 망령과는 완전히 손 끊은 거야. 헛되 욕망과 비열한 과오와도 손 끊은 거야. 모든 더러운 것을 깨끗이 청산한 거야. 속으로 그랬으면서도 훈목은 버럭 소리를 질렀다. 아내를 공격할 좋은 기회를 놓칠 리가 없었다. 그의 아내를 조롱하고 그럼으로써 그 자신까지도 함께 마음껏 조롱하고 싶어졌던 것이다.

… (중략) …

입을 삐죽이며 그렇게 말했지만 그의 아내는 뭔가 심상치 않은 실수를 저질렀다는 생각을 했는지 얼굴은 이미 일그러질 대로 일그러져 있었다.

(조선일보사, 1990)

□ 김만옥 「통풍(通風)」

"꺼!"

"돌려!"

그의 어조는 그 어느 때보다도 강하고 위압적인 것이었다.

"아니, 왜 그래요? 당신도 이북 출신이잖아요. 혹시 친척이라도 만나게 될지 좀 보시지 않고."

머쓱해져서 우물거리고 있는 자희를 젖히고 참을 수 없다는 듯이 응서가 채널을 돌려버렸다. 몹시 화가 날 때의 그의 버릇대로 다시는 말을 하지 않을 사람처럼 굳게 입을 다문 채.

그런 경우 그 자신의 입으로는 절대로 자기감정을 설명하는 법이 없는 줄 잘 알므로 자희는 갑자기 바뀌어진 화면에서 춤추며 노래하는 여인을 멍청히 보며 제 남편의 심중을 짐작해볼 수밖에 없었던 것이다.

(창비사, 1998)

□김문수 「가지 않은 길」

강정길은 아무런 걱정거리도 없는 사람처럼 밝고 큰 소리로 웃었다. 사실 그는 자신의 불행을 숨겨두고 내색치 않는 점에 대해서는 누구에게도 뒤지지 않았다. 그렇다고 성격 자체까지 내숭스러운 것은 아니었다. 오히려 누구보다도 솔직한 데가 있었다. 그렇듯 속에 담아두고 있는 성격이 아니기 때문에 여러 면에서 득보다는 실이 많은 편이었다.

* * *

원래 태화탕이란 말이 있는데 싱겁고 뼈 없이 좋은 사람을 조롱하여 일컫는다는 것, 자기의 키가 큰 데다 남에게 모난 말을 못하는 성격이라 동료나 후배 기자들이 자기를 '싱겁고 뼈 없이 좋은 사람'으로 잘못 알고 붙여준 별명이 '태화당'이었다는 것, 어쩌다 이름까지 태화여서 자기가 즐기는 술이 태화탕이 됐고 또 좋아하는 안주가 홍어찜이어서 그것도 신문사 사람들 사이에선 태화찜으로 통하게 됐다는 것 등이었다.

* * *

　장태화의 웃음은 한층 더 유쾌해졌다. 그는 그 웃음을 따라 웃으며 태화당이라는 말이 그의 성격에 걸맞는 별명이라고 생각했다. 그야말로 싱겁고 뼈없이 좋은 사람이라는 생각이었다.

(좋은날, 1999)

□김민숙 「송영달의 정처」

　월간지 〈신태양〉의 주간인 이준호에게는 마감이 지나고 책이 공장에서 쏟아져 나오는 월말께가 제일 한가한 때다. 이때쯤이면 그는 언제나 서랍정리를 한다. 이준호의 서랍정리벽은 편집부에서 소문나 있을 정도로 유별나다. 어느 외진 시골의 면장이라면 어울릴 좀 촌스러운 얼굴에다 꾀죄죄하다 싶을 정도의 허술한 옷차림이라 언뜻 보기엔 서랍정리 따위는 평생 가야 한 번도 제대로 할 것 같지 않은데 그게 천만의 말씀인 것이다. 그가 대충 헐렁헐렁해 보이는 것은 생김새와 옷차림 그리고 넉살좋은 말솜씨에서뿐이고 다른 면에서 보이는 청결벽은 좀 심하다 싶을 정도여서 사람을 놀래키는 것이다. 그는 하루에 한 번은 꼭 목욕탕에 가야 직성이 풀리는 모양이었고, 식당에서 음식을 먹을 때는 지저분한 데에 대해선 과민 반응을 일으켰고, 한 달에 한 번의 대청소 외에도 평시에 언제나 서랍을 정리해두고 있었다. 처음 편집부에 들어온 기자들은 으레 그의 용모나 허술한 옷차림, 짓궂다 싶을 만큼 걸쩍한 말솜씨에 제각기 멋대로 속단을 내렸다가 어느 때 그의 서랍 속을 보게 되면 모두들 비명을 지르는 것이다.

　"어머, 주간님 서랍 속이 어쩌면 이렇게 깨끗해요? 세상에 성냥갑까지 줄을 섰네. 소름끼쳐요."

원고지. 메모지. 수첩. 노트. 볼펜 따위는 물론 술집이며 다방에서 가져온 작은 성냥갑까지 모로 세워져서 가지런히 줄 세워진 걸 보면 찬탄을 지나쳐서 뜻밖의 이면을 보는 것 같아 모두들 소름이 끼친다는 것이다. 어쨌든 서랍 속이 지저분한 걸 머릿속 지저분한 것 이상으로 참기 어려워하는 이준호는 오늘 또 그 예의 서랍 대청소를 시작했다. 평시에는 자주 여는 서랍 속의 정리 정돈이지만 대청소 때는 별로 필요치 않은 물건을 버리는 일이 중요 업무다. 그럴 때 그는 곧잘 자신이 잘 사용하지 않는 만년필이나 볼펜, 수첩 따위는 물론 외지에서 아이디어를 빌기 위해 오려놓은 자료까지 기자들에게 넘겨주곤 한다. 그리고는 거의 텅 비다시피 깨끗해진 서랍 속을 들여다보며 시원해 하는 것이다.

(책세상, 1988)

□ 김성한 「왕건」

서울 구경도 시켜준다는 바람에 생각할 것도 없이 가겠다고 나섰다. 잔소리가 나올 것이 뻔 하기에 가족들에게는 알리지도 않았다.

떠나는 날 아침 봇짐을 걸머지고 신발 끈을 매는데 아버지가 툇마루에 나서 어디 가느냐고 물었다. 병정 간다고 한마디 내뱉고 돌아서는데 욕설이 뒤따랐다.

"니 같은 건달 자슥은 병정이 알맞다. 그렇다구 칵 뒈지지는 말거레이!"

(행림, 1999)

□ 김영래 「숲의 왕」

그의 성격은 활달했다. 세상일 어느 것도 자기와 무관한 것은 없다고 생각했다. 그는 망치와 드라이버를 들고 우주를 해부하기로 결심한 아이처럼 산과 들을 헤집고 다녔다. 그의 하루하루는 끊임없는 발견과 탐험과 폭발의 연속이었다.

(문학동네, 2000)

□김유정 「가을」

복만이는 뭐 남의 꾐에 떨어지거나 할 놈이 아니다. 나와 저의 비록 격장에 살고 숨허물 없이 지내는 이런 터이지만 한 번도 저의 속을 터 말해 본 적이 없다. 하기야 나뿐랴, 어느 동무고간 무슨 말을 좀 묻는다면 잘해야 세 마디쯤 대답하고 마는 그놈이다. 이렇게 귀찮은 얼굴에 내천자를 그리고 세상이 늘 마땅치 않은 놈이다. 오죽하여 요전에는 즈 아내가 우리에게 와서 울며 하소연을 다 하였으랴.

(어문각, 1970)

□김유정 「동백꽃」

고놈의 계집애가 요새로 들어서서 왜 나를 못 먹겠다고 그렇게 아르릉거리는지 모른다. 나흘 전 감자건만 하더라도, 나는 저에게 조금도 잘못한 것은 없다. 계집애가 나물을 캐러 가면 갔지, 날 울타리 엮는 데 쌩이질을 하는 것은 다 뭐냐. 그것도 발소리를 죽여 가지고 등뒤로 살며시 와서,

"애! 너 혼자만 일하니?"

하고, 긴하지 않은 수작을 하는 것이었다. 어제까지도 저와 나는 이야기도 잘 않고, 서로 만나도 본체만체하고 이렇게 점잖게 지내던 터이련만. 오늘도 갑작스레 대견해졌음은 웬일인가. 항차 망아지만한 계집애가 남 일하는 놈 보고……

"그럼, 혼자 하지 떼루 하듸?"

내가 이렇게 내뱉는 소리를 하니까,

"너 일하기 좋니?"

또는,

"한여름이나 되거든 하지 벌써 울타리를 하니?"

잔소리를 두루 늘어놓다가 남이 들을까봐 손으로 입을 틀어막고는 그 속에서 깔깔댄다. 별로 우스울 것도 없는데, 날씨가 풀리더니 이놈의 계집애가 미쳤나 하고 의심하였다. 게다가, 조금 뒤에는 제 집께를 할금할금 돌아보더니, 행주치마의 속으로 꼈던 바른 손을 뽑아서 나의 턱밑으로 불쑥 내미는 것이다. 언제 구웠는지 아직도 더운 김이 홱 끼치는 굵은 감자 세 개가 손에 뿌듯이 쥐어졌다.

"느 집엔 이거 없지."

하고 생색내는 큰소리를 하고는, 제가 준 것을 남이 알면 큰일날 테니 여기서 얼른 먹어버리란다. 그리고, 또 하는 소리가,

"너 봄감자가 맛있단다."

"난 감자 안 먹는다. 네나 먹어라."

나는 고개도 돌리려 하지 않고 일하던 손으로 그 감자를 도로 어깨 너머로 쑥 밀어버렸다. 그랬던, 그래도 가는 기색이 없고, 뿐만 아니라 쌔근쌔근하고 심상치 않게 숨소리가 점점 거칠어진다. 이건 또 뭐야 싶어서, 그 때에야 비로소 돌아다보고 나는 참으로 놀랐다. 우리가 이 동네에 들어온 것은 근 삼 년째 되어 오지만, 여태까지 가무잡잡한 점순이의 얼굴이 이렇게까지 홍당무처럼 새빨개진 법이 없었다. 게다가, 눈에 독을 올리고 한참 나를 요렇게 쏘아보더니, 나중에는 눈물까지 어리는 것이 아니냐. 그리고, 바구니를 다시 집어 들더니 이를 꼭 악물고는 엎어질 듯 자빠질 듯 논둑으로 횡 하니 달아나는 것이다.

어쩌다 동네 어른이,

"너 얼른 시집을 가야지?"

하고 웃으면,

"염려 마시유. 갈 때 되면 어련히 갈라구!"

이렇게 천연덕스럽게 받는 점순이었다. 본시 부끄럼을 타는 계집애도 아니거니와, 또한 분하다고 눈에 눈물을 보일 얼병이도 아니다. 분하면 차라리 나의 등허리를 바구니로 한번 모지게 후려 때리고 달아날지언정 그런데, 고약한 그 꼴을 하고 가더니 그 뒤로는 나를 보면 잡아먹으려고 기를 복복 쓰는 것이다.

(어문각, 1970)

□ 김유정 「따라지」

누님은 성질이 어찌 괄괄한지 대문간에서부터 들어오는 기색이 난다. 입을 다물고 눈살을 접은 그 얼굴을 보면 일상 마땅치 않은, 그리고 세상의 낙을 모르는 사람 같다. 어깨는 축 늘어지고 풀없이 보이면서 게다 걸음만 빠르다. 들어오면 우선 건넌방 툇마루에다 빈 밴또를 쟁그렁, 하고 내다 붙인다. 이것은 아우에게 시위도 되거니와 이래야 또 직성이 풀린다.

그리고 그는 눈을 휘둥그렇게 뜨고 사면의 불평을 찾기 시작한다마는 아우는 마당도 쓸어 놓고, 부뚜막의 그릇도 치우고, 물독의 뚜껑도 잘 덮어놓았다. 신발장이라도 잘못 놓여야 트집을 걸 텐데 아주 말쑥하니까 물바가지를 땅으로 동댕이친다. 이렇게 불평을 찾다가 불평이 없어도 또한 불평이었다.

* * *

"왜 내가 이 고생을 해가며 널 먹이니, 응 이놈아?"

헐없이 미친 사람이 된다. 아우는 그래도 귀가 먹은 듯이 잠자코 앉았다. 누님은 혼자 서서 제 몸을 들볶다가 나중에는 울음이 탁 터진다. 공장살이에 받는 설움을 모두 아우의 탓으로 돌린다. 그러면 하릴없이 아우는 마당에 내려와서 누님의 어깨를 두 손으로 붙잡고,

"누님, 다 내가 잘못했수, 그만두."

하고 달래지 않을 수 없다.

"네가 이놈아! 내 살을 뜯어먹는 거야."

"그래 알았수, 내가 다 잘못했으니 그만둡시다."

"듣기 싫어, 물러나."

하고 벌떡 떠다밀면 땅에 주저앉는 아우다. 열적은 듯, 죄송한 듯, 얼굴이 벌개서 털고 일어나는 그 아우를 보면 우습고도 일변 가여웠다.

(어문각, 1970)

□김유정 「만무방」

"이리 들어와 섬이나 좀 쳐주게."

"아참 깜빡……" 하고 응칠이는 미안스러운 낯으로 뒤통수를 긁죽긁죽한다. 하기는 섬을 좀 쳐달라고 며칠째 당부하는 걸 노름에 몸이 팔리어 고마 잊고 했던 것이다. 먹고 자고 이렇게 신세를 지면서 이건 썩 안됐다 생각은 했지마는,

"내 곧 다녀올걸 뭐."

어정쩡하게 한 마디 남기곤 그 집을 뒤에 남긴다.

그러나 이 친구는

"그럼, 곧 다녀오게!"

하고 때를 제치는 법은 없었다. 언제나 여일같이

"그럼 잘 다녀오게!"

이렇게 그 신상만 편하기를 비는 것이다.

(어문각, 1970)

□김유정「봄봄」

언젠가는 하도 갑갑해서 자를 가지고 덤벼들어서 그 키를 한번 재볼가 했다마는 우리의 장인님이 내외를 해야 한다고 해서 마주서 이야기도 한 마디 하는 법 없다. 우물길에서 어쩌다 마주칠 적이면 겨운 눈어림으로 재보고 하는 것인데 그럴 적마다 나는 저만큼 가서,

"제―미 키두!"

하고 논둑에다 침을 퉤, 뱉는다. 아무리 잘 봐야 내 겨드랑(다른 사람보다 좀 크긴 하지만) 밑에서 넘을락 말락 밤낮 요모양이다. 개 돼지는 푹푹 크는데 왜 이리도 사람은 안 크는지, 한동안 머리가 아프도록 궁리를 해보았다. 아하 물동이를 이니까 뼈다귀가 움츠러드나 보다, 하고 내가 넌지시 그 물을 대신 길어도 주었다. 뿐만 아니라 나무를 하러 가면 서낭당에 돌을 올려놓고,

"점순이의 키 좀 크게 해줍소사, 그러면 담엔 떡 갖다 놓고 고사드립죠니까."

하고 치성도 한두 번 드린 것이 아니다.

* * *

우리 장인님은 약이 오르면 이렇게 손버릇이 아주 못됐다. 또 사위에게 이 자식 저 자식 하는 이놈의 장인님은 어디 있느냐. 오죽해야 우리 동리

에서 누굴 막론하고 그에게 욕을 안 먹는 사람은 명이 짧다 한다. 조그만 아이들까지도 그를 돌려 세워 놓고 욕필이(본 이름이 봉필이니까), 욕필이, 하고 손가락질을 할 만큼 두루 인심을 잃었다. 하나 인심을 정말 잃었다면 욕보다 읍의 배참봉댁 마름으로 더 잃었다. 본디 마름이란 욕 잘 하고 사람 잘 치고 그리고 생김 생기길 호박개 같아야 쓰는 거지만 장인님은 외양에 똑 됐다. 장인께 닭 마리나 좀 보내지 않는다든가 애벌논 때 품을 좀 안 준다든가 하면 그해 가을에는 영락없이 땅이 뚝 떨어진다. 그러면 미리부터 돈도 먹고 술도 먹이고 안달재신으로 돌아치던 놈이 그 땅을 슬쩍 돌아 안는다. 이 바람에 장인님 외양간에는 눈깔 커다란 황소 한 놈이 절로 엉금엉금 기어들고, 동리 사람들은 그 욕을 다 먹어가면서도 그래도 굽신굽신하는 게 아닌가— 그러나 내겐 장인님이 감히 큰소리 할 계제가 못 된다. 뒷생각은 못하고 뺨 한 대를 딱 때려놓고는 장인님은 무색해서 덤덤히 쓴 침만 삼킨다. 난 그 속을 퍽 잘 안다. 조금 있으면 갈도 꺾어야 하고 모도 내야 하고, 한참 바쁜 때인데 나 일 안 하고 우리 집으로 그냥 가면 고만이니까. 작년 이맘때도 트집을 좀 하니까 늦잠 잔다고 돌멩이를 집어던져서 자는 놈의 발목을 삐게 해놨다. 사날씩이나 건성 끙, 끙, 앓았더니 종당에는 거반 울상이 되지 않았는가.

* * *

"장인님! 이젠 저······."

내가 이렇게 뒤통수를 긁고, 나이가 찼으니 성례를 시켜 줘야 하지 않겠느냐고 하면 대답이 늘,

"이 자식아! 성례구 뭐구 미처 자라야지!"

하고 만다.

이 자라야 한다는 것은 내가 아니라 장차 내 아내가 될 점순이의 키

말이다.

내가 여기에 와서 돈 한 푼 안 받고 일하기를 삼 년하고 꼬박 일곱 달 동안을 했다. 그런데도 미쳐 못 자랐다니까 이 키는 언제야 자라는 겐지 짜장 영문 모른다. 일을 좀더 잘해야 한다든지, 하면 나도 얼마든지 할 말이 많다. 하지만 점순이가 아직 어리니까 더 자라야 한다는 여기에는 어쩔 수 없이 그만 벙벙하고 만다.

이래서 나는 애초 계약이 잘못된 걸 알았다. 이태면 이태, 삼 년이면 삼 년, 기한을 딱 작정하고 일을 했어야 할 것이다. 덮어놓고 딸이 자라는 대로 성례를 시켜 주마했으니 누가 늘 지키고 섰는 것도 아니고 그 키가 언제 자라는지 알 수 있는가. 그리고 난 사람의 키가 무럭무럭 자라는 줄만 알았지 붙박이 키에 모로만 벌어지는 몸도 있는 것을 누가 알았으랴. 때가 되면 장인님이 어련하랴 싶어서 군소리 없이 꾸벅꾸벅 일만 해 왔다. 그럼 말이다. 장인님이 제가 다 알아 차려서

"어 참 너 일 많이 했다. 고만 장가들어라."

하고 살림도 내주고 해야 나도 좋을 것이 아니냐. 시치미를 딱 떼고 도리어 그런 소리가 나올까 봐서 지레 펄펄 뛰고 이 야단이다. 명색이 좋아 데릴사위지 일하기에 싱겁기도 할 뿐더러 이건 참 아무것도 아니다.

숙맥이 그걸 모르고 점순이의 키 자라기만 까맣게 기다리지 않았나.

(어문각, 1970)

□김유정 「소나기」

아랫도리를 단 외겹으로 두른 낡은 치맛자락은 다리로 허리로 척척 엉기어 걸음을 방해하였다. 땀에 불은 종아리는 거친 숲에 긁혀매어 그 쓰라림이 말이 아니다. 게다 무거운 흙내는 숨이 탁탁 막히도록 가슴을

찌른다. 그러나 삶에 발버둥치는 순직한 그의 머리는 아무 불평도 일지 않는다.

(어문각, 1970)

□김유정 「슬픈 이야기」

놈이 워낙 대담치가 못해서 낮 같은 때 여러 사람이 있는 앞에서는 제가 감히 아내를 치기는커녕 외출에서 들어올 적마다 가장 금실이나 두터운 듯이 애기 엄마 저녁 자셨소 어쩌오 하고 낯간지러운 소리를 해두었다가, 다들 자고 난 뒤 잠잠한 꼭 요맘때 야근에서 돌아와서는 무슨 대천지원수나 풀은 듯이 울지 못하도록 미리 위협해 놓고는 은근히 치고, 차고, 이러는 놈이다.

(어문각, 1970)

□김유정 「심정」

거반 오정이나 바라보도록 요때기를 들쓰고 누웠던 그는 불현듯 몸을 일으키어 가지고 대문 밖으로 나섰다. 매캐한 방구석에서 혼자 볶을 만치 볶다가 열벙거지가 벌컥 오르면 종로로 뛰어 나오는 것이 그의 버릇이었다.

그러나 종로가 항상 마음에 들어서 그가 거니느냐 하면 그런 것도 아니다. 버릇이 시키는 노릇이라 울분할 때면 마지못하여 건성 싸다닐 뿐 실상은 시끄럽고 더럽고 해서 아무 애착도 없었다. 말하자면 그의 심청이 별난 것이었다. 팔팔한 젊은 친구가 할 일은 없고 그날그날을 번민으로만 지내곤 하니까 나중에는 배짱이 돌아앉고 따라 심청이 곱지 못하였다. 그는 자기의 불평을 남의 얼굴에다 침 뱉듯 뱉아 붙이기가 일쑤요

건듯하면 남의 비위를 긁어놓기로 한 일을 삼는다.

(어문각, 1970)

□김유정 「야앵」

대여섯 살이 될지 말지 한 어린아이 둘이 걸상에 마주 걸터앉아서 그네질을 하며 놀고 있다. 눈을 뚝 부릅뜨고 심술궂게 생긴 그 사내아이도 귀엽고, 스스러워서 눈치만 할금할금 보는 조선옷에 단발한 그 계집애도 또한 귀엽다. 바람이 불쩍마다 단발머리가 보르르 날리다가는 사뿟 주저앉는 그 모양은 보면 볼수록 한번 담싹 껴안아보고 싶은 생각이 간절하였다.

(어문각, 1970)

□김이태 「궤도를 이탈한 별」

그는 우리말을 조심스럽게 썼다. 살금살금 단어와 단어 사이를 밝아가며 더듬지 않고 또박하게 말했지만 그의 형처럼 태연하지 않았고 찰랑거리며 불안해 보이는 컵 속의 작은 물결처럼 목소리가 잔잔했다. 형과 열 살 차이가 나니 그가 이곳에 온 것은 국민학생 때였을 것이다.

(민음사, 1997)

□김이태 「낙원의 계곡」

아내가 갑자기 걸음을 멈추고 나를 쳐다보았다. 일종의 버릇인데 아장거리면 잘 따라오다가도 뭔가 생각나는 듯하면 항상 걸음을 멈추고 내 팔꿈치를 잡아끌며 그녀의 머릿속에서 윙윙거리는 말들을 하나씩 끄집어

내려고 했다. 한적한 공원이나 골목길이면 몰라도 멈추면 들이받을 자동차처럼 밀리는 인파 속에서도 마찬가지였다. 어깨를 부딪치며 정신없이 걷고 있던 사람들이 인상을 찌푸리고 왜 한가하게 그러고 섰냐는 눈초리를 보내며 힐끔거려도 그녀는 막무가내였다. 끄집어내고야 말겠다. 또는 여기서 말을 안 하면 다시는 떠오르지 않았다. 칙칙폭폭 기차를 안 사준다고 대로에 나자빠져 악을 쓰는 아이를 닮은 구석이 있었다. 몹쓸 버릇이다 싶은 생각이 들 정도로 자주 그리고 주기적으로 그랬다. 처음에는 뭔가 싶어서 기다리기도 했지만 결국 얘기하는 거라고는 사소한, 그렇다 사소한 인상이나 아무 관계도 없는 기억들이었다.

* * *

다 큰 여자, 그것도 결혼까지 한 여자가 주말연속극도 아니고 만화영화를 기억하며 눈물을 흘린다는 것은 떨어지는 낙엽에 주체할 수 없는 감상을 가지는 것과는 정도가 달라도 많이 달랐다. 물론 아내가 길 가다가 다리를 걸기도 하고 커피에다 진짜 소금을 타는 등 변덕을 부리고 장난을 잘 치는 편이지만 그 흑성 이야기는 어째 기분이 언짢아질 만큼 진지하게 말했다. 놔두면 언제까지 저렇게 만화 영화 생각에 세월아 하고 서 있을 것 같아 아내를 보듬고 길을 재촉했다.

(민음사, 1997)

□김이태 「얼굴」

허영심이 많은 여자였다. 남편을 잃고 나서도 기 하나 죽지 않고 국민주택 18호의 전세금을 빼서 부동산 투기를 했고 그게 삼십 년 전이었으니까 가히 복부인 선두주자라고 할 수 있을 것이다. 만약 부동산 붐이 일지 않고 김종필 주식 사건 터질 때 쫄딱 망해버렸다면 그녀의 허영은 고생으로 잠들고, 힘들었을지는 모르겠지만 좀더 반듯하게 살다가 곱게 손자손녀 돌보며 편안히 지냈을지도 모른다. 남편 없이 제 힘으로 두 남매 키우며 억대 재산을 모았다는 그 철통같은 자부심이 결국은 오십 줄에 선글라스 끼고 슈퍼살롱을 자가 운전하게 만들었으며 신나게 순환 도로를 돌다가 명을 재촉한 결과가 되었다.

□ 김인숙 「거울에 관한 이야기」

어머니가 거울을 깨뜨려서 큰일이 날 뻔했다는 전화를 걸어오던 날, 내가 '영아야'라고 이름을 부르는 손아래 올케는 울먹거리던 끝에 기어코 어린애처럼 울음을 터뜨렸었다. 물론 어머니의 말처럼 올케는 착한 여자였다. 동생과 함께 처음 인사를 오던 날, 대뜸 나를 '언니'라고 부른 이후 한 번도 나를 시누이라고 멀리해본 적이 없는 올케였다. 그건 어머니에게도 역시 마찬가지였다. 미국의 큰오빠에게서 어쩌다가 뭉칫돈이 송금되어 올 때 어머니가 그 돈의 한 귀퉁이를 헐어 올케에게 주면 올케는 당장 어머니의 목을 끌어안고 '고마워요, 엄마'라고 애교를 떨어댈 수도 있는 여자였다. 어쩌다가 한번이라도 왜 막내인 자기가 시어머니를 모셔야 하는 거냐고 푸념을 해본 적이 없는, 착하고 귀여운 그 여자는…… 다만, 어머니가 잃어버린 기억들에 가장 큰 두려움을 느끼는 사람일 뿐이었다.

어머니가 가스를 안 잠그셔요…… 어제도 냄비 하나를 그대로 태워먹었지 뭐예요…… 그깟 냄비야 상관없지만…… 어떡해요? 부엌에 들어가시지 말라고 할 수도 없고……

나는 올케가 걱정을 해올 때마다 그건 노인네의 사소한 건망증에 지나지 않는 거다, 라고 말을 해주곤 했다. 그건 나 자신에 대한 위로이기도 했는데 올케가 기다렸던 말 역시 바로 그러한 말이었던 모양이었다. 내가 그런 대답을 해줄 때마다 그녀는 기다렸다는 듯이 '그렇지요, 언니?' 하면서 말끝이 활짝 밝아지곤 했다.

(문학사상사, 1998)

□ 김인숙 「꽃의 기억」

화랑의 여직원인 송주가 메모지를 내밀었다. 메모지를 끌어당겨보니 이 선배의 휴대폰 번호가 적혀 있었다. 몇 차례나 걸려왔던 삐삐에 응답을 하지 않자 기어코는 화랑에까지 전화를 걸어왔던 모양이었다. 이 정도라면 그로서는 보통 다급한 일이 아닐 게 틀림없었다. 이전에 나는 단 한 번도 그가 이렇게까지 내게 열렬히 연락을 취해오는 경우를 본 적이 없었다. 그는 좋게 말하면 대범하지만 나쁘게 말하면 무심한 편인 성격의 소유자였다. 그의 전화가 만일, 내 집에 잠깐 머물렀던 남자에 관한 것이라면 내가 설령 그 남자와 오늘 당장 혼인신고를 할 작정이라고 말한다고 하더라도 그는 놀라지 않을 것이 틀림없었다. 내가 이혼을 했다는 말을 그에게 했을 때에도 그는 마시던 술잔을 내려놓지 않았으며, 그저 이렇게 말했을 뿐이었다. '장하다. 내가 못하는 일을 너는 해내는구나.' 내가 이 선배를 편안해하는 이유는 그래서였다. 저대로 남의 인생에 개입할 생각이 없는 사람. 남의 인생에 대해 슬퍼해 줄 생각도, 기뻐해 줄 생각도 없는 사람. 그러면서도 단 한 번도 술을 같이 마시자는 청을 거절하지 않는 사람. 때로는 그런 사람이 곁에 존재한다는 것이 얼마나 다행스러운 일인지 모를 일이었다.

(문학동네, 1999)

□김인숙 「유리구두」

바로 그날 점심시간, 그는 대학원생 경윤과 첫 키스를 했다. 회사 근처에 와서 전화를 걸어온 그녀와 회사 동료들이 북적대는 근처 식당에서 밥을 먹고, 그리고는 매우 일상적인 대화들을 나누었다. 그녀를 만나면 언제나 그렇듯이 학업이 잘돼 가느냐는 둥, 집안에는 별일이 없느냐는 둥, 또는 최근에 본 영화가 어땠냐는 둥 그런 이야기들뿐이었다. 그녀는 말이 많은 편이 아니었으나 자기 주장이 매우 확실한 여자라서 일상적인 대화에도 말을 흐리는 법이 없었다. 그녀는 항상 뒷말이 뚝 떨어지는 투의 말을 썼다. 예컨대, 그녀의 말투 속에는 '같아요'라는 어미는 존재하지 않았다. 그녀가 최대한 양보하는 말투는 기껏, 나는 이렇게 생각한다는 것이었고 대개는 그렇다. 아니다였다.

(동아출판사, 1995)

□김인숙 「칼날과 사랑」

나는 도무지 이모가 하려는 말을 알아들을 수가 없었다. 만일 이모가 예전부터 오로지 참을성만이 미덕이라고 여기며 살아온 사람이 아니었다면, 나도 쉽게 짐작을 할 수 있었을지 모른다. 그러나 이모는 이모부가 그 난리를 치며 살아오는 동안에도 단 한 번도 이모부에 관한 어떤 것을 달리 수소문해 볼 생각을 안 했던 사람이었다. 이모부가 한달 두달씩 집을 나가 들어오지 않을 때에도, 이모는 그저 죽은 듯이 이모부를 기다렸었다. 상관이 없다면 상관이 없을 수도 있는 나조차도 미치고 팔짝 뛸 노릇이었는데 말이다. 그럴 때 이모부가 가 있을 곳이란 뻔하기 때문이었다. 이모부는 또다른 여자를 얻어 딴살림을 차리고 있을 것이 틀림없었다. 그런데도 정작 이모는 마냥 기다리기만 했다. 뿐인가. 이모부가 두 달 석 달 만에 불쑥 집안으로 기어 들어와도 이모는 단 한 마디 싫은 소리 없이 이모부의 저녁상을 차렸던 것이다.

(동아출판사, 1995)

□김인숙 「핏줄」

재하의 어린 시절은 거센 매질의 회오리바람 안에서 뿌리가 뽑힌 작은 나무와 같은 것이었다. 뿌리가 없이 늘 노란 새싹만 돋아나는 비참한 나무토막이었다. 재하는… 일주일에 한 번씩은 온 몸에 멍이 들도록 맞았던가, 아니면 사흘에 한 번 꼴이었던가. 재하의 목 언저리에는 언제나 멍자국이 가시지 않았었다. 그러나 재하는 그 호된 매질 속에서도 한 번도 울지 않았었다. 그녀의 눈물은 목 언저리의 멍으로 응결된 걸까. 재하, 그 아이에게도 울음이 있을까…

* * *

아버지는 한마디로 상상할 수 없을 정도의 결벽증 환자였고, 사실은 그것의 정도를 넘어서서 아버지는 비정상인이기까지 했다. 맞아죽은 암캐의 주인이 서슬이 퍼래서 달려와서는 너도 아새끼들 배 불어 낳은 주제에 개새끼들이 그 짓거리 한다고 때려죽이는 게 말이 되느냐고 폭언을 퍼부어댔다. 그리고 그 이후로 아버지에 대한 소문은 확고부동하게 뿌리를 내렸다. 변태라느니, 한밤중에 공터에 나가서 이상한 짓을 한다느니…

(문학, 1983)

□김인숙 「함께 걷는 길」

유난히 흰 이빨만 검은 얼굴 속에서 돋보이는 그의 환한 웃음을 바라보며 그녀는 자신이 근수에게 가지고 있던 염려를 상기했다. 다살궂기가 그지없고 마음 씀씀이가 더할 나위 없이 진국인 근수였지만 그녀는 늘 근수에게 마음이 놓이지 않곤 했었다. 그의 불같은 성미를 볼 수 있었기 때문이었다. 회사 이야기가 나올 때마다 이빨을 악물고서는, 짜식들 맛을 보여줘야 돼, 한판 뒤집어버려야 돼, 말을 내뱉는데 사람의 목소리라기보다는 저 혼자 울려나오는 으르렁거림 같았다. 저 사람이 큰일낼 사람이지, 그런 생각이 들 때마다 왜 남편은 사람을 사귀어도 꼭 저렇게 불덩이 같은 사람만 사귀는 것인지 알 수가 없곤 했다.

(솔출판사, 1996)

□김지연 「박사학위」

"오! 민 박사!"

남편 강성구는 채희의 어깨를 감싸듯 툭 치면서 주변의 그의 친구와 동료 박사들에게 민박사가 그의 아내임을 은근히 강조했다. 그녀는 다시 전신에 모닥불을 끼얹은 화끈한 모멸감을 느꼈으나 고삐를 잡힌 소처럼 그의 팔 안에서 이리저리 쫓아다녔다. 메꾸어 지던 가슴의 공동이 다시 틈집을 내며 점점 벌어져 가는 소리들, 채희는 계속 음미하여 그러나 타협해야 한다고 연신 고집했다.

(범우사, 1977)

□김지연 「봄바람」

언젠가는 새로 깐 정원의 잔디를 할머니가 너무 조심 없이 밟는다고 며느리가 푸념하기를 다음날 마침 며느리가 외출한 사이에 현관 부근의 잔디를 모두 뒤엎어 버리고 그곳에 고추씨앗을 훌훌 뿌려 무안당한 보복을 한 적이 있었다. 또 언젠가는 어쩌다 마음내켜 피아노를 깨끗한 물걸레로 훔쳤더니 '피아노나 장롱 같은 가구는 마른걸레로 훔쳐야 된다'는 며느리의 간섭 때문에 다음날 역시 목욕탕 바닥을 닦는 허드레 물걸레로 피아노의 건반 위에까지 꾹꾹 눌러 재차 훔쳐 언짢은 기분을 풀어 버린 적도 있었다. 신통한 것은 매번 이런 보복을 거듭해도 며느리는 한 숨만 거듭 쉴 뿐 일언반구의 불평도 하지 않았는데 할머니는 이에 대해 '제가 입이 열 개라도 할 말 없지' 했다.

(청림각, 1978)

□김지연 「씨톨 1」

주인은 의외로 여자 관계에 대해 그 처리를 분명히 했다. 그렇다고 무슨 사건을 빚어 그 뒤처리를 명확히 했다는 것이 아니라 자신의 감정이 허락치 않은 범주 밖의 일에는 냉정했다는 말이다.

다시 말해 순간적인 충동으로 일어나는 감각적인 그 어떤 행위도 스스로 자제할 줄 알았고, 정 견디기 힘들면 고무주머니를 챙겨 '꽃춘'을 찾았던 것이다.

* * *

그는 자신을 언제나 냉정하게 점검했다. 사랑의 감정이 일궈지려는 심연의 소리를 스스로 차단시키고 오로지 일에만 전력했다.

주인의 이러한 의도적인 감정 억제는 따지고 보면 자신이 기아인 사실과 무관치 않은 것이었지만, 그러나 칼로 무 자르듯 분명한 그의 그런 태도로 하여 오히려 여러 사람들에게 존경과 신뢰를 받기도 했다.

하지만 이토록 냉철한 주인의 인생관이 언제 어떻게 격랑을 몰고 올지는 알 수 없는 일이었다. 주인의 뼛속, 살 속 깊이 저런 한은 세상 여성들에 대한 저주로 응어리져 있을 수도 있어 뭇 여성들에 대한 공격으로 나타날 가능성도 충분히 있는 일이었기 때문이었다.

(빛샘, 1995)

□김지연 「씨톨 2」

아기 한번 낳아보고 길러보기를 평생 소원으로 애원하는 여인에게 그는 자신의 결함과는 아랑곳없이 철저한 이기로 횡포를 부리는 것이다.

도대체 이 여인에게 무슨 죄가 있단 말인가. 모두가 씨 없는 남자인 자기 때문이거늘, 자기로 인해 불행한 삶을 사는 여인이거늘, 그는 여인에게 추호의 죄스러움도 연민도 느끼지 못하는 것 같았다.

그런 그가 어울리지 않게 걸핏하면 양심, 진실 운운했다. 거짓말과 속임수가 범람하는 시장 바닥에서 장사꾼으로 뼈대가 굵어진 그 남자가 언제부터 양심과 진실만을 찾았으며 가장 선한 인간이었더란 말인가. 가소로운 자기변명이었다.

그는 아내의 몸속에 주사기로 삽입된 씨종자를 마치 외간남자와 실연(實演)한 부정행위로 이루어진 사실로 착각하는 모양이었고, 그런 부정의 씨에게 자기가 평생을 피땀 흘려 모은 재산을 빼앗겨야 한다는 피해 의식까지 동반하는 모양이었다.

(빛샘, 1995)

□김지연 「외아들」

"어머니 이젠 어멈에게 살림을 맡기시죠. 사찰구경도 하시고 이젠 좀 쉬어야지요." 분명히 아들은 노모를 위한 효심에서 슬그머니 떠본 것이었다. 그러나 아들이 고즈넉한 음성을 받아들인 노모의 반응은 의외였다. 볼가의 주름이 파르르 경련을 이는가 하면 눈엔 핑그르르 눈물까지 도는 것이었다. 수저를 탁 놓으며 뒤로 아예 물러앉아버리는 것이었다.

"너에겐 이젠 늙은 어미가 소용없구나. 내가 예순 넘도록 살림해서 너에게 해된 것이 있었더냐. 피눈물 속에 키운 네가 이젠 날더러 골방 늙은이가 되라는구나."

(범우사, 1997)

□김지연 「인사파동」

인원이 적은 편집부에서 저렇듯 조심스럽고 모든 일에 성실했으며 아울러 윗사람에 대한 밝은 인사성으로 진작 부장급에 오른 그는 취재부의 베테랑이며 유회장의 선거운동을 두 손 맞잡고 같이하여 은연중에 N부장과 원수지간이 되다시피 한 경찬 앞에서도 그의 습성은 쉽게 풀려지지 않았다.

* * *

가끔 그녀의 경찬에 대한 지나친 호의는 그녀의 진심에 짙은 감정을 느끼지 못하는 그를 당황케 했으나 그러나 경찬은 그녀를 부담스럽게 생각지는 않았다. 맹목적인 동정을 일 푼도 받지 않으려는 그녀의 활달하고 건전한 성품과 남들이 과히 밝게 생각지 않는 직장의 호스티스 노릇을 하면서도 하등의 구김살도 보이지 않는 그녀를 그는 가끔 경이롭게 바라보기도 했다.

* * *

그러나 애초부터 S의료협회의 노른자위인 편집국장 자리를 노리던 그는 맹국장의 무능과 맹국장에 대한 기자들의 불신에 쾌재를 부르고 은근슬쩍 편집국 직원들을 선동했다. 그는 업무담당자로서 관여하지 않아도 좋을 편집회의에 참석하여 시종일관 실수(?)를 거듭하는 맹국장의 여과되지 않은 언동을 슬그머니 꼬집었고 기자들의 표정을 흘끔흘끔 살피기를 잘 했다. 특히 맹국장에의 불만을 노골화하는 기자들을 퇴근 후에 슬쩍 불러 대포 사기를 아끼지 않았으며 주기가 고조됨에 따라 맹국장의 무용지물론을 대담하게 역설하곤 했다. 또한 기자 개개인의 현재 상태를 세밀히 파악하여 그들의 약점을 최대한 이용하기도 했다. 사장인 유회장에게 당신의 승급을 요구하고 호봉조정을 상신한다는 등, 마치 유회장이 그의 친동생이거나 혹은 그 자신이 유회장의 고문인 것처럼 말하기를 서슴지 않았던 것이다. 아울러 갈국장은 그 자신의 지능을 스스로 과대평가하기를 그치지 않았으며 취한 기자들을 맞받아 고개들을 주억거리곤 했다.

* * *

그는 업무국장으로서 S의료신문사의 살림이 여하히 돌아가는지조차 파악하지 못하면서 그저 매일아침 직원들이 잘 나가는 다방을 돌며 누가 누구와 만나 어떠한 얘기를 주고받는가를 살피러 다녔다. 언제나 그럴듯한 이유를 달고 다니면서 직원들의 동정을 살피고 그것이 자기에게 불리한 경우일 때 은근한 협박조의 위협을 넌지시 던지며 일어서는 그를 직원들은 사실상 좀 두려워하고 있었다.

* * *

갈국장은 강이사의 전격적인 사표제출이 바로 자기를 겨냥한 독침인 줄 직감한 후부터 그는 바짝 긴장하여 이를 부드득 갈았다. 반성하여 자신의 경거망동과 무능을 탓하기 전에 그는 친구인 유사장과 또한 사장과 가장 절친한 측근을 찾아다니며 이것은 증거 없는 일방적인 오해로서 자기와는 상관없는 것이니 구출해 달라고 했다.

(청림각, 1978)

□김지연 「할머니의 방기(傲氣)」

할머니는 푹신한 소파에 앉아 탁자 위의 자개 담배값을 거실바닥에 왈칵 놓고 며느리가 질색을 하는 화투패를 탁자 위에 늘어놓는다. 화투짝을 탁탁 소리내며 치고 두 다리를 탁자 위에 길게 뻗는다. 탁자 위의 다리를 조금 벌려 그 사이로 화투패를 떼려 하자 몸이 몹시 불편했으나 꾹 참고 계속한다. '내 오기는 누구도 못 꺾는다. 네년이 나 마다하면 네 속도 편치 않으리. 내가 네깐 것 기분 맞춰 호락호락 넘어갈 것 같으냐?'

(청림각, 1978)

□김지원 「희망의 속삭임」

택시 운전사인, 도혜의 아는 사람은 승객을 가장한 강도로부터 강도를 당해서 흐르는 피로 눈을 못 뜨며 어느 주차장에 들어갔다. 종업원들이 피를 씻으라고 안내해주어 대강 닦고 비틀비틀 나오니까 택시 속에 있던 잔돈 통이 없어졌더라고 하였다. 언제 어디서 무슨 일을 당하여도 제 힘으로 집까지 올 돈은 있어야겠다는 것이 도혜의 생각이다. 그래서 돈 10

불을 양말에 넣으라고 전화통 속의 자식에게 권고하였었다. 이와 같이 도혜는 모든 일에서 나름대로 생존의 지혜를 짜내어 자식에게 전수하기를 게을리 하지 않았다.

어른이 되어 잔소리란 걸 말아야지 했었음에도 어떤 날인가부터 이것 먹으라, 저것 입으라, 숙제는 했니? 하고 도혜는 잔소리를 시작했는데, 십수 년간을 계속해서 소리를 많이 내고 있었다. 도혜는 해도해도 할말이 남아 있었다. 아들이 장가를 들면 어떤 여자도 피하지 못하고 '계모' 만큼이나 일반적으로 인상이 나쁜 '시어미'가 되듯 이제는 잔소리어미라는 것도 운명적으로 거쳐야 되는 인생항로 같기만 하다. 신식 엄마가 되리라 마음먹었을 때는 유행하는 음악도 듣고 여러 방면으로 노력을 기울여 요새 애들이 이해할 수 없다는 소리를 말아야겠다고 했건만도 도혜는 자식의 음악을 5분쯤 들으면 골치가 정말로 아프다. 자식이 켜놓고 나간 라디오를 끌 줄 몰라 이 단추 저 단추 막 눌러보다가 참을성을 잃고는 칡덩굴 뽑아내듯 그냥 전선을 잡아 뺀 일도 있었다.

(동아, 1988)

□김채원「고요 속으로의 질주」

그가 잠시 어딘가로 없어져서 보니까 냇물에 가서 혼자 발을 씻고 올라왔다. 그는 수줍어하면서도 할 말을 했고 분위기를 이끌어가려고 하였으며 누군가 "분위기를 좋아하시는군요?"라고 물으니 "사탕을 좋아합니다."라고 얼버무리던 것이 생각난다. 집안 언니가『말테의 수기』책 얘기를 꺼내니 "최곱니다"라고 그가 받던 목소리와 억양도 생각난다.

(열림원, 1997)

□김채원 「달의 몰락」

부인은 늘 왠지 세상에 미안해하는 표정으로 있다. 어디 더 뒤로 물러날 자리만 있으면 서슴지 않고 그 자리로 물러날 것이다. D는 그 부인이 뒤로 사라지는 뒷모습을 보며 늘 저 부인은 왜 그러는가 생각한다.

그런데 어느 날 D는 그 부인에게서 '피카소도 만나만 봐라.'라고 어느 순간 생각되어지는 대가 있다는 얘기를 들었다. 그때 그 부인과 D는 그 얘기에 이상한 공감을 느끼며 함께 한없이 웃었다. 그 부인은 현실의 남편도 애인도 없으면서 피카소씩이나 생각하다니라는 의미가 D의 그 웃음 속에 있었던 것 같다.

(청아출판, 1995)

□김채원 「아이네 크라이네」

선생은 명여가 무안해하는 것을 보고 곧 잊은 듯 너그러이 대하여 그 순간의 어색함이 모면되었지만 어떤 때 명여는 눈물까지 글썽이며 자신은 자존심이 아주 강한 사람이라고 역설하기도 했다.

(청아출판, 1995)

□김채원 「초록빛 모자」

사실 나는 아주 소심한 사람이다. 조그만 일에도 잔신경을 몹시 쓴다. 그럴수록 그렇게 자신을 아끼느라 바들거리는 것이 피곤해져, 함부로 나를 굴리기 시작하고, 그러한 자신에 대해 스스로 가슴이 아파 쩔쩔매게끔 되어버렸다.

(청아출판, 1995)

□김향숙 「어떤 하오」

새 사무실이 자리잡은 거리, 그리고 세든 건물을 생각하면 지금도 목
이 죄는 듯한 그였다. 실업의 상태가 등뒤로 바싹 다가왔음을 절감하지
않을 수 없었던 것이었다. 지금껏 여기저기서 경기가 좋지 않다는 말을
숱하게 들어왔고 거래선의 주문량의 현격한 감소에 따라 그 자신 불황을
심각하게 느껴왔다. 그런데 정작 새 사무실로 이전해 간 어제처럼 위
기감을 강하게 느낀 적은 달리 없었던 거였다. 발밑이 벼랑처럼만 여겨
졌었다. 그랬기에 이틀 전까지만 해도 아내가 일어나라 일어나라 흔들어
깨우고 뒤에서 밀어야만 무거운 몸을 화장실로 옮겨갈 수 있었던 그가
오늘 아침에는 아내가 깨우기도 훨씬 전에 잠에서 깨어났다. 새 사무실
에 지각하지 않고 당도하려면 여느 날보다 한 시간은 일찍 집을 나서야
한다는 것 때문만은 아니었다. 물론 이제부터는 무슨 일이 있어도 지각
하지 않아야겠다는 다짐, 각오가 빠른 기상에 아무런 영향을 미치지 않
은 것은 아닐 터였다.

* * *

그리고 느닷없이 저금통장엔 얼마의 잔액이 남아 있을까가 궁금하였
다. 하지만 그는 아내에게 궁금증을 털어놓지는 못하였다. 아내의 불안
감을 가중시킬지도 모른다고 우려되었기에.

그러나 텅 빈 놀이터 앞을 지나가는 지금의 그는 어젯밤 저금통장의
잔액을 물어보지 않았던 것을 어느덧 후회하고 있었다.

* * *

아내가 그러기를 바라기도 했고 또 생활비 지출에 관여한다는 것이 도
무지 내키지가 않아 그는 지금껏 돈 관리를 전적으로 아내에게 맡겨왔었

다. 자신이 맡았다면 열여덟 평짜리 아파트나마 장만할 수 있었을까. 지출에 단호할 수 없는 스스로를 잘 알았기에 아내에게 미루고만 것이었으리라. 가끔씩 손 벌리러 오는 실업자 친구, 어려운 친척에게 그는 늘 얼마씩 주고 싶다고 생각해왔다. 그러나 아내는 단호하게 머리를 저었다. "가계부를 보세요. 더 줄일 데가 없는 거예요." "당신은 지독하다구." 그는 비난하는 투로 말했지만 한편으론 그런 아내에게 안도했던 것도 사실이었다.

(창작과비평사, 1986)

□김향숙 「추운 봄날」

너의 성정에는 과격한 데가 있다. 그 말을 내게 들려주던 때의 아버지 얼굴에 어렸던 못마땅함. 지나치게 예민하다는 것은 정서가 그만큼 불안정하다는 거겠지. 그렇게 말했던 작은형의 차분하고 흔들림이 없던 말소리. 왜 그런 말들이 그때 생각난 것이었을까. 그 따위 말을 자주 듣다 보니 그들의 기준에 날 맞추려는 생각을 하게 된 거였다. 난 정말 과격하고 정서가 불안한 요주의인물인가 하고 자문해 보았는데 결론은 알 게 뭐냐였다. 누가 누구에 대해 잘 안다고 말할 수 있을 것인가 하는 물음도 떠오르지 않았던가. 그들이 내게 잘 알 수 없는 존재로 여겨질 뿐만 아니라 나 또한 마찬가지인 듯했던 거였다.

(문학사상사, 1995)

□김현영 「냉장고」

서연이는 톡톡 튀고 싶어서 안달이 날 만도 한 애였다. 요정의 얼굴, 요부의 몸매를 가진 비슷비슷한 애들이 같은 상표를 입고 먹고 마시고 있는 거리. 서연이는 그 애들과 같으면 같았지 결코 못하지 않은 여자이다. 그렇다고 그 애들도 똑같다고 하면 서연이는 자존심에 상처를 받을 것이다. 서연이도 그걸 안다. 그러니까 튀어보는 것이다. 똑같은 모양의 초코볼에 물감을 입히듯 맑은 날은 레드로, 흐린 날은 블랙으로, 또 어느 어둔 밤엔 야광색으로……

* * *

그는 언제나 매출 1위의 직원이었다. 매출 전표를 끊을 때 백화점 마진이 낮은 것으로 끊어 본사 쪽을 유리하게 하는 눈치도 있는 사람이었다. 다른 매장은 수시로 재고정리를 하는 눈치도 있는 사람이었다. 다른 매장은 수시로 재고정리를 했지만 그가 있는 매장은 그렇게 하지 않았다. 자기가 세운 기록을 자기가 깨고 매번 새로운 신화를 만드는 사람. 한 달에 한 번 매장 직원이 모두 본사를 출근하는 날에도 사장은 다른 사원들을 긴장시키기 위해 그를 치켜세우느라 바빴다.

(문학동네, 2000)

□나도향 「벙어리 삼룡이」

이러한 때마다 벙어리의 가슴에는 비분한 마음이 꽉 들어찼다. 그러나 그는 주인의 아들을 원망하는 것보다도 자기가 병신인 것을 원망하였으며 주인의 아들을 저주하는 것보다 이 세상을 저주하였다.

그러나 그는 결코 눈물을 흘리지 않았다. 그에게는 눈물이 없었다. 그의 눈물은 나오려 할 때 아주 말라붙어 버린 샘물과 같이 나오려 하나 나오지를 아니하였다. 그는 주인의 집을 버릴 줄 모르는 개 모양으로 자기가 있어야 할 곳은 여기밖에 없고 자기가 믿을 곳은 여기 있는 사람들밖에 없는 줄 알았다. 여기서 살다가 여기서 죽는 것이 자기의 운명인 줄 밖에 알지 못하였다.

* * *

　얼굴이 동탕하고 목소리가 마치 여름에 버드나무에 앉아서 길게 목 늘여 우는 매미소리같이 저르렁저르렁 하였다. 그는 몹시 부지런한 중년 늙은이로 아침이면 새벽 일찍이 일어나서 앞뒤로 뒷짐을 지고 돌아다니며 집안일을 보살피는데, 그 동네에는 그가 마치 시계와 같아서 그가 일어나는 때가 동네 사람이 일어나는 때였다. 만일, 그가 아침에 돌아다니며 잔소리를 하지 않으면 동네 사람들이 이상히 여겨 그의 집으로 가 보면 그는 반드시 몸이 불편하여 누워 있었다. 그러나, 그와 같은 때는 일 년 삼백육십 일에 한 번 있기가 어려운 일이요, 이태나 삼 년에 한 번 있거나 말거나 하였다.

* * *

　그도 집주인이 이리로 이사를 올 때에 데리고 왔으니, 진실하고 충성스러우며 부지런하고 세차다. 눈치로만 지내기는 벙어리지마는 말하고 듣는 사람보다 슬기로운 적이 있고 평생 조심성이 있어야 결코 실수한 적이 없다.
　─그럴 때마다 신랑은 손에 닥치는 대로 집어 때려서 자기의 외사촌 누이의 이마를 뚫어서 피까지 나게 한 일이 있었다.
　─아버지께 꾸중을 듣고 들어와서는 다짜고짜로 신부의 머리채를 쥐어잡아 마루한복판에 태질을 쳤다.

* * *

　그 아들은 더구나 벙어리를 사람으로 알지도 않는다. 말 못하는 벙어리라고 오고가며 주먹으로 허구리를 지르기도 하고 발길로 엉덩이도 찬다.

그러면 그 벙어리는 어린것이 철없이 그러는 것이 도리어 귀엽기도 하고 또는 그 힘없는 팔과 힘없는 다리로 자기의 무쇠 같은 몸을 건드리는 것이 우습기도 하고 앙징하기도 하여 돌아서서 방그레 웃으면서 툭툭 털고 다른 곳으로 몸을 피해 버린다.

어떤 때는 낮잠 자는 벙어리 입에다가 똥을 먹인 때도 있었다. 또 어떤 때는 자는 벙어리 두 팔 두 다리를 살며시 동여매고 손가락과 발가락 사이에 화승불을 붙여놓아 질겁을 하고 일어나다가 발버둥질을 하고 죽으려는 사람처럼 괴로워하는 것을 보고 기뻐하였다.

(여명, 1925)

□ 나도향 「뽕」

조금이라도 염량이 있는 사람 같으면 얼굴빛이라도 변하였을 것 같으나 본시 계집의 궁둥이라면 염치없이 추근추근 쫓아다니며 음흉한 술책을 부리는 삼십이나 가까이 된 노총각 삼돌이는 도리어 비웃는 듯한 웃음을 웃으면서,

"그리 성낼 거야 뭐 있읍나? 어젯밤 안주인 심부름으로 임자 집을 갔으니깐 두루 말이지."

하고 털벗은 송충이 모양으로 군데군데 꺼칫꺼칫하게 난 수염을 숯검정 묻은 손가락으로 두어 번 쓰다듬었다.

(어문각, 1970)

□ 나도향 「물레방아」

방원이가 계집을 치는 것은 그것이 주먹을 가지고 하는 일종의 농담

이었다. 그는 주먹이나 발길이 계집의 몸에 닿을 때 거기서 얻어맞는 계집의 살이 아픈 것보다 더 찌르르하게 가슴 복판을 찌르는 아픔을 방원은 깨닫는 것이다. 홧김에 계집을 치는 실상은 자기의 마음을 자기의 이빨로 물어뜯는 것이나 다름이 없었다. 때리는 그에게서는 몹시 애처로움이 있고, 불쌍함이 있는 것이다. 그러나 자기의 화풀이를 받아주는 사람은 아직까지도 계집밖에는 없었다. 제일 만만하다는 것보다도 가장 마음 놓고 화풀이할 수 있음이다. 싸움한 뒤 하루가 못되어 두 사람이 베개를 나란히 하고 서로 꼭 끼고 잘 때에는 그렇게 고맙고 그렇게 감격이 일어나는 위안이 또다시 없음이다. 계집을 치고 화풀이하고 난 뒤에는 다시 가슴을 에는 듯한 후회와 더 뜨거운 포옹으로 위로를 받을 그때에는 두 사람 아니라 방원에게는 그만큼 힘 있고 뜨거운 믿음이 또다시 없는 까닭이다.

* * *

그날 저녁에 방원이는 술이 얼근하여 들어왔다. 아까 계집을 차던 마음은 어느덧 풀어지고 술로 흥분된 마음에 그는 계집의 품이 몹시 그리워져 자기 아내에게 사과할 마음까지 생기었다. 본시 사람이 좋고 마음이 약하고 다정한 그는 무식하게 자라난 까닭에 무지한 짓을 하기는 하나 그것은 결코 그의 성격을 말하는 무지함이 아니다.

(어문각, 1990)

□ 남정현 「너는 뭐냐」

아닌게 아니라 명자의 그 예리한 식별력은 항시 타인의 추종을 불허하는 것이다. 명자는 하나 둘 이렇게 아주 초보적인 숫자를 헤아리듯 조금도 힘을 안들이고 라디오에서 들려오는 목소리의 주인공을 턱턱 알아맞히는 것이었다. 라디오 앞에서 귀를 기울이며, 이건 가수 누구다, 저건 성우 누구다, 또 이건 아나운서 아무개다 하고 그 음성만 듣고도 출석을 부르듯 아주 간단히 그들의 이름을 호명할 때의 명자라는 인물은 경자에게 있어선 적어도 이 세상에서는 제일 부러운 사람 중의 하나인 것이다. 그러기에 그저 그 목소리가 그 목소리 같은 배우나 가수나 아나운서의 이름을 명자가 턱턱 호명하기 시작하면 경자는 흡사 공중곡예라도 구경하듯 그 진지한 스릴과 서스펜스가 반주하는 시선으로 명자의 입을 정신없이 쳐다보다가는 급기야,

"아이, 어쩌면!"

하는 경탄과 더불어 그 신통한 감식력에 완전히 반해 버리는 것이었다.

* * *

마음이 우울해지면 아내의 눈에 요강은 영락없이 현대적인 하나의 용상으로 보이는 모양이었다. 용상 위에 앉은 군주처럼 아내는 요강 위에서 좀처럼 내려올 줄을 모르고 탕탕 인숙이를 향하여 서슬이 퍼렇게 호통을 치는 것이었다. 공연히 아무것도 아닌 것을 가지고 트집을 잡아서 그러잖아도 얼른 예술가가 되어지지 않아서 상하는 인숙이의 마음을 더욱 상하게 만드는 것이다.

* * *

아무데서나 열을 내는 무슨 복음의 전도사들처럼 아내는 얼굴이 시뻘겋게 상기되어 가지고는 내 이 지당한 말씀을 좀 여러분 들어보시라는 투로 동리가 떠나가게 큰 소리로 호통을 치는 것이었다.

(한겨레, 1990)

□문순태 「그들의 새벽」

박지수 목사는 성질이 느긋하고 정찬주 기자는 불꽃같았다. 빛깔도 차이가 있었다. 박지수 목사가 달빛처럼 은은하고 성격이 가느다랗다면 정찬주 기자는 구리철사 같은 한여름 햇살처럼 뜨겁고 선이 굵었다.

볼을 차듯 툭툭 내뱉는 정 기자의 말은 언제나 직선적이었다. 그는 돌려 말하는 법이 없었다. 욕도 잘했다. 걸핏하면 아무에게나 욕부터 갈겨댔다. 그는 하느님을 향해서도 두려움 없이 마구 욕을 쏘아댈 사람이었다. 그의 욕은 언제나 "개새끼들"이 아니면 "씨팔"로부터 시작했다. 그는 구두를 닦으면서도 검을 질겅질겅 씹듯이 욕을 퍼부어댔다. 아마 욕을 하지 않으면 소화불량증에 걸리게 되는 것인지도 모를 일이었다.

(한길사, 2000)

□민병삼 「화도」

운옥은 양반집 규수 신분에도 전혀 교만하지 않았고 매정하지 않았고 아름다움을 뽐내지도 않았고 아랫것들을 업신여기지도 않았다. 언제 봐도 온화한 얼굴에 인정이 철철 넘치고 누구에게나 다소곳이 겸손하였다.

(아세아미디어, 1997)

□박경리 「김약국의 딸들」

동생 봉룡은 스물세 살, 형과는 부자지간처럼 연령의 차이가 있다. 그들 사이에 봉희라는 누이가 한 사람 있지만, 다른 형제들은 모두 요절하였다. 봉룡은 점잖은 선비 같은 성품의 형과는 달리, 몸이 건강하고 눈에는 광기가 번득이는 혈기왕성한 젊은이였다. 그는 선조에 대한 자부심에서 몹시 오만불손하였고 막내아들로서 귀엽게 자란 탓인지 누구든 자기의 의사를 거역하는 것을 광적으로 싫어하였다. 그러한 성격상의 결함은 그를 난폭자로 만들었다. 얼굴은 잘생긴 편이다. 외모로 봐서는 능히 한 두령감이었다. 그러나 머리털이 노란 것이 큰 흠이었다. 한번은 어느 친구가 그의 노란 머리털을 보고 양놈의 피가 섞이지 않았냐고 농을 걸었다고 반죽음이 될 만큼 얻어맞은 일이 있었다.

… (중략) …

그는 선조에 대한 자부심에서 오만불손하였고 막내아들로서 귀엽게 자란 탓인지 누구든 자기의 의사를 거역하는 것을 광적으로 싫어하였다. 그러나 그의 성격상의 결함은 그를 난폭자로 만들었다.

(나남, 1993)

□박경리「노을진 들녘」

눈을 흘긴다. 그러나 주실은 자기 몸에 걸치고 있는 옷을 조금도 우습게 여기지는 않았다. 그뿐만 아니라 단추가 뜯어져서 걸음을 옮길 때마다 발육이 좋은 앞가슴이 보일락 말락 하는 데도 전혀 무관심이다. 나이 열여덟이면 그만한 것 헤아릴 때도 되었건만. 하기는 재작년까지만 해도 은행나무에 기어 올라가곤 했으니 그래서 송노인(宋老人)은 우리 집 원숭이새끼라 불렀다. 주실은 송화리 과수원 밖의 세계를 구경한 일이 없다. 그의 친구는 거반이 동물이요, 산과 들과 물이 그가 사는 세계였다. 이를테면 일종의 원시적인 소녀라 할까, 송노인이 의식적으로 그렇게 길러놓은 것이었다.

(지식산업사, 1979)

□박경리 「영원한 반려」

선자는 둘만이 남았을 때 피가 배어난 병옥의 얼굴을 보고 손수건을 건네주었으나 아프지 않느냐, 쓰리지 않느냐는 투의 여자다운 위로의 말은 하지 않았다. 미안하게 됐다는 말도 하지 않았다. 다만 한다는 말이, "대단하게 생각지도 않았으면서 괜히 그래. 지는 게 분해서 그랬을 거야."

사실 병옥은 선자의 그런 면이 좋았다. 피곤하지 않고 마음의 부담이 없어 좋았다. 싸움 자체도 운동을 한 뒤처럼 찌꺼기가 남지 않았던 것이다. 만사를 심각하게 고민하고 뼈를 깎듯 인내하는 병희의 거추장스러운 성격에 비해 선자는 정말 병옥에게 새로운 형의 여자였던 것이다.

(지식산업사, 1987)

□박경리 「토지 1」

갈기갈기 갈라진 여러 개의 쇠가 서로 부딪칠 때 나는 것 같은 목소리는 여전히 음산했다. 그는 서희의 공포심을 충분히 알고 있는 것 같았다. 그러면서도 그것을 풀어주려는 노력이 없는 싸늘하고 비정한 눈이 서희를 응시하고 있는 것이다. 서희는 아버지의 눈을 피하기만 하면 당장에 천둥이 치고 벼락이 떨어질 것처럼 애처롭게 그를 마주본 채 고개를 저었다. 치수는 웃었다. 그 웃음은 도리어 서희의 마음을 얼어붙게 했다. 서희로부터 시선을 돌린 치수는 서안 위에 펼쳐놓은 책의 갈피를 넘긴다. 허약한 체질에 비하면 뼈마디는 굵은 편이었다. 그러나 가엾을 만큼 여위고 창백한 그의 손이 책갈피를 누르면서 눈은 글자를 더듬어 내려간다. 손뿐인가, 뜰 아래 물기 잃은 목련의 앙상한 가지처럼, 그러나 동정을 받을 수 있는 비참한 느낌이라기보다도 도리어 상대에게 견딜 수 없는, 숨이 막혀서 견딜 수가 없어 결국은 공포심을 불러일으키게 하는 강한 분위기를 그는 내어 뿜고 있었다. 어떤 일에도 감동되지 않을 눈빛, 철저하게 스스로를 거부하는 눈빛, 눈빛에서만 그랬던 것이 아니다. 뼈만 남은 몸 전체가 거부로써 남을 학대하는 분위기의 응결이었다. 일단 방에 들어온 뒤에는 나가도 좋다는 말이 떨어지지 않는 이상 서희는 일어설 수 없다.

* * *

칠성이 말대로 강청댁은 질투가 강한 여자였다. 한평생을 사람 기리는 것이 무엇인지, 일 속에 파묻혀 사는 농촌 아낙들, 그 중에서 과부라든가 내외간의 정분이 없는 여자들에게 야릇한 심화를 일게 하는 만큼 용이는 잘난 남자였고, 그 같은 잘난 남자를 지아비로 삼은 강청댁은 불행할 수밖에 없는 여자였다. 질투는 이 여자에게 있어 영원한 업화(業火)였으며 사나이의 발목을 묶어둘 만한 핏줄 하나가 없었다는 것도 노상 불붙는 질투에 기름이었던 성싶다. 강청댁은 여자라면 모조리 용이를 노리는 요물쯤으로 생각했었고 병적인 적개감 때문에 마을에서도 외로운 존재가 되어 있다.

* * *

최참판의 어머니에 대한 여러 가지 일화 중 된장 속의 구더기를 장벌렌데 어떠냐 하면서 빨아먹고 버렸다는 둥 오밤중에 노비를 모조리 강가로 내몰아서 밤이 새도록 후리질을 시켜, 잡힌 물고기를 장에 가서 팔아오게 했다는 둥 겨울이 되면 늑대 같은 안 늙은이가 잠 한숨 자지 않고 방방이 돌아다니면서 아궁이마다 불을 지폈는지 살폈으며 냉방에서 떨며 새우잠을 잔 노비들을 날도 새기 전에 두드려 깨워 나뭇단 실어 장에 팔러 보내고 산에 나무하러 보냈다는 둥 메주를 쑬 때는 메주 먹는다

고 밥을 안 주었으며 김장 담글 때는 김치 먹는다고 밥을 안 주었다는
둥 모두 지독한 구두쇠임을 나타낸 것들이었다.

(지식산업사, 1979)

□박경리「토지 2」

홍씨는 패악스럽고 욕심이 많은 데 비하여 우둔하고 요사스럽지는 않
았다. 최참판댁에 온 후부터 그가 하는 일이란 몸단장이요, 맛난 것을 양
껏 청해 먹는 그것이 일과였다. 조준구는 윤씨 부인에게 처가 신세를 졌
다고 했는데 그것 역시 빈말이었다. 홍씨의 문벌은 조씨네보다 떨어지는
편이었으나 살림은 유복했다. 그러나 홍씨가 물려받아 온 것이라곤 사치
하는 기풍과 남에게 나눌 줄 모르는 인색함뿐이었고, 그 습벽은 남편에
대해서도 예외는 아니어서 아무리 준구가 곤란을 겪어도 홍씨는 자기 소
유의 귀이개 하나 내어놓는 일이 없었다. 병신이지만 하나밖에 없는 자
식에게도 그의 생각은 마찬가지였다.

(지식산업사, 1979)

□박경리「토지 4」

사람들은 움직이지 않는 그의 눈동자 속에서 통곡을 들을 수 있었
고 따스한 사랑을 느낄 수 있었고 무자비한 결단을 볼 수 있었다. 예
민한 젊은이들, 감성이 풍부한 젊은이에겔수록, 그의 암시는 신비로움
이다. 이 시대의 소위 지도자로서 그는 전혀 유형을 달리하고 있는 것
이다. 단점으로 볼 수 있겠으나…… 그는 많은 사람, 군중 앞에 나서기
를 좋아하지 않는다. 누구하고나 어울리어 시국을 논하고 이상을 말하

는 일이 없다. 비분하여 눈물짓는 일이 없다. 호탕하게 너털웃음을 웃는 일이 없다. 천군만마를 질타하여 황야를 질주하는 그를 상상할 수 있을까? 구렁이 담 넘어가듯 교활한 관용을 그에게선 바랄 수 없다. 그는 생래가 수줍은 사내였는지 모른다. 과대한 몸짓과 과대한 변설, 발이 땅에 붙어 있지 않는 그 많은 자칭 타칭의 독립지사 영웅들, 권필응의 수줍음은 그러나 영웅심에 대한 강한 제동력이 될 수 있을 것이며 항상 환상을 배제하며 정확하고 적확하게 사고를 집중시킬 수 있을 것이다. 따라서 상대적으론 그 정확함으로 하여 그를 환상하게 된다. 믿게 된다. 불가사의한 힘을 느끼게 한다.

* * *

모두 환국이는 아버지 길상을 닮았다고들 한다. 환국의 성질은 느긋하였고 인정이 많았다. 서희가 어쩌다 하인을 나무라는 그런 광경과 마주치면은 못 들은 척 안 본 척 조용히 혼자 장난질하고 논다. 하인이 돌아간 뒤에도 한참을 놀다가 슬그머니 꾸중들은 하인을 찾아가는 것이다. 그러고는 공연히 칭얼대며 업어 달라던가 아니면 종이배를 만들어 달라던가 해서, 그런 행동으로 위로하곤 했다. 아이의 눈은 샛별같이 반짝였다. 새를 좋아하고 고양이 강아지를 좋아했다. 돌이 지나기 전부터 달 보러 나가자고 밤이면 바깥쪽을 가리키곤 했었다. 집안의 모든 식구들은 아이를 사랑했으며 기쁨의 대상이었고, 그럼에도 이 어린것을 경의 없이 대하는 사람은 없었다. 환국이에 비하여 둘째 윤국이는 겨우 걸음마를 배우기 시작했는데 성정이 강한 편이었고 예민했으며 아무에게나 더분더분 가질 않았다. 욕구가 거절되면 매우 험악한 표정을 지었다. 해서 둘째는 어머니를 닮았나보다고들 한다.

(지식산업사, 1979)

□박경리 「토지 6」

누구란 말은 하지 않았으나 서기는 두만의 처지를 들먹이며 화를 내곤 했었다. 그럴 때면 아내는 자신과 아무 상관없는 여자 같았다. 아니 그 이상으로 더불어 살 수 없는 절망과 적의까지 느꼈던 것이다. 삼일만세 때 함께 잡혀갔으며 청년운동에 앞장섰고 상당히 진보적인 사상을 가진 처남 양필구, 친구요 동지지만 끝내 뭔가 이질감을 버릴 수 없었는데, 그의 이복누이 동생인 양을례는 오라비에게 없는 교만과 허식이 있는 여자다. 물질적인 허영이라 할 수는 없지만 의식적인 허영은 상당히 강한 편이었다. 결혼 전에는 몰랐던 성품이다.

(지식산업사, 1979)

□박상륭 「평심─로이가 산 한 삶」

나중에 알고 보니 그것은 그런데, 내 서점뿐만 아니라, 이곳 주 정부까지도 그가 이 주 내에서 활동하기엔 너무 육중한데다, 너무 크다고 알았던 듯하여, 정기적으로 그에게 '사회복지금'을 지급하고 있었으면서도, 일하기를 강요치는 않고 있었던 듯했다. 정부쪽에서는, 그가 아무 일도 하지 않고, 가만히 있는 것이 도리어 도움이 된다고 계산하고 있었던 듯도 싶었는데, 그럴 것이라고 여기게 했을 만한 것이, 동산 하나만큼은 되는, 그의 몸에 부딪쳐, 무엇이 부서지는 것은 그만두더라도, 하다못해, 그가 엉덩이뼈라도 어긋나게 되기라도 할 양이면, 그 치료비만 해도, 지급하고 있는 '복지금'보다도 많게 되기가 일쑤곤 했었을 것이었는 데다, 글쎄 그는, 뭣보다도, 당뇨병에다 심장까지 약해 있어 쭉 펴놓기가 쉽겠던 것이었는 게다. 그 점을 그는, 정부에서 정기적으로 보내주는 생활비에, 정규적으로, 아니면 사흘이 멀다 하고 (정부에서 그 비용을 부담해주는) 의사실을 드나들어 진통 진정제 처방을 받기에 충분할 만큼 통증을 둘러대고, (당시 로이는, 발목을 삐어, 쌍지팡이네 의지하고 있었는데, 이 진통 진정제를 얼마나 복용을 했든, 혀가 굳어 말도 잘 못하곤 했었더랬다. 그는 또한 '알약'의 모습을 띤 지옥을 또한 탐혹하고 있었던 듯 했다.) 그런 나름으로 건강하게, 그리고 물론 배고프지 않고, 헐벗지 않게 살며, 아무 일도 하지 않기로써, 참애국 하는 삶을 살았던 것이었다.

* * *

그는, 한 번도 남에게 고용되어본 적이 없다고 했으니, 그보다도 훨씬 더 젊었을 때도 그는 남의 일을 솜씨 싸게 거들어주고, 생계도 유지할 수 있었을, 그런 육신적 조건을 구비하고 있지는 못했던 것이나 아니었는가, 하는 것쯤 쉽게 짐작할 수 없었던 것은 아니었으나, 나로서는 그러나, 저보다 홀쭉했을 수도 있었을 로이는, 상상할 수가 없었다. 그의 입을 통해 들었기로는, 그는 대학을 둘씩이나 졸업했더랬는데, 한 곳에서는 '정치학'을, 다른 데서는 '역사학'을 공부했더라고 했었다. "왜냐하면, 대학을 하나 졸업했으나, 일자리를 구할 수 없었던 까닭인데, 어찌되었든, 학교 문턱만 넘어섰다 하면 난 언제나 참 편하다는 생각을 했었더라구. 과목을 바꾼 것은, 난 '정치학'에 매우 넌더리를 내기 시작하고 있었거든, 그러자니 도저히 계속해볼 것 같지가 않더라 말이지." 그것이 로이가 대학을 둘씩이나 졸업하게 된 이유였다. "이렇게 되자니, 학교와 관계된 속물도 있다면, 나도 그 중의 하나일 것이라는 믿음이 들더군." 그리고 그는, 하마만큼은 큰 웃음을 웃었다.

(문학동네, 1997)

□박상우 「붉은 달이 뜨는 풍경」

밀폐된 부스의 유리벽에다 등을 기대고 남자는 자신을 한심스러워했다. 서른 둘이라는 나이. 실직자가 된 현실. 비타협적인 성격. 적극적이지 못한 기질. 심지어는 생명체로서의 출생까지 역겹게 느껴졌다. 이마, 팔뚝, 손등에 맺혀 있던 땀방울이 부스 바닥으로 툭툭 소리를 내며 연해 떨어져 내렸다. 그럼에도 불구하고 저주를 다시 저주하고 싶은 극단적인 오기가 치밀어 오소소 살갗에 소름이 돋아나는 것 같았다. 불길한 예감의 빛, 그것이 예비하는 또 다른 악운에 모든 걸 맡겨야 할 시간. 어금니를 악다물고, 치밀어오르는 울화를 가까스로 억누르며 남자는 수화기를 집어들었다. 여자의 호출번호, 음성 사서함 번호, 그리고 작동 신호음.

"나는 지금 도로 휴게소에 있어…… 그곳으로 가는 중이야…… 기회가 주어진다면 설명은 나중에 할게…… 앞으로 서너 시간쯤 뒷면 그 도시에 도착할 수 있겠지. 그때 다시 연락할게…… 미안해."

부스를 나와 남자는 곧장 차로 돌아왔다. 시동을 걸고, 에어컨 작동 버튼을 누르고, 잠시 이마를 핸들에 대고 꼼짝도 하지 않았다. 하지만 짧은 순간 뒤, 남자는 다시 머리를 들고 생수를 몇 모금 마셨다. 물병을 홀더에 걸고 전방을 내다보자 휴게소 바깥쪽의 파라솔 탁자가 단박 시선을 사로잡았다. 식당에서 보았던 노부부, 그들이 그곳에 앉아 음료수를 마시고 있었다. 선글라스를 벗고 거의 굳은 듯한 자세로 남자는 노부부를 주시했다.

(이수, 1999)

□박상우 「철판족을 위하여」

육십대 중반쯤으로 보이는 깔끔한 차림의 할머니 한 분이 내 옆으로 다가와 서게 된 것은 아마 동대문 전철역에서부터였을 것이다. 내 앞에는 대학생으로 보이는 젊은이 둘이 나란히 앉아 있었는데, 하나는 무릎에 커다란 카메라 가방과 삼각대 따위를 올려놓고 있었다. 보아하니 둘이 친구인 것 같았다.

나이 든 할머니가 앞에 서자 카메라 가방을 무릎에 올려놓은 친구가 옆자리에 앉은 안경을 쓴 친구를 쿡쿡 찌르며 자리를 양보해 드리라는 시늉을 했다. 하지만 그 옆자리의 안경은 전혀 일어날 기색이 보이지 않은 채 그냥 있어. 그냥 있어, 라고 카메라 가방에게 은밀하게 소곤거렸다. 아주 짧은 순간이었지만 인간성을 만천하에 유감없이 드러내는 장면이 아닐 수 없었다.

(예문, 1996)

□박영준 「고호」

민호는 모든 것을 불평의 대상으로만 보는 버릇이 있다. 그렇기 때문에 신문사에 발을 들여놓을 때는 시계도 들여다보지 않았다. 얼마나 늦었는지 그것도 알 필요가 없었던 것이다.

(정음사, 1964)

□박완서 「가는 비, 이슬 비」

이러면서 발칵 화를 냈다. 다영이는 화를 낼 때가 가장 매력적이었다. 얄팍하고 선이 고운 입술이 고무줄 밑동을 칭칭 동여맨 것처럼 동그랗게 오므라들면서 똑 따먹고 싶게 농익은 체리 모양이 되었다. 화내는 다영이에게서 매력을 느끼는 건 성구의 피할 길 없는 점이었다. 그는 중대한 고비에서 흐물흐물해지면서 바보 같은 소리밖에 못한다.

"꼭 그렇단 소린 아니고…… 모시긴 누가 누굴 모시냐? 요새 시어머니가 며느리 모시는 세상이라더라."

"그래, 이제야 성구씨 본색이 드러났어. 그러니까 어머니하고 같이 살아도 그만이다 이거지? 분명히 말해. 난 우유부단한 건 질색이야. 나 답답한 거 속으로 참는 성미 못된다는 거 알지? 계속 답답하게 굴면 국물도 없을 줄 알아."

다영이가 이렇게 공갈을 치고 눈을 흘기며 눈에서 파란 불꽃이 튀는 것 같았다. 그는 다영이의 체리 같은 입술도 좋아했지만 그 파란 불꽃엔 더욱 약했다. 서른 살의 정욕이 열꽃이 되어 살갗을 뚫고 온몸에 만개한 듯한 전율을 느꼈다.

(문학동네, 1999)

□박완서 「거기 그 산이 정말 있었을까」

부엌에서 나온 식모가 안방으로 안내했다. 허 사장인 듯 싶은 사십도 채 안 돼 보이는 신수 좋은 남자가 명주 바지저고리 차림으로, 내 아이 또래밖에 안 돼 보이는 피부가 고운 여자와 함께 아랫목에 깔아 놓은 뉴 똥 포대기 밑에 발을 넣고 앉은 채 우리를 맞았다. 사랑에 겨운 가벼운 실랑이나 농지거리를 하고 있었던 듯 나른하게 풀린 표정들을 하고 있었다. 사람을 어떻게 보고 여자하고 시시덕대던 자세를 고쳐 앉지도 않고 사람을 불러들이는 것일까, 모욕감을 느꼈지만 경대 앞에 세워 놓은 액자를 보니 그들의 결혼사진이었다. 별것도 아닌 것 때문에 기분이 혼자서 개었다 흐렸다 했다.

□ 박완서 「그 많던 싱아는 누가 다 먹었을까」

우리 집 여자들은 할머니도 엄마도 숙모들도 다들 덕국 물감에는 사
족을 못썼다. 그걸 사온 할아버지는 그 어느 때보다도 위엄에 넘쳤고 그
런 할아버지에 대한 며느리들의 존경은 비굴과 아부에 가까웠다. 언제나
며느리들이 시아버지를 마음으로부터 공경한 건 아니었다. 웃음거리로
삼을 때도 있었다. 할아버지는 걸음이 재고, 화가 날 때는 무엄한 말로
하면 방정맞다 싶을 정도였는데, 안채로 그렇게 급하게 들어오신다는 것
은 불호령이 떨어질 징조였다. 며느리들이 황황히 일손을 놓고 또 무슨
벼락이 떨어지나 기다리는 순간에도 슬쩍슬쩍 농담들을 했다.

□ 박완서 「꽃을 찾아서」

성남댁은 허리띠를 질끈 동여맨 몽당치마를 입어야만 몸이 편했고, 엄
동설한 아니면 버선이고 양말이고 갑갑해서 못 신었고, 우거지찌개하고
신 김치만 있으면 밥이 마냥 꿀맛 같은 대식가였고, 목에 왕방울을 단
것처럼 목소리가 컸고, 머리에 무거운 짐을 이고 다니던 버릇으로 걸을
땐 엉덩이를 몹시 흔들었고, 골목을 드나드는 리어카나 광주리장수가 외
치는 소리만 나면 겅정겅정 뛰어나가 사지도 않을 물건을 살 듯이 만수
받이하고 싶어했고, 말끝마다 걸쭉한 욕지거리를 덧붙이지 않으면 맨밥
먹은 것처럼 속이 메슥메슥해하는 고약한 버릇들을 가지고 있었다.

270   한국 소설 묘사 사전

□박완서 「도둑맞은 가난」

그러나 어머니는 아줌마 말을 따르지 않았다. 사회적으로 어엿하게 출세한 남편 갖고, 생활 기반이 확실하게 잡힌 친구들 보기 창피하게시리 어떻게 구멍가게를 할 수 있느냐는 거였다. 사람이 한번 본때있게 살아보려면 통이 크고 투기성이 있어야 하고 기회를 잘 잡아야 하는데 지금이 바로 그 기회라고 어머니는 아버지를 충동질했다. 아버지가 회사에 잘 다녀 착실하게 생활을 꾸려 나갈 때도 어머니는 외출만 했다 돌아오면 신경질을 부렸었다. 남들은 수완이 좋아 작년 다르고 올해 다르게 살림이 늘고 으리으리하게들 사는데 이놈의 집구석은 어떻게 된 게 맨날 요모양 요꼴로 사는지 모르겠다고, 아버지를 상전이 하인 들볶듯 들볶아 쳤다. 그러니까 어머니는 아버지의 실직이 아버지가 쩨쩨한 월급쟁이 생활을 면하고 통이 큰 사업가가 될 좋은 계기가 되길 바랐던 것이다.

… (중략) …

어머니는 전세방에 나앉은 후에도 도저히 자식들 공부를 계속 시킬 수가 없다는 현실을 인정하려 들지를 않았었다. 세상에, 개 돼지도 아니고 인두겁을 쓴 사람으로서 어떻게 자식 대학 공부를 안 시키겠느냐고 철없이 설쳤다. 아버지도 어머니도 어디 가서 한 푼이라도 벌 궁리는 안 하고 그저 공부 공부 하면서 전세돈을 빼다가 오빠들 삼류 대학 등록금 하고, 내 고등학교 등록금하고, 그리곤 사글세방으로 옮겨 앉았다. 그러나 학교고 뭐고 다 고만둬야 할 날은 어김없이 왔고, 기어이 보증금도 없이 월세만 사천 원인 산동네까지 가는 신세가 되고 말았다. 그러면서도 어머니는 우리가 알거지가 됐다는 걸 인정하려 들지 않았다. 고리타분하고 시척지근한 가난의 냄새에 발작적으로 진저리를 쳤고, 가난한 사람들의 끈질긴 생활력을 더러운 짐승처럼 징그러워했고, 끝내 가난뱅이

하곤 상종을 안 했다. 아무리 없는 것들이기로서니 아무리 상것들이기로서니 인두겁을 쓰고 어떻게 이런 굴속 같은 방에서 이렇게 비위생적으로, 이런 지독한 냄새를 풍기며 살 수 있을까 하고 흉을 보았다.

(학원출판공사, 1991)

□박완서 「어떤 나들이」

그는 겁쟁이이고 비겁하고 거짓말쟁이였다. 순엉터리였다. 그의 본심은 돈과 명예에 기갈이 들려 있었고 T시와 T대학 강사 자리를 지긋지긋해 하고 있었다. 그는 자기가 이런 곳에서 썩긴 너무 아까운 존재라고 억울해 했고, 서울의 일류 대학에서 자기의 명성을 흠모하고 모시러 오지 않는 것에 앙심을 품기도 했다. 그의 명성에 대한 자신이란 것이 또 사람을 웃겼다. 자기의 전공 공부에는 게으르고 자신도 없는 주제에 잡문 나부랭이나 싸가지고 지방 신문을 통해 매명을 부지런히 해쌓는 것으로 그런 엉뚱한 자만을 갖는 것이었다. 더욱 웃기는 것은 그는 그의 글을 통해 결코 돈이든 명예에 대한 그의 절실한 연정을 눈곱만큼도 내비치는 일이 없이 늘 신랄한 매도를 일삼는다는 거였다. 도저히 구제할 수 없이 비비꼬인 남자였다.

(문학동네, 1999)

□박완서 「한 말씀만 하소서」

수녀님이 요한 23세를 얼마나 경애하고 있는지는 수녀님의 표정만 봐도 알 수가 있었다. 가뜩이나 혈색 좋은 얼굴이 소녀처럼 상기하고, 눈이 빛났다. 좋아하는 사람 얘기를 할 적에 말이 유창하고 재미있어진다는 것을 수녀님도 속인과 다르지 않았다. 수녀님은 굉장한 이야기꾼이었다.

(솔, 1994)

□박일문 「아직 사랑할 시간은 남았다 1」

그런 모습들은 성성을 아프게 했다.

자신마저 후배들을 앉혀놓고 우리 때는 운동이 이랬노라, 우리는 이렇게 힘들게 싸웠노라, 그런 허세를 떨고 싶지 않았다.

뒤에서 남을 헐뜯는다거나 남의 이론을 비판한다거나 그런 일은 성성에게 맞지 않았다.

(민음사, 1995)

□박정애 「에덴의 서쪽」

할매는 섬기는 귀신이 많아도 똥통 귀신까지는 섬기지 않았지만 재동이 상할매가 옆에서 그럴듯한 말로 꼬드기니 참말 젊고 예쁜 똥통 귀신이 머리채를 늘어뜨리고 입술에 피칠감을 한 채 똥통 속에서 입을 납죽 벌리고 똥떡을 기다리다가 똥떡이 들어오지 않으면 성이 나 솔개 병아리 채어가듯이 손주를 채어갈 것 같기도 했다.

(문학사상사, 2000)

□박종화 「여인 천하」

이때 이조판서에 안당이란 이가 있었다. 성정이 장중하고 공평 정직했다. 연산조 때는 훌륭한 언관으로 명성이 높았고 중종이 반정한 뒤에는 벼슬이 대사간과 대제학을 역임하여 뭉그러져 가는 기강을 떨쳐 일으키고 백성들의 억울하고 원통한 일을 신원시켜 줄 뿐 아니라, 조광조·김식 같은 어진 이를 나라에 천거하고, 김안국·김정국 같은 글 잘하고 도덕 높은 이를 발탁해 쓴 사람이었다.

뿐만 아니라, 그는 세조가 조카 단종을 영월로 내쫓아 없애버리고, 그의 모후 권씨를 폐위시킨 것을 다시 복위시키자고 감연히 주장했고, 국초 때 고려의 충신으로 태종한테 선죽교에서 철퇴로 맞아 암살을 당해 돌아간 포은 정몽주 선생을 공자님의 사당 문묘에 종사시키자고 주장한 강철같이 강직한 재상이었다.

(어문각, 1985)

□박충훈 「남아 있는 사람들」

나는 대번에 그가 눈칫밥으로 자란 사람이라는 것을 알 수 있었다. 인정머리라곤 씨알도 없고, 그래서 정이라곤 줄줄도 받을 줄도 모르는 독선과 외고집. 그런 사람들은 으레 남을 믿지 못한다는 사실을 나는 경험으로 알고 있었다.

아니나 다를까, 그는 자기 자신도 믿지 못해 스스로를 학대하는 내성적인 성격으로 주위에 특별한 친구도 없는 눈치였다. 그 점을 자신도 잘 알고 있었던지, 장사에 있어서 신용 하나만은 똑떨어지게 소문난 사람이었다. 물품 납기일은 물론, 대금 결제도 반나절 이상 미루는 법이 없을 만큼 철저했다. 그의 말은 입에서 떨어지면 바로 실행이었고 곧 돈이었다.

그런데다 워낙 구두쇠이기도 했지만, 소문난 신용과 물불 안 가리는 열정으로 돈을 모은 그는, 지퍼 도소매업계에서는 둘째가라면 서러운 장사꾼이었다. 주위 사람들에게서 그에 관한 소문을 대강 종합해 보았더니,

예상했던 대로 전쟁고아였고, 늦장가를 들어 첫아들이 이제 두 살이라고
했다. 칠팔 억이 넘는 운영자금과 오억을 호가하는 집 등, 그의 재산은
얼추 이십억이 넘을 것이라는 소문이었다.

(새미, 2001)

□박태순「단씨의 형제들」

그런데 우리 집안 사람들은 인내심이 없는 사람들이란 말야, 능글능글
견디는 성격이 약해. 철판은 휘어질 수가 없거든. 철판에 외부적 힘이 가
해지면 견딜 수 있는 한 견디다가 꺾어지고 마는 거란 말야. 더욱이 우
리 집안은 삼팔 따라지거든 자기 배짱과 용기 하나만을 가지고 사회 생
활을 해나가다가, 그 밑둥치가 흔들려 버릴 때에는 어디에서든 타협점을
구할 수가 없게 되어 있는 형편이야.

(동아출판사, 1995)

□방영웅「분례기」

"동평아……"

노파가 안방으로 들어가 다시 동평을 꾸짖고 있을 사이 토방에서 새
끼를 꼬고 있던 조서방이 동평을 부른다. 동평아― 하는 그 목소리는 소
가 움매애 하는 소리 같다. 정말 조서방은 소 같은 사내다. 밥도 두 그릇
을 먹고 일도 보통 사람의 두 배는 한다. 동네집 거름도 져나르고 토역
질, 지붕 해이는 일, 도배 등 이웃에서 일거리를 생기면 조서방을 부르게
마련이다. 마상골에 있는 몇백 평의 밭일도 모두 조서방이 맡아하고 장
날이면 장가게로 무엇을 져 내가고 들여오는 일도 모두 조서방이 한다.
그는 새벽부터 밤중까지 쉴 사이 없이 그저 일만 한다. 이렇게 일만 하

면서도 젊었을 때는 사나운 장모한테 매도 많이 맞았다. 장모는 끄떡하면 트집을 잡아 사위의 따귀를 갈기고 욕설을 퍼부었다. 사실 겉보리 서말만 있으면 처가살이를 하지 말랬는데 조서방은 달랑 불알 두 쪽만 차고 이 집의 데릴사위로 들어왔다. 그러나 말이 데릴사위고 이 집에 와서 자식새끼라도 낳았으니 노랑녀의 서방이지 사실은 머슴이나 다름없다. 뭐 이 집 모녀가 그를 너무 부려먹는다 해서 하는 소리가 아니다. 그가 정말 이 집의 사위나 노랑녀의 남편이라면 조서방은 채영감이나 제 마누라를 몽둥이로 때려죽이든지 무슨 결말을 지었어야 옳았을 것이다. 채영감과 노랑녀의 관계는 읍내가 다 아는 사실이니까. 그러나 조서방은 자기를 옆에 앉히고 두 년놈이 발딱 가진 몹쓸 짓을 해도 가만히 있을 작자다. "주인집 마님이 서방을 갖고 노시는데 뭘……" 하는 식이다. 조서방은 장모한테 "이놈, 제 밥그릇도 못 찾아먹는 놈……" 하는 소리를 듣는다.

(학원출판공사, 1991)

□배수아 「바람인형」

나는 여자아이를 말렸다. 하지만 여자아이의 눈에는 벌써 눈물이 맺혀 있었다. 여자아이는 언제나 그랬다. 사무실에서도, 회사의 복도에서도 여자아이가 울고 있는 것은 흔하게 볼 수 있는 일이었다. 약혼자에게서 전화가 오지 않는다거나 비가 오는데 언제나 가지고 다니던 빨간 우산을 기차에서 잃어버렸다거나 하는 아주 사소한 일에도 여자아이의 눈에는 눈물이 맺히곤 하였다. 사무실의 모든 사람들은 처음에는 당황하다가 서서히 익숙해지게 되었고 곧 귀찮아하게 되었다. 여자아이는 눈물이 있는 눈으로 맥주를 마시고 있다. 포도를 가지고 온 아이가 운동화를 신은 발을 내려다보면서 서 있었다. 여자아이의 눈에서 눈물이 마룻바닥의 카펫에 툭 하고 떨어지는 것이 나에게도 보였다.

(문학과지성사, 1996)

□ 서기원 「오늘과 내일」

그건 병렬의 영어가 능숙하고 대학을 다닌 지식층이요 또한 B반의 반장이어서라기보다 거의 크레이지한 용감성과 사물을 처리하는 능력이 출중하게 일치되어 있기 때문이었는데, 이런데다가 미군인을 대하는 태도가 만만치 않아서 실없는 농이나 덜된 수작을 당한 일이 없는 것이다.

(삼중당, 1979)

□ 서영은 「뿔 그리고 방패」

머리가 좋고 신문의 생리를 충분히 파악하고 있는 것은 그의 유능한 점이었으나, 그에겐 인격의 축적이라거나, 남자다운 뚝심이나, 사람들과의 관계에서 전혀 신의가 없었다. 그는 오직 두뇌에다 자기 인생 전체를 걸고 살아가는 것 같았다. 그는 자기의 이익 불이익에는 공수전환이 빠른 축구 선수처럼 민첩했다. 게다가 그는 변덕이 심한 자기의 생리를 곧잘 신문의 이익을 내세워 은폐하곤 했다.

* * *

백 기자가 매우 냉정한 어조로 잘라 말했다. 수더분하고 털털한 용모 그대로 옷차림도 늘 점퍼만 걸치고 다녔다. 얼핏 보기에 수월한 성격으로 판단해서 얕잡아보던 사람들은 예스와 노가 분명한 그의 의사표현에 당혹하기 일쑤였다. 뿐만 아니라 그가 그처럼 수더분한 용모 뒤에 심한 결벽증을 가지고 있다는 사실에 놀라기조차 했다.

(둥지, 1997)

□서영은 「술래야 술래야」

따지고 보면 그의 아내 혜미는 죽었다 깨어나도 그럴 여자는 아니었다. 가령 남편이 남이 못 가는 해외출장에서 돌아온다 하여 들떠서 번지르르하게 차려 입고 공항으로 달려 나오는 그런 여자가 아니었다. 그렇다고 똑똑합네 하는 여자들처럼 해외출장이 뭐 대수냐는 듯 턱을 쳐들고 집안에 앉아서 남편을 맞을 만큼 도도한 것도 아니었다.

(동아출판사, 1995)

□손숙희 「사랑의 아픔」

목에 반점을 만들어놓는 건 승호의 버릇이자 여자의 목에 매력을 느끼는 그의 취향 때문이었다. 목뼈가 가지런히 드러나는 여자의 뒷목이나 빗장뼈가 시작되는 하얀 목이 숨을 쉴 때마다 움직이는 것을 보면 그는 금방 숨이 확 달아오른다고 했다.

* * *

혁은 승호와 많이 달랐다. 처음 전화를 걸어왔을 때 목소리만 듣고서도 그가 승호와는 많이 다를 것이라 여겼던 느낌은 틀리지 않았다. 무슨 일이 일어나도 절대 흥분하지 않고 순서대로 차분히 풀어나갈 사람 같았고 어느 누구에게나 든든한 벽이 되어 줄 것만 같았다. 그래서 혁은 승호보다 몇 년이나 나이 먹은 형처럼 보이기도 했다.

(새로운 사람들, 1999)

□손장순 「불타는 빙벽」

나는 그처럼 아끼고 소중하게 생각했던 훈정과 승돈을 포함한 악우들을 또 잃었지만 그러기에 몇 번의 도전을 앞으로 계속하는 한이 있더라도 언젠가는 히말라야의 정상을 정복하고야 말 것이라고 굳게 다짐하였다. 그것만이 패퇴와 악우들을 잃은 아픔을 보상해 주고 위로해 줄 수 있었다. 산악인에게 등반의 실패는 전 인생의 실패와 다를 것이 없다. 더구나 나는 나의 유일한 사랑인 훈정마저 잃지 않았나. 불굴의 의지가 있는 한 히말라야의 위봉은 밟히고야 말 것이다. 그날을 위해 눈물을 되삼키고 아픔을 안으로 안으로 짓씹어야 한다.

(서음출판사, 1997)

□손장순 「속물학을 배웁니다」

그녀가 가르치는 일보다 연구하는 일에 몰두하기를 더 좋아하는 이기적인 체질이지만 그나마 이 직업을 유지하고 있는 것은 가르치는 일에 보람도 있지만 그나마 학생들 앞에서 자신의 생각과 의식을 피력할 수 있어서다. 목련이 대화가 통하는 고등학교 동창과의 모임을 즐기는 것은 가장 대회가 잘 통하고 체질이나 취미나 생활방식이 비슷한 데서 오는 공통분모를 가지고 있어서다. R호텔의 카페테리아에는 두 친구가 이미 와서 무슨 이야기인지 열중하고 있다. 이 친구들이 시간을 엄수하는 것도 그녀와 잘 맞는 점이다. 다른 친구들은 시간관념이 없고 항상 늦는 것에 대해 핑계가 많다. 허나 조직사회에서 오랫동안 생활해온 목련은 항상 시계처럼 정확하다. 이 친구들은 직장이 없건만 나태를 싫어하고 새로운 것을 추구하다보니 시간의 낭비가 없다.

(문화공간, 1997)

□손장순 「이 모순과의 화해」

대리는 세희에게 손해액을 물어내지 않기 위해 어떻게든지 구실과 핑계거리를 찾으려고 집요하게 승강이를 벌인다. 세희는 순간 번거롭고 귀찮은 것을 생각해서 포기해서라도 쉽고 빠르게 해결하고 싶으나 알아야 할 것을 모르고 책임져야 할 것을 책임지지 않는 불성실한 태도를 용서할 수가 없다. 또한 그녀가 이때까지 지불한 시간과 수고가 도로가 된 울분이 부당하게 피해를 보는 불쾌감까지 배가시켜가며 물러날 수 없다는 오기를 그녀에게 불러일으킨다.

(문화공간, 1997)

□손장순 「자기시대」

학과장이란 자리는 접어두고라도 그녀에게 배운 제자로서 용납할 수 없기에 소영은 분노하였다. 그녀는 학생들의 눈치를 살피는 교수의 자세를 비참하게 생각하기에 제자 강사에게도 당당하였다. 내일 당장 그만두는 한이 있어도 교수의 권위와 품위를 잃고 싶지 않아 평소에 소신껏 행동하였다. 더구나 잘못을 시인하지 않고 반발하는 경우 소영은 용서할 수 없는 기분이었다. 자신이 실수를 하였을 때 깨끗이 인정하는 성격이기 때문이다.

(문화공간, 1997)

□손창섭 「유실몽」

남자와 사귀는 데는 거의 천재적이었다. 그런 만큼 남자 없이는 살지 못하는 누이였다. 누이에게 있어서 남녀관계란, 단순히 자웅의 뜻으로만 통하는지도 모른다. 요즈음도 누이와 상근은 그 동물적 본능을 만족시키기 위해 밤마다 바빴다.

(삼성출판사, 1981)

□송기숙 「오월의 미소」

세모눈은 한마디 던져놓고 나가버렸다. 내가 세모눈을 본 것은 이것이 전부였다. 들어오자마자 대번에 판을 휘어잡아버린 위세며, 수습이란 말에 일판을 끝내자는 걸로 알았다가 질서를 잡자는 소리에 금방 수긍하는 태도며, 끊고 맺는 행동거지가 칼로 베듯 확실했다.

(창작과비평사, 2000)

□송기숙 「은내골 기행」

인류학과를 나온 박기자는 새마을운동에 누구보다 비판적이었고, 특히 민간신앙이라면 몽땅 미신으로 몰아붙여 새마을사업의 정리 대상으로 삼고 있는 처사에는 분노를 느끼고 있었다. 동네 앞에 서낭당 하나가 남아있지 않을 판이니 이러다가는 민속자료는 흔적도 없어질게 아니냐고 개탄을 했고, 특히 얼치기 기독교 신자들까지 제 세상 만난 듯 설치는 데는 경멸을 금치 못했다.

(창작과 비평사, 1996)

□신경숙 「깊은 숨을 쉴 때마다」

이제 나, 간다고 인사드리러 가는데 저만큼서 버스가 오는 것이다. 그 버스를 마을 안쪽에서 어머니가 타시기로 해서 나도 타야만 했다. 그래서 아버지, 하고 불렀으나 아버지께서 막 나오시는 것하고 버스가 멈추는 것하고 동시였다. 나는 아버지 얼굴을 보지도 못하고 그냥 버스에 올랐다. 뒷날 어머니께 들으니 그렇게 나를 보낸 아버지께서 사흘을 그냥 방에 누워만 계셨다고만 한다. 나는, 참 우습다. 늘, 저만큼 계신다고 생각했던 아버지와의 거리가 그 일로 메워지고 그 뒤로 지금껏 나는 아버지가 애틋하다. 사촌들이 와서 얼마를 묵고 가도 올 때 오냐, 갈 때 가냐, 두 마디밖에 안 하실 정도로 말수가 적으셨던 분이 이제 어머니께서 서울에 오래 계시면 전화해서 긴말로 언제 오느냐며 화를 내신다. 외로우신 게다. 이제는 텅 빈 집, 농사도 소도 엽총도 메워줄 수 없는 외로움. 내가 서울로 돌아올 때면 다시 나를 오토바이 뒤에 태우시고 뭐라고 뭐라고 말씀을 많이 하신다. 바람 때문에 무슨 말씀인지 하나도 알아듣지 못하지만 나는 뒤에서 예, 예, 한다.

(현대문학, 1995)

□신경숙 「딸기밭」

어머니는 이 호수에 사는 물고기와 같이 눈이 밝다. 어깨는 닳아졌어도 눈은 밝다. 눈 밝게 허는 디는 당근이 최고란다. 어머니는 어디에 거처하나 한켠에 당근을 심어놓고 늘상 뽑아서 먹곤 했다. 재봉질을 하다가, 물을 길으러 가다가, 바깥에서 돌아오다가, 낮잠에서 깨어나서 닭 모이를 주다가 어머니는 주홍색 당근을 쑥 뽑아 흙을 털고 아삭아삭 배어 먹었다. 능내 마당에 맨 먼저 심은 것도 당근이었다. 종이에 적힌 글씨가 그에겐 흐릿한데, 어머니는 눈도 안 찡그리고 낭송했다.

* * *

나는 있지, 원래 두 가지 일을 한꺼번에 못했대. 어머니가 그러는데,

어렸을 때 말야, 내 손에 사과가 쥐어져 있는데 누가 귤을 주잖아, 그러면 비어있는 다른 손으로 받으면 되잖아. 근데 사과 한번 쳐다보고 귤 한번 쳐다보고 하다가 사과를 버리고 귤 받으러 갔댄다. 그땐 사과는 지천이었지만 귤은 귀했으니까.

* * *

처음 구 층의 아파트의 방에서 잠을 자게 되었을 때 얼마간 나는 무릎이 깨져 피가 흐르고 있는 듯한 기분으로 잠자리에 들곤 했다. 밤중에 잠이 깨지 않고 아침까지 자게 되는 날들에 진심으로 감사했다. 잠이 깨면 늘 불안해서 어둠 속에서 몸을 웅크리게 되었으므로, 동생이 그리 되기 전까지는 표면은 고요했지만 격렬한 내면을 지니고 있는 사람은 동생이 아니라 나 자신이라고 생각했다.

* * *

동생은 생선의 맛보다도 구워진 생선을 발라내는 제부의 모습을 바라보는 걸 더 좋아했었구나. 노란 불빛이 석쇠 밑에서 퍼져나와 그 애의 얼굴에 어른거리던 행복했던 시간. 너는 석쇠 위에 놓인 가지미며 조기며 연어가 노릇하게 구워질 때까지 뒤집고 바로하느라 그 노란 불 앞을 떠나지 않았었지.

(문학과지성사, 2000)

□신달자 「눈뜨면 환한 세상」

한복판은 늘 새로운 아이템을 내놓아 연구에 활력을 더했고 퇴근 없는 밤샘으로 자신의 아이템에 대한 치밀한 데이터를 팀원들에게 제시했다.

무서운 집중력이었다. 도전적이며 집중력 강한 한복판의 성격은 업무에서만 끝나지 않았다. 명혜를 향한 대시도 저돌적이었다. 명혜가 표가 날 정도로 싫은 표정을 지어도 한복판은 아랑곳하지 않았다. 한곳을 향하여 달려가면 반드시 그곳에 도착한다는 것이 그의 철학인 모양이었다.

(포도원, 1995)

□신달자 「백치애인」

나는 약간 어리석은 친구가 좋다. 조금은 모르는 것도 있는 친구, 조금은 감정이 지나쳐 연속극을 보며 핑그르르 눈물이 도는 한심한 구석도 지니고 있는 친구가 더 좋다.

조금은 어리둥절해서 어려운 사람과 마주한 식탁에서 몇 알의 밥알을 흘리거나 젓가락을 떨어뜨리는 실수를 할 수 있는 친구가 더 마음을 끈다.

말하자면 정이 있는 친구, 내가 얼굴빛이 조금 어두워 보이면 괴로운 일이 있는 것을 눈치채고서 자기의 바쁜 일을 뒤로 미루고 나와 함께 같이 있어 주는 친구가 있을 때 나는 인간에게 우정이 존재하고 있음을 고마워한다.

감동이 없는 친구는 싫다. 외로울 때 전화를 했는데 "왜?"라고 메마른 반응을 보이는 친구는 어쩐지 뒤로 물러서게 된다.

감정에 인색한 친구도 무섭다. 나는 치부에 가까운 상처나 부끄러운 가정 사정이나 당치도 않은 사람에 대한 흠모 따위까지 속속들이 비닐주머니를 털어놓았는데도 너무나 차분하게 듣기만 하면서 인생의 선배인 듯 냉정히 이성을 지키는 친구는 얄미운 데서 그치지 않고 배신감까지 가지게 한다. 정의 교환을 감정소모로 생각하는 그런 친구는 정의 구두

쇠일 것이다.

(자유문학사, 1988)

□신달자 「성냥갑 속의 여자」

자존심이란 대단한 인내력을 키워준다. 자존심이란 자신의 능력 이상의 자제력도 키워 주는 힘이라는 것을 아프게 느끼기도 했던 것이다.

그러나 나는 나의 자존심이 순수하게 나 자신을 지키는 자존심이 아니라는 것을 민수를 키우면서 서서히 알아가기 시작했다.

그것은 나를 보호하고 지키는 자존심이라기보다 나의 자존심이라는 하나의 허울로 장치된 남편에 대한 증오심이라는 것을 알게 된 것이다.

나는 안다. 자존심보다 증오심이 훨씬 더 인내력과 자제력을 기르게 하는 독소가 된다는 것을.

(자유문학사, 1993)

□신상웅 「심야의 정담」

경이 고향을 떠난 것은 중학교 2학년 때였다. 그의 아버지 자돈씨가 노래처럼 하던 유학이 기이한 인연으로 갑자기 뜻을 이뤘던 것이다. 워낙 땅이 비옥해서 누구나 양식 걱정이야 시름을 놓고 지내는 편이었지만 그 고장 사람들 대부분은 사실인즉 한낱 소작인에 지나지 않았다. 유식한 말로 하자면 부재지주들이었다. 인삼으로 이름나고 교통 중심지로 사람들이 꼬여들어 개성 깍쟁이들은 알부자가 아닌 사람이 없었고 그들은 돈을 모으기만 하면 꼭 땅에다 묻어야 잠이 왔다. 이 어수선한 세상에 미덥기로는 땅 이상 더 볼 것이 없었다. 그래서 개성상인들은 돈 보따리를 싸들고 토성, 연산, 성호 연안까지 나가서 전답을 사들였다. 자돈씨는 언제나 그것에 분통을 터뜨렸다. 제 땅을 빼앗기고도 굶지 않고 살아가기만 하면 되지 않느냐는 그 고장 사람들의 멍청이 같은 기질이 더없이 싫었던 것이다. 그럴 만도 한 것이 그 고장 사람들은 도무지 바깥 세상이 어디로 돌아가는지 오불관언인 것은 말할 것도 없으려니와 제 간을 들어내 가더라도 그것 없이 살 수만 있다면 간섭할 것 없다는 투로 허리끈을 느슨하게 풀어놓고 어물쩡거렸으니 말이다. 그래서 그 지방 주변에서 양복쟁이 보기란 가뭄에 콩 나는 것 보기보다 어려웠다. 남이사 양복을 입고 하이어를 타든 말든 자기네는 조상이 지어 준 조선옷만 입어 떨어뜨리면서 남의 논밭을 갈아먹으면 그만이라는 식이었다. 자돈씨는 개탄을 하면서도 스스로 양복쟁이가 되지는 않았다. 그는 툭하면 말했다.

"조선옷 입는 거야 비싼 새비로 양복 입기보다 손쉽고 편해서 농사꾼들한테야 그 위에 더 없지만 그래. 한번 따져 보자구. 이 고장에서 그래두 내로라 하는 사람 한 사람 나온 일이 있는지. 참 이렇게 답답한 사람들이라니 원."

아마도 그 때문에 자돈씨는 아들을 굳이 서울에서 공부시키겠다고 야무진 결심을 세웠을 것이었다. 그는 경이 국민학교 상급반이 되자부터 걸핏하면 아내를 보고 말했었다.

"내 저녀석은 꼭 도회지에 유학보내야겠어. 이러다간 재주있는 놈두 없구 재주없는 놈두 없구. 알맹이는 타관 사람들이 다 빼먹구 말이야. 언젠가 이 고장은 폭삭 망하구 말 거야."

해방 전에는 왜놈이 뭐래도 꿀 먹은 벙어리, 순사 앞잡이 조선놈이 독살을 부려도 흥흥 하고만 있었는가 하면 해방이 되자 바로 그 앞잡이들이 넥타이를 매고 다시 나타나 추수 바쁘게 딸딸 긁어 가려 드는데도 여전 그 모양으로 멍청하게 먼 산만 바라보는 사람들을 그 성격으로 그냥 두고 볼 수가 없었을 것이었다. 그러나 워낙 몇 뙈기 안 되는 논밭을 부쳐 가지고는 마음만 번하지 좀체로 결단을 내릴 수가 없었다. 남들처럼 개성 사람 땅을 되갈림하여 부치면야 혼자 손으로 좀 버겁다 하더라도 여유는 생기겠지만 죽어도 누구한테 땅 좀 주시오 손내밀 생각은 나지 않았다. 자돈씨는 해마다 내년이면 되겠지 하면서 이를 악물고 농사일을 거두는 한편 집안에다 온갖 집짐승들을 건사하여 잔돈푼 뜯고 거름도 받아냈다. 그 통에 콩잎 팥잎 따랴, 꼴 뜯으랴, 개구리 잡으랴, 이마에 허옇게 버짐을 피운 것은 아내와 두 딸이었다. 경은 공부나 열심히 하라 재촉이고 그의 사내동생은 아직 너무 어렸다.

* * *

총선거니 외환이니 할 때도 민욱은 그가 설마 그런 얘길 하리라곤 상상하지 못했다. 왜냐하면 민욱은 그를 너무나 잘 안다고 자신하고 있었기 때문이었다. 민욱은 자신의 2학년 때, 중학 수험공부를 하는 영진의 동생을 다스리기 위해 그의 집에서 꼬박 일 년을 같이 지낸 일이 있었다. 그런데 밤낮으로 얼굴을 맞대고 지내본 그는 그렇지 않았다. 집착이 강하고 어떻게 보면 좀 불쾌하게 느껴질 정도로 한계가 명백한 데는 있었지만. 예를 들면 같이 학교에 나가기 위해 버스를 타거나 해도 찻삯은 꼭 따로 냈으며, 심지어는 할인된 학생 전차표까지도 먼저 뛰어오르는 그는 한 장만 내고 들어갔다. 집에다가는 민욱을 후대하도록 스스로 주선하고 나서면서도 두 사람 사이에서만은 그토록 경우 바른 것이 그에겐 오히려 더없이 마음 편한 일이었다. 그가 가정교사를 들면서 최초로 맞는 동창의 집이기 때문에 한사코 마다했는데도 굳이 같이 지내자고 우긴 영진이 그런 태도를 지키지 않았던들 얼마나 난처한 경우가 많았을 것인가. 그렇다고 해서 영진이 그 점을 감안하고 행동했던 것이 아니며, 그는 누구를 상대해도 그렇게 명쾌했다. 그렇던 그가 어떻게 해서 경우를 버리게 되었을까.

(동아출판사, 1995)

□심 훈 「상록수」

그 중에도 어느 사립학교 교원으로 있을 때 ○○사건에 앞잡이 노릇을 하다가 이태 동안이나 콩밥을 먹고 나온 경력이 있는 건배는, 남의 일이라면 발을 벗고 나선다. 주선성이 있어서 한 동리에서 무슨 일이 생기면, 농우회의 선전부장격으로 진일 마른 일 가리지 않고 뛰어다니며 활동을 하지 않고는 견디지 못하는 사람이다. 그는 동혁이 보다도 몇 해나 먼저 야학을 개선한 선각자로 동혁이와는 어려서 싸움도 많이 하였지만 뜻이 맞는 막역한 동지였다. 그 멋없이 큰 키를 바람에 불리는 바지랑대처럼 내젓고 돌아다니며 광고를 하여서, 여학생이 동혁이를 찾아왔다는 소문이 하루 동안에 동네에 파다하게 돌았다.

(청목사, 1992)

□안 광 「이순신과의 동침」

고등학교 시절 나는 제법 체격이 건장한 학생이었다. 성적은 우수한 편이 못 됐지만 선도부원으로 선발되어 아침이면 눈부시게 빛을 내는 하얀 X밴드를 차고 옥양목같이 하얀 장갑을 낀 채 교문 앞에 도열하고 서 있다가 금빛 나는 커다란 단추가 떨어진 복장불량자나 엉거주춤 경례를 붙이는 저학년을 붙잡아 내 하얀 장갑 낀 주먹으로 복부를 쥐어박고 팔굽혀펴기를 시키는 공과 사가 엄정한 3학년 선배였다. 나는 항상 의리를 지키고 명예를 존중하며 정의의 편에 선 사람이 되고 싶었다. 일기를 꼬박꼬박 썼으며 그 일기 말미엔 하루에 역기를 몇 번씩 들었다고 꼭 기록해 주었다. 그것은 『난중일기』에서 이순신 장군이 꼬박꼬박 활쏘기 몇 순을 했다고 기록했던 것을 흉내낸 것이었다. 그때도 역시 존경하는 위인은 이순신 장군이었고 그의 행적을 흉내내기 위해 부지런을 떨었으며 성적은 좋지 않았지만 열심히 공부했었다. 나는 교실에서나 운동장에서나 규칙을 위반하는 학생을 엄격하게 적발해 냈지만 그대로 학생과 훈육주임에게 일러바치는 융통성 없는 놈은 아니었다. 대부분은 그 자리에서 혼을 내고 돌려보냈었다. 어쨌든 나의 재량과 영역에 속한 일이었으므로 기꺼이 관대함을 베풀었다.

(삼문, 1997)

□안수길 「북간도」

곧잘 흥분하나, 정의감이 세고, 정세판단이 예리하고 정확했다. 흥분하면 상대편에게 말할 틈을 주지 않고 혼자 빠른 말로 지껄이는 버릇이 있었다.

(동아출판사, 1995)

□안수길 「신이 잠든 땅 1」

한번 삽입하면 사정을 해버려야 후련한 남근(男根)의 생리처럼 후가사와의 곤조는 한번 부렸다 하면 끝장을 보아야 풀리는 것이다. 그런 후가사와의 성깔은 다른 고참병들, 이를테면 반장급인 군조 이하의 기간병들 간에도 잘 알려진 '개고기'였다. 그로 보면 초저녁, 개평으로 두어 대쯤 갈겨준 후쿠다의 공매는 오히려 민규에게 고마운 것이었는지도 모른다.

(하나로, 1997)

□안수길 「제3 인간형」

직업에도 충실하지 못하고 자신에도 엉거주춤하고 이러한 자책의 채찍을 맞으면서, 석은 점심 밥그릇과 원고지권이 함께 들어 있는 무거운 가방을 들고, 벌써 십여 개월 날마다 삭막한 통근코스를 흐리터분한 분위기 속에 학교에 왔다갔다하였다. 초조감만 북돋아졌다. 그러나 그럴수록 마음은 공허해간다. 그리고 안일을 탐하여 현실과 타협하려고 들었다. 허탈된 마음으로 학교 주위의 바다 풍경을 즐기고 이레 만에 찾아오는 일요일을 고대하는 게으른 사람이 되고 말았다.

(을유, 1955)

□안장환 「타인들」

그리하여 가족들의 성화에 못 이겨 중매로 맞선을 보았고, 이것저것 깊이 생각할 여유도 없이 결혼을 해버렸다. 그러나 영은은 아직까지 소설가에 대한 꿈을 버릴 수가 없었다. 분위기와 낭만 같은 것도 알고, 때로는 소녀처럼 감정이 센티멘털리즘으로 빠져 들어가는 때가 있는 것은 자신이 문학을 좋아하는 사람이어서 그럴 것이라는 생각을 했다.

(신원문화사, 1996)

□양귀자 「모순」

한번만 더 맹세코, 라는 말을 사용해도 좋다면, 평소의 나는 이런 식의 격렬한 자기반성의 말투를 쓰는 사람이 결코 아니었다.

게다가 그런 식으로 말하기 좋아하는 열혈한을 만나면 지체 없이 경멸해 버리고 두 번도 더 생각하지 않는 사람이 바로 나였다.

(살림, 1998)

□양귀자 「희망」

나는 기분이 좋았다. 아니, 좋을 것 같았다. 내가 내린 결정에 여러 겹의 확신을 두르는 작업을 마치기도 전에 나는 이미 그것에서 자유로워져 있었다. 나는 이제 두 번 다시 그 문제로 머리를 썩이지는 않을 것이었다. 나는 원래 그런 놈이었다. 한번 정해버린 일에 미련을 품거나 하는 일은 도대체 성격에 맞지 않았다. 그런 점에서는 어머니와 닮았는지도 몰랐다. 어머니는 싫어하지만 가끔 이제 학원을 그만두었으니 시시한 문제라도 이것부터 연구해 볼 일이었다.

(살림, 1990)

□염상섭 「두 파산」

옥임이는 정례 모친이 혼쭐이 나서 달아나는 꼴을 그것 보라는 듯이 곁눈으로 흘겨보고는, 입귀를 샐룩하며 비웃고 버젓이 사람 틈을 헤치고 종로편으로 내려갔다. 의기양양할 것도 없지마는, 가슴속이 후련하니, 머리 속이고 가슴속이고 뭉치고 비비꼬이던 것이 확 풀어져 스러지고, 피가 제대로 도는 것같이 기분이 시원하다. 그러나, 그렇게 뭉치고 비비꼬인 것이라는 것이 반드시 정례 어머니에게 대한 악감정은 아니었다. 옥임이가 그 오랜 동무에게 이렇다 할 감정이 있을 까닭은 없었다.

다만, 아무리 요새 돈이라도 이십여 만 원이라는 대금을 받아내려면, 한번 혼을 단단히 내고 제독을 주어야 하겠다고 벼르기는 하였지만, 얼떨결에 나온다는 말이, 젊은 서방을 둔 텃새냐, 무엇이냐고 한 것은 구석 없는 말이었고, 지금 생각하니 우스웠다. 그러나, 자기보다도 훨씬 늙어 보이고 살림에 찌든 정례 모친에게는 과분한 남편이라는 생각을 늘 하던 옥임이기는 하였다. 남의 남편을 보고 부럽다거나, 샘이 나거나 하는 그런 몰상식한 옥임이도 아니지만, 자식도 없이 군식구들만 들썩거리는 집에 들어가서 몸도 제대로 가누지 못하는 늙은 영감의 방을 들여다보면 공연히 짜증이 나고, 정례 어머니가 자식들을 공부시키느라고 어려운 살림에 얽매고 고생하나, 자기보다는 팔자가 좋다는 생각도 나는 것이었다. 내년이면 공과 대학을 나오는 맏아들에, 중학교에 다니는 어머니보다도 키가 큰 둘째 아들이 있고, 딸은 지금이라도 사위를 보게 다 길러놓았고, 남편은 번둥번둥 놀며 마누라가 조리차를 하는 용돈이나 받아쓰고, 자동차로 땅뙈기는 까불었을 망정 신수가 멀쩡한 호남자가 무슨 정당이라나 하는 곳의 조직부장이니 훈련부장이니 하고 돌아다니니, 때를 만나면 아닌게 아니라 장래 대신이 되지 말라는 법도 없을 것이다. 팔구 삭 동안 동사를 하느라고 매일 들러 보면, 젊은 영감을 등이라도 두드리고 머리를 쓰다듬어줄 듯이 지성으로 고이는 꼴이란 아닌게 아니라 옆에서 보기에도 부러운 생각이 들 때가 없지 않았지마는, 결혼들을 처음 했을 예전 시절이나, 도지사 관사에 들어서 드날릴 때야 어디 존재나 있던 위인들인가? 그것이 처지가 뒤바뀌어서 관 속에 한 발을 들여놓은 영감이나마 반민자로 지목이 가다니, 이런 것 저런 것을 생각하면 쭉쭉 뽑아놓은 자식들과, 한참 활동적인 허위대 좋은 남편에 둘러싸여 재미있고 기운차게 사는 양이 역시 부럽고, 저희만 잘된다는 것에 시기도 나는 것이었다. 보기 좋게 이년, 저년을 붙이며 한바탕 해대고 나서 속이 후련한 것도 그러한 은연중의 시기였고 공연한 자기 화풀이였는지 모른다.

(판, 1946)

□염상섭 「삼대」

그래도 수원집은 영감 앞에서는 입의 혀같이 살랑거렸다. 이번 판에 공을 들여야 백 석이 이백 석이 될 것이 아닌가? 아들 내외와 그만큼 버스러졌으니까 죽을 때에도 손자 내외에게 많은 몫을 지어 줄지 모를 일이니 손자 식구마저 떼어놓으면 한 떼기라도 그리 붙일 것을 이리로 더 붙이게 될 것은 인정의 어쩌는 수 없는 약점이기겠기에 말이다.

* * *

덕기도 유한 계급인의 가정에서 자라나니 만큼, 몇 시 차에 갈지 분명히 작정도 안 하였거니와 내일 못 가면 모레 가고 모레 못 가면 글피가지 하는 흐리멍덩한 예정이었다.

* * *

영감이 한약에 반대하는 것은 정말 양약을 믿기 때문이 아니라, 양약은 병마개를 종이로 풀칠까지 해서 꼭 봉해 오는 것을 머리맡에 두고 자기 손으로나 혹시 자기가 보는 앞에서 따라 먹는 것이요, 또 만일에 약에 변통이 생기더라도 즉시 의사를 불러대서 남은 약을 검사만 해보면 당장 해혹도 되고 의사도 그만큼 책임을 지고 약을 쓰겠지만, 한약이면 달여서 사랑에 내올 때까지 일일이 감독도 할 수 없거니와 그 중간에 몇 사람의 손을 거치느니 만큼 안심이 아니 되는 것이다. 사랑에서 자기 눈앞에서 달이게 한다면 누구나 변괴로 여길 것이요, 자기의 심증을 들추어 내보이는 셈쯤 될 뿐 아니라 도대체 양약처럼 몇 번 잘라먹는 것이 아니다. 한약이란 한 번에 쭉 마셔 버리니까 오장에 들어가면 그만이다. 다시 무를 수가 없다. 또 약 그릇을 씻어버리고 약 찌꺼기를 없애 버리면 무슨 일이 있은 뒤라도 감쪽같이 흔적도 찾을 수 없는 것인가.

* * *

이지적(理智的)이요 이론적이기는 둘이 더하고 덜할 것이 없지마는, 다만 덕기는 있는 집 자식이요, 해사하게 생긴 그 얼굴 모습과 같이 명쾌한 가운데도 안존하고 순편한 편이요, 병화는 거무튀튀하고 유들유들한 맛이 있느니 만큼 남에게 좀처럼 머리를 숙이지 않는 고집이 보인다.

그 수작 붙이는 것을 보아도 덕기 역시 넉넉한 집안에 파묻혀서 곱게 자란 분수 보아서는 명랑하지 못한 성미이나 병화는 이 2, 3년 동안에 더욱이 성격이 뒤틀어진 것을 덕기도 냉연히 바라보고 지내는 터이다.

* * *

덕기는 머릿속이 띵하였다. 부모들의 일이니 만큼 또 게다가 경애란 사람이 단순히 서모이었던 사람이 아니라 자기와는 어렸을 때 동무니 만큼 모든 일이 거북하다. 덕기는 성질이 무뚝뚝하게 무어나 딱 끊어버리는 사람 같으면 아무 일 없지만 그렇지도 않은 성미다. 너무 다심하고 다감하니 만큼 무엇을 보거나 듣거나 혼자 꺼림해하는 것이다.

* * *

"저야 오지마는 덕기는 붙드실 게 무엇 있습니까. 공부하는 애는 그보다 더한 일이 있더라도 하루바삐 보내야지요……."

이것은 부친의 소리다. 부친은 가냘프고 신경질적인 체격으로 보아서는 목소리라든지 느리게 말하는 어조가 퍽 딴판인 인상을 주는 것이었다. 그 부드러운 목소리와 느린 말투는 젊었을 때에도 그랬는지 모르겠으나, 아마 예수교 속에서 얻은 수양인가보다고 덕기는 늘 생각하는 것이다. 거기다 비하면 조부의 목소리와 어투는 자기 생긴 거와 같이 몹시 신경질적이요 강강하였다.

"그보다 더한 일이라니?"

시비를 차리는 사람이 저편의 말끝을 잡은 것만 다행이라는 듯이 조부의 목소리는 긴장하여졌다.

부친은 잠자코 섰는 모양이다.

"계집자식이 붙드는 게 그보다 더한 일이냐? 에미 애비가 숨을 몬다면 그보다 더한 일이냐?"

똑같이 부드럽고 똑같이 일 분간에 오십 마디밖에 아니되는 듯한 말소리다. 그러나 노 영감은 그 말소리가 추근추근히 골을 올리려는 것 같이 들려서 더 못마땅하였다.

"그래, 무어 어쨌단 말이냐? 에미 애비 제사도 모르는 놈이 당장 내가 숨을 몬다기소 눈 하나 깜짝이나 할 터이냐? 그런 놈을 공부는 시키면 무얼 하냐?"

"종교가 달라서 제사 안 지낸다고 반드시 부모의 임종까지 안 하리라고야 할 수가 있겠습니까?"

"무슨 잔소리를 그렇게 하는 것이냐? 어서 가거라! 네 자식도 너 따위로 만들 작정이냐? 덕기는 내가 기르고 내가 공부를 시키는 터이다. 너는 낳달 뿐이지 네 손으로 밥 한술이나 먹이고 학비 한푼이나 대어주었니? 내가 아무려면 너만큼 못 가르쳐 놓겠니! 잔소리 말고 어서 가거라! 도덕이니 박애니 구원이니 하면서 제 자식 하나 못 가르치는 놈이 입으로만 허울좋은 소리를 떠들면 세상이 잘될 듯 싶으냐!"

(동아출판사, 1995)

□오상원 「모멸」

녀석은 잠시도 감시의 눈을 소홀히 하지 않았다. 어쩌다 샘터를 발견해도 녀석은 꼭 사격하기 알맞은 위치를 고른 다음 자기의 동작을 볼 수 없도록 뒤돌아서게 한 후 물을 마셨다. 뒤를 볼 때도 마찬가지였다.

* * *

녀석은 이만저만 용의주도한 것이 아니었다. 바스락 소리만 나도 눈을 떴다. 작은 산새가 나뭇가지에서 잠결에 푸드득거리는 소리에도 눈을 떴다. 녀석은 결코 누워서 자지를 않았다. 이쪽의 거동을 하나하나 감시할 수 있는 장소에서 반드시 나뭇등 밑에 기대어 총을 쥔 채 앉아서 눈을 붙였다가도 곧 잠을 깨곤 했다.

(계몽사, 1986)

□오성찬「몽둥이」

그가 내세우는 어른이란 마을의 훈장이었다. 상투에 망건, 탕건, 갓을 갖추어 쓰고 구부정한 허리를 다독거리며 다니는 훈장은 성깔만은 대단했다. 콧잔등 선이 예리한 그는 꼬챙이 같은 소리로 안 된다고 하면 그만이었다. 분명 보매 그른 일도 그가 옳다고 우기면 옳은 것이었다.

사람들은 물러서 훈장이 옳다고 주장할 것 같으면 이내 표정을 풀고 쯧쯧 혀를 차 버리는 것이었다. 에에, 고개를 틀고 비실비실 물러나 버리는 것이었다.

* * *

아버지는 굼뜨고 말이 없었지만 한번 성내면 무서웠다. 그런 아버지가 구부정하게 처마 밑을 벗어나는 걸 보며 나는 이제야 뭔 일이 났구나 했다. 노상 뻣뻣하고 거드름 피우는 완돌이가 이번에야 코가 납작하게 되었구나, 속으로 고소해 했다.

* * *

그로부터 길에서 만난 완돌이는 더욱 당당해지고 어깨도 더 벌어진 듯했다. 윤노리몽둥이를 휘두르는 거동도 더 거만하고 거칠어졌다. 맞대고 쳐다보는 퉁명스런 표정도 전보다 더 뻔뻔스러웠다.

(지성문화사, 1988)

□오성찬 「종소리 울려 퍼져라」

나는 나의 좁은 신문사 지국으로 돌아와서 내일 아침 조간의 기사를 마감하지 않으면 안 되었다. 아무 내용이라도 몇 건을 보내지 않으면 안 되는 마감시간, 이 시간이야말로 20여 년 동안 나로 하여 조바심을 켜게 하고, 나의 애간장을 태워온 순간들이다. 신문이 부지기수로 많아진 요즘 상황에서 아마 같이 이 순간에 전전긍긍하고 있는 군상의 수가 기하일까. 그러나 어쨌든 신문은 우리 그, 진짜 '쟁이'처럼 신문을 만들어온 편집국장의 말마따나 신문 역사상 백지로 낸 적은 없었던 것이다.

* * *

나는 그녀의 가정 사정에 대해서도 쓸까하다가 그만두기로 했다. 국장은 틀림없이 이 기사를 1단으로 깔 것이라는 확신 때문이었다. 그는 인상처럼 철저히 '찬피동물'이었다. 아, 자기가 죽고 싶어서 죽었는데 내버려둬라. 살고 싶어도 못 사는 사람이 이 세상에는 쌔고 쌨다. 그게 무슨 기삿거리가 되느냐. 1단짜리다. 1단짜리로도 지면이 아깝다. 이런 식이었다.

* * *

"사실은 말이야. 네 힘을 빌려야 할 일이 있다구. 이 병원에 입원한 환자 중에 가명이나 무명으로 입원한 환자를 찾는데 말이야."

그가 미간에 솔잎 몇 올을 세우며 갑자기 얼굴에 그늘이 드리워졌다.

"그런 경우는 없어. 여기는 한 사람 한 사람 생명과 직결되어 있고 생명이란 가명일 수가 없지."

이런 때 보니까 그는 대단히 고집스럽고 보수적인 일면이 있어 보였다. 그래서 내가 서둘러 정정했다.

"내 말은 대외적으로 이름을 숨겨줘야 될 경우에 한해서 하는 말이야. 왜 그런 경우는 있을 수 있는 일 아닌가?"

그는 내 말이 이내 설득되었는지 가볍게 고개를 끄덕이는 기미를 읽을 수 있었다. 나는 이때쯤 허구리를 찔러놔야 한다는 계산을 했다.

* * *

바다 쪽을 바라봤다. 수평선이 톱날처럼 일어서 있었다. 그걸 보는 순간 내 속을 못 견디게 간지르는 어떤 의식이 있었다. 내 속에 마르지 않은 잡초 같은 근성. 이것이 나를 다시 일으켜 세우려 하고 있다는 걸 나는 예감했다. 나는 왜 좀 더 대범하고 너그럽지 못한 것일까. 왜 포기하고 내버리지 못하는 것일까. 그러나 나는 이렇게 생각하면서도 내심 이런 의식을 사랑하고 있음을 알고 있었다. 나는 부둣가의 공중전화 부스로 다가가서 전화번호부를 뒤져 그 정보통, 나의 동창 친구들에게 전화를 걸었다. 그는 마침 현장에서 막 돌아왔노라면서 전화를 받았다.

* * *

나는 그 자료를 낚아채서 건성으로 들여다보기 시작했다. 얼른 '길 잃은 천사들의 집'이라는 타이틀이 시선을 끌었다. 그리고 그 아래에 이 시설의 내력에 대한 여러 가지 내용이 적혀 있었다.

"재작년에 착공을 해서 이제 겨우 완성을 하게 된 것이지요. 이 집이 처음 그 과수원 하는 신창완 씨의 독지에 의해서 시작이 됐다는 건 아시지요?"

"알지. 그런데 그 친구가 어떻게 그런 궁둥이가 났을까?

나는 고개를 갸우뚱거렸다.

"선배님은 모든 사물을 너무 비판적으로만 보시는 게 탈이에요. 그 사람 그래도 지역을 위해서 좋은 일 많이 했다구요. 다만 그게 적산을 물린 아버지의 재산이라는 게 문제지만……"

"그래요. 그런 재산이나마 좋은 일에 쓰인다는 건 그게 좋은 일 아니겠어요?"

B신문의 지방주재인 양 기자도 끼여들었다. 이놈들은 이 기회에 아주 나의 고집을 꺾고, 나를 설득시켜 놓고야 말겠다는 투가 아닌가. 나에겐 물론 지나치게 고지식한 일면이 없지 않았다. 그걸 나도 충분히 인정하고 있었다. 그러나 이런 놈들에게, 이런 식으로 당하는 건 싫었다. 그래서 나는 이놈들의 생각에 쐐기 하나 박아놓는 걸 잊지 않았다.

"좋아, 좋단 말이야. 부당하게 번 돈이니까 이렇게 내놓는 거 당연하다, 이게 내 지론이야."

순간 그들의 표정은 멍해버린 느낌이었다. 그러면서 속으로는 설득당하지 않아서 찜찜해 보이기까지 한다.

* * *

나는 그에게 손을 내밀어 악수를 청하고 단도직입적으로 물었다.

"알고 말고 할 것도 없습지요. 우리도 아직 내막을 전혀 모르고 있으니까요."

그의 얼굴이 단숨에 빨갛게 물들어버린다. 참 단순한 사내구나. 그 얼굴이 잘 익은 홍옥 같다고 나는 생각했다. 이 사내는 왜 이리도 당황해 있는 것일까. 내겐 전혀 해칠 의사가 없는데.

"아침에 출근을 해보니까 파출소에서 전갈이 와 있더라구요. 사람이 하나 내버려졌으니까 와서 데려가라구요."

* * *

내가 땀 흐르는 그의 얼굴을 심문하듯 쳐다보며 물었다.

"아까도 말했지만 그 학생은 언제나 학급에서 일이 등을 하는 모범생이었습니다. 그러니까 일등이 그 애한테 충격적인 요소가 될 수는 없다고 보지요. 다만 요 몇 차례 소혜가 일등을 여러 차례 차지하긴 했어요. 그러다가 이번에 번복이 된 것입니다."

선생은 몇 마디 말을 주고받다 보니까 자기 사고에 굳어져 있고, 신경질적인 면도 있다는 것이 파악되었다. 성질도 급해서 자기 생각대로 안 될 때에는 포기하거나 폭력까지라도 행사할 수 있는 성격이었다. 그는 성질을 부리고 싶었나 상대가 상대인지라 이러지도 못하고 저러지도 못해서 안달인 표정이었다.

* * *

"골치 아프시지요? 도대체 이런 사고가 어떻게 일어날 수 있습니까? 원인이 어디 있는 것입니까?"

수사과장은 좀체 정면을 보이지 않는 성격의 사람이었다. 게다가 그의 찬 옆모습을 보고 있으면 문득 칼이 연상되었다. 그런 그는 판단력도 뛰어나고 날카로운 일면도 있었다.

(답게, 1999)

□오영수 「명암」

어느새 껄떡이가 입을 헤 벌리고 앉은 채 졸고 있다.

누가 그때까지도 쥐고 있던 이를 헤 벌린 껄떡이 입 속에다 넣어 버린다. 껄떡이는 그래도 모른다. 개구리가 또 마룻바닥을 쓸어 먼지 솜을 뭉쳐 넣는다. 그래도 모른다. 이번에는 샹간나가 껄떡이 허리춤을 까고 성냥꼬치로 꾹 찔러 준다.

그제서야 껄떡이는 움츳하고 눈을 뜬다. 한바퀴 두리번거리고는 입맛을 쩝쩝 다신다. 모두 시침을 떼고 딴전을 본다.

(문학사상사, 1996)

□원재길 「그 여자를 찾아가는 여행 (상)」

아버지는 개한테 줄 뼈다귀가 가득 든 봉지를 들고 있었는데 성미가 폭발하기 직전이어서 봉지를 든 손이 부들부들 떨렸다. 그 바람에 봉지가 뜯어져서 마당으로 뼈다귀가 투두둑 소리를 내며 쏟아졌다. 그러자 그 아이는 분을 못 이기고 갑자기 흑 하고 울음을 터뜨렸다. 두 손을 번갈아 들어올리며 손등으로 눈 주위를 찍어냈다.

* * *

그 사람보다 인사성이 밝고 듣기 좋은 빈말을 잘하는 사람은 드물었다. 말하는 데는 돈이 하나도 안 드니 다른 사람들의 귀를 즐겁게 해주는 일에 쩨쩨하게 굴지 말자. 그런 인생철학을 갖고 살아가는 사람 같았다. 그가 입술을 조그맣게 오므리고 공들여 머리를 다듬던 중에 내가 넌지시 말했다.

(문학동네, 1994)

□원재길 「그 여자를 찾아가는 여행 (하)」

오종만은 남자친구뿐 아니라 여자친구도 상당히 많았다. 어제오늘의 일이 아니어서 국민학교 동창 가운데 여태껏 연락을 나누는 여자친구가 있었다. 여자친구들만 모아서 집으로 초대해 아내와 같이 저녁시간을 보낸 적이 있었다고 들었다. 영화에나 나오는 얘기 같았다. 공적인 일이건 사적인 일 때문이건 처음 만나는 어떤 여자도 그를 편히 여겼다. 사람한테 부담을 주지 않는 성격 탓으로 비쳤다.

* * *

아까 오다가 보니까 배달하는 총각 얼굴 한번 지저분하게 생겼더구만. 쥐새끼같이 눈빛을 반짝거리면서 슈퍼에 드나드는 여자들의 다리를 힐끔힐끔 훔쳐보더라고. 조용히 화장실에 들어가 있어. 만일 엉뚱한 짓 했다가는 배달 총각을 안으로 들어오게 해서 그 친구가 보는 앞에서 당신하고 한 번 더 할거야. 그 총각 틀림없이 그대로 돌아가지 않고 침을 질질 흘리며 지켜볼걸.

(문학동네, 1994)

□원재길 「모닥불을 밟아라」

그는 나와 대화를 나누거나 같이 식사를 할 때는 더이상 사람이 온순하고 자상할 수 없었다. 마치 순한 양이나 어미 소를 떠올리게 했다. 그러나 일단 작업에 들어가면 전혀 다른 사람으로 변한다. 어느 날 그는 작업을 하다가 무언가 뜻대로 잘 안 된다고 여겼는지 우우우 하고 신음 소리를 내며 벽을 향해 돌진해서 이마로 벽을 마구 찍었다. 달려가서 제지하려 하자 이글거리는 눈으로 나를 돌아보고 송곳니를 세우며 으르렁거렸다.

* * *

저녁때 초대받은 이들이 하나둘 지하실로 모여들었는데 몇 다리 건너 형과 안면 있는 카이저 수염을 기른 화가도 참석했다. 카이저 수염이 형에게 꽃다발을 건네며 악수를 청했다. 형이 손가락으로 수염을 살짝 건드리며 응수했다. 카이저 수염은 여유 있는 미소를 지었다. 그러자 꽃다발을 받아든 형은 냅다 바닥에 꽃다발을 팽개치고 기성 화가를 노려보았다. 뒤이어 사납게 달려가서 발로 꽃을 짓이긴 뒤에 화가에게 돌아와서 척 하고 포옹하며 울먹이는 소리를 냈다.

(문학동네, 1997)

□유현종 「유리성의 포로」

그게 안 되는 것이었다. 자옥은 내성적인 성격이다. 친구들과 만나면 늘 미소만 지을 뿐 그저 남의 얘기를 듣는 축이지 먼저 떠들어대는 축은 아니다. 그렇게 보면 미영이와 자옥은 아주 대조적인 성격이었다.

무슨 일이든 미영은 밖으로 표현하고 그리고 발산한다. 눈물도 많고 웃음도 많다. 지금은 저렇게 만신창이가 된 상이용사처럼 고통에 떨며 풀이 죽지면 내일이면 또 명랑해질 수 있다. 쉽게 잊어버리고 툴툴 털며 일어나는 것이다.

가끔 자옥은 그런 미영을 부러워한다. 그렇게 살아가는 것이 현명하리라 생각이 되기 때문이다. 자기처럼 충격을 받으면 밖으로 나타내지도 못하고 내출혈(內出血)을 일으키며 오랫동안 벙어리 냉가슴 앓아야만 약간 잊을 수가 있는 것이다.

(신원문화사, 1987)

□ 윤대녕 「사막의 거리, 바다의 거리」

어딘지 모르게 그대의 조임쇠가 풀려 있다는 생각이 들면서 나 아까부터 눈길을 이리저리 피하고 있었다. 혹은 내가 그렇게 함부로 생각하고 있었는가도 모르겠다. 그러나 어느 쪽이 먼저든 그런 생각이 들면 나는 본능적으로 뒷걸음질 치는 사람이다. 그러니까 사람과 사람 사이엔 반드시 일정한 거리가 있어야 한다고 나는 믿고 있는 편이다. 좀 억지스런 말이지만 사람 사이에 적당한 거리가 존재하지 않는다면 어떻게 누군가를 그리워하고 또 사랑하며 살 수 있을 것인가, 라고 생각하고 있는 것이다. 전에 누군가를 지독히 가까이하려 했다가 그만큼 지독한 꼴을 당한 일이 있어서겠지.

* * *

철도. 아, 이 자리를 면하고 나선 나 다시 어디로 가랴.

나는 너무 지친 사람들만 만나며 살아왔다. 이제는 몸과 마음이 모두 정갈하고 혼자 있어도 추해지지 않는 그런 사람 곁에 있고 싶다. 나는 너무 상처받은 사람들만 만나 왔다. 아니 상처받지 않으면 못 배기는 사람들하고만 술을 마셔왔다. 하지만 상처란 눈에 보이는 그런 게 아닐 것이다. 그건 상처라고 기억되는 것이라기보다 마음 저 깊은 곳에 숨어살며 소리 없이 영혼을 갉아대고 있는 어떤 짐승의 그림자 같은 것일 게다. 이를테면 저 망루에서 서성이는 그림자 같은 거. 그러니까 어쨌든 술안주 따위는 될 수 없다는 얘기다.

어지간히들 술기운이 올라 있다. 밤 열 시 30분. 2차로 옮겨갈 태세다. 뭐라뭐라 공방전이 벌어지다 신촌에 있는 록카페 〈올로올로〉로 결정. 사막에서 록카페로, 그야말로 세계일주라도 하는 기분이다. 언젠가 G와 함

께 그곳에 간 적이 있다. 하도 꽝꽝대길래 조용한 음악 좀 틀어달라고
했다가 무안을 당한 적이 있다.

(열림원, 1997)

□ 윤정모 「딴나라 여인」

사실 난 길을 가다가도 입술이 갈급해지면 찻집을 찾았지. 담배라도
물지 않으면 내 갈급증은 도저히 가라앉힐 수가 없었으니까. 또 심심한
것도 잊게 해주고…… 그래, 나는 공부도 심심해서 한 것뿐이다.

* * *

요코의 성격은 단순하고 산뜻하다. 자기 나라의 깔끔한 다기 같은 여
자, 같은 모양의 청춘을 가지고도 완전히 다른 내용을 담을 수 있는 요
코의 그릇, 요즘 나는 그것이 또 부럽다.

* * *

내 마음의 날씨는 개인 날이 없다. 늘 흐리거나 비가 온다. 그보다 더
나쁠 때는 남자가 끼여 들 때다. 대체로 남자들이란 폭풍도 눈보라도 아
닌 불쾌지수가 매우 높고 후텁지근하거나 끈적끈적한 그 무엇과도 같았
다.

(열림원, 1999)

□ 은희경 「그것은 꿈이었을까」

나는 머리 아프게 사는 타입이 아니었다. '머리 아프다'는 물론이고
골치 아파, 이런 말도 입 밖에 낸 적이 없다. 골 때려, 라든가 골로 보내,

혹은 골탕, 골통, 골지른다. 골칫덩이, 골병, 골뱅이, 골육상쟁, 골 뭐라도 좋다. 그런 말과는 상관이 없었다. 그런데 왜 갑자기 두통이 왔을까. 다음 순간 나는 그처럼 골 아픈 문제를 길게 생각하지 않기 위해 머리를 흔들었다. 덜그럭 소리가 나는 것 같았다.

* * *

나는 사실 내성이 좀 있는 편이었다. 그것은 인내심과 달리 적극적인 성정은 아니었다. 모험심과 용기도 없고 게을렀으므로 무언가를 바꾸기보다는 적응하는 편이 훨씬 성격에 맞았던 것뿐이다. 만약 내가 조금이라도 적극적인 성격이었다면 다음날로 이곳을 떠났을 것이다. 그러는 대신 나는 하루가 지나면 내성이든 내공이든 뭐든가 하나는 쌓이겠지 하면서 참았다. 떠나기로 마음먹은 것은 나흘째가 되어서였다.

(현대문학, 1999)

□은희경 「마지막 춤은 나와 함께」

더이상 할 말이 없어진 우리는 침묵한다. 어디가 아프냐고 묻지 않는 게 현석의 부담 없고 산뜻한 성격이자 이기적인 면이다. 그는 전화를 건 용건이 끝났다는 사실을 받아들이는 데 침묵을 쓰고 있을 뿐이다. 그렇다고 선뜻 전화를 끊어버리는 것도 아니다.

그가 정 만나기를 원한다면 나는 그렇게 할 것이다. 현석도 그걸 알고 있다. 그러나 그는 한번 거절당하면 마치 사실은 자기도 그 일을 별로 원하지 않았다는 듯이 냉정해진다. 자기가 받아들일 준비가 되어 있지 않으면 어떤 상황이든 새로운 방식으로 대처하지 않는 것이 현석이 자기 이미지를 지키는 방법이었다. 나 역시 주어진 상황이 나쁘더라도 견디는 쪽이지 새로운 기대를 품고 타진하는 성격은 못된다.

* * *

그는 갑자기 나타나는 것을 좋아했다. 내가 피곤하고 지쳐서 돌아오는 집 앞, 내가 잘 가는 카페의 구석자리, 내가 출장에서 돌아오기로 되어 있는 시각의 공항, 시간강사 시절 내 고물차가 세워져 있는 대학의 주차장, 오늘처럼 연구실 앞 벤치. 그런 곳에 예고 없이 모습을 드러내는 것이다.

아마 상대가 깜짝 놀라고 눈물을 글썽이기를 바라는 듯했다. 여자를 감동시키지 못하면 자존심이 상하는 사람 같았다. 그를 만나고 돌아오는 데 '금방 다시 보고 싶어졌다'며 집 앞에 먼저 와서 기다리고 있는 일도 있었고, 어떤 종류의 공적인 술자리를 마치고 나오는 나를 술집 밖에서 기다리고 있다가 집까지 태워다주기도 했다.

* * *

한참동안 눈 속을 뜨겁게 쳐다보다가 이윽고 어려운 결단이라도 내린 사람처럼 한 번 눈을 꾹 감은 다음 긴 숨을 내쉬며 어깨를 끌어당겨 안는다든지, 아니면 흩어지지도 않은 내 머리카락을 정성스레 한 가닥씩 쓸어 올려준 뒤 이마에 다정하게 입을 맞춘다. 그러고는 잠긴 목소리로, 내일 전화할게, 라고 속삭이는 것이다. 그렇게 해서 어렵사리 헤어진 뒤에도 순서가 남아 있다. 어쩌다 뒤를 돌아보면 그는 어김없이 손을 번쩍 들어 보인다. 자신이 내 뒷모습을 아쉽게 바라보고 있었음을 강조하는 커다란 팔동작으로.

하지만 그렇게 안타깝게 헤어진 뒤 보름이고 한 달이고 소식이 없다는 점이 종태의 출몰에서 가장 극적인 대목이다. 그는 늘 그런 식이다. 올 때에도 제멋대로 갑자기 찾아오고, 서둘러서 뜨거운 입김을 퍼부은 다음, 그가 왔다는 것이 비로소 느껴질 때쯤이면 떠나고 없다. 시사 주간지의 사회부 기자라는 다소 돌진 성향의 직업 탓도 있겠지만 그는 바람처럼 왔다가 방귀처럼 냄새만 남기고 아무데서도 찾을 길 없이 허망하게 떠나버리는 일을 남자다운 일이라고 확신하고 있었다.

(문학동네, 1998)

□은희경 「새의 선물」

내가 왜 일찍부터 삶의 이면을 보기 시작했는가.

그것은 내 삶의 시작부터 그다지 호의적이지 않다는 것을 알았기 때문이다. 삶이란 것을 의식할 만큼 성장하자 나는 당황했다. 내가 딛고 선 출발선은 아주 불리한 위치였다. 더구나 그 호의적이지 않은 삶은 내가 빨리 존재의 불리함을 깨닫고 거기에 대비해주기를 흥미롭게 기다리고 있었다. 나는 어차피 호의적이지 않은 내 삶에 집착하면 할수록 상처의 내압을 견디지 못하리란 것을 알았다. 아마 그때부터 내 삶을 거리 밖에 두고 미심쩍은 눈으로 그 이면을 엿보게 되었을 것이다. 그러다 보니 나는 삶의 비밀에 빨리 다가가게 되었다.

(문학동네, 1996)

□은희경 「아내의 상자」

아내는 외출을 그다지 좋아하지 않았다. 누군가가 집에 오는 것도 썩 반기지 않는 기색이었다. 나의 부모님은 내가 결혼하던 해에 형이 있는 캐나다로 이민을 갔다. 아내로서는 살림살이를 참견할 시댁 식구가 없는 것이 다행인 셈이었다. 배냇저고리를 사주었던 주책스러운 친구와 보험 외판을 한다는 또 한 명의 고향 친구가 이따금 들르는 것을 빼면 아내에게는 찾아오는 친구도 없었다. 지나치게 선량하고 적극적이어서 어떤 관계에서든 과장된 우정을 표현하는 사람, 혹은 뚜렷한 목적을 가진 사람만이 아내를 방문했던 것이다. 새 집에 이사를 온 뒤에는 그 친구들에게도 바뀐 전화번호를 알리지 않은 모양이었다.

혼자 있는 시간에 아내는 집안 일을 하거나 신문과 잡지 따위를 뒤적였다. 자기 방의 독일식 책상에서 책을 읽는 일도 좋아했다. 아내는 꽤 많은 종류의 잡다한 책을 읽었다. 그러나 남들처럼 책을 통해 교양을 쌓고 정서를 함양하는 것 같지는 않았다. 자기가 읽은 책의 내용을 극히 단편적으로만 기억했으며 자기식대로 엉뚱하게 왜곡시켜 알고 있는 것이 대부분이었다. 아내는 그것을 스스로도 잘 알고 있었다. '벨 자'에 대해 얘기했을 때도 늘 그렇듯이 "내 기억이 맞는지 모르겠지만……" 이라며 자신없어했다. 그녀는 다 읽은 책을 상자에 담아두었다. 그녀는 기억들을 머릿속에 쌓아두는 대신 상자에 담아서 뚜껑을 덮어 버리곤 했다. 그러고는 나머지 모든 시간에 잠을 잤다.

(문학사상사, 1998)

□ 은희경 「이중주」

정순의 목소리는 의연했다. 바로 그것이 인혜로 하여금 아버지가 정말로 암에 걸렸다는 사실을 실감나게 한다. 눈물 한 방울이 자기의 턱 끝에서 툭 떨어져 왼쪽 신발코에 둥근 얼룩을 만드는 것을 내려다보던 그녀는 오른쪽 신발 끝으로 그 얼룩을 두어 번 문지르고는 수화기를 놓았다.

수업 시작 차임벨이 울렸다. 그녀는 천천히 출석부를 옆구리에 끼었다. 인혜는 어머니 성격을 그대로 닮았다는 말을 귀에 못이 박이도록 들으며 자랐다. 그 말을 했던 사람들이 인혜를 본다면 아마 또 "으이그, 딸년이 모질기도 하지. 아버지가 돌아가시게 되었다는데 곡은 못한다 해도 어쩜 저리 태연해. 아주, 내찬 성격이 지 에미를 빼다 박았어." 하면서 입방아를 찧을지도 모른다. 하지만 속으로 마음이 갈가리 찢겨나 갈수록 호들갑을 내보이지 않는 것이 그들 모녀가 슬픔을 이겨내는 방법이었다. 그러므로 전날 밤에 인혜에게 전화를 한 것만으로도 정순의 슬픔이 얼마나 견디기 힘든 것인지 짐작할 수 있었다.

(문학동네, 1996)

□은희경 「특별하고도 위대한 연인」

여자는 늘 늦었다. 한 시간이나 늦은 적도 있지만 그는 기다려 주었다. 약속을 하면 그 약속을 실현시키는 외에 다른 선택이나 돌발사태에 대해서는 전혀 상상력을 가질 수 없는 것이 그가 택한 나름대로의 편리한 삶의 방법이었다. 그것은 때로는 직장상사가 그의 업무처리 방식을 얘기할 때 들먹이곤 하는 고지식함으로, 그리고 때로는 그에게 호감을 가진 사람들이 칭송하는 순수함으로 표출되었다. 어쨌든 그런 성격 탓에 남자는 약속시간이 지나가 버린 것과 관계없이 여자가 나타날 때까지 기다려주었던 것이며 한 시간쯤 후에 도착하여 아직도 자기를 기다리고 있는 남자를 본 그녀의 감동적인 표정에 의해 대체로 보상을 받았던 것이다.

(문학동네, 1996)

□이경자 「사랑과 상처」

물론 나도 남편이 결코 사회주의와는 맞지 않는 성향을 가졌다고는 생각했지만 그에게 그걸 말할 수는 없었다. 그는 자기 기분대로 사는 데

길이 들었고 생활 자체가 자기 한 사람 중심으로 움직이지 않으면 거의 발작상태에 빠지는 사람이었다.

* * *

남편은 떠나기도 전에 울어서 눈이 벌겠다. 남자가 그렇게도 잘 울다니, 나는 전에도 후에도 남편만큼 잘 우는 남자를 본 적이 없다.

(실천문학사, 1998)

□이광수 「그 여자의 일생」

문득 금봉은 이상한 것, 지금까지에 보지 못한 것을 발견하였다. 그것은 제 몸의 아름다움이었다. 그 부드럽고 불그레한 살빛. 팔과 다리와 몸의 선, 불록한 젖가슴. 금봉은 일생에 처음 제 몸의 아름다움을 발견하였다. 그리고 제 몸을 처음 보는 듯이 놀라는 눈으로 이리저리 자세히 살펴보았다. 보면 볼수록 아름다운 제 몸에 어린 듯이 금봉은 사르르 눈을 나려 감았다.

금봉의 가슴은 까닭 모르게 뛰었다.

금봉은 감았던 눈을 다시 떠서 한 번 더 제 몸을 돌아보았다. 바로 일분 전에 볼 때보다도 제 몸은 더 아름다워진 것 같았다.

"참 이뻐! 내가 어쩌면 이렇게 이쁠까."

하고, 금봉은 스스로 제 아름다움을 찬미하고 그리고는 부끄러운 듯이 상긋 웃었다.

"내 몸의 움직이는 모양은 어떨까."

하고, 금봉은 머리 속에 제 몸의 여러 가지 자세와 또 움직이는 잡지책이나 그림에서 보던 여자의 여러 가지 포오즈를 생각해 보았다. 만일 금봉에게 희랍 조각에 관한 지식과 서양 명화를 많이 본 기억이 있다고 하면 자기를 거기도 비겨 보았을 것이다. 금봉은 마침내 일어나서 지금까지 머리에 그리던 여러 가지 포오즈와 움직임을 하여 보았다. 그것이 다 아름답고 유태하였다. 혹 부끄러워서 고개를 숙이고 몸을 꼬는 태도 지어보고 근육에서 힘을 빼고 시름없이 앉은 태도 지어보았다. 그러는 동안에 금봉의 머릿속에는 어려 누부령, 이창령 같은 어른들에게 듣던 나란부인이니 안부인이니 하는 애국적 여장부들이 어떤 태를 지었을까 하고 앞에 수만 명 병마를 놓고 싸우라는 명령을 나리는 위엄 있고 무서운 태도 지어보았다. 그러나 혼자 무서워서 거의 소리가 날 만하게 웃어버렸다. 한참 이 모양으로 감은 머리를 풀어서 뒤에 느리고 여러 가지 포오즈와 동작을 하며 유쾌하게 목욕탕 가으로 거닐다가 문득 광선의 방향이 알맞게 자기의 그림자를 고요한 물속에 비친 것을 발견하였다. 금봉은 멈칫 서서 물빛 속에 있는 자기의 그림자를 물끄러미 보았다. 그리고 반가운 듯이 웃었다. 그림자도 웃었다.

(학원출판, 1991)

□이광수 「무명」

윤이 아무리 민을 긁어도 민이 못 들은 체 하고 도무지 반항이 없으면 윤은 나를 향하여 민의 험구를 하는 것이 버릇이었다. 도무지 민의 의사가 이르는 말을 아니 듣는다는 말, 먹으라는 약도 아니 먹는다는 둥, 천하에 깍쟁이라는 둥, 민의 코끝이 빨간 것이 죽을 때가 가까워서 회가 동하는 것이라는 둥, 민의 아내에게는 벌써 어떤 젊은 놈팡이가 붙었으리라는 둥, 한량없이 이런 소리를 하였다. 그러다가 제가 졸리거나 밥이 들어오거나 해야 말을 끊었다. 마치 윤은 먹고, 민을 못 견디게 굴고, 똥질하고, 자고, 이 네 가지만을 위해서 살아가는 사람인 것 같았다. 또 한

가지 원망이 있다면 그것은 자기의 병 타령과 공범에 대한 원망이었다. 어찌했거나 윤의 입은 잠시도 다물고 있을 새도 없었고, 쨍쨍하는 그 목소리는 가끔 간수의 꾸지람을 받으면서도 간수가 돌아선 뒤에는 곧 그 쨍쨍거리는 목소리로 간수에게 또 욕을 퍼부었다.

나는 윤 때문에 도무지 마음이 편안하기가 어려웠다. 윤의 말은 마디마디 이상하게 사람의 신경을 자극하였다. 민에게 하는 악담이라든지, 밥을 대할 때에 나오는 형무소에 대한 악담, 의사, 간병수, 간수, 자기 공범, 무릇 그의 입에 오르는 사람은 모조리 악담을 받는데, 말들이 칼끝같이, 바늘끝같이 나의 약한 신경을 찔렀다. 내가 가장 원하는 것은 아무 생각도 없이 가만히 누워있는 것인데, 윤은 내게 이러한 기회를 허락지 아니하였다. 그가 재재거리는 말이 끝나서 "인제 살아났다" 하고 눈을 좀 감으면 윤은 코를 골기 시작하였다. 그는 두 다리를 벌리고, 배를 내어놓고, 베개를 목에다 걸고, 눈을 반쯤 뜨고, 그리고는 코를 골고, 입으로 불고, 이따금 꺽꺽 숨이 막히는 소리를 하고, 그렇지 아니하면 백일해 기침과 같은 기침을 하고, 차라리 그 잔소리를 듣던 것이 나은 것 같았다.

(학원출판공사, 1991)

□ 이광수 「무정」

내가 이제 옛날 처녀의 본을 받아 내 몸을 팔아 돈만 얻으면 아버지와 오라버니는 옥에서 나오시렷다. 세상 사람이 나를 효녀라고 칭찬하렷다. 옛날 처녀 모양으로 책에 기록하여 여러 처녀들이 읽고 나와 같이 울며 칭찬하렷다. 그러나 내가 내 몸을 팔아 부모와 형제를 구원하지 아니하면 이 어른과 세상 사람이 다 나를 불효한 계집이라고 비웃으렷다.

또 그동안 이 집에 있어 보니 그 부인도 본래 기생이요 그 처녀도 지금 기생 공부를 한다 하매 매일 놀러 오는 기생들도 다 얼굴도 좋고 옷도 잘 입고 마음들도 다 착한데……하였다. 기생들이란 다 좋은 처녀들이어니 하였다.

(동아출판사, 1995)

□이광수 「사랑」

그날 밤 순옥은 자는 둥 마는 둥 하였다. 잠이 들만 하면 깨고 들만 하면 깨었다. 내일부터는 그렇게 오래, 열서너 살 된 계집애 적부터 사모하던 이의 곁으로 가서 날마다 그이의 곁에 있느니라 하면 한없이도 기쁘기도 하고 두렵기도 하였다. 순옥의 생각에는 안빈은 이 세상에서는 둘도 없는 높은 혼을 가진 사람인 것 같았다. 안빈의 글은 순옥에게는 모두 하늘에서 오는 소리와 같았다. 그는 안빈의 책들을 성경과 꼭 같이 소중하게 대접하였다. 기숙사 시대에는 아이들에게 놀림을 받으면서도 변함이 없었다. 그리고 신문이나 잡지에 난 안빈의 사진을 오려서는 다른 아이들 못 보는 곳에 붙여 놓고 몰래 바라보고는 좀더 분명한 사진이 있었으면 하고 애를 태웠다. 그런데 내일부터는 바로 그이의 몸의 곁에 있게 되는 것이다. 잠깐만도 아니요 하루종일－온종일!

＊ ＊ ＊

"그래 선생님을 뫼시구 있으니깐 어떠우? 밤낮 언니는 내가 안선생의 무엇에 반했느냐구 놀려먹더니."
하고 인원을 보다.
"잘생긴 큰 산이나 강을 바라보는 것 같아."
하고 인원도 어리둥절하던 표정을 그제야 거두고 엄숙하게 된다.

"산과 강?"

"응. 산이 가만있지 않어? 말두 없구 움직이지두 않구. 그래두 암만 바라보아두 늘 전에 못 보던 새 빛이 난단 말야. 새 맛이 나구 강두 그렇지. 안선생을 뫼시구 있으면 그런 생각이 나. 그래서 언제 보아두 늘 고요하면서두, 또 잠시두 가만히 있는 때가 없단 말야. 선생님이 조석으로 집에 오신대야 별루 말씀두 없으시지. 이원이 잘 있소? 이런 말씀이나 한 마디 허실까, 원. 그래두 선생님이 한 시간쯤 댕겨 가시면 열아문 시간이나 무슨 좋은 강의나 음악을 듣구 난 것 같애. 그래서 속이 깨끗해지구, 편안해지구. 순옥인 안 그래?"

"그럼 나두 꼭 그렇지. 난 사 년 동안 인제는 오 년이나 되어 가지만, 병원에 있는 동안에 선생님이 날 보시구 특별히 무슨 말씀이나 허시는 줄 아시우? 없었어. 내가 무슨 말씀을 여쭈어 보면 대답이나 허시지, 그것두 간단허게, 한 마디루. 그래두 그 한마디가 다른 사람 천 마디보다두 더 뜻이 많구 설명두 많거든."

"참 그래. 선생님이 가만히 계신 것두 무슨 설법이야. 소리 없는 설법을 하셔서 우리가 귀 아닌 귀로 듣는 셈인가 보아, 안 그래?"

"언니두. 형용두 잘 허시우. 참 그래! 꼭 그래!"

"인원이 수고허는군. 저렇게 아이들을 위해서 수고를 해서 어떻거나, 이런 말씀 한마디 없으시지. 다른 사람이 그렇다면 내가 좀 섭섭할 거 안야? 그래두 선생님은 한마디 그런 말씀은 없으셔두 그 눈이, 그 입이, 그 몸이, 나를 대할 때마다 인원이 고마워, 인원이가 애를 써, 허구 수없이 사례를 허는 말씀을 허시는 것 같단 말야. 안 그래, 순옥이?"

"그럼. 꼭 그래. 참 언니 표현이 용허서."

"그럴 것이 아니요? 그 선생님 몸이 왼통 고마움으로 되신 걸?"

"몸이 왼통 고마움으로 되다니?"

"고마움으로 된 거 몰으우, 언니?"

"몰라. 무어야?"

"그 선생님의 인격의 기초가 고마움이어든. 그 선생님은 무엇에 대해서나 다 고맙게 느끼시는 선생님이시란 말요. 그 선생님의 마음에서 무슨 소리가 난다면 그것은 고마워라. 고마워라의 무궁헌 연속일 거야. 사람에게 대해서만이 아니라 무엇에 대해서든지 말야 풀이나 나무에 대해서두 말야. 그 선생님은 어디서나 언제나 고마움을 느끼신단 말야. 난 그렇게 생각해요. 선생님을."

(하서출판사, 1994)

□이광수 「소년의 비애」

문호는 뉘 집에 가서 오래 앉았지 못하는 성급한 버릇이 있건마는 자매들과 같이 앉았으면 세월 가는 줄을 모른다.

문해는 그 모친의 성격을 받아 문호보다 냉정하고 이지적이라. 문호는 문해를 사랑하건만 문해는 문호의 감정적인 것을 싫어하였다. 그러므로 문호가 자매들 속에 섞여 노는 것을 항상 조소하고 자매들이 문호에게 취하는 것을 말은 못하면서도 항상 불만이 여겼다.

(학원출판, 1991)

□이광수 「유정」

정임의 말을 듣고야 비로소 아버지가 남보다 뛰어나신 인물인 것을 깨달았습니다. 아버지는 정의감이 굳세고 겉으로는 싸늘하도록 이지적이지마는 속에서 불 같은 열정이 있으시고, 아버지는 쇠 같은 의지력과 칼날 같은 판단력이 있어서 언제나 주저하심이 없고 흔들리심이 없다는 것, 아버지는 모든 것을 용서하고 모든 것을 호의로 해석하여서 누구를 미워하거나 원망하심이 없는 것 등 정임은 아버지의 마음의 목록과 설명서를 따로 외우는 것처럼 아버지의 성격을 설명합니다. 듣고 보아서 비로소 아버지의 딸인 저는 내 아버지가 어떤 아버지인가를 알았습니다.

(문학과현실사, 1994)

□이광수 「흙」

원망하는 여자의 얼굴, 질투의 불에 타는 여자의 얼굴은 숭의 눈에는 심히 추하였다. 아내의 눈에서 질투의 불길이 솟고 그 혀끝에서 원망의 독한 화살이 나올 때에 숭은 몸서리가 치도록 불쾌하였다. 자기의 사랑하는 어여쁜 아내의 속에 이런 추악한 것이 있는 것이 슬펐다. 이런 일이 한, 두 번이 아니요 여러 번 거듭할수록 숭의 눈에는 아내의 아름다움이 점점 싫어졌다. 순결한 청년남자로서 그러한 여자의 아름다운 여자의 몸을 쌌던 여자의 아름다운 맘에서 증발하는 증거라고 믿던 분홍빛 안개가 걷혀버리고 여자는 마치 육욕과 질투, 원망과, 분노를 뭉쳐놓은 보다 싫은 고깃덩어리로 보였다. 그렇게도 아름답고 얌전하고 정숙하게 보이던 정선이가 이 추태를 폭로하는 것을 볼 때에 숭은 여자의 허위, 가식이라는 것을 아프게 깨달았다. 왜 내 아내 정선이가 얌전, 정숙, 그 물건이 아닌가 하고 울고 싶었다.

(학원출판, 1991)

□이규희 「속솔이뜸의 댕이」

소는 허연 침을 지르르 흘리며 댕이를 올려다보았다. 소의 순해빠진 눈망울이 꼭 제 주인 영숙 어머니의 눈같이 댕이는 느껴졌다. 소처럼 마음씨 좋고 일밖에는 할 줄 모르는 아버지한테는 왜 이런 소가 주어지지 않을까, 아무 때고 아버지도 이따위 소 한 마리를 장만하고야 말 거라는 생각을 해보며 그녀가 머리를 들었을 때, 아버지는 손에 익은 솜씨로 벌써 소등에 봇줄을 걸고 쟁기를 메웠다.

(법원사, 1985)

□이균영 「나뭇잎들은 그리운 불빛을 만든다」

젊은 목소리가 그녀를 비아냥대고 있었다. 트럭 뒤 난간에 걸친 철제 계단을 내려오는 옥순은 말이 없다. 석우는 자그맣고 여리지만 당찬 그녀 몸매에 이까짓 것은 상관할 바 없다는 당당함이 배어 있는 듯한 느낌이 들었다. 그러나 사내들은 처녀들에게 져주려 하지 않는다. 석우는 까닭 모르게 가슴이 두근거렸다. 아니나 다를까.

* * *

아버지가 광산에서 받아오는 돈이란 어느 집과도 마찬가지였고 그나마 석우가 중학교라도 마칠 수 있었던 것은 남보다 억척스럽게 돌밭을 일구고 수십 리 길을 걸어 '다라이'에 생선이나 참외 따위를 이고 다니며 판 어머니의 행상 덕분이었다. 그렇게 억척스런 일을 하긴 했지만 석우 형제들에겐 다정한 어머니였다. 집에서는 담 넘어 이웃에 들릴 만큼 큰소리를 내는 성격이 아니었다. 아버지를 조용히 따를 뿐 자기 고집을 내세우는 분도 아니었다.

* * *

그는 무척 솔직했으며 그의 말에는 조금도 거짓이 없었다. 거짓말 할 이유가 없다고 박석우는 생각했다. 박석우에 대한 경계심도 없었다. 더 할 수 없는 고통 상처 피해를 입은 것은 박석우보다는 자신이라고 그 남자는 생각하고 있는 듯 했다.

* * *

박용태보다 4살 아래인 임광옥은 둘이 있을 때면 늘 그를 형아라고 불렀다. 압곡 예술동맹 트럼펫 주자. 술 좋아하고 놀기 좋아하는 한량이 었지만 내놓고 부를 누리며 사는 사람, 권력자, 폭력을 휘두르는 자, 약자를 괴롭히는 자는 한시도 참지 못하는 저항주의자였다.

(민음사, 1997)

□이균영 「멀리 있는 빛」

결혼을 하자 그녀는 신혼 수개월을 긴장하여 살았다. 약간 깔끔한 성격의 사람이라면 누구나 완전하게 시작하고 싶어진다. 일생을 할 사람이라면 말할 것도 없다. 말부터 조심이 되고 행동거지도 신경을 쓰게 마련이니까.

(정음사, 1986)

□이기영 「신개지」

그렇지만 생쥐처럼 약은 하상오는 동기간에 우애라든가 의협심이 그리 많은 터가 못되었다. 말하자면 자기에게 직접 이해관계가 그리 많지 않은 일에는 비록 그것이 다소 부당하다고 생각되더라도 인사 체면상 처음에는 웬만큼 자기의 의사를 주장해보다가 저편에서 그 말을 잘 듣지 않고 대항하게 되어서 점점 충돌이 심해진다든가 또는 일이 까다롭게만 되어 가지고 귀찮은 생각이 들어갈 때에는 그는 금시로 태도를 돌변해서 양보를 하든지 그리하기가 양심에 거리낄 것 같으면 아예 묵인하는 정도로 칼날을 거두고 만다.

* * *

하감역은 한번 자기의 의견을 주장하기 시작하면 조금도 굽히는 기색이 없다. 그는 물불을 헤아리지 않고 팥이라도 콩이라고 우겨댄다. 그의 이러한 성격이 오늘날 성공을 가져왔다고 남들이 말하거니와 하여간 그는 이와 같이 강강한 의지를 가졌기 때문에 대개는 그의 뜻대로 통과하게 된다. 그 대신 그는 무슨 일을 당하면 비록 사소한 일이라 할지라도 앞뒤를 재고 궁리하기를 여러 날 한다.

* * *

윤수는 그날부터 날마다 일을 다녔다. 며칠 동안을 계속해서 일을 해보니 차마 미립이 나서 금점판 일도 그대로 배겨낼 것 같다. 본시 윤수가 원력이 있기 때문에 힘 드는 일을 기운으로 버틸 수 있고 피로를 그대로 참을성이 있었다.

(풀빛출판사, 1989)

□ 이무영 「농민」

자식 볼 욕심도 욕심이겠지만 원래 김승지란 계집이면 회를 치는 사람이다. 몸종으로 부리는 계집아이들은 으레 열너댓 살만 되면 그냥 두지를 않았고 동네 상사람들이 좀 예쁘장한 며느리를 얻어 들이면 '불여우'라는 별명까지 있는 인동할멈을 내세워서 반드시 집어먹고야 만다.

(동아출판사, 1995)

□ 이무영 「문서방」

오십 평생에 별로 남과 이렇다할 시비를 한 적도 없거니와 남을 속여먹었다거나 남을 해쳐서 제 속셈을 차렸다 하는 등사가 도시 없는 사람이다. 아무리 사람이 용하다 해도 젊은 혈기에 시비도 하고 싸움도 하고 더러는 상처도 하고 하는 것이 사람의 일생이겠건만 문서방은 철들면서부터는 남의 뺨 한 대 쳐본 일이 없다. 그의 뺨을 친 사람도 없다.

(학원출판공사, 1994)

□ 이문구 「강동만필」

우리동네 문승관 씨는 언제 보아도 결곡한 용모와 헌걸한 의표가 여전하였다.

그는 본디 말이 적었다. 사람이 그러면 성질이라도 있게 마련인데 그는 천성이 점잖은 데다 거동도 늘 묵중하였다.

(삼중당, 1995)

□ 이문구 「다가오는 소리」

행실도 나무랄 게 없었다. 정숙, 단아했달 수도 있고 명쾌한 성격의, 속말로 갑오경장쯤은 치렀을 듯한 서걱서걱한 성격이었던 것이다.

(삼중당, 1995)

□ 이문구 「명천유사」

최 서방은 어디서 밭은기침 소리만 나도 놀던 아이들과 졸던 개들이 지레 뒤를 사리고 뺑소니를 칠 경으로 그리 무던한 사람이 아니었다.

* * *

최 서방은 내동 구순하다가도 무엇에 퉁퉁증만 나면 본병이 도져서, 옹점이가 문간방에 밥상을 들이밀고 돌아서기 무섭게 그녀의 뒤통수를 겨냥하여 반찬노시기나 접시를 우악하게 내던지며, 안방에서 들으라고 툽상스럽게 왜장쳐 뒤떠드는 것이었다.

* * *

그는 아무도 어려워하지 않던 고집통이로, 일에 두룸성 없고 누구에게 나 붙임성이 없어 매년 봄가을에 겪는 신작로 비럭질이나 보막이 울력에 나가서도 옆 사람과 비쌔기를 잘하여 혼자 울퉁불퉁하다가 일을 중동무이 하거나 품 메고 들어오기가 예사였다.

(삼중당, 1995)

□ 이문구 「우리동네」

그래도 그는 있던 것 가지고 떠들썩하게 사람을 부러워해 본 적이 없었다. 비록 양식거리에 그칠망정 쟁기 볏밥이라도 갈바래질 땅뙈기 나 내 것 만들고 철난 사위처럼 듬직한 황소도 한 마리 어릿간에 들여 보고 싶은 것이 이런데 생일꾼의 넘나지 않는 욕심이라면 여기 이 최 진기도 그 이상으로 자기 주제를 잊어 본 적이 없었던 것이다.

* * *

그는 내놓고 불려가는 돈만 해도 이천 원이 넘으리라 했지만 억대를
웃도는 농토로 하여 지주로도 으뜸이었다. 그는 느티울 사람에게도 크든
적든 노상 오 부 이자를 놓았고, 그나마도 눈 밖에 난 사람은 아무리 목
타는 소리를 해도 **빡빡하게** 굴었다.

* * *

"계장님은 뒷전으루 물러앉으슈. 닦어 세우는 건 우리에게서 도리헐텡
께 맡겨두시구."

말은 그렇게 하면서도 이장은 속으로 이를 갈았다.

먹기는 고사하고 코끝에 붙이기도 션찮을 그 월급에 파 한 뿌래기 묻
을 터 한 자락 없이, 여러 아이 학교는 무엇으로 보내며, TV는 우물에서
솟고 오토바이는 구름이 실어왔단 말인가. 여태껏 형제 상회 막내 노릇
해가며 먹을 것 다 챙겨 먹었다는 것을 알 만한 이면 다들 알고 있었던
것이다.

(솔, 1996)

□이문구 「장한몽」

그 총각 직원은 버젓이 사는 여자를 두고 있었음에도 소갈머리가 밴
댕이 창자만밖에 안 해 사무적으로 오가는 말에도 신경을 송곳 만들어,
칠월 장마에 배탈 난 고관 얼굴을 하루에도 몇 차례씩 짓는지 헤아리기
어렵다는 거였다.

(양우당, 1993)

□이문열 「달팽이의 외출」

여기까지는 좋았다. 자기의 생각에만 취해 있는 형섭 씨는 일순 친구의 얼굴을 스쳐간 가벼운 실망의 표정을 놓쳐버린 채 여전히 그의 호의적인 웃음만 느끼고 있었을 뿐이었다.

(한겨레, 1988)

□이문열 「아가」

거적을 둘러쓴 당편이가 열어놓은 부엌 아궁이를 끌어안듯 부뚜막에 기대 졸고 있었다. 녹동어른이 보았으며 한바탕 불호령이 떨어질 판이었다. 거기다가 남의 불편을 헤아려 스스로 잘 자리를 찾을 줄 아는 게 대견스럽기도 해 두 사람을 서둘러 당편이를 부엌방에 데려다 뉘었다.

* * *

어떻게 보면 그 참사는 당편이를 여느 반편이와 구별할 필요가 없게 하는 결정적인 근거가 될 실례일지 모르겠다. 그러나 옛 고향이 그 일에서 주목한 것은 끔찍한 결과를 빚은 그녀의 낮은 지능이나 일관성 없는 사려가 아니라, 처음 강아지들을 아궁이에 들여놓을 때의 착한 심성이었다. 그녀가 의식했건 못했건 그때 그녀를 내몬 것은 이 세상 모든 목숨붙이들이 받는 고통에 대한 연민과 동정, 좀더 삼엄하게 말하면 생명에 대한 외경이었음에 틀림이 없다. 그래서 그녀에게 성내고 나무라기보다는 악의 없는 우스갯거리로 길이길이 보존하였다.

(민음사, 2000)

□이범선 「오발탄」

"저도 형님의 그 생활태도를 잘 알아요. 가난하더라고 깨끗이 살자는. 그렇지요, 깨끗이 사는 게 좋지요. 그런데 형님 하나 깨끗하기 위하여 치르는 식구들의 희생이 너무 어처구니없이 크고 많단 말입니다. 헐벗고 굶주리고. 형님 자신만 해도 그렇죠. 밤낮 쑤시는 충치 하나 처치 못하시고. 이가 쑤시면 치과에 가서 치료를 하거나 빼어 버리거나 해야 할 것 아니야요. 그런데 형님은 그것을 참고 있어요. 낯은 잔뜩 찌푸리고 참는단 말입니다. 물론 치료비가 없으니까 그러는 수밖에 없겠지요. 그겁니다. 바로 그겁니다. 그 돈을 어떻게든지 구해야죠. 이가 쑤시는데 그럼 어떻게 해요. 그걸 형님처럼, 마치 이 쑤시는 것을 참고 견디는 그것이 돈을−치료비를−버는 것이기나 한 것처럼 생각하는 것. 안 쓰는 것은 혹 버는 셈이 된다고 할 수 없지 않아요. 세상에는 이런 세 층의 사람들이 있다고 봅니다. 즉 돈을 모으기 위해서만으로 필요 이상의 돈을 버는 사람과, 필요하니까 그 필요하니 만치의 돈을 버는 사람과, 또하나는 이건 꼭 필요한 돈도 채 못 벌고서 그 대신 생활을 조리는 사람들. 신발에다 발을 맞추는 격으로. 형님은 암 맨 끝의 층에 속하겠지요. 필요한 돈도 미처 별로 못하는 사람. 깨끗이 살자니까 그럴 수밖에 없다고 하시겠지요. 그것은 깨끗하기는 할지 모르죠. 그렇지만 그저 그것뿐이지요.

* * *

"양심이란 가시?"

"네. 가시지요. 양심이란 손끝의 가십니다. 빼어 버리면 아무렇지도 않은데 공연히 그냥 두고 건드릴 때마다 깜짝깜짝 놀라는 거야요. 윤리요? 윤리, 그건 나이롱 빤쓰 같은 것이죠. 입으나 마나 불알이 덜렁 비쳐 보이기는 매한가지죠. 관습이죠? 그건 소녀의 머리 위에 달린 리본이라고 나 할까요? 있으면 예쁠 수도 있어요. 그러나, 없대서 뭐 별일도 없어요. 법률? 그건 마치 허수아비 같은 것입니다. 허수아비. 덜 굳은 바가지에다 되는대로 눈과 코를, 그리고 수염만 크게 그린 허수아비. 누더기를 걸치고 팔을 썩 벌리고 서 있는 허수아비. 참새들을 향해서는 그것이 제법 공갈이 되지요. 그러나 까마귀쯤만 돼도 벌써 무서워하지 않아요. 아니 무서워하기는커녕 그놈의 상투 끝에 턱 올라앉아서 썩은 흙을 쑤시던 더러운 주둥이를 쓱쓱 문질러서도 별인 없거든요, 흥.”

(어문각, 1975)

□ 이병주 「소설 알렉산드리아」

노인이 돌아가자마자 말셀은 밤거리로 나가보자고 나를 꾀었다. 이 정력 불륜의 사나이는 오랜 항해 끝에도 실오라기만큼의 피로도 보이지 않는다. 나는 혼자 있고 싶다고 말했다. 말셀은 굳이 관여하지 않고 꼭 만나야 할 여자가 있다면서 나가버렸다.

* * *

이와 반대로 한스는 농담을 할 줄 모른다. 침통하리 만큼 고요하다. 그러나 그의 천성이 선량하기 때문에 그의 침울한 언동으로 해서 주위의 사람들에게 불쾌감을 주지는 않았다. 고요한 가운데 어딘지 모르게 격렬한 정열이 깃들어 있는 것 같고 냉정해 뵈는 외면임에도 다정다감한 인간성의 피린이 보석처럼 빛나기도 했다.

(범우사, 1997)

□이 상 「날개」

나는 쪼꼬만 '돋보기'를 꺼내 가지고 아내만이 사용하는 지리가미를 끄실려 가면서 불장난을 하고 논다. 평행광선을 굴절시켜서 한 초점에 모아가지고 그 초점이 따끈따끈해지다가 마지막에는 종이를 끄실르기 시작하고 가느다란 연기를 내이면서 드디어 구멍을 뚫어 놓은 데까지에 이르는 고 얼마 안 되는 동안의 초조한 맛이 죽고 싶을 만큼 내게는 재미있었다.

이 장난이 싫증이 나면 나는 또 아내의 손잡이 거울을 가지고 여러 가지로 논다. 거울이란 제 얼굴을 비칠 때만 실용품이다. 그 외의 경우에는 도무지 장난감인 것이었다.

이 장난도 곧 싫증이 난다. 나의 유희심은 육체적인 데서 정신적인 데로 비약한다. 나는 거울을 내던지고 아내의 화장대 앞으로 가까이 가서 나란히 늘어 놓은 고 가지각색의 화장품병 등을 들여다본다. 그것들은 세상의 무엇보다도 매력적이다. 나는 그 중의 하나만을 골라서 가만히 마개를 빼고 병 구멍을 내 코에 가져다 대이고 숨죽이듯이 가벼운 호흡을 하여 본다. 이국적인 센슈얼한 향기가 폐로 스며들면 나는 저절로 스르르 감기는 내 눈을 느낀다. 확실히 아내의 체취의 파편이다. 나는 도로 병마개를 막고 생각해 본다. 아내의 어느 부분에서 요 내음새가 났던가를…… 그러나 그것은 분명치 않다. 왜? 아내의 체취는 요기 늘어 섰는 가지각색 향기의 합계일 것이니까.

* * *

나는 내 아내와 인사하는 외에 누구와도 인사하고 싶지 않았다. 내 아내 외의 다른 사람과 인사를 하거나 놀거나 하는 것은 내 아내 낯을 보아 좋지 않은 일인 것만 같이 생각이 들었기 때문이다. 나는 이만큼까지 내 아내를 소중히 생각한 것이다.

* * *

내가 제법 한 사람의 사회인의 자격으로 일을 해보는 것도 아내에게 사설 듣는 것도 나는 가장 게으른 동물처럼 게으른 것이 좋았다. 될 수만 있으면 이 무의미한 인간의 탈을 벗어버리고도 싶었다.

(삼중당, 1979)

□ 이 상 「봉별기」

나는 아무 말도 하지 않는다. 나는 금홍의 오락의 편의를 돕기 위하여 가끔 P군 집에 가 잤다. P군은 나를 불쌍하다고 그랬던가시피 지금 기억된다.

나는 또 이런 것을 생각하지 않았던 것이 아니다. 즉 남의 아내라는 것은 정조를 지켜야 하느니라고!

금홍이는 나를 내 나태한 생활에서 깨우치게 하기 위하여 우정 간음하였다고 나는 호의로 해석하고 싶다. 그러나 세상에 흔히 있는 아내다운 예의를 지키는 체해 본 것은 금홍이로서 말하자면 천려(千慮)의 일실(一失)이 아닐 수 없다.

이런 실없는 정조를 간판삼자니까 자연 나는 외출이 잦았고 금홍이 사업에 편의를 돕기 위하여 내 방까지도 개방하여 주었다. 그러는 중에도 세월은 흐르는 법이다.

하루 나는 제목(題目) 없이 금홍이에게 몹시 얻어맞았다. 나는 아파서 울고 나가서 사흘을 들어오지 못했다. 너무도 금홍이가 무서웠다.

(동아출판사, 1995)

□이 상 「종생기」

나는 지금 가을 바람이 자못 소슬(簫瑟)한 내 구중중한 방에 홀로 누워 종생하고 있다.

어머니 아버지의 충고에 의하면 나는 추호의 틀림도 없는 만 이십오 세와 십일 개월의 '홍안 미소년'이라는 것이다. 그렇건만 나는 확실한 노옹이다, 그날 하루하루가 '인생은 짧고 예술은 기다랗다'하는 엄청난 평생이다.

나는 날마다 운명(殞命)하였다. 나는 자던 잠─잠이야말로 언제 시작한 잠이더냐─을 깨이면 내 통절한 생애가 개시되는데 청춘이 여지없이 탕진되는 것은 이불을 푹 뒤집어쓰고 누웠지만 역력히 목도한다.

(동아출판사, 1995)

□이외수 「황금비늘」

원장실에 들어서자 사십대 중반의 남자가 나를 보며 호의적인 목소리로 그렇게 말했다. 기품 있는 풍모를 지니고 있었다. 성격도 원만해 보였다. 그러나 나는 아직도 긴장을 풀지 못하고 있었다. 남자 곁에는 그의 부인으로 보이는 여자가 동석하고 있었다. 냉담하면서도 지적인 분위기를 풍기고 있었다. 금테 안경을 끼고 있었다. 금테 안경 속에서 여자의 분석적인 눈초리가 예리하게 나의 전신을 탐문하고 있었다.

(동문선, 1997)

□이윤기 「숨은그림찾기 1」

내가 에스페랑스 호텔의 하 사장을 찾아간다고 대답하자 안주인이 칼질하면서 중얼거렸다.

"자린 곱쟁이 하 영감, 오늘 고기 먹겠네."

내가, 하 사장이 구두쇠냐고 묻자 안주인은 하 사장과는 어떻게 되느냐고 되물었다. 친척은 아니고, 소개받고 찾아가는 사람이라고 대답하자 안주인은 고개를 절레절레 흔들면서 이런 말을 했다.

"말도 마시이소. 지난 20년 세월을, 손님들이 버리고 간 운동화만 빨아 신고 살았다 카디더. 외국 손님들이 놓고 간 우산을 모아 두었다가 정기적으로 팔아서 정기 적금 드는 사람이라 카디더. 고기 사먹을 돈이 아까우니까, 소, 돼지 같은 짐승이 죽으면서 독을 얼마나 품고 죽는데 그 독이 배어 있는 고기를 먹느냐고 떠들어댄다 카디더. 20년 동안 우리 식육점에 두 번 왔니더."

"다른 단골이 있는 게지요?"

"지난 20년 동안 그 집에서 일한 여자가 내 재종 동생일시더"

(민음사, 1998)

□이윤기 「햇빛과 달빛」

그 이듬해 여름 고향에서 보게 되는 광경은, 나는 늘 아름다움보다는 두려움으로 기억한다.

여름방학 맞아 대구에서 식전에 기차를 타고 고향으로 돌아오는 길이었다. 기차역과 우리 마을 사이에는 큰 저수지가 있었는데, 그 저수지를 지나면서 웅진이는 우리에게, 들어가서 한바탕 멱을 감고 가자고 했다. 여름이기는 해도 이슬이 풀밭을 떠나기 전이어서 물에 뛰어들기에는 적당하지 않았다. 게다가 배가 몹시 고픈 참이었다.

들어가자커니 그냥 가자커니 밀고 당기고 하다가 유진이와 웅진이 사이에 입씨름이 벌어졌다. 유진이가 말리다 못해 엄포를 놓았다.

"너 혼자 고집을 부리고 들어가면 옷과 책가방 가지고 가버린다."

웅진이는 마음대로 하라더니 거침없이 옷을 벗고 물속으로 뛰어들어 뒤도 안 보고 저수지 한가운데로 헤엄쳐 갔다. 나는 종형제 가운데 서서 이러지도 저러지도 못하고 있었다. 나도 추울 것 같아서 물속으로는 들어가고 싶지 않았다. 그러나 그렇다고 해서 그냥 두고 갈 수도 없는 일이었다. 유진이는 웅진이의 옷을 주섬주섬 챙기더니 어깨에다 걸고 웅진이의 책가방까지 들고 소리쳤다.

"옷하고 책가방 가지고 간다!"

"좋을 대로."

웅진이가 저수지 한가운데서 몸을 돌리면서 대답했다.

유진이는, 옷 가지고 가면 설마 따라오겠지⋯⋯했을 것이다.

나도 미적미적 유진이를 따라 걸었다. 유진이가 걸으면서 나에게 속삭였다.

"돌아보지 마."

저수지에서 우리 마을까지는 1킬로미터를 넘지 않는다. 반을 넘게 걸었는데도 웅진이는 따라오지 않았다.

"안 되겠다. 책가방만 가져가고 옷은 여기 어디에다 걸어두자."

"⋯⋯누가 이기나 어디 해보자⋯⋯"

유진이는 이 말만 남기고는 휘적휘적 앞서 걸었다. 마을 앞에 이르렀을 때도 나는 유진이에게, 옷을 주면 내가 갖다 주겠다고 말했다. 유진이는 들은 척도 않고 제 집으로 들어가 버렸다. 나도 집으로 가기는 했지만 불안해서 견딜 수가 없었다. 부모님들에게 인사하고 옷을 몇 가지 챙겼으니 길어야 10여 분밖에는 걸리지 않았을 것이다. 옷을 챙겨 들고 사립문을 나서는데 마을로 들어서고 있는 웅진이가 보였다. 웅진이는 떡갈나무잎 한 장으로 앞만 가린 채 벌거숭이로 마을에 들어서고 있었다.

(문학동네, 1996)

□ 이인직 「귀의 성」

김승지가 마당에 있난 사람들을 다 내쫓았으나 마루 우아래에 선 사람들은 침모, 유모, 아해종들이라 그것들까지 멀쭉이 있었으면 좋으련만 필경 마누라에게 우박 맞는 것을 저것들은 다 보리라 싶은 마음에 아무쪼록 집안이 조용하도록 할 작정으로 서투른 생 시침이를 떼느라고 침모를 보며,

(승지) "저 중문간에 교군이 왠 교군인가. 자네가 어디를 가려고 교군을 갖다놓았나. 젊은 여편네가 어디를 자조 가면 탈이니."

하는 소리에 안방에서 미닫이를 드윽, 열어 제치며

(부인) "여보, 침모까지 탐이 나나보구려. 하나를 다려오더니, 또 하나 더 두고 싶은가 보구려 이애 춘천집 어서 들어오라 하여라.

춘천집은 이 안방에 두고,

침모는 저 건너방에 두고,

나난 부엌에 나려가서 밥이나 지으마. 영감이 교군을 모르시고 물으신다더냐."

하면서 소래를 지르난대 그 부인은 열이 꼭두까지 오른 사람이라 김승지의 말은 귀에 들어가지도 아니한다.

(을유, 1969)

□이인화 「영원한 제국」

당년 쉰세 살의 이익운.

번암 선생의 집에 데려다 가르친 직전 제자로, 나이로 보나, 풍채로 보나 중후한 남인의 중진이었다. 그러나 이익운은 정치를 하기엔 너무 사람이 좋고 다혈질인 것이 흠이었다. 정조 6년(1782) 스승인 채체공은 공격하는 노론 벽파들에게 욕설을 퍼붓다가 파직된 것을 시말로, 전하께서 임석하는 연석에서 술주정을 하여 흑산도로 유배되는 등 어처구니없는 말썽이 끊이지 않았다. 그런 이익운이 정조 18년(1794) 이후 계속 승정원에 있는 것에 대해 전하께서는,

"계수는 계속 내 옆에 둬야 해. 도무지 마음이 놓이지 않아서 말야."
하시며 껄껄 웃으셨다. 인몬은 의리가 강하고 물욕이 없는 이익운을 무척 좋아했다.

(세계사, 1996)

□이제하 「풍경의 내부」

스물여섯 살을 먹고, 방언 같은 소리들을 아무렇게나 지껄이고, 때로는 현자의 의젓한 표정이다가도 젓가락 하나 쥘 줄 몰라 번번이 손으로 반찬을 집고, 이상한 꿈을 곧잘 꾸고, 맨발을 좋아하던 한 가냘픈 여자와의 기억을 돌아보는 데에 실상 무슨 이런 거창한 서론이 필요하랴. 바스트, 웨스트, 힙이 표준에서 모두가 약간씩 미달인, 정신연령이 도대체 요량이 안 가는 서례는 그런 여자였다.

(작가정신, 2000)

□이청준 「겨울광장」

그러나 그는 자만에 대해서도 경계를 게을리 하지 않았다. 겸손을 조심스럽게 몸에 익혔다. 그 겸손은 자만에 대한 경계 이상의 뜻을 가지고 있었는데 가령 그는 지금도 그가 늘 데리고 다니는 애견 폴을 어디에다 잡아매거나 학대하는 일이 절대로 없었다. 그것은 폴에 국한해서 생각한 일이 아니었다. 언제나 사람을 잡아 묶는 일 쪽에 매달려야 하는 직업의 약점을 보충해야 했기 때문이었다. 그는 무릇 생명 있는 것 앞에 겸허하고 경건하게 그것을 바라보려고 노력했던 것이다.

(한겨레, 1980)

□이청준 「날개의 집」

하기야 아무런들, 엿장수든 우체부든 네 생각이 정 그렇고 그 노릇으로 해서라도 이 애비하고 다른 세상을 살 수만 있다면야…… 분수없이 무턱대고 큰 욕심만 좇다가 제 신세 망치는 건 고사하고 옆엣 사람까지 못살게 하는 헛 똑똑이들이 많은 세상이라…… 차라리 크게 부러운 게 없고, 제 속에 품은 꿈도 그리 하찮은 편이 외려 나을는지는 모르겠다.

그 어조나 표정으로 보아선 아들의 새 포부를 하찮고 탐탁찮게 여기고 있음이 분명했다. 하지만, 이유를 잘 알 수 없어도 세민이 제가 좋아 스스로 손발을 익히고 싶어 한 그 들밭 일이나 푸나무 지겟일들을 한사코 막고 금해온 고집스런 아버지였다. 아버지는 세민이 그것으로 해서나마 그 농사일을 떠나 당신과 다른 세상을 살게 되리라는 체념 섞인 기대 속에 그 우체부에 대한 아들의 꿈을 넌지시 용인해 준 것이었다.

(이수, 1998)

□이호철 「네겹 두른 족속들」

그리하여 그는 곰곰 생각 끝에 가도 가도 살얼음판 같은 이곳을 자기 혼자만이라도 어서 떠나 북경이나 상해 근방으로 건너가서 좀더 굵은 사람들 틈에 끼어 고급의 독립운동 판에 한몫 드는 것이 몸도 편하고 마음도 편하고 그뿐 아니라 어서 빨리 이름 석 자를 세상에 알리게 하는 데도 첩경일 것이라고 생각한 것이다. 헌데 앞일을 장담할 수 없는 그 모험의 길에 마누라까지 같이 달고 가기는 아무래도 마음이 내키지 않았고, 내심으로는 혼자 고향 쪽으로 돌아가 주었으면 하고 바랐던 것이었다. 아니, 자기 혼자 중원 쪽으로 들어가 소식이 끊기면 결국은 고향 쪽으로 혼자 돌아가려니 하고 나름대로 편하게 마음먹고 있었다.

* * *

장형진씨 같은 사람이 또 흔히 그렇지만 때와 장소를 잘 가려서 어제는 저 얘기, 오늘은 이 얘기, 정반대되는 이야기를 하는데도 어제는 어제대로 재미가 없지 않고 오늘은 오늘대로 재미가 없지 않아, 이를테면 독립운동 쪽에도 가담했다가 일본군 쪽에도 가담했다가 왔다갔다하고, 그러면서도 정작 본인은 천연덕스러운 것이다. 독립운동 쪽에 가담하는 편이 제 생색도 낼 수 있고 유리할 듯하면 서슴없이 독립운동가 행세를 하며 저간의 사정에 달통해 있는 양 열을 내어 지껄인다.

* * *

사람이 약간 물렁물렁하고 술잔이나 들어가면 젊은 사람들 앞에서 주책없는 소리나 지껄이면서 제 자랑에 여념이 없는 조금 싱거운 영감님이라는 점에서는 매우 믿음직하기도 했지만, 또 아는가. 갑자기 기골있는 군인정신이 튀어나와서 산통이나 깨지 않을는지.

(미래사, 1989)

□ 이호철 「소시민」

나는 조금 창피하였으나, 이런 경우 모욕을 느끼지 않아도 될 만큼 이미 어지간히 낯가죽이 두터워져 있었고, 이런 때일수록 더 두터워져야 한다고 내심으로 다졌다.

* * *

곽씨 같은 사람은 벌써 해죽해죽 웃으면서 그에게 접근, 담배를 권하기도 했다. 그러나 새로 들어온 그 정씨는 곽씨보다 나나 신씨에게 더 자상 자상하게 대하였다. 한편 김씨에게는 어느 구석인가 짙은 연대감과 한편으로 외경 같은 것도 지니고 있는 것 같았다.

* * *

김씨에 비하면 실속은 없이 매끈매끈하게 매끄럽기만 한 곽씨도 곽씨대로 그다운 방법으로 이참에 동아대학 중퇴한 제 관록을 지나칠 만큼 발휘하고 있었고, 세상 만난 듯 신명이 나 있었다. 제가 참견하지 않아도 될 일에까지 일일이 간섭을 하고 신경질을 부리고 엄살을 떨고 화를 내곤 하였다.

* * *

대학입시 준비를 앞둔 이 집 맏딸은 시험 공부보다는 벌써부터 여자 대학생들의 그런 저런 작태에 더 관심을 기울이고 있었다. 저녁이면 어머니 몰래 입술연지를 살짝 바르고는 하였다. 대학생은 맡아두었다는 듯이, 그러니까 내 편에서 먼저 저한테 추파를 던져야 한다는 듯이 아니꼽게 고자세였다.

* * *

이렇게 되면서 그는 날로 대한민국의 충성스런 국민의 한 사람이 되어 갔다. 이승만씨에 대한 평가도 확고부동이었다. 이북 농촌 구석의 한 사람이었던 자기에게 별안간 이런 길을 열어 준 것이 이승만씨의 그 민주주의의 덕이라고 믿고 있었다. 민주주의란 그의 경우 이 점에서 가장 좋은 체제인 것이다. 광석이 아저씨는 모든 인습적인 것, 농촌적인 것을 타기하려 들고 제 나름으로 가장 진취적인 사람으로 자처해 갔다.

(동아출판사, 1995)

□전광용 「꺼삐딴 리」

그러나 이인국 박사는 일류 대학의 병원에서까지 손을 쓰지 못하여 밀려오는 급환자들 틈에 끼여 환자의 감별에는 각별한 신경을 쓰고 있다.

그것은 마치 여관 보이가 현관으로 들어서는 손님의 옷자락을 훑어보고 그 등급에 맞는 방을 순간적으로 결정하거나 즉석에서 서슴지 않고 거절하는 경우와 흡사한 것이라고나 할까.

이인국 박사의 병원은 두 가지의 전통적인 특징을 가지고 있다.

병원 안이 먼지 하나도 없이 정결하다는 것과 치료비가 여느 병원의 갑절이나 비싸다는 점이다.

그는 새로 온 환자의 초진(初診)에서는 병에 앞서 우선 그 부담능력을 감정하는 데서부터 시작한다. 신통치 않다고 느껴지는 경우에는 무슨 핑계를 대든, 그것도 자기가 직접 나서는 것이 아니라 간호원더러 따돌리게 하는 것이다.

그렇게 중환자가 아닌 한 대부분의 경우, 예진(豫診)은 젊은 의사들이 했다. 원장은 다만 기록된 진찰 카드에 따라 환자의 증세에 아울러 경제 정도를 판정하는 최종 진단을 내리면 된다.

상대가 지기(知己)나 거물급이 아닌 한 외상이라는 명목은 붙을 수 없었다. 설령 있다 해도 이 양면 진단은 한 푼의 미수나 결손도 없게 한, 그의 반생을 통한 의술 생활의 신조요 비결이었다.

그러기에 그의 고객은 왜정시대에는 주로 일본인이었고 현재는 권력층이 아니면 재벌의 셈속에 드는 축들이어야만 했다.

그의 일과는 아침에 진찰실을 나오자 손가락 끝으로 창틀이나 탁자 위를 훑어 무테 안경 속 움푹한 눈으로 응시하는 일에서 출발한다.

이때 손가락 끝에 먼지만 묻으면 불호령이 터지고, 간호원은 하루 종일 원장의 신경질에 부대껴야만 한다.

아무튼 단골 고객들은 그의 정결한 결벽성에 감탄과 경의를 표해마지 않는다.

* * *

홍, 그 사마귀 같은 일본놈들 틈에서도 살았고 닥싸귀 같은 로스케 속에서도 살아났는데, 양키라고 다를까…… 혁명이 일겠으면 일구, 나라가 바뀌겠으면 바뀌구, 아직 이 이인국의 살 구멍은 막히지 않았다. 나보다 얼마든지 날뛰던 놈들도 있는데, 나쯤이야…! 차창을 거쳐 보이는 맑은 가을 하늘은 이인국 박사에게는 더욱 푸르고 드높게만 느껴졌다.

* * *

벌써 육 개월 전의 일이다.

형무소에서 병보석으로 가출옥되었다는 중환자가 업혀져 왔다.

횡뎅그런 눈에 앙상하게 뼈만 남은 몸을 제대로 가누지도 못하는 환자, 그는 간호원의 부축으로 겨우 진찰을 받았다.

청진기의 상하 꼭지를 환자의 가슴에서 등으로 옮겨 두 줄기의 고무 줄에서 감득되는 숨소리를 감별하면서도 이인국 박사의 머릿속은 최후

판정이 분기점을 방황하고 있었다.

입원시킬 것인가, 거절할 것인가……

환자의 몰골이나 업고 온 사람의 옷매무새로 보아 경제 정도는 뻔한 일이라 생각되었다.

그러나 그것보다도 더 마음에 켕기는 것이 있었다. 일본인 간부급들이 자기 집처럼 들락날락하는 이 병원에서 이런 사상범을 입원시킨다는 것은 관선 시의원이라는 체면에서도 떳떳치 못할 뿐더러 자타가 공인하는 모범적인 황국 신민의 공든 탑이 하루아침에 무너지는 결과를 가져오는 것이라는 생각이 들었다.

순간 그는 이런 경우의 가부 결정에 일도양단하는 자기 식으로 찰나적인 단안을 내렸다.

그는 응급 치료만 하여주고 입원실이 없다는 가장 떳떳하고도 정당한 구실로 애걸하는 환자를 돌려보냈다.

환자의 집이 병원에서 멀지 않은 건너편 골목 안에 있다는 것은 후에 간호원에게서 들었다. 그러나 그쯤은 예사로운 일이었기에 그는 그대로 아무렇지도 않게 흘러버렸다.

(삼중당, 1962)

□전상국 「달평씨의 두 번째 죽음」

사실 달평씨가 자수성가한 사람이라는 걸 알 만한 사람들은 다 알고 있었다. 그가 경영하고 있는 보은식당의 살림살이 하나하나에 나타나는 그 결핍과 절약 정신이 그것을 잘 입증하고 있었다. 달평씨에 대해서 잘 알 길이 없는 보은식당의 십여 명 종업원들은 주인의 식당 운영에서의 그 철저한 구두쇠 작전에 혀를 내두를 수밖에. 그 한 가지 예만 들더라도 나무젓가락은 한번 쓰고 버리는 것은 사용하지 않고 살 때 좀 단가가 높긴 해도 수십 번 되쓸 수 있는 대젓가락을 쓰도록 했다. 손님들이 쓰다가 버린 것을 모아 끓는 물에 소독을 한 다음 미리 사다놓은 종이주머니에 넣어 놓으면 감쪽같았기 때문이다. 그렇게 여러 번 하다가 보면 아무래도 끝부분이 뭉툭해질 뿐만 아니라 희끄무레해지게 마련인데 달평씨는 그것을 감추기 위해 종업원들의 손에 면도칼을 쥐게 해 새것처럼 만드는 작업을 시켜오고 있었다. 그런 일은 우정 시간을 내어 하는 것이 아니고 식당이 한가할 때 노는 손을 그때그때 이용하도록 했다. 손님들 상에 놓은 반찬도 그 가짓수를 줄이고 양도 적당히 조절해 놓지 않으면 안 되었다. 반찬은 가능하면 손님이 더 청해 먹어야 식당의 권위가 선다는 달평씨의 지론이었다.

(민음사, 1980)

□전상국 「아베의 가족」

정희는 그런 생각을 가진 계집애였다. 월 식구 중에서 적응력이 제일 빨랐다. 정희는 보이프렌드를 여럿 우리 아파트까지 끌어들였다. 모두 백인 아이들이었다. 우리 아파트 근처에는 흑인들이 많이 살았다. 흑인 애들이 정희의 뒤를 따라다녔다. 저희들 끼리끼리 낄낄거리며 골목에 지키고 섰다가 정희를 둘러싸고 희롱을 했다. 스페니시계 녀석들까지 그랬다. 정희는 놈들의 희롱을 잘 받아주었다. 그게 정희의 생리였다.

(문학사상사, 2000)

□전상국 「우상의 눈물」

형우는 모든 아이들의 인심을 살 줄 알았다. 형우의 성실성이, 남을 위해 자기를 던질 줄 아는 의협심이, 그의 천성적으로 착하게 보이는 외모가 아이들을 사로잡았다. 다른 반 선생님들도 이학년 십삼반 반장 임형우를 칭찬했다. 형우의 겸손함이 다른 선생들의 호감을 샀다. 형우는 특히 기표에서 잘해주었다. 아우가 형을 대하듯 스스럼없이 사랑해 주었다. 그렇다고 기표에게 특혜를 얻어주려고 노력하는 것 같지도 않았다. 유독 그의 환심을 사려고 노력하는 것 같지도 않았다. 물론 다른 아이들이 기표에 대해 갖는 그런 공포 같은 것도 없어 보였다.

(민음사, 1980)

□전상국 「전야」

딱 사흘이면 다녀올 수 있다고 처음 운을 떼었을 때 꽤도 마뜩찮이 냉랭하던 마음도 한번 양지 쪽 봄눈 스러지듯 풀리더니, 이건 웬걸 그 사흘에다 덤으로 하루를 더 얹어주는 등 주인아주머니의 마음은 바다만 같다.

(민음사, 1980)

□전영택 「화수분」

그리고 이르는 말은 하나도 듣는 법이 없다. 그 어미가 아무리 욕하고 때리고 하여도 볼만 부어서 까딱없다. 도리어 어미를 욕한다. 꼭 서서 어미보고 눈을 부르대고 '조 깍쟁이가 왜 야단이야.' 하고 욕을 한다. 먹을 것이 생기면 자식 먹이고 남편 대접하고 자기는 늘 굶는 어미가 헛입 노릇이라도 하는 것을 보게 되면 '저 망할 계집년이 무얼 혼자만 처먹어?' 하고 욕을 한다. 다만 자기 어미나 아비의 말을 아니 들을 뿐 아니라 주인마누라나 주인나리가 무슨 말을 일러도 아니 듣는다. 먼 데 있는 것을 가까이 오게 하려면 손수 붙들어 와야 하고, 가까이 있는 것을 비키게 하려면 붙들어다 치워야 한다.

* * *

아범은 금년 구월에 그 아내와 어린 계집애 둘을 데리고 우리 집 행랑방에 들었다. 나이는 한 서른 살쯤 먹어 보이고 머리에 감투가 그냥 달라붙어 있고, 키가 늘씬하고 얼굴은 갸름하고 누르퉁퉁하고, 눈은 좀 큰데 사람이 척 순하고 착해 보였다. 주인을 보면 어느 때든지 그 방에서 고달픈 몸으로 밥을 먹다가도 얼른 일어나서 허리를 굽혀 절한다. 나는 그것이 너무 미안해서 그러지 말라고 이르려고 하면서 늘 그냥 지내었다. 그 아내는 키가 자그마하고 몸이 뚱뚱하고, 이마가 좁고, 항상 입을 다물고 아무 말이 없다. 적은 돈은 회계할 줄을 알아도 '원'이나 '백냥' 넘는 돈은 회계할 줄을 모른다.

그리고 어멈은 날짜 회계 할 줄을 모른다. 그러기에 저 낳은 아이들의 생일을 아범이 그 전날 내일이 생일이라고 일러주지 않으면 모른다고 한다. 그러나 결코 속일 줄을 모르고, 무슨 일이든지 하라는 대로 하기는 하나 얼른 대답을 시원히 하지 않고, 꾸물꾸물 오래하는 것이 흠이다. 그래도 아침에 일찍이 일어나서 기름을 발라 머리를 곱게 빗고, 빨간 댕기를 드려 쪽을 찌고 나온다.

(한샘출판사, 1925)

□정비석 「향노(香爐)」

서재의 아침 소제를 끝마친 은경은 남편 책상 앞에 살며시 꿇어앉으며 머리에 썼던 수건을 벗었다. 맞은편 벽 거울에 비치는 초여름의 푸른 하늘의 흰 구름이 한두 점 한가로이 떠돌고 있어 가슴 설레도록 상쾌한 아침이었다. 아이 없는 은경에게는 아침마다 남편의 서재를 깨끗이 치는 것이 아내로서의 가장 즐거운 일과였다. 게으른 남편에게 단장을 들려 가까운 공원으로 내몰고 나서 책상 위에 놓인 문방구와 골동품의 먼지를 하나씩 정성스럽게 떨어가노라면 남편의 애정이 그대로 가슴속에 안개처럼 숨어들었다. 그렇게 즐거운 일과를 마치고 났을 때 은경은 말할 수 없는 행복을 느낀다. 십 년이 넘는 결혼생활에 말다툼 한 번 없었던 행복을 외쳐 자랑하고 싶은 것도 그때의 일이었다. 이 넓은 세상에서 마음 편히 앉아 있을 수 있는 곳은 오직 남편의 서재뿐일 듯 싶었고, 책상 앞에 앉아서 고요히 귀를 기울이고 있으면 눈에 보이는 모든 물건들이 무엇인가 제게만의 행복된 비밀을 속삭이고 있는 듯도 하였다.

(『大潮』, 1947. 8)

□정연희 「꽃잎과 나막신」

어지러운 꿈보다는 어젯밤 스치던 젊은이의 그 한 마디를 놓치고 싶지 않았다. 어쩌면……이제부터 이곳에 남은 열흘이, 지금까지 끊임없이 내출혈을 하고 있는 허무라는 질병을 치유할 수 있는 계기가 되어줄는지도 모른다. 여자는 갈릴리 지역에서 새로운 유적지를 안내받을 때마다 짐짓 젊은이를 피했다. 열흘간의 이스라엘 체류를 번복할는지도 모를 자신의 변덕이 두려웠기 때문이다. 비행기표를 바꾸게 되었는지 아직 결정이 되지 않았는지도 묻고 싶지 않았다. 다만 자신이 일생을 두고 붙잡고 있던 어떤 불문율을 깨뜨릴 수 있다는 예감 같은 것에 매달려, 얼마간 들떠 있는 기분을 망치고 싶지 않았다.

(지혜네, 1999)

□정연희 「순결」

아아, 오빠. 우리들 생명 속에 함께 하던 오빠. 우리의 삶의 평화와 일상의 순탄한 조화 속에 함께 했던 오빠. 우리는 그 오빠를 잃고도 이렇게 살아남았고 하루하루를 허덕거리며 살아가고. 억지로라도 희망을 만들고, 살아가기 위하여 믿기지도 않는 그 희망에 모든 것을 걸고 살아가지 않는가. 생존의 잔인함. 그리고 비겁함. 남편의 생사를 뒷전에 두고 댕그마니 아들 하나 안고 기약 없는 세월을 살고 있는 젊은 아낙. 시어머니의 아픔을 건드릴 수 없어, 남편에 관한 말 한마디 마음놓고 하지 못하는 젊은 아낙. 시어머니의 아픔을 건드릴 수 없어, 남편에 관한 말 한마디 마음놓고 하지 못하는 젊은 댁내. 그렇게 기막힌 처지의 올케를 같은 방에 두고 우리는 참혹한 심정을 외면해 가며 살고 있는 것이다. 나는 차마 올케에게 미안하다는 말조차 할 수가 없었다. 펼쳤던 옷을 주섬주섬 개켜놓고 일어섰다. 전쟁의 이빨에 물어뜯긴 나의 감성은 이미 감미로운 기대나 꿈, 혹은 감격이나 동경 앞에서 생기를 잃었고 어떤 새로운 것에서도 그 새로움의 의미를 금방 알아내는 기능을 잃었었다. 언니가 갑자기 데리고 가겠다는 미국군대의 크리스마스 파티는 나에게 설렘보다는 불안을 몰고 왔다.

(문화마당, 1999)

□정을병 「겨울나무」

나는 그렇게 졸렬한 인간이었다. 마치 은종이와 같이 변화무쌍한 인간이었다. 조금 환경이 좋아지면 금방 즐거워지고, 나빠지면 금방 슬퍼지는 그런 인간이다. 왜 옛날 선비처럼 짚을 삶아서 먹고도 호식을 한 것처럼 이빨을 쑤시지 못하는 것일까.

(삼우당, 1987)

□정을병 「백년을 더 사는 인간」

그는 이런 생각을 하면서 집에 틀어박혀 있을라치면, 그야말로 은퇴자와 같은 여러 가지 정신적인, 신체적인 현상이 일어나기도 하였다. 희망을 갖는다거나, 의욕을 가진다거나, 새로운 계획을 해본다는 것에서는 점점 더 멀어져 갔다. 그저 머리가 멍해 있었다. 머리가 끊임없이 움직이고 있는 정밀한 전자기계처럼 움직이고 있는 것이 아니라, 공장에서 폐기된 고물처럼, 움직여지기도, 소리가 나지도, 어떤 생산을 하지도 않고 그저 가만히 있기만 하는 것 같았다. 엄연히 사고를 위해서 존재하는 것인데도 불구하고, 머리에서 사고가 생산되어 나오는 것 같지가 않았다. 사고의 생산 기능을 모조리 박탈당한 순두부 덩어리와 같은 인상이었다.

(진화당, 1982)

□정을병 「피임사회」

그 사람의 성격을 너무나 잘 알고 있었다. 주식은 거부하는 듯한 눈치를 보이며 불과 같은 격정에 사로잡히는 성질이었다. 내리누르는 듯한 태도에는 본능적인 증오를 느끼는 모양이었다.

* * *

물론 한때는 그를 사랑했다. 그의 거칠은 저항의식을 남성미로 오인하고 있을 때의 일이었다. 그러자 지금의 그에게는 아무것도 기대할 것이 없었다. 사랑도 가정도 그에게서 만들어질 것 같지 않았다. 또 그는 직장생활을 순탄하게 할 위인도 못 되었고 성공할 타이프도 못 되었다. 항상 참을 수 없는 분노에 얽매어 이마에 핏대를 세우고 있는 것이었다.

(삼성출판사, 1974)

□정 찬 「완전한 영혼」

그런데 장인하에게는 이 자존이 보이지 않았다. 보이지 않았다는 것은 물론 정확한 표현은 아니다. 사람을 편안하게 하는 묘한 부드러움이 그의 자존을 감싸고 있다고나 할까. 그 부드러움은 장인하에게 닿는 길을 자연스럽게 만들고 있었다.

사람과 사람 사이에는 길이 있다. 이 길은 그야말로 천태만상이다. 험하고 가파른 길이 있는가 하면, 돌투성이 길도 있을 것이고, 아예 보이지 않는 길도 있다. 반면에 정갈하고 단아한, 혹은 조금 가파르기는 하나 산길처럼 상쾌한 길도 있을 것이다. 그런데 장인하는 나에게 어떤 길을 보여 주었던가. 그것은 작은 오솔길이었다. 푹신한 흙과 풀이 있는 길. 상쾌한 바람이 있고 풀의 사각거리는 소리가 있고 한가함과 여유로움이 있는 길. 장인하는 그 길 위에서 나를 향해 웃음 짓고 있었다. 나는 가끔 장인하와 지성수를 비교해 보곤 했는데, 지성수 역시 장인하와 비슷한 오솔길을 만들고 있었다. 부드럽고 편안한 오솔길. 그럼에도 불구하고 그 길의 느낌은 달랐다. 그 오솔길 위에 선 한 사람은 치열한 정신으로 무장한 변혁 사상가라면, 또 한 사람은 식물 내음만 가득한 어린아이였다. 그렇다. 장인하는 어린아이였다. 오솔길 위에 서 있는 한 어린아이에게 다가간다는 것. 그것은 한 사상가에게 다가서는 것과는 확연한 차이였다.

(문학사상사, 1993)

□조경란 「식빵을 굽는 시간」

정선생은 빵 한 조각이라도 그냥 버리는 법이 없다. 간혹 학생들이 제가 만든 빵을 휴지통에 넣거나 하면 정선생은 불같이 화를 내곤 하였다. 손가락에 묻은 재료도 때를 벗기듯 꼼꼼하게 떼어내 사용했다. 그런 모습을 지켜볼 때마다 나는 다시 한 번 더 손을 씻고는 하였다. 정선생은 학생들이 만들고 실패한 빵들을 모아 매일 동네 노인학교에 가져다준다고 한다. 유독 빵을 사랑하는 사람이었다.

(문학동네, 1996)

□조정래 「불놀이」

남편은 시아주버니와는 정반대의 성격이었다. 시아주버니는 활달하고, 술 잘하고, 항시 웃는 모습이었다. 그런데 남편은 사람을 꺼렸고, 술을 마셔도 혼자 마셨고, 언제나 근심 많은 사람처럼 무슨 깊은 생각에 빠져 있었다.

(해냄, 1992)

□조정래 「아리랑 3」

장덕풍은 일본기생집 국향 앞에서 잠시 쭈뼛거렸다. 정재규나 다른 몇몇 양반에게 노름빚을 대주느라고 고급 기생집을 꽤나 드나들었는데도 그 호화로운 치장이나 윤기 나는 말끔함은 전혀 익숙해지지도 편안해지지도 않았다. 다시 기생집 앞에 설 때마다 언제나 새잡이로 낯설고 어덜리고 주눅 들고 어색하고 옹색스럽고, 어쨌거나 그 기분은 관청에 발을 디미는 것만큼이나 지랄 같았다. 어찌된 놈의 것이, 마당에 깔린 자갈은 그냥 밟고 다녀도 되는 흔한 자갈일 뿐인데도 짚신발에서 흙이라도 묻을까봐 마음이 쓰였고, 가끔 마루 끝에 엉덩이를 걸치게 되면 옷에서 무엇이라도 묻어나 그 번들거리는 마루를 더럽히게 될까봐 마음이 조이고 하는 것이었다. 나도 재산이 많다, 나도 마음만 먹으면 당장 이런 데 와서 술을 얼마든지 마실 수 있다, 이런 말을 스스로에게 해가며 그런 마음을 없애려고 해보았지만 아무 소용이 없었다.

그러나 언젠가는 자기도 양반들 못지않게 큰 호령을 해가며 일본기생들 끼고 술을 질탕하게 마실 작정을 하고 있었다. 그때가 바로 장풍」제과사업소를 다시 짓고 정미소를 세우는 날이었다. 그때만 되면 돈을 아무리 퍼 써도 재산이 축날 리 없었던 것이다. 사탕공장이 커지고 정미소까지 갖게 되면 만석꾼 논 부자는 하품 나오는 것일 뿐이었다. 만석꾼은 일 년에 한 차례 만 석을 걷어 다음 일 년 동안 파먹고 사는 것이지만 사탕공장이나 정미소는 사시장철 돈을 벌어들이는 것이었다. 정재규는 색질에 노름질로 내다보이고 있었다. 정재규 같이 정신 못 차리는 것들 재산 좀 몰아잡았다가 그런 것들이 망해 넘어지는 꼴을 보면서 느긋하게 기생집을 출입할 작정이었다.

세상은 급속하게 돈이 말하는 세상으로 변해 가고 있었다. 이젠 돈으로 양반족보를 사는 놈이 미친놈이 될 정도로 양반값은 떨어졌고, 앞으로는 돈이 많으면 양반이 되는 세상이 오고 있었다. 정재규 같은 것들이 거덜 나면 그때 가서 한판에 백원 짜리 술판을 벌이는 것도 해볼 만한 일이었다.

두고 봐라, 다 내 발 밑에서 기게 될 것이니.

(해냄, 1998)

□조창인 「가시고기」

성호가 누워 있던 침대를 보면 지금도 눈물이 날 것 같아요.

성호도 나처럼 완치가 되어서 퇴원을 했다면 얼마나 좋았을까요. 우리는 세상에서 제일 친한 친구가 되었을지도 몰라요. 우리는 같은 병이었고, 똑같이 아프고 힘들었고, 그런 만큼 서로의 마음을 잘 알 수 있을 테니까요.

* * *

아무도 해보지 못한 일을 해보고 싶어요. 전구를 발명한 에디슨이나 세계일주에 성공한 마젤란처럼요. 내 이름을 세상에 날리고 싶답니다. 발명가 정다움. 탐험가 정다움. 상상만 해도 신나는 일이잖아요. 하지만 아빠의 생각은 다른가 봐요.

* * *

양아치가 되지 않은 것만도 천만다행으로 여긴다면, 그래, 그는 성공적으로 살아온 셈이었다. 과도한 욕망에 애끊이지 않았고, 세상에서 득세나 부귀와 영화를 꿈꾼 적도 없었고, 누군가를 턱없이 미워하거나 증오하지도 않은 채 스스로에게 충실하게 살아왔으니 그래, 그런대로 한세상 아름다웠노라 고백한 만했다.

* * *

"이제 와서 아이에게 무엇을 해줄 수 있을까. 내가 아이와 함께 지낼 날들이 많다면 굳이 서둘 필요는 없는 거야. 각막을 파는 짓 따위는 더더욱 하지 않을 테구. 하지만 남은 시간이 너무 짧아. 간암이라는 사실을 부정하고 분노하고 갈등할 시간조차 없어. 중요한 건……그러니까 아이는 살 수 있다는 것이고, 나는 죽는다는 사실이지. 아이는 겨우 열 살이야. 머지않아 아버지 없이 세상을 살아가야 돼. 아비 없는 자식. 나도 겪어봤지만, 아이에게 오랫동안 깊은 상처가 되겠지. 게다가 난 한푼의 유산도 남겨줄 게 없어. 그러니 아이를 위해 아버지로서 마지막으로 무엇인가를 하고 죽어야, 그래야 덜 억울하지 않겠어? 이게 내 마음의 전부야."

그는 정말 그랬다. 그게 마음의 전부였다. 그래도 다행이었다. 아이를 위해 할 수 있는 게 남아 있어서. 그 외 무엇을 더 소망하겠으며, 무엇에 더 연연하며 애달파하겠는가.

(밝은세상, 2000)

□조해일 「멘드롱 따또」

그리하여 우리는 우리의 통제를 하루 동안이나마 빠져나갔던 그를 따끔하게 맞아들이기 위한 여러 가지 방법을 궁리하고 있던 참이었다. 그런데 그는 시간보다 일찍도(실로 한 시간이나 일찍) 음식물을 한아름 안고 귀대했던 것이다. 삼양 라면 50개들이 한 상자와 삼립 단팥빵 50개, 2리터들이 삼학대왕표 세 병에다가 말린 오징어 한 축, 그리고 통닭 30마리를 안고 그는 들어왔다. 우리는 이 커다란 사내에게 이런 간사스런 일면이 있었는가 놀라고 얼마쯤 비꼬인 기분이 들기도 했지만 그의 얼굴을 보자, 그 간사함이 어찌나 순박한 것으로 비쳤는지 우리는 본의 아니게 조금 감동까지도 하며 더욱이 음식물 앞에서는 늘 반가운 표정을 짓게끔 훈련돼 온 우리의 천박한 본성으로 하여 부드러운 얼굴을 만들지 않을 수 없었다. 그가 싸안고 들어온 그 풍성한 먹이들 앞에서 벼르고 벼르던 우리의 악의는 말하자면 봄 눈 녹듯 스러지고 말았던 것이다. 외관상으로는 말이다.

그 점에 있어서 멘드롱 따또의 순박한 교활성은 일단 성공을 거둔 셈인지도 몰랐다. 우리는 결국 포식하고 취해서 그를 괴롭히려던 모든 계획을 포기했을 뿐만 아니라 그날 밤 그의 야간 근무까지 면제시켜 주고야 말았으니까. 그뿐인가? 그를 우리 자리에 합석까지 시켜서 술을 권하기까지 하지 않았던가?

(동아출판사, 1995)

□조해일 「반연애론」

　나는 이즈음 거의 나의 성공을 약속받고 있었다. 왠지 그런 확신이 들었다. 그것은 아마도 나의 여러 여자에 걸친 연애 경험에서 터득된 육감의 능력에 인하는 것인지도 몰랐다.

　그리고 그녀가 이미 내게로 어떤 구실 아래건 되돌아왔다는 사실과, 아무 말이나 거침없이 내뱉고 있다는 사실이 그것을 단순한 육감의 범위 안에 머물러 있지 않게 하는 중요한 점이었다. 그녀가 내게 호감을 갖고 있지 않다면 그녀는 되돌아오지도 물론 않았을 것이며, 그렇게 친근한 사이에게처럼 아무 말이나 거침없이 내뱉고 있지도 않았을 것이기 때문이다.

　대화에 있어서 정중성을 결해도 괜찮을 경우는 어떤 형태로든 친근하게 느껴지는 사이에 한한 것이다. 친근하게 느껴지는 사이란 다른 말로 하면 허물없는 사이이다.

　따라서 그녀가 내게 '뻔뻔하다'라는 말을 주저없이 사용했다는 사실을 '당신은 좋은 사람이었군요'라는 의사 표시로 받아들여도 좋은 것이었다. 그리고 나의 '억울하다'라는 혼자소리는 승리를 확인하는 엄살 섞인 쾌재라고 할 수 있었으며 또한 혼자소리를 빙자한 반말 사용의 은밀한 시도라고도 할 수 있었다.

나의 반말 사용이 그녀의 귀에 조금도 거슬리게 느껴지지만 않는다면 나는 이미 다 성공한 것이나 다름없는 일이었다. 그러나 그녀는 아직 나의 반말 사용을 허용할 태세는 아니었다.

(동아출판사, 1995)

□주요섭 「눈은 눈으로」

고독한 여인이었다.

입이 무겁고 성낼 줄 모르고 사리가 밝은 여자였다.

"심상한 여자가 아니야! 분명코 무슨 곡절이 있는 사람이야."

하고 근처 사람들은 생각했다. 그러나 이 여자에게서 천끼를 발견할 수는 없었고 어디까지나 고상한 몸가짐을 가지는 여자였다.

이 골목 안 집에 들어와 사는 지 이미 7년여가 되었으나 이웃 누구와 말다툼 한번 한 일 없는 그녀였다. 그렇다고 또 누구에게나 책잡힐 언동을 한 적도 없었다. 그녀에게서 어딘가 넘겨볼 수 없는 어떤 위압감을 모두가 느끼고 있는 것이었다.

'개고기'라는 별명으로 유명한 경방 단원(警防團員) 기하라라는 자까지도 이 여인에게는 딱딱거리지 못하고 농담도 못 건네고 경이원지(敬而遠之)하는 태도로 대하는 것이었다.

방문 오는 손님이나 친지도 별로 없는 고적한 생활을 하는 여인이었다.

(어문각, 1973)

□주요섭 「사랑손님과 어머니」

꽃을 들고 냄새를 맡던 어머니는 내 말이 끝나기가 무섭게 무엇에 몹시 놀란 사람처럼 화다닥 하였습니다. 그리고는 금시에 어머니 얼굴이 그 꽃보다도 더 빨갛게 되었습니다. 그 꽃을 든 어머니 손가락이 파르르 떠는 것을 나는 보았습니다. 어머니는 무슨 무서운 것을 생각하는 듯이 방안을 휘 한번 둘러보시더니,

"옥희야, 그런걸 받아오면 안 돼."

하고 말하는 목소리는 몹시 떨렸습니다.

(어문각, 1993)

□채만식 「레디메이드 인생」

동십자각 옆에까지 온 P는 그 건너편 담뱃가게 앞으로 갔다.

"담배 한 갑 주시오."

하고 돈을 꺼내려니까 담뱃가게 주인이,

"네, '마꼬'입니까?"

묻는다.

P는 담뱃가게 주인을 한번 거들떠보고 다시 자기의 행색을 내려 훑어보다가 심술이 번쩍 났다. 그래서 잔돈으로 꺼내려던 것을 일부러 일원짜리로 꺼내드는데 담뱃가게 주인은 벌써 '마꼬' 한 갑 위에다 성냥을 받쳐 내어민다.

"'해태' 주어요."

P는 돈을 들이밀면서 볼멘소리를 질렀다. 그러나 담뱃가게 주인은 그저 무신경하게,

"네!"

하고는 '마꼬'를 '해태'로 바꾸어 주고 팔십오 전을 거슬러다 준다.

P는 저편이 무렴해하지 아니하는 것이 더욱 얄미웠다.

그는 '해태' 한 개를 꺼내어 붙여 물고 다시 전찻길을 건너 개천가로 해서 올라갔다. 인제는 포켓 속에 남은 것이 꼭 삼원하고 동전 몇 푼이다. 엊그제 겨울 외투를 사원에 잡혀서 생긴 것이다.

* * *

P는 정조적으로 순진한 사나이가 아니었다.

열네 살 때에 소꿉질 같은 장가를 갔고, 그 뒤 동경에 가서 있을 동안에 거기 여자와 살림을 하였다.

조선에 돌아와 직업을 가지고 있는 사이에 기생과 사귀어 한동안 죽을 둥 살 둥 모르게 지내기도 하였다.

그 밖에다 정 두어 지낸 여자가 두엇 더 있었다. 그러나, 삼십이 되도록 지금까지 유곽을 가거나 은근짜 집을 가거나 동관의 색주가 집에 가서 잠자리를 한 일은 없다. 그것은 P의 괴벽이다. 어떠한 여자를 물론하고 그가 정이 들지 아니한 여자이면 절대로 관계를 아니한다는 것이다.

그 대신 한번 P의 눈에 들고, 따라서 정이 들면 아무것도 돌아보지 아니하고 심각한 열정에 맡기어 완전히 그 여자를 움켜쥐어 버리며, 또한 그 여자에게 전부를 내주어버린다. 그리하여, 그는 늘 all or nothing을 말한다. 이것이 처세상 퍽 이롭지 못한 것을 P도 잘 안다. 또 공연한 승벽이요, 고집인 줄 알건만, 그는 그것을 고치지 못한다.

(어문각, 1973)

□ 채만식 「태평천하」

28관하고도 6백몬메!……

윤직원 영감의 이 체중은, 그저께 춘심이 년을 데리고 진고개로 산보를 갔다가, 경성 우편국 바로 뒷문 맞은편, 아따 무어라더냐 그 양약국 앞에 놓아둔 앉은뱅이 저울에 올라서 본 결과, 춘심이 년이 발견을 했던 것입니다.

이 28관 6백몬메를 그런데, 좁쌀계급인 인력거꾼은 그래도 직업적 단련이란 위대한 것이어서, 젖 먹던 힘까지 애끼잖고 겨우 겨우 끌어올려, 마침내 남대문보다 조금만 작은 소슬대문 앞에 채장을 내려놓곤, 무릎에 들였던 담요를 걷기까지에 성공을 했습니다.

윤직원 영감은 옹색한 좌판에서 가 수로 뒤를 쳐들고, 자칫하면 넘어박힐듯 싶게 휘뚝 휘뚝하는 인력거에서 내려오자니 여간만 옹색하고 조심이 되는 게 아닙니다.

"야 이 사람아!……"

윤직원 영감은 혼자서 내리다 못해 필경 인력거꾼더러 걱정을 합니다.

"……좀 부축을 하여 줄 것이지. 그냥 그러구 뻬언허니 섰어야 옳담 말인가?"

실상인즉 뻔히 섰던 것이 아니라, 가쁜 숨을 돌리면서 땀을 씻고 있었던 것이나, 인력거꾼은 책망을 듣고 보니 미상불 일이 좀 죄송하게 되어, 그래 얼핏 팔을 붙들어 부축을 해드립니다.

내려선 것을 보니, 진실로 거판던 체집입니다.

허리를 안아본다면, 아마 모르면 몰라도, 한 아름하고도 반은 실히 될까봅니다. 그런데다가 키도 알맞게 다섯 자 아홉 치는 넉넉합니다. 얼핏 알아듣기 쉽게 빗대면, 지금 그가 타고 온 인력거가 장난감 같고, 그 큰

대문깐이 들어서기도 전에 사뭇 그들막합니다.

얼굴도 좋습니다.

거금 三十여 년 전에, 몇 해를 두고 부안변산(扶安邊山)을 드나들면서 많이 먹은 용(茸)이며 저혈 장혈(豬血獐血)이며 또, 요새도 장복을 하는 인삼등속의 약효로 해서 얼굴은 불콰아하니 동안(童顔)이요, 게다가 많지도 적지도 않게 꼬옥 알맞은 수염은 눈같이 희어 과시 홍안백발의 좋은 풍신입니다.

초리가 길게 째져 올라간 봉의 눈, 준수하니 복이 들어 보이는 코, 뿌리가 추욱 쳐진 귀와 큼직한 입모, 다아 수부귀 다남자의 상입니다.

나이?……. 올해 일흔 두 살입니다. 그러나 시삐 여기진 마시오. 심장 비대증으로 천식(喘息)끼가 좀 있어 망정이지, 정정한 품이 서른 살 먹은 장정 여대 친답니다. 무얼 가지고 겨루던지 말이지요.

그 차림새가 또한 혼란스럽습니다. 옷은 안팎으로 윤이 지르르 흐르는 모시 진솔 것이요 머리에는 탕건에 받쳐 죽넝(竹纓) 달린 통영갓이 날아갈 듯 올라앉았습니다.

발에는 크막하니 솜을 한 근씩은 두었음직한 흰 버선에, 운두 새까만 마른신을 조마맣게 신고, 바른손에는 은으로 개대가리를 만들어 붙인 화류 개화장이요, 왼손에는 설흔 네살백이 묵죽한 합죽선입니다.

이 풍신이야말로 아까울사, 옛날 세상이었더면 일도 방백(一道方伯)일시 분명합니다. 그런 것을 간혹 입이 삐뚤어진 친구는 광대로 인식착오를 일으키고, 동경 대판의 사탕 장수들은 갸라메루·대장 깜으로 침을 삼키니 통탄할 일입니다.

* * *

열 여섯 살에 시집을 온 고씨는 올해 마흔일곱이니, 작년 정월 시어머니 오씨가 죽는 날까지 꼬박 11년 동안 단단히 그 시집살이라는 걸 해왔습니다.

사납대서 살쾡이라는 별명을 듣고, 인색하대서 진지 곡쩍이라는 별명을 듣고, 많대서 담배씨라는 별명을 듣고, 하던 시어머니 오씨(그러니까, 바루 윤직원 영감의 부인이지요) 그 손 밑에서 삼십일 년 동안, 설은 눈물 많이 흘리고 고씨는 시집살이를 해오다가 작년 정월에야 비로소 그 압제 밑에서 해방이 되었습니다. 남의 집 종으로 치면 속량이나 된 셈이지요. 그러나 막상, 이 고씨라는 여인이 하 그리 현부(賢婦)였더냐 하면 그런 것도 아닙니다. 허기야 아무리 험 잡을 데 없이 얌전스럽고 덕이 있고 한 며느리라도, 야속한 시어머니한테 걸리고 보면 반찬 먹은 개요, 고양이 앞에 쥐요 하지 별수가 없는 것이지만, 고씨로 말하면 사람이 몸집 생김새와 같이 둥실둥실한 게 흔덕하기는 하나 대단히 이퉁이 세어 한번 코를 휘어붙이면 지릿대로 떠곤질러도 꿈쩍을 않고 또, 몹시 거만진 성품까지 없지 않습니다. 사상의(四象醫)더러 보라면 태음인(太陰人)이라고 하겠지요.

그래 아무튼 고씨는, 그 말썽 많은 시집살이 12년을 유난히 큰 가대를 휘어잡아 가면서 그래도 쫓겨난다는 큰 파탈은 없이 오늘날까지 살아왔습니다. 그러는 동안에 종수와 종학 두 아들을 낳아서 윤직원 영감으로 하여금 군수와 경찰서장을 양성한 동량(棟梁)도 제공했고, 그리고 인제는 나이 마흔일곱에 근 오십이요, 머리가 반백에 손자 정손이가 중학교 이년급을 다니게까지 되었던 것입니다.

그러자 게제에 작년 정월에는 암캐 같은 시어머니였던지 테리어 같은 시어머니였던지 간에 좌우간, 그 시어머니 오씨가 여우가 꽁꽁 물어간 것은 아니나 당뇨병으로 세상을 떠났고, 그러므로 주부(主婦)의 자리가 비었은 즉 제일 첫째로 며누리인 고씨가 곰방조대야 피종을 피우는 터이니 차지를 안 해도 상관없겠지만 안방 차지는 응당히 했어야 할 게 아니겠다구요?

장모는 사위가 곰보라도 이뻐하고, 시아버니는 며느리가 뻐드렁이에 애꾸눈이라도 이뻐는 하는 법인데, 윤직원 영감은 어떻게 된 셈인지, 며느리 고씨를 미워하기를 그의 부인 오씨 못잖게 미워했습니다.

* * *

말대가리 윤용규 그는 삼십이 넘도록 탈망바람으로 삿갓 하나를 의관 삼아 촌 노름방으로 으실으실 돌아다니면서 개평푼이나 뜯으면 그걸로 되돌아 앉아 투전장이나 뽑기, 방퉁질이나 하기, 또 그도 저도 못하면 가난한 아내가 주린 배를 틀어쥐고서 바느질품을 팔아 어린 자식과(이 어린 자식이라는 게 그러니까 지금의 윤직원 영감입니다) 입에 풀칠을 하는 것을 얻어먹고는, 밤이나 낮이나 질펀히 드러누워, 소대성이 여대치게 낮잠이나 자기……

이 지경으로 반생을 살았습니다. 좀 호협한 구석이 있고 담보가 클 뿐 물론 판무식꾼이구요.

* * *

"인력거 쌕이 며푼이당가?"

이 이야기를 쓰고 있는 당자 역시 전라도 태생이기는 하지만, 그 전라도 말이라는 게 좀 경망스럽습니다.

"그저 처분해줍사요!"

인력거꾼으로 담요로 팔짱낀 허리를 굽신합니다. 좀 점잖다는 손님한 테는 항투로 쓰는 말이지만, 이 풍신 좋은 어른께는 진심으로 하는 소립니다. 후히 생각해달란 뜻이지요.

"으응! 그리여잉? 그럼, 그냥 가소!"

윤직원 영감은 인력거꾼을 짯짯이 바라다보다가 고개를 돌리더니, 풀었던 염낭끈을 도로 비끄러맵니다.

인력거꾼은 어쩐 영문인지를 몰라 두릿두릿하다가, 혹시 외상인가 하고 뒤통수를 긁적긁적하면서…….

"그럼, 내일 오랍쇼니까?"

"내일? 내일 무엇허러 올랑가?"

… (중략) …

"저어, 삯 말씀이옵습니다. 헤……."

크게 과단을 낸다는 게 결국은 크게 조심을 하는 것뿐입니다.

"삯?"

"네에!"

"아니 여보소, 이 사람……."

윤직원 영감은 더러 역정을 내어, 하마 삿대질이라고 할 듯이 한 걸음 나섭니다.

"……자네가 아가 날더러, 처분대루 허라구 허잖았넝가?"

"네에!"

"그렇지? ……그런디 거, 처분대루 허람 말은 맘대루 허람 말이 아닝가?"

인력거꾼은 비로소 속을 알았습니다.

알고 보니 참 기가 막힙니다. 농도 할 사람이 따로 있지요. 웬만하면, 허허! 하고 한바탕 웃어젖힐 노릇이겠지만, 점잖은 어른 앞에서 그럴 수는 없고 그래 히죽이 웃기만 합니다.

"……그리서 나넌 그렇기 처분대루, 응? ……맘대루 말이네. 맘대루 허라구 허길래, 아 인력거삯 안 주어도 갱기찮언 종 알구서, 그냥 가라구 히였지!"

* * *

운동화에 국방색 당꼬바지에, 검정 저고리에, 오그라붙은 카라에, 배애 배 꼬인 검정 넥타이에, 사 년 된 맥고모자에, 볕에 탄 얼굴에, 툭 붉어진 광대뼈에, 근천스럽게 말라붙은 안면근육에, 깡마른 눈정기에……, 이 행색과 모습은 백만장자의 지배인 겸 서기 겸 비서 겸, 이러한 인물이라기는 매우 섭섭해 보입니다.

차라리 살림살이에 노상 시달리는 촌의 면서기가, 그날 출장을 나가다가 담북 시장해 가지고 허위단심 집엘 마침 당도한 포오즈랬으면 꼭 맞겠습니다.

… (중략) …

꼼꼼하고, 착실하고, 고정하고 그리고도 사람이 재치가 있고, 이래서 윤직원 영감의 눈에 들었습니다. 그런 결과 윤직원 영감네가 서울로 이사해 올 때에, 자가용 회계원 겸, 서무서기 겸, 심부림꾼 겸, 만능잡이로다가 이삿짐과 한가지로 묻혀 가지고 왔습니다.

이래 10년 대복이는 까땍없이 지내왔습니다. 참말로 윤직원 영감한테는 깎아 맞췄어도 그렇게 손에 맞기는 어려울 만침 성능(性能)이 두루딱딱이로 만점이었습니다.

약삭 바르고, 고정하고, 민첩하고, 이쪽이라면 행하니 밝고……, 이러니 무슨 여부가 있을 리가 있나요.

가령 두부를 오늘 저녁에는 세 모만 사들여 보낼 예정이라면, 사는 마당에서는 두 모하고 반만 사고 싶습니다. 그러나 두부 반모는 서울장 안을 온통 메고 다녀야 파는 데가 없으니까, 더 줄여서 두 모를 삽니다. 결국 이전 오리를 애끼려던 것이, 그 갑절 5전을 득했으니, 치부꾼으로 그런 규모가 어데 있겠습니까. 대복이라는 사람이 돈을 아끼는 그

솜씨가 무릇 이렇다는 일례입니다. 진실로 얼마나 충실한 사람입니까.

그러나 그렇대서 사람이 잘다고만 하면, 그건 무릇 인간성을 몰각한 혐의가 없지 않습니다.

… (중략) …

마찬가지로, 돈을 쓰는데 요모조모로 아끼고 조리고 깎고 해가면서, 군것은 몬지 한낱도 안 붙게끔 씻고 털고 한 새맑안 알맹이 돈을 만들어 쓰군 하는, 대복이의 그 극치에 다다른 규모도, 그러니까 뼈젓한 도락이 아닐 수가 없습니다.

윤직원 영감과 대복이 사이에는 네 것 내 것이 없습니다. 죄다 윤직원 영감의 것이요 대복이 것은 하나도 없어서 말입니다.

허기야 윤직원 영감은 대복이를 탁 믿고, 월급이니, 그런 것은 작정도 없이, 네 용돈은 네가 알아서 쓰라고, 내맽겼은즉 한 百만 원 집어쓸 수도 있기는 합니다.

그러나 대복이에게 매삭 든다는 것이 극히 적고도 겸하여 일정한 것이어서, 담배 단풍표 설흔 곽과(만약 큰 달일라치면 31일날 하루는 모아둔 꽁초를 피웁니다) 박박 깎는 이발삯 25전과 목간삯 7전과 이런 것이 경사비요, 입시비로는 가장 핫길의 피복대와 십전 미만의 통신비가 있을 따름입니다.

그는 그러한 중에서도 주인 윤직원 영감의 살림이나 사업에 드는 비용은 물론이거니와 그대도록 바닥이 맑아 빠안히 들여다보이는 제 비용도 가다간 용하게 재주를 부려서 뼈젓하니 절약을 해내군 합니다.

가령 쉬운 예를 들자면, 이런 것도 있습니다.

대복이는 한 달에 한 번씩 반드시(?) 목간을 하는데, 그 비용은 물론 7전입니다. 비누를 쓰지 않으니까 꼭 7전 외에는 수건이나 해지면 해졌지, 다른 것은 더 들게 없습니다.

그런데 언젠가는 그 한 달에 한 번씩 하던 그 목간을 약간 늦추어, 한 달하고 닷새 즉 35일 만에 한 번씩 해 보았습니다. 그렇게 사기로 해서 일곱 달 동안에 여섯 번의 목간을 했고 동시에 한 달 목간삯 7전을 절약하는 데 성공을 했습니다.

이 성과를 거둔 날의 대복이는 대단히 유쾌했습니다. 진실로 입신(入神)의 묘기(妙技)로 추앙해도 아깝지 않습니다.

(어문각, 1973)

□최기인 「시바」

그는 그 자릴 자기가 맡았으면 좋겠는데, 회장은 회사를 창업하며 꾸려가는 데 필요한 직업경영인으로 만족한다고 했다. 회의실이란 표지가 붙어있는 방에, 양팔 길이도 더 되는 책상이 놓여 있고, 용이 감싸고 있는 자개 명패까지 갖춰지고 보니 생각했던 것보다 내놓는 돈이 많아도 싫다고 하지 않았다. 전무 덕택에 회장 자리에 앉게 되었는데, 전무가 밑에 사람이라며 이래라 저래라 할 수 없었다. 그저 회장이란 지위로 행세할 수 있는 것만이 대견해서인지 전무가 하자는 일을 반대해 본 적이 없었다.

(남양문화사, 1998)

□최명희 「혼불 7」

옹구네는 결코 기회를 놓치지 않는 아낙이었다.

눈동자 검은 알맹이가 데구르르 구를 때마다 거기 사물이 부딪쳐, 딱, 소리를 내거나, 가느소름 눈꼬리 좁히며 깎은 손톱 낚싯바늘을 세우면,

남의 눈에 좀체로 뜨이지 않을 속내 비늘까지도 착, 낚아챌 수 있는 것이 옹구네라고나 할까.

그런 그네의 성정머리를 아는지라 이쪽 사람이 지레 거기 걸려들지 않으려고 뒷걸음질치거나 일부러 도외시하다가도, 그만 어찌 까딱 그 바늘에 꿰어 버리고 마는 일이 한두 가지 아니었으니.

우례도 은연중 언제부터인가, 안 듣는 척 하면서 옹구네 바늘로 제 속에다 골똘히 누비질을 하고 있는 것이다.

(한길사, 1996)

□최수철 「내 정신의 그믐」

우선 그는 한때 색정광이라는 소리를 듣기에 마땅할 만큼 성적인 것에 집착을 하였고, 이윽고 그 열정을 그대로 영화에 옮겨놓고서 이미 죽은 사람들로부터 새로이 얼굴을 내밀고 있는 십대의 아이들에 이르기까지 전세계 영화배우들의 온갖 브로마이드를 수집하는 일에 광적으로 매달리기도 하였다.

뿐만 아니라 한동안은 서예에 몰두하는 척하면서 항상 커다란 붓과 먹과 벼루를 몸에 가까이 두고서 엉터리 솜씨를 함부로 동원하여 주로 전서를 휘갈기기도 하였고, 복잡한 장치가 부착되어 있는 값비싼 사진기를 월부로 구입하여 목에 걸고 다니면서 대부분 엉뚱하게 여겨지는 것들에만 초점을 맞추어 셔터를 눌러대곤 한 적도 있었다.

(문학과지성사, 1995)

□최인호 「라울전」

두 사람은 스승의 집에서 같은 방에 살고 있었다. 스승은 때때로 그들

둘을 불러 세우고는 얼마나 배웠는가 알아보곤 하였다. 그런 날은 흔히 고귀한 장로(長老)들이 손님으로 왔을 때가 많았다. 스승은 이 두 제자가 자랑이었다. 그러한 날을 앞둔 바로 전날 밤이었다. 책을 들여다보고 앉은 라울 옆에서 바울은, 멍하니 앉아서 열린 창문 사이로 불빛이 흘러나오는 스승의 방 쪽을 바라보고 있었다. 그러다가 그는 불쑥 입을 열었다.

"에이, 내일 하루 또 어떻게 땀을 뺀담……"

라울은 아무 대꾸도 않았다. 번연히 말을 걸어오는 것인 줄 알면서 못 들은 체 하자니 오히려 대꾸해주는 것보다 더 짜증이 치밀었다.

"어떡 헌담……"

바울은 또 중얼거렸다. 그러자 그는 무슨 생각을 하는지 의자에서 일어서서 마루에 꿇어앉아 기도를 시작했다. 라울은 못 본 체 하면서 줄곧 보고 있었다. 갑자기 웬 기도는…… 그러는데 다시 일어나 앉더니, 경전을 눈을 딱 감은 채 잡히는 대로 열어 젖혔다. 그제야 라울도 바울이 무엇을 생각하고 있는지 알아냈다. 그는 내기를 하자는 것이다. 죽자고 외는 대신, 넘겨짚기로 내일 시험을 맞자는 것이 분명했다.

"음…… 사무엘서 사울왕이 다윈의 비파를 청하다…… 내일 시험은 틀림없이 예서 날 테니, 이것만 외고 자야지……"

그리고는 열심히 외기 시작한다. 라울은 자기가 바로 바울이 지금 뇌까린 그 대목에 접어들고 있었으나 일부러 그 대목을 뛰어넘고 그 다음부터 읽어내려 갔다. 한참 후에 라울이 돌아봤을 때, 바울은 깊은 잠을 즐기고 있었다. 이튿날, 스승의 입에서 문제가 주어졌을 때 라울은 아뜩해졌다.

"사무엘서 사울왕이 다윗에게 비파를 청하는 대목을……"

(문학과지성사, 1990))

□최인호 「사랑의 기쁨」

그러나 그러한 외모보다 채희가 견딜 수 없었던 것은 엄마의 성격이었다. 3년 동안의 짧은 아버지와의 결혼 생활을 자신의 제의로 끝낸 엄마는 이후 30년 동안 혼자 살아오면서도 전혀 과거에 대한 후회나 미련이 없었다. 현실 생활에 서투른 엄마가 어떻게 누군가의 보호 없이 사랑하는 사람에 대한 의지도 없이 저렇게 당당하게 살아갈 수 있을까. 채희에겐 참으로 불가사의한 일이었다.

채희는 혼자만의 생활을 전혀 견디지 못하였다. 채희는 항상 곁에 누군가 사람이 있어야만, 보호해 주는 사람이 있고, 의지할 만한 사람이 있어야만 마음이 놓이곤 했었다. 마음을 주는 사람과의 격렬한 섹스도 채희는 생활의 활력소라고 생각하고 있었다. 그러한 성적 욕망조차도 엄마에게는 없는 것일까.

그럴 리가 없다.

채희는 잘 알고 있었다. 엄마는 용광로와 같은 정열을 갖고 있는 여인이라는 것을. 한번 사랑을 하면 용암을 뿜어 올리는 활화산과 같이 뜨거운 사랑을 할 여인이라는 것을.

그런 여인이 어떻게 30년간 사랑도, 정열도, 섹스의 쾌락도 없이 그러나 저렇게 당당하게 살아온 것일까. 자신은 서른이 갓 넘은 지금의 나이에도 벌써 수많은 화상을 입어 마음에 깊은 상처를 입고 있는데도.

(여백, 1997)

□최인호 「천국의 계단」

당시 유미는 일요일이면 꼬박꼬박 인근 교회에 다니고 있었다. 예배도 보고 찬송가도 불렀으며 청소년부에 들어 각종 봉사활동에도 열심히 참

석하곤 했다. 그것은 그녀의 마음속에 특별한 신심이 싹 터서였다기보다
는 그맘때의 남녀 학생들이 흔히 그러는 것처럼 서클 활동을 빙자해서
이성교제에 더 큰 관심을 갖거나 열을 올리는 것과 거의 같은 심리에서
출발한 것이라 볼 수 있다.

청소년부 여학생들 중에서도 유미는 빼어나게 아름다웠으며, 그것을
그녀는 누구보다도 강하게 의식하고 있었다. 그럼에도 불구하고 2류 학
교에 다닌다는 열등감을 그것으로 씻기라도 하듯 유미는 옷가지 하나에
도 신경을 썼으며 주일마다 눈부신 사복 차림으로 교회에 나갔다. 그래
야만 왠지 마음이 놓였던 것이다.

(예문사, 1986)

□최인훈 「광장」

포로들을 데려가는 일을 맡아서 타고 오는 무라지라는 인도 관리는,
낮에는 하루 내 술이고, 밤이면 기관실 내에 붙은 키친에서 쿡을 우두머
리로 벌어지는 카드 놀음으로 세월을 보냈고, 배 안에서 석방자들의 살
림과 선장과의 오고가기 따위는, 거의 명준이 도맡아서 보고 있다. 그의
영어는 그럭저럭 쓸 만했다. 처음 만나서 명준의 학력을 물을 때 ###
University라고 배운 데를 댔더니, 선장은 대뜸 r자를 몹시 굴린 명준의
소리를 고치면서,

"아하 유니버시티라고요?"

소리를 죽여 버린 밋밋한 소리를 해 보였다. 영국에서 상선학교를 나왔
다고 하면서, 이쪽이 알 턱 없는, 영국 해군의 우두머리들을 누구누구 이
름을 대가면서 같이 배웠노라 했다. 그러나 그런 말에는 뭇사람들의 구린
내 나는 제 자랑하는 투는 없고 어린애같이 맑은 데가 있다. 다른 나라 사

람들을 사귀어 보면서 느껴 오는 일인데, 그들은 줄잡아 우리 사람들보다 어린애다운 데가 있다. 그러면서 그럴만한 데서는 또 어린애들 모양 고집통으로 떼를 쓰면서, 가볍게 몸짓을 바꾸지 못하는 것을 볼 때마다, 그들의 몸 속 성깔의 뼈대를 문득 짐작하게 된다.

(문학과지성사, 1993)

□최일남 「노새 두 마리」

고등학교를 나온 작은형이 있기는 해도 그는 아버지나 어머니의 성화에 아랑곳없이, 늘상 밖으로 싸다니기만 하고 집에 있을 때도 기타를 들고 골방에 처박히기가 일쑤였다.

(나남, 1993)

□최일남 「하얀 손」

집에 들어앉은 후부터 송 원로는 식구들에게 다른 면모를 보였다. 겉으로 흔연하고 안으로 졸아드는 모습이었는데, 그런 성깔은 언행을 잘게 저미는 형태로 가끔씩 폭발했다.

우선 노여움을 잘 탔다. 그냥 무탈하게 넘겨도 될 일을 가지고 꼬치꼬치 따진다든가 화를 내는 수가 많았다. 그전 같으면 일일이 나하고 상의할 것 없이 당신이 알아서 처리하라고 떠넘겼던 일까지 되챙기기 일쑤였다. 심지어 해주는 대로 먹는 음식에 대해서마저 짜니 싱거우니 까탈을 부렸다.

좁쌀영감이 따로 없었다. 누군가가 전화를 걸어 말끝에 자기 신경을 건드리는 농담이라도 던질라치면 버럭 언성을 높이며 수화기를 팽개치는 경우가 종종 생겼다. 물론 항상 그런 건 아니다.

어느 때는 무척 너그럽게 사람을 대하다가도 어떤 때는 또 생각지도 않은 측면에서 역공을 시도하여 종잡을 수 없게 만들었다. 어쩌면 함께 늙어간다고 해도 좋을 제자가 한 해 정월 세배를 빠뜨리자, 일 년 후 그걸 들먹여 제자를 당황케 한 적도 있었다.

(문학사상사, 1994)

□최정희 「인맥」

혜봉은 이야길 하는 사이에 너무 즐거워서 입을 바보처럼 벌름거린 것은 그만두고라도 몇 번을 소리 높여 웃었는지 모릅니다. 참으로 별스러운 조화(調和)라 아니 할 수 없는 것이 혜봉은 원래 희로애락의 표현이 아주 희박하고, 어느 편인가 하면 남성에 가까워서 친구들은 혜봉을 남자라 하고 나를 여자라 하여 놀려 주곤 했는데 혜봉의 얼굴은 한낮의 태양처럼 이글거리고 나는 참나무 장작보다 더 표정이 굳어졌습니다.

(어문각, 1973)

□최정희 「지맥」

나는 하순이가 기운 없이 아이들 축에도 안 끼고 우리 어머니를 따르지 않고 내 동생 선영이와 싸우기만 하면 이내 주먹 같은 눈물이 그 맑고 크고 까만 눈에서 똑똑 떨어지고 사람의 눈을 기이고 도둑질을 가끔 해내고 거짓말도 잘하고 그러면서도 마음씨가 모질지 못하던 것을 생각하며 성화여학교 사무실 안에 들어섰다.

(어문각, 1973)

□하근찬 「수난이대」

"아부지!"

"와?"

"이래 가지고 나 우째 살까 싶습니더."

"우째 살긴 뭘 우째 살아. 목숨만 붙어 있으면 다 사는기다. 그런 소리 하지 말아."

"……"

"니 봐라, 팔뚝이 하나 없어도 잘만 안 사나. 남 봄에 좀 덜 좋아서 그렇지 살기사 왜 못살아."

"차라리 아부지같이 팔이 하나 없는 편이 낫겠어예. 다리가 없어 놓으니 첫째 걸어댕기기에 불편해서 똑 죽겠심더."

"야야 안 그렇다. 걸어댕기기만 하면 뭐 하노. 손을 지대로 놀려야 일이 뜻대로 되지."

"그럴까예?"

"그렇다니. 그러니까 집에 앉아서 할 일은 니가 하고, 나댕기메 할 일은 내가 학, 그라면 안 되겠나, 그제?"

"예."

"팔로 내 목을 감아야 될끼다."

했다. 진수는 무척 황송한 듯 한쪽 눈을 찍 감으면서 고등어와 지팡이를 든 두 팔로 아버지의 굵은 목줄기를 부둥켜안았다. 만도는 아랫배에 힘을 주며 끙! 하고 일어났다. 아랫도리가 약간 후들거렸으나 걸어갈 만했다. 이 나무다리 위로 조심조심 발을 내디디며 만도는 속으로 이제 새파랗게 젊은 놈이 벌써 이게 무슨 꼴이고, 세상을 잘못 만나서 진수 니 신세도 참 똥이다. 똥. 이런 소리를 주워 섬겼고 아버지의 등에 업힌 진

수는 곧장 미안스러운 얼굴을 하며 나꺼정 이렇게 되다니 아부지도 참 복도 더럽게 없지. 차라리 내가 죽어 버렸더라면 나았을 껀데…… 하고 중얼거렸다.

(집현전, 1957)

□하근찬 「화가 남궁씨의 수염」

그녀는 술도 홀짝홀짝 제법 마신다. 화가들의 술자리. 혹은 글 쓰는 사람들의 주석에 섞여 앉아서 우스갯소리도 잘하고, 좀 야한 농담도 스스럼없이 받아넘겨 준다. 술기운이 오르면 발그레 붉든 얼굴에 웃음을 띠며 곧잘 자칭 기생이 되기도 한다.

"자, 기생이 한 잔 따르죠. 늙은 기생도 기생은 기생이죠?"

이런 식이다. 그래서 그녀가 끼는 술자리는 언제나 유쾌하고 떠들썩하며, 웃음으로 넘친다.

(일신서적, 1985)

□하성란 「치약」

김 부장이 남자의 책상을 지휘봉 끝으로 톡톡 친다. 뭔가 그럴듯한 말을 하기 전이면 김 부장은 말에 뜸을 들인다. 적시적소에 어울리는 광고 문구나 고사성어로 허를 찌르는 듯한 말솜씨가 일품이었다.

(이수, 1999)

□하일지 「경마장에서 생긴 일」

그때였다. 그 젊은 부인은 갑자기 하얗게 질린 얼굴이 되어 소리쳤다.

"선생님, 이제 그만 돌아가셔야 해요! 남편이 돌아오고 있어요! 빨리요, 빨리 가세요!"

"가요! 그리고 다시는 오지 마세요! 나는 이제 선생님 같은 사람도 꼴도 보기 싫어요!"

그녀의 목소리는 대단히 앙칼졌다. K는 완전히 기가 죽은 표정이 되어 멍청히 서 있었다. 그녀는 분노에 찬 눈으로 잠시 K를 쏘아보고 있다가 끝내 탕 하고 소리가 날 만큼 세차게 창문을 닫아버렸다. 그때 닫혔던 창문이 다시 열리고 이어 그 젊은 부인의 앙칼진 목소리가 들려왔다.

"죽여버리고 싶었어요! 언젠가는 선생님을 죽여버리겠어요! 아셨죠? 제가 선생님을 죽여버리겠다는 말이에요."

"왜죠? 왜 저를 죽이겠다는 거지요?"

K는 꺼져 가는 목소리로 물었다.

"그걸 몰라서 물으세요? 저는 선생님을 절대로 용서할 수 없어요!"

그녀는 이렇게 소리치고 다시 쾅 하고 소리가 날 만큼 세차게 창문을 닫아버렸다.

* * *

그의 태도와 목소리는 다소 불손했다. K는 갑작스런 그의 그 태도와 어투에 어안이 벙벙해져 아무 말도 하지 못하고 있었다. 그러자 젊은 운전사는 다시 한번 소리쳤다.

"아, 당신이 907호실이오, 아니오?"

K는 무엇인가 크게 잘못되어 가고 있다는 생각이 직감적으로 들었다. 그는 이럴 때일수록 침착해야 한다고 스스로를 타일렀다.

"나는 907호실이 아니라 K라고 하는 사람이오. 나는 다만 교사 휴양원에서 초청받고 온 사람이오. 그리고……"

그러나 젊은 운전사는 K의 말을 가로막으며 빽 소리치면 말했다.
"교사 휴양원이고 지랄이고 어서 타기나 해요!"

(민음사, 1993)

□하일지「경마장의 오리나무」

박차장이 이렇게 나에 대하여 못마땅해하는 말을 하면 나의 동료 중어떤 사람은, 가령 신대리 같은 사람은 내심으로 즐거워할 것이다. 그는나와 나의 동료들 중 어느 누가 어떤 잘못을 저질러 차장이나 부장 혹은지점장으로부터 호되게 꾸중을 들을 때면 혼자 씨익 웃곤 하는 버릇이있는데 그의 웃음은 내심으로 무척 즐거워하면서도 차마 드러내놓고 즐거워하지는 못하는 그런 사람이 웃는 웃음이라고 할 수 있었다. 지난 연말에 내가 올린 서류에 숫자 계산 하나가 틀려 지점장이 나의 책상 위에서류를 내동댕이치며 덧셈도 할 줄 모르느냐고 나를 야단을 치고 있을때에는 신대리는 저만치 자신의 책상 앞에 앉은 채 내 쪽을 돌아보며 씨익 혼자 웃고 있었다. 그리고 지난주에 유대리가 본사에 다녀온다고 하고 나간 뒤 오후 내내 빈둥거리며 놀다가 돌아와 박차장으로부터 호되게야단을 맞고 있을 때에도 신대리가 그의 책상 앞 컴퓨터 모니터 위에 고개를 수그린 채 씨익 혼자 웃고 있는 것을 나는 보았다.

(민음사, 1992)

□하재봉「쿨재즈」

윤 감독은 다다와 동갑이지만, 일곱 명의 피디들 중 가장 나이가 어리다. 생일이 다다보다 다섯 달이나 늦는 것이다. 그러나 하고 다니는 것은꼭 환갑, 진갑 다 지난 노인들 같다. 그래서 여직원들은 윤감독을 보고

'청학동'이라고 부른다. 고리타분하다는 뜻이다. 고집이 세고 원리원칙을 따지기 좋아한다. 사고방식도 그렇다. 방송국 국장하고 재떨이를 집어던지는 싸움을 벌이고 나왔다는 사람이 바로 그였다. 보통 때는 아주 소심한데, 어떻게 저런 사람이 국장에게 재떨이를 집어던질 수 있을까 하는 생각이 드는 것이다. 그것은 다다에게 아직까지 풀리지 않는 의문사항이다. 그러나 어떤 문제로 토론이 벌어지면, 끝까지 자기 주장을 철회하지 않았다.

(해냄, 1995)

□하재봉 「황금 동굴」

그녀의 목소리는 조심스럽고 부드러웠지만 단호하다. 말의 어미를 흘리지 않는다. 이것인가 저것인가 회색지대에서 갈등하지 않고, 모든 일을 확실하게 매듭짓는 성격임이 분명하다. 또 잡음이 없고 깨끗하다. 불순한 욕망의 티끌이 들어 있지 않는 목소리였다. 그리고, 책을 많이 읽고 오랜 사유의 시간을 보낸 사람들만이 가질 수 있는 영혼의 무게가 느껴졌다.

* * *

아버지가 무명의 정치지망생이던 시절, 선배 정치인들을 따라 출입하던 요정에서 내 어머니를 만났고, 권력가 아니면 거들떠보지도 않던 그곳에서 나의 아버지는 유난히 똑똑하고 자상한 면모로 요정 여자들의 인기를 독차지했다고 한다. 화류계 생활 30년 동안, 요정에 들어오면서 꽃을 사 가지고 오는 남자는 처음 봤다면서 마담 언니까지 나의 아버지를 반겼다고 했다.

(이레, 1999)

□한말숙 「광대 金先生」

그는 목뒤로 깍짓손을 하고 있다가 책상 옆에 있는 초인종을 눌렀다. 두 번을 채 누르기 전에 부엌 아이가 커피를 가지고 들어왔다. 아침 먹고서 벌써 세 번째 커피다. 준은 작곡이 제대로 되지 않으면 커피를 마시는 버릇이 있었다. 목이 마르거나 식욕을 느껴서가 아니라 그 향기를 맡으며 한 모금씩 맛을 음미하는 동안 기분이 전환되고 새로운 생각이 떠오르는 것 같기 때문이다. 그리하여 일이 잘 진행되는 수도 있고, 어떤 때는 공연히 애꿎게 커피만 대여섯 잔 마시고 마는 때도 있다. 그렇게 되면 커피의 향도 맛도 전혀 모르면서 마치 마시는 것이 치러야 할 의무인 것처럼 한 모금씩 액체를 목 너머로 넘기고 있었다. 초인종을 두 번 누르면 말하지 않아도 부엌에서는 커피를 가지고 올라오게끔 되어 있었다.

(풀빛, 1999)

□한말숙 「아름다운 영가」

영숙은 외고집이고, 옹졸합니다. 스스로를 싸고 싸고 또 싸고 움츠리며 사는 괴물이랄까요? 조개가 입을 다물면 죽기 전에는 남이 열 수 없다지만, 조개류 따위에 비유도 할 수 없을 겁니다. 그 겹겹이 싸인 껍질 속으로 저를 먹이로서 잡아넣는 것뿐이었어요. 젊은 때 그것을 사랑이라고 착각했었지요.

(인문당, 1981)

□한말숙 「한 잔의 커피」

합승 정거장까지 걸어 나오며 서용은 줄곧 투덜대었다. 신랑 못났다고 그렇게 야단이더니 저보다는 백 배나 났지 뭐니. 누가 새치기해 갈까봐 그랬나? 목사가 주례를 하는데 '하나님의 은총으로……'부터 '아멘'까지 2분, 선물교환이 번개처럼 끝나고, 고2의 남경자가 피아노 반주까지 모두 3분쯤 축가라고 빽빽거리고 그만이야. 손님도 노인데 이빨 빠진 것처럼(예배 의자가 텅텅 비어 있었던 모양이다) 청구하고선 저 혼자 좋아서 어쩔 줄 모르고 있어. 답례도 30원짜리 세수수건이야. 빛깔도 시퍼렇고 (서용은 어느 사이에 뜯어보았는지 그것까지 알고 있다) 결혼식 비용 안 들이려고 미리부터 신랑이 어떻다는 둥 그냥 결혼해 본다느니 하고 연막을 친거야. 갠 순 깍쟁이야. 남의 기분은 망쳐놓고 저 혼자만 좋아 야단이야. 그렇게 엉터리로 식을 하려면 사람을 왜 오랜데? 서용은 계속 혼자 말하며, 흥흥 하고 멸시하듯 콧숨까지 내쉰다.

* * *

꽤나 기분이 상한 모양이다. 매사 사치스러운 것을 좋아하는 서용으로는 당연한 불만일 게다. 그러나 남의 결혼식이 화려치 않다고 불평하는 것도 우스운 일이다. 혜영은 웨딩드레스까지 쎄미쌔크의 외출용 원피스와 다름없이 무릎까지 오게 만들어 입은 경숙을 생각하니, 그 철저한 실지주의에 새삼 놀랐다.

웨딩드레스는 한 번 입고 쓸모가 없어서 일생 농 속에 넣어두거나, 그것을 칵테일이나 외출용으로 개조하느라고 따로 비용을 들여야 하는데 경숙은 그런 것을 계산에 넣어 애초부터 외출용으로 만들어버린 모양이다.

(풀빛, 1999)

□한말숙 「행복」

원이 무슨 일에건 판단을 빨리 내리고, 또 내려지면 서슴지 않고 행동으로 부딪쳐 가는데 비해서, 준은 자신의 의미를 찾느라고 무언가의 주위를 항상 배회하고 있는 정신상태 때문인지도 모른다.

* * *

이십여 년 전의 그녀의 그 시절이 문득 생각났다. 미움도, 모욕도, 시기도, 배신도, 허세도, 불쾌도 몰랐던 그때의 청결한 감정이 차라리 눈부시다. 지금도 그녀의 감정은 청결하다. 그러나 침전물이 너무도 많다. 그 무거운 침전물들이 그녀의 인간을 다듬는지는 모르나.

(풀빛, 1999)

□한무숙 「감정이 있는 심연」

전아의 비자가 나오던 날, 우리 사이에는 꽤 오래 말다툼이 계속되었다. 말다툼이래야 전아는 그저 내 말에 동의를 하지 않았을 뿐, 나 혼자만이 뇌까려 대었던 것인데 그녀는 본시 말을 하지 않으면서 상대방에게 많은 이야기를 들은 것 같은 느낌을 주는 여인이었다. 대체로 전아의 성격은 무슨 액체(液體)나처럼 윤곽이 없었다. 기이한 환경 속에서 엄청나게 상이된 사람들 틈에 끼어 자라는 동안에 아무하고나 어울릴 수 있는 양순하고 고분고분한 성격이 되어버린 것인지 모른다. 이것도 이모가 한 말이지만 애기 때 전아는 종일껏 버려두어도 칭얼거려 본 일조차 없는 순한 애기였으나 어린 대로 고집이 세었다 한다. 머리통을 바로 굳히려고 뉘일 때 무던 애를 썼건만 잠시만 보아주지 않으면 고개를 왼쪽으로 돌리고 있었더란 것이다.

(문학과현실사, 1993)

□한무숙 「만남」

한때 서학을 한 일이 있는 만큼 그는 천주교에 대한 지식이 풍부했다. 낙인이 큰소리로 떠들어대는 것과는 달리 냉철하게 차근차근 캐어 나가는 그의 공격은 무섭고 전율스러웠다. 왕의 하문에 그는 '그 책에는 간간이 좋은 곳도 있사오나(其書間有好處)―'라고 말하면서 왜 서학이 사학인가를 조목조목 따졌다.

(을유문화사, 1992)

□한수산 「진흙과 갈대」

그는 언제나 그랬다. 얼마나 많은 것을 자신의 몫으로 갖느냐, 누구를 자기가 지배할 수 있느냐, 그것으로 달려온 일생이었다. 그는 달렸었다. 앉아 있는 그를, 움직임이 없는 멈추어 있는 그를, 어떻게 상상할 수 있겠는가. 소유하기 위해서 그는 무엇이든 씹어 삼킬 수 있는 탐욕을 가지고 있었다. 여자를 먹기 위해서 그는 꽃을 들 수도, 그녀의 발에 무릎을 꿇을 수도 있었다. 그러나 그 먹이의 사냥이 끝나면 그는 언제나 새로운 사냥감을 필요로 했다. 그가 가진 탐욕의 위장은 언제나 허기져 있었다. 누군가를, 그 무엇을, 지배하기 위해서 그는 스스로를 자동인형처럼 만들 수도 있었으리라. 왼손 엄지손가락을 누르면 눈물이 나오고, 바른손 새끼손가락을 누르면 고함소리가 터져 나올 수 있는 그런 사람.

(중앙일보사, 1992)

□한승원 「검은 댕기 두루미」

그녀는 날마다 단단히 무장하듯이 두꺼운 재질의 옷을 입었다. 살이나 브래지어가 비치지 않을 뿐만 아니라 젖가슴의 선이나 둔부의 곡선이 드러나지 않게 하고 싶었다. 그 여자가 등과 어깨를 툭툭 쳐대고 머리를 쓰다듬어 주곤 하는 김군의 흘긋거리는 눈길과 뒤룩거리는 근육질과 그에게서 날아오곤 하는 비누 냄새와 샴푸 냄새가 싫었다.

* * *

그녀는 옷을 부엌에서 갈아입곤 했고, 자리에 들 때에도 브래지어를 풀지 않았고, 담요로 아랫몸을 둘둘 말고 잤다. 자다가 다락 위의 그가 스테인리스 요강에 오줌 누는 소리를 듣고 놀라 깨곤 했고, 그때마다 진저리를 쳤다.

(문학사상사, 1999)

□한승원 「사랑」

안동 젊은이는 잡초 같은 사람이 아니고, 온실 안에서 재배한 화초처럼 대접 잘 받으며 자라온 착하고 순한 사람이었다. 박해를 가하면 그것을 피하려고 혼자서 몸부림치고 발버둥 치다가 우울해 하고 슬퍼하고 분해하다가 지쳐 나가떨어지는 사람이었다. 홀로 서지 못하고 박해를 가하는 상대가 마련한 틀에 자기를 가져다가 맞추어 살지 않으면 불안해 견디지를 못하는 길, 잘 들여놓은 가축 같은 사람이었다. 영춘과의 사귐에 있어서도 늘 고집을 부리곤 하는 그녀 쪽으로 질질 끌려오곤 했었다.

반대로 영춘은 쑥뿌리 같은 여자였다. 그가 장흥에서의 생활을 견디지 못하고 돌아가게 되는 때를 기다리느라고 그녀는 대문 밖으로 한 걸음도 나서지 않았다. 취직도 그가 돌아간 다음에 할 생각이었다.

(문이당, 2000)

□한승원 「새끼 무당」

좀더 자라서 그러한 꾸중을 들을 때면 하던 행동을 멈추고 들고 있던 것을 땅바닥에 놓아 버리고 풀썩 주저앉아 버렸다. 들고 있는 것이 질그릇이든지 사기그릇이든지 아랑곳하지 않았다. 그 그릇들은 대부분 땅바닥에서 박살이 나곤 했고 그것에 담긴 것은 쏟아졌다. 어떤 때는 꾸중을 듣자마자 하던 일을 팽개치고 우물로 가서 물을 퍼 가지고 얼굴에 끼얹으면서 푸푸 소리를 요란스럽게 냈다.

* * *

내가 만일 그의 명령대로 따르지 않으면 달순이와 윤월이 모르게 내 멱살을 잡아끌고 움막 뒤란의 숲 속으로 갔다. 내 멱살을 우악스럽게 흔들어 대기도 하고 치켜들어 올리기도 하고 걷어 밀어 거꾸러뜨리기도 했다. 내 몸을 번쩍 들어 올려서 몇 바퀴 돌리고 나서 푸나뭇더미 위에다가 내던져 버리기도 했다. 나는 땅바닥에 떨어져 엉덩방아를 찧기도 하고 푸나뭇더미 속에 처박히면서 거기 들어 있는 가시에 팔뚝이나 얼굴이나 다리의 살갗을 찔리기도 하고 할퀴이기도 했다.

(문예중앙, 1994)

□한승원 「포구의 달」

리어카에 엿판 싣고 다니면서 살았던 때도 있었다. 엿장수의 가위질 소리는, 반의 반 박자와 반 박자를 두 번 반복해서 치다가 갑자기 반의 반 박자의 못갖춘마디를 섞어 넣어 치는 맛이 좋았다. 규격품같이 딱 짜인 평탄한 삶보다는 그 가위질 소리같이 기우뚱거리다가, 반 박자의 못갖춘마디만큼 다 못 갖춘 채 살아가는 삶이 보다 즐겁고 운치 있을 수도 있는 것이라고 그는 생각했다.

* * *

그런 난처한 경우에는 일부러 그 말을 듣지 못한 체하고 이발소로 들어가 버리거나, 부두 쪽으로 재빠르게 걸어가 버리거나 했다. 그런 자기가 미웠다. 이 짓을 반드시 이렇게 해야만 이 바닥에 붙어서 살아갈 수 있을까. 밤이면 술이 곤죽이 되도록 마셨다. 나흘째 되던 날, 못 하겠다고 손을 들어 버렸다.

* * *

성진이 쪽에서 절 안에 있는 동안에는 밥값이라도 해야 하지 않겠느냐는 생각하기 시작했다. 식전이면 마당의 낙엽을 쓸었고, 아침 공양을 마친 다음에는 공양주 보살을 따라가서 낫을 빼앗아 들고 대신 푸나무를 베었고, 그녀가 머리에 이려는 것을 대신 짊어지고 왔다.

(계몽사, 1995)

□허근욱 「내가 설 땅은 어디냐」

어떤 확신이 없어 예배에 참여한다는 행위는 너무도 무의미했다. 나의 마음은 혼란에 빠지고 자신을 속이는 거짓된 자리에 머물러 있는 것은 큰 고역이었다. 교회에 안 나간 지도 4개월이 된다. 매우 애매한 나의 무신앙은 실상 내면 깊은 곳에서는 종교적 관심에 짙은 집착을 지니고 있었다. 나는 홀로 마음이 내키면 기도하고 성경을 읽으며 찬송가를 불렀다. 무엇에도 구애받지 않는 상념의 끝에는 경험의 한계를 초월한 감성이 천국의 화원을 펼쳐 준다. 그 세계는 누구와도 함께 갈 수 없는 외로운 길이지만, 비로소 평화를 얻어 안주할 수 있는 나의 자리였다.

(인문당, 1992)

□ 현진건 「B사감과 러브레터」

이 B여사가 질겁을 하다시피 싫어하고 미워하는 것은 소위 '러브 레타'였다. 여학교 기숙사라면 의례히 그런 편지가 많이 오는 것이지만 학교로도 유명하고 또 아름다운 여학생이 많은 탓인지 모르되 하루에도 몇 장씩 죽느니 사느니 하는 사랑 타령이 날아들어 왔다. 기숙생에게 오는 사신을 일일이 검토하는 터이니까 그따위 편지도 물론 B여사의 손에 떨어진다. 달짝지근한 사연을 보는 족족 그는 더할 수 없이 흥분되어서 얼굴이 붉으락푸르락, 편지 든 손이 발발 떨리도록 성을 낸다.

* * *

"저를 부르셨어요?" 하고 묻는다. "그래, 불렀다. 왜!" 팍 무는 듯이 한 마디 하고 나서 매우 못마땅한 것처럼 교의를 우당퉁탕 당겨서 철석 주저앉았다가 학생이 그저 서 있는 걸 보면 "장승이냐? 왜 앉지를 못해!" 하고 또 소리를 빽 지르는 법이었다. 스승과 제자는 조그마한 책상 하나를 새에 두고 마주앉는다. 앉은 뒤에도 '네 죄상을 네가 알지!' 하는 것처럼 아무 말 없이 눈살로 쏘기만 하다가 한참만에야 그 편지를 끄집어내어 학생의 코앞에 동당이를 치며, "이건 누구한테 오는 거냐?" 하고 문초를 시작한다. 앞장에 제 이름이 씌었는지라, "저한테 온 것이야요." 하고 대답 않을 수 없다.

(민성사, 1990)

＊ ＊ ＊

　두 시간이 넘도록 문초를 한 끝에는 사내란 믿지 못할 것, 우리 여성을 잡아먹으려는 마귀인 것, 연애가 자유이니 신성이니 하는 것도 모두 악마의 지어 낸 소리인 것을 입에 침이 없이 열에 띄어서 한참 설법을 하다가 닦지도 않은 방바닥(침대를 쓰기 때문에 방이라 해도 마룻바닥이다)에 그대로 무릎을 꿇고 기도를 올린다. 눈에 눈물까지 글썽거리면서 말끝마다 하느님 아버지를 찾아서 악마의 유혹에 떨어지려는 어린 양을 구해 달라고 뒤삶고 곱삶는 법이었다.

(동아출판사, 1995)

□ 현진건 「빈처」

　…… 그래도 때때로 맛있는 반찬이 상에 오르고 입은 옷이 과히 추하지 아니함은 전혀 아내의 힘이었다. 전들 무슨 벌이가 있으리요, 부끄럼을 무릅쓰고 친가에 가서 눈치를 보아 가며 구차한 소리를 하여 가지고 얻어온 것이었다. 그것도 한 번 두 번 말이지 장구한 세월에 어찌 늘 그럴 수가 있으랴! 말경에는 아내가 가져온 세간과 의복에 손을 대는 수밖에 없었다. 잡히고 파는 것도 나는 알은 체도 아니 하였다. 그가 애를 쓰며 퉁명스러운 옆집 할멈에게 돈푼을 주고 시켰었다.

　이런 고생을 하면서도 그는 나의 성공만 마음속으로 깊이깊이 믿고 빌었었다. 어느 때에는 내가 무엇을 짓다가 마음에 맞지 아니하여 쓰던 것을 집어던지고 화를 낼 적에,

　"왜 마음을 조급하게 잡수셔요! 저는 꼭 당신의 이름이 세상에 빛날 날이 있을 줄 믿어요. 우리가 이렇게 고생을 하는 것이 장래에 잘 될 근본이야요."

하고 스스로 흥분되어 눈물을 흘리며 나를 위로한 적도 있었다.

(동아출판사, 1995)

□ 현진건 「사립 정신병원장」

그는 처가에 몸을 의탁하는 수밖에 없게 되었다. 그러나 처가 또한 넉넉지 못한 형세이다. 조반석죽도 궐할 때가 많았다. 넉넉한 처가살이도 하기 어렵다 하거든 하물며 가난한 처가살이이랴. 목으로 넘어가는 밥 한 알 두 알이 바늘과 같이 그의 창자를 찔렀으리라. 이토록 고생에 부대끼면서도 그는 얼굴 한번 찡그리는 법이 없었다.

그는 언제든지 싱글싱글 웃었다. 그는 말 한 마디를 해도 웃지 않고는 못하는 낙천가였다. 서울에 올라와서 고학을 할 때 살을 에어내는 듯한 겨울 날 속옷을 빨다가 손이 몹시 쓰리면 그는 벌떡 일어나 손을 쩔레쩔레 흔들며 '이놈의 손가락이 별안간에 왜 뻣뻣해지나.' 하고는 웃었다. 밥을 짓다가 연기가 눈으로 들어가면 눈물이 그렁그렁한 눈을 비비면서도 그는 히히 하고 웃기를 잊지 않았다. 그 대신 그의 몸은 여지없이 말라갔다. 뼈하고 가죽으로만 접한 듯한 얼굴은 바늘로 찔러도 피 한 점 날 것 같지 않았다. 가장 기쁜 듯이 웃을 때면 입가는 마치 누비를 누벼 놓은 듯이 여러 가닥 주름이 잡히었다.

(덕우출판사, 1990)

□ 홍성암 「가족」

필서는 아주 깔끔한 성격이었다. 아침엔 반드시 세수 겸 샤워를 했다. 그리고는 면도로 수염을 다듬고 또 손톱과 발톱을 다듬었다. 얼굴에 로션을 바르고 크림으로 문질렀다. 외출할 때는 잊지 않고 향수를 뿌렸다.

필서는 여자인 경숙이보다 자신의 몸을 가꾸는 데 더 공을 들이는 것 같았다. 옷차림 도한 그랬다. 바지엔 주름이 곧게 잡혀 있고 와이셔츠의 칼라는 항상 빳빳했다. 경숙이 직장 일로 바쁘다 보니 옷을 다리는 일은 필서가 직접 하는 경우가 많았다. 그는 경숙의 도움 없이도 그런 일에 익숙했다.

(새로운 사람들, 1999)

□홍성암 「어떤 귀향」

울산댁이 웃으며 말했다. 화끈한 성격이었다. 그러면서 더없이 나긋나긋한 성격이기도 했다. 순녀의 성격을 그대로 빼닮았다. 순녀는 이름과는 딴판으로 성미가 팔팔했다. 그러면서 제 용모만큼이나 무슨 일도 똑부러지게 해냈다. 울산댁이 꼭 그 꼴이었다. 경상도라는 지역적 특성에서 생긴 성격인지 아니면 개인 성격이 그렇게 닮은 것인지는 몰라도 두 여자는 너무나도 닮았다.

(새로운 사람들, 1997)

□황석영 「삼포 가는 길」

사내가 물었다. 가까이 얼굴을 맞대고 보니 그리 흉악한 몰골도 아니었고, 우선 그 시원시원한 태도가 은근히 밉질 않다고 영달이는 생각했다. 그가 자기보다는 댓살쯤 더 나이 들어 보였다. 그리고 이 바람 부는 겨울 들판에 척 걸터앉아서도 만사태평인 꼴이었다. 영달이는 처음보다는 경계하지 않고 대답했다.

(금성, 1992)

□ 황순원 「별」

아이는 또 땅바닥에 갖가지 지도 같은 금을 그으며 놀기를 잘했다. 바다를 모르는 아이는 바다 아닌 대동강을 여러 개 그리고 산으로는 모란봉을 몇 개고 그리곤 했다. 그러다가 동무가 있으면 땅따먹기도 했다. 상대편의 말을 맞히고 뼘을 재어 구름이 피어오르는 듯한 땅과 무성한 나무 같은 땅을 만드는 게 재미있었다.

그날도 사내애는 옆집 애와 길가에서 땅따먹기를 하고 있었다. 옆집애의 땅에게 아이의 땅이 거의 잠식당하여 있었다. 한쪽 금에 붙어 꼭 반달처럼 생긴 땅과 거기에 붙은 한 뼘 남짓한 땅이 남았을 뿐이었다. 그것마저 옆집 애가 새로 말을 맞히고 한 뼘 재 먹은 뒤에는 반달에 붙은 땅이 또 줄었다.

이번에는 아이가 칠 차례였다. 옆집 애가 말을 놓았다. 그것은 아이의 반달 땅 끝에서 가까운 말이었다. 그러나 아이는 기어코 반달 끝에다 자기의 말을 놓았다. 옆집 애는 아이의 반달 땅에 달린 다른 나머지 땅에서가 자기의 말이 제일 가까운데 왜 하필 반달 끝에다 한 뼘 맘껏 둘러 재어 동그라미를 그어 놓으면 얼마나 아름다울지 모르겠다는 계획을 옆집 애는 알 턱 없었다.

아이는 반달 끝에서 옆집 애의 말까지 길을 닦았다. 이번에는 꼭 맞춰 이 반달 위에 무지개 같은 동그라미를 그어 놓으리라. 아이의 입은 다물어지고 눈은 빛났다. 뒤이어 아이는 옆집 애의 말을 견주어 엄지손가락에 버텼던 장가락을 퉁기었다.

그러나, 아이의 장가락 손톱에 맞은 말을 옆집 애의 말에서 꽤 먼 거리를 두고 빗지나갔다. 옆집애가 됐다는 듯이 곧 자기의 말을 집어 들며 사내애가 얼마든지 먼 곳에 놓더라도 대번에 맞쳐준다는 듯한 득의의 미소를 떠올렸다. 그러면서 아이의 말 놓기를 기다리다가 흐려지지도 않은 경계선을 새금파리 말을 세워 그었다. 아이의 반달 끝이 이지러지게 그어졌다.

아이가 이건 왜 이르캐? 하고 고함쳤다. 옆집 애는 곧 다시 고쳐 금을 그었다. 옆집 애는 아이가 자기의 땅을 줄게 그어서 그라는 줄로 알았는지 이번에는 반달의 등이 약간 살찌게 그어 놓았다.

아이는 그래도, 것두 아냐! 했다.

그러는데, 어느새 왔었는지 누이가 등뒤에서 옆집 애의 말을 빼앗아서는 동생을 도와 반달의 배가 부르게 긋기 시작했다. 그러나 아이는 누이가 채 다 긋기도 전에 손바닥으로 막 지워버리면서 이건 더 아냐! 이건 더 아냐! 하고 소리 질렀다.

(동아출판사, 1995)

□황순원 「소나기」

그러한 어떤 날, 소년은 전에 소녀가 앉아 물장난을 하던 징검다리 한 가운데에 앉아 보았다. 물속에 손을 잠갔다. 세수를 하였다. 물속을 들여 다보았다. 검게 탄 얼굴이 그대로 비치었다. 싫었다.

소년은 두 손으로 물속의 얼굴을 움키었다. 몇 번이고 움키었다. 그러다 가 깜짝 놀라 일어서고 말았다. 소녀가 이리 건너오고 있지 않느냐.

'숨어서 내가 하는 꼴을 엿보고 있었구나.'

소년은 달리기 시작했다. 디딤돌을 헛짚었다. 한 발이 물속에 빠졌다. 더 달렸다.

몸을 가릴 데가 있어줬으면 좋겠다. 이쪽 길에는 갈밭도 없다. 모래밭 이다. 전에 없이 메밀꽃 내가 짜릿하니 코를 찌른다고 생각됐다. 미간이 아찔했다. 찝질한 액체가 입술에 흘러들었다. 코피였다.

소년은 한 손으로 코피를 훔쳐내면서 그냥 달렸다. 어디선가, '바보,

바보' 하는 소리가 자꾸만 뒤따라오는 것 같았다.

(삼성당, 1973)

□황순원「인간접목」

밑의 애는 종호의 몸무게에 비칠거렸다. 그러면서도 끝까지 용히 견디어내는 것이었다. 이처럼 여기의 애들은 생활의지가 강했다. 혹시 장작같은 것이 떨어졌을 때만 해도 그랬다. 도끼 없이도 곧잘 통나무를 빠개 놓는 것이었다. 보통사람으로서는 도저히 될 성싶지도 않는 것을 이 애들이 몇 번 돌부리에다 내리치기만 하면 통나무가 그대로 장작이 되고마는 것이었다.

* * *

"좋은 애…… 그렇지요, 좋은 애였지요. 그러나 그 애에겐 그 애 자신으로두 어쩌지 못할 고집이 백혀 있었던 것이에요."

"그 애가 고아원에 들어오기 전에 자기도 모르게 몸에 밴 습성 말입니다. 이 습성이란 우리가 상상하는 것보담 무서운 것이에요. 언제인가 나는 길가에 앉아 구걸하는 노인한테 이런 말을 들은 적이 있지요. 왜 그 나이에 양로원 같은 데 가 있지 않구 이러구 있느냐구 했드니, 대답이 아주 간단해요. 양로원에를 몇 번 가 있어 봤지만 결국 이러구 있는 게 제일 편하다구요. 지금 얘기한 그 애두 겉으로 보기엔 아직 그런 데 물들지 않은 애였습니다. 그러나 자기도 모르는 새에 몸에 배어 버렸던 거구, 그것이 무의식중에 머리를 든 것이지요."

(신원문화사, 1995)

□황순원 「일월」

저 할아버진 지금두 늘 저렇게 산수에 떼를 입히거나 풀뿌리가 박히면 죽은 사람 혼백이 극락으로 가는 데 방해가 된다나요. 이 동네에 칼잽이가 세 집 사는데 저 양반이 젤 연장입죠. 다른 것은 세상 풍습 따라가는 걸 내버려두지만 산수만은 손을 못 대게 하지요. 외고집이 이만저만이어야죠.

* * *

빗속으로 나다녔더니 몸이 스멀거렸다. 인주는 목욕실로 갔다. 세수를 하고는 온몸에 물을 끼얹고 때를 밀기 시작했다. 손등에서 팔로, 팔에서 어깨로, 때가 있어서가 아니었다. 온몸이 얼얼하도록 자꾸만 밀어야만 기분이 상쾌해지는 것이다. 그래서 그네는 보통사람의 배나 목욕 시간을 잡는다.

* * *

그는 이렇게 빈손일 때에는 으레, 헌팅이란 짐승을 잡는다는 것보다도 운동부족을 보충하는 데 더 뜻이 있다고 하면서, 그래서 자기에게는 사냥개도 필요 없다는 말을 변명 비슷이 늘어놓곤 했다. 그리고는 요즘 체중이 준 숫자를 말하고 몸이 가벼워 날을 것 같다고도 했다. 그러다가 혹 토끼가 꿩이라도 한두 마리 잡아오는 날은 도리어 케이스에 든 엽총과 사냥주머니를 한곁에 놓고 묵묵히 술만 마시는 것이다. 인철이 곁에서, 오늘은 성적이 좋으시군요, 할라치면 무관심한 듯하면서도 어딘지 자랑스러운 빛을 감추지 못하는 얼굴로, 뭘요 그저 한 놈 쏴 봤죠, 할 뿐인 것이다.

(학원출판공사, 1992)

□황순원 「카인의 후예」

그건 용제영감 자신도 모를 일이었다. 재산 전부를 몰수당하는 이 마당에 있어서 그 저수지만이 그렇듯 마음을 이끄는 것은 무슨 까닭일까. 한 이십 년 전에는 과수원에 미친 적이 있었다. 자나 깨나 산막골 넘어가는 등성이에 가 살다시피 했다. 그러던 것이 과일이 한창 열리기 시작한 지 몇 해가 안 되어서 일체 과수원에는 발길을 않게 되었다. 폐목이 되어도 아랑곳하지 않았다. 그리고는 또 산림에 열중한 적이 있었다. 이 세상에서 산림이 제일이라는 것이었다. 비료도 필요 없고, 김도 매주지 않아도 좋다. 가뭄과 홍수의 해도 없다. 그저 제멋대로 내버려두기만 하면 된다. 그리고 언제 보나 그 푸른 소나무. 용제영감은 누가 산림을 팔려고 내놓기만 하면 마구 사들였다. 그리고는 말 한 필을 매놓고 언제나 이곳저곳 산림판을 돌아보는 게 다시없는 낙인 듯했다. 그랬던 것이 해방되기 전전 해에는 웃골 저수지 만드는 데 정신이 팔린 것이었다. 오랜동안 세교로 내려오던 윤주사와 의를 상하면서까지 일을 진행시켰다. 용제영감 편에서 보면, 이해관계로만 그러는 건 아니었다. 저도 모를 어떤 무엇이 그로 하여금 그렇게 만드는 성싶었다. 저수지에 손을 대자, 그는 또 날만 새면 반백이 된 머리를 말 위에 흩날리며 날이 어슬해서야 돌아오곤 하는 것이었다. 해방이 된 뒤에도 그것은 계속되었다. 동네사람들은, 용제영감이 이번에는 또 저수지에 미쳤다고 수군댔다.

(삼중당, 1990)

• 작가명 •

ㄱ

강신재 213
계용묵 17, 213, 215
계용묵 214
고은주 18, 19
공석하 19
공선옥 215, 216
공지영 21, 216, 218, 219
구인환 219
구혜영 219
구효서 21, 25, 27, 28, 31, 32
김녕희 33
김동리 34, 220, 221, 222
김동인 222, 224
김만옥 34, 35, 225, 226
김문수 37, 227
김민숙 228
김병총 43
김성아 44
김성한 229
김연경 45
김영래 46, 229
김용우 50
김유정 54, 230, 232, 233, 234, 236,

237, 238
김이태 54, 55, 238, 239
김인숙 56, 240, 241, 242, 243, 244
김지연 57, 58, 59, 61, 63, 65, 66, 68, 69, 71, 72, 73, 244, 245, 246, 247, 249
김지원 249
김채원 73, 250, 251
김향숙 252, 253
김현영 74, 253

ㄴ

나도향 254, 256
남정현 257

ㅁ

문순태 259
민병삼 259

ㅂ

박경리 75, 76, 259, 260, 261, 263, 265
박계주 78, 79
박상률 265
박상우 81, 267, 268

박양호 85
박영준 268
박완서 86, 268, 269, 270, 271, 272
박일문 273
박정애 87, 273
박종화 87, 273
박충훈 274
박태순 89, 90, 91, 92, 93, 94, 275
방영웅 275
방현석 94
배수아 95, 96, 276
배철수 97

ㅅ

서기원 277
서영은 98, 277, 278
성석제 99, 100
손소희 101
손숙희 102, 278
손장순 104, 279, 280
손창섭 280
송기숙 105, 281
송상옥 106, 107
송원희 108
신경숙 109, 110, 281, 282
신달자 111, 283, 284, 285
신상웅 285
심 훈 112, 288

ㅇ

안 광 288

안수길 289, 290
안장환 290
양귀자 290, 291
염상섭 291, 293
오상원 295
오성찬 112, 296, 297
오영수 301
오정희 117, 118
원재길 301, 302
유금호 118
유익서 119
유재용 120
유현종 303
윤대녕 122, 304
윤정모 122, 305
윤흥길 124
은희경 125, 305, 306, 308, 309, 310
이 상 141, 143, 327, 328, 329
이경자 125, 310
이광수 127, 128, 129, 131, 134, 311,
312, 313, 314, 316, 317
이규희 135, 318
이균영 135, 318, 319
이기영 137, 319
이무영 320, 321
이문구 138, 321, 322, 323
이문열 139, 324
이범선 325
이병주 140, 326
이외수 329
이윤기 329, 330
이인직 145, 146, 332

이인화 146, 333
이제하 147, 333
이청준 149, 150, 334
이혜경 151
이호철 152, 335, 336
이효석 153

ㅈ

장용학 154
전경린 155
전광용 337
전상국 158, 339, 340, 341
전영택 341
정 찬 346
정길연 159
정비석 342
정연희 160, 161, 163, 168, 343, 344
정영문 169
정을병 170, 344, 345
조경란 170, 171, 347
조세희 173, 174
조정래 347
조창인 174, 349
조해일 175, 350, 351
주요섭 352, 353

ㅊ

채만식 353, 355
최기인 362
최명희 177, 179, 362
최미나 180
최서해 180, 182

최수철 182, 363
최인호 363, 365
최인훈 183, 366
최일남 187, 367
최정희 368

ㅎ

하근찬 188, 369, 370
하성란 370
하일지 188, 189, 190, 370, 372
하재봉 191, 192, 372, 373
한말숙 193, 194, 374, 375
한무숙 199, 376, 377
한수산 200, 201, 377
한승원 201, 378, 379
허근욱 203, 380
현진건 381, 382, 383
홍성암 203, 204, 383, 384
황석영 205, 384
황순원 206, 208, 385, 386, 387, 388, 389

• 작품명 •

「12월 12일」 143
「B사감과 러브레터」 382

ㄱ

「가는 비, 이슬 비」 86, 268
「가시고기」 174, 349
「가을」 230
「가족의 기원」 170
「가족」 203, 383
「가지 않은 길」 37, 227
「감자」 222
「감정이 있는 심연」 376
「강동만필」 321
「거기 그 산이 정말 있었을까」 269
「거울에 관한 이야기」 240
「검은 댕기 두루미」 378
「검은 물 같힌 강」 21
「겨울광장」 334
「겨울나무」 344
「결박당한 남자」 33
「경마장에서 생긴 일」 188, 370
「경마장의 오리나무」 189, 372
「고등어」 216
「고래뱃속에서」 182
「고수」 99
「고양이와 빨간 장갑」 54
「고요 속으로의 질주」 250
「고호」 268
「공예가 심씨의 집」 188

「광대 金先生」 374
「광장」 183, 366
「광후문과 햄버거와 파피꽃」 106
「궤도를 이탈한 별」 238
「귀의 성」 332
「그 많던 싱아는 누가 다 먹었을까」 270
「그 바다는 어디로 갔을까」 44
「그 여자를 찾아가는 여행 (상)」 301
「그 여자를 찾아가는 여행 (하)」 302
「그 여자의 일생」 311
「그 집 앞」 151
「그것은 꿈이었을까」 125, 305
「그녀는 성난 하마」 80
「그대 발길 머무는 곳에」 81
「그들의 새벽」 259
「금삼의 피」 87
「금순이와 닭」 17
「기아와 살육」 180
「기차는 7시에 떠나네」 109
「길 위의 집」 151
「김약국의 딸들」 259
「깊은 숨을 쉴 때마다」 281
「꺼삐딴 리」 337
「꽃은 피어도」 120
「꽃을 찾아서」 270
「꽃의 기억」 241
「꽃잎과 나막신」 160, 343
「끈」 89

ㄴ

「나무 남자의 아내」 25

「나뭇잎들은 그리운 불빛을 만든다」 135, 318
「낙원의 계곡」 238
「날개의 집」 149, 334
「날개」 141, 327
「날이 기울고 그림자가 갈 때에」 160
「남아 있는 사람들」 274
「남풍(南風)」 101
「내 마음의 옥탑방」 81
「내 생에 꼭 하루뿐일 특별한 날」 155
「내 생의 알리바이」 215
「내 인생의 마지막 4.5초」 100
「내 정신의 그믐」 363
「내가 설 땅은 어디냐」 203, 380
「내사랑 풍장」 118
「냉이」 160
「냉장고」 74, 253
「너는 뭐냐」 257
「네겹 두른 족속들」 335
「노새 두 마리」 367
「노을진 들녘」 260
「농민」 320
「눈뜨면 환한 세상」 283
「눈은 눈으로」 352

ㄷ

「다가오는 소리」 321
「단씨의 형제들」 89, 275
「달의 몰락」 73, 251
「달의 지평선」 122
「달팽이의 외출」 324

「달평씨의 두 번째 죽음」 339
「당신의 왼편 1」 94
「도둑맞은 가난」 271
「독신」 55
「동백꽃」 230
「두 파산」 291
「들소 사냥」 107
「따라지」 232
「딴나라 여인」 122, 305
「딸기밭」 110, 282

ㄹ

「라울전」 363
「랩소디 인 블루」 95
「레디메이드 인생」 353

ㅁ

「마르크스를 위하여」 50
「마지막 춤은 나와 함께」 306
「만남」 199, 377
「만무방」 233
「매일 죽는 사람」 175
「먼길」 56
「멀리 있는 빛」 319
「멘드롱 따또」 350
「명암」 301
「명의」 57
「명천유사」 322
「모닥불을 밟아라」 302
「모든 것에 이별을」 200
「모래 위의 집」 201
「모멸」 295

「모순」 290
「목마른 계절」 216
「목마른 땅」 108
「목수의 집」 150
「못다한 말」 180
「몽둥이」 296
「몽유기」 55
「무너진 극장」 90
「무녀도」 220
「무명」 312
「무소의 뿔처럼 혼자서 가라」 218
「무정」 127, 313
「문서방」 321
「물 속 페르시아 고양이」 27
「물레방아」 256
「미성년」 45

ㅂ

「바람인형」 276
「바위눈물」 161
「박사학위」 244
「반연애론」 351
「밤길의 사람들」 91
「배꽃」 57
「배따라기」 224
「백년을 더 사는 인간」 345
「백치아다다」 213
「백치애인」 111, 284
「벙어리 삼룡이」 254
「별」 385
「봄바람」 58, 245
「봄봄」 234

「봉별기」 328
「부주의한 사랑」 95
「북간도」 289
「분녀」 153
「분례기」 275
「불놀이」 347
「불의강」 117
「불타는 빙벽」 104
「붉은 달이 뜨는 풍경」 267
「빈처」 382
「빗나간 궁합」 59
「뽕」 256
「뿔 그리고 방패」 98, 277

ㅅ

「사라지는 것은 아름답다」 43
「사랑과 상처」 310
「사랑손님과 어머니」 353
「사랑의 기쁨」 365
「사랑의 무게」 159
「사랑의 아픔」 102, 278
「사랑」 128, 201, 314, 378
「사립 정신병원장」 383
「사막을 향하여」 163
「사막의 거리, 바다의 거리」 304
「사반의 십자가」 34, 221
「산영(山影)」 59
「산울음」 59
「산정」 61
「산조」 117
「삼대」 293
「삼포 가는 길」 384

「상록수」 112, 288
「새끼 무당」 379
「새의 선물」 308
「새」 190
「성냥갑 속의 여자」 285
「성화」 153
「세례요한의 돌」 170
「소나기」 236, 386
「소낙비」 54
「소년의 비애」 316
「소설 알렉산드리아」 140, 326
「소시민」 152, 336
「속물학을 배웁니다」 279
「속솔이뜸의 댕이」 135, 318
「송영달의 정치」 228
「수난이대」 369
「순결」 163, 344
「순애보 (상)」 78
「순애보 (하)」 79
「술래야 술래야」 278
「숨은그림찾기 1」 329
「숨통 트이는 소리」 61
「숲의 왕」 46, 229
「슬픈 새들의 사회」 85
「슬픈 이야기」 237
「슬픔 여름」 63
「시각 유희」 34. 225
「시바」 362
「시인의 별」 146
「시작은 아름답다」 187
「식빵을 굽는 시간」 171, 347
「신개지」 137, 319

「신이 잠든 땅 1」 289
「심야의 정담」 285
「심야통신」 96
「심원」 214
「심청」 237
「씨톨 1」 63, 245
「씨톨 2」 65, 246
「씨톨 3」 66

ㅇ

「아가」 139, 324
「아내의 상자」 308
「아름다운 여름」 18
「아름다운 영가」 193, 374
「아리랑 3」 347
「아버지의 작고 검은 손금고」 35, 226
「아베의 가족」 340
「아우라지」 28
「아이네 크라이네」 251
「아직 사랑할 시간은 남았다 1」 273
「야앵」 238
「어떤 귀향」 204, 384
「어떤 나들이」 272
「어떤 하오」 252
「어른들을 위한 동화」 124
「어머니의 고리」 68
「얼굴」 239
「에덴의 서쪽」 87, 273
「여인 천하」 273
「연」 69
「열애(熱愛)」 205

「영원한 반려」 261
「영원한 제국」 333
「영화」 191
「옛우물」 118
「오, 카라얀」 168
「오늘과 내일」 277
「오발탄」 325
「오월의 미소」 105, 281
「오후, 마구 뒤섞인」 31
「완전한 영혼」 346
「왕건」 229
「외아들」 71, 247
「우리동네」 322
「우상의 눈물」 158, 340
「원형의 전설」 154
「유리성의 포로」 303
「유리」 19
「유실몽」 280
「유정」 129, 316
「은내골 기행」 281
「이 모순과의 화해」 280
「이순신과의 동침」 288
「이중주」 309
「인간접목」 206, 387
「인맥」 368
「인사파동」 247
「일월」 206, 388

ㅈ

「자기시대」 280
「자매」 222
「잠든 밤에도 비는 내리기 때문이겠지
요」 32
「장벽」 17
「장한몽」 138, 323
「재생」 131
「전야」 158, 341
「절벽」 213
「정든 땅 언덕 위」 92
「제3 인간형」 290
「종생기」 329
「종소리 울려 퍼져라」 112, 297
「지맥」 368
「진흙과 갈대」 377

ㅊ

「착한 여자」 21, 219
「천국의 계단」 365
「철수」 97
「철판족을 위하여」 268
「첫사랑」 72
「초록빛 모자」 251
「촛불 결혼식」 219
「최서방」 215
「추운 봄날」 253
「치악산」 145
「치약」 370

ㅋ

「카인의 후예」 208, 389
「칸나의 뜰」 219
「칼날과 사랑」 242
「칼날」 173
「쿨재즈」 372

「쿨째즈」　192
「키노의 전설 빅토르최」　119

ㅌ

「타인들」　290
「탈출기」　182
「태양 아래서」　120
「태평천하」　355
「토지 1」　261
「토지 2」　263
「토지 4」　263
「토지 6」　265
「토지 Ⅵ」　75, 76
「통풍(通風)」　226
「특별하고도 위대한 연인」　310

ㅍ

「평심─로이가 산 한 삶」　265
「포구의 달」　379
「풀밭에서」　174
「풍경의 내부」　147, 333
「프로메테우스의 간」　19
「피임사회」　170, 345
「핏줄」　243

ㅎ

「하얀 손」　187
「하얀 하늘」　93
「하얀손」　367
「하품」　169
「한 말씀만 하소서」　272
「한 오백년」　94

「한 잔의 커피」　374
「할머니의 방기(傍氣)」　249
「함께 걷는 길」　244
「햇빛과 달빛」　330
「행복」　194, 375
「향노(香爐)」　342
「혈의 누」　146
「혼불 4」　177
「혼불 6」　177
「혼불 7」　179, 362
「혼자 눈뜨는 아침」　125
「화가 남궁씨의 수염」　370
「화도」　259
「화수분」　341
「환상에 대하여」　94
「황금 동굴」　373
「황금비늘」　329
「황금의 나날」　100
「황량한 날의 동화」　213
「후계자(後繼者)」　73
「흐르는 길」　33
「흙」　134, 317
「희망의 속삭임」　249
「희망」　291